不埋没一本好书，不错过一个爱书人

达·芬奇笔记

第2版

[意] 达·芬奇 著
杜莉 译

金城出版社
GOLD WALL PRESS
北京

图书在版编目（CIP）数据

达·芬奇笔记/(意)达·芬奇(Leonardo da Vinci)著；杜莉译.—2版.—北京:金城出版社有限公司,2023.10

（美学经典系列）

书名原文:The Notebook of Leonardo da Vinci

ISBN 978-7-5155-2492-4

Ⅰ.①达… Ⅱ.①达… ②杜… Ⅲ.①散文集－意大利－中世纪 Ⅳ.①I546.63

中国国家版本馆CIP数据核字(2023)第112595号

达·芬奇笔记

作　　者 [意]达·芬奇
译　　者 杜　莉
责任编辑 彭洪清
责任校对 杨　超
责任印制 李仕杰
开　　本 710毫米×1000毫米　1/16
印　　张 24
字　　数 250千字
版　　次 2023年10月第2版
印　　次 2023年10月第1次印刷
印　　刷 天津丰富彩艺印刷有限公司
书　　号 ISBN 978-7-5155-2492-4
定　　价 128.00元

出版发行 金城出版社有限公司 北京市朝阳区利泽东二路3号　邮政编码：100102
发 行 部 （010）84254364
编 辑 部 （010）64210080
总 编 室 （010）64228516
网　　址 http://www.jccb.com.cn
电子邮箱 jinchengchuban@163.com
法律顾问 北京植德律师事务所　（电话）18911105819

译者序

作为意大利历史上著名的文艺复兴“三杰”之首，达·芬奇的名字可谓无人不晓。“上天有时将美丽、优雅、才能赋予一人之身，令他之所为无不超群绝伦，显出他的天才来自上苍而非人间之力。列奥纳多正是如此。他的优雅与优美无与伦比，他的才智之高可使一切难题迎刃而解。”这是文艺复兴时期的传记作家瓦萨里对列奥纳多·达·芬奇的溢美之词。后者在人类知识诸多领域取得的卓越成就，使之无愧于世间天才的美誉。

多少年来，人们一直对达·芬奇在科学与艺术领域所取得的成就进行着孜孜不倦的探索，进行着各种各样的“解密”。2006年，丹·布朗的一本《达·芬奇密码》将人们对达·芬奇的狂热推向了一个高潮。更多的人加入对这位伟大天才身后隐藏的秘密进行挖掘与探索的行列之中，我便是其中一个。

解读大师，从解读大师的笔记开始。众所周知，达·芬奇留下了大量的笔记手稿，其内容涉及绘画、植物、地理、建筑、人体、解剖等众多学科，内容之宽泛，足可见达·芬奇涉猎之广博。根据历史资料记载：“《达·芬奇笔记》是1651年由一位名叫拉斐尔·杜弗里森的法国出版商根据达·芬奇笔记手稿整理出版的。原来的笔记手稿非常随意，多半写在凌乱的稿纸上，没有排序，也没有编码。”而且，不得不说的是，“达·芬奇左右手都能写字作画，因此他的笔记有大部分都是用左手写成的反书——后人需拿镜子才能破解”。似乎这也是这位天才给后人留下的“密码”吧。“笔记的原稿无所不谈，中间往往不连贯，同一页稿纸上，开头说的是天文，或者某种大自然的现象，接下去谈的却是声音的原理，往后说到的又是色彩，许多文字写在稿纸边缘的空白处。”

《达·芬奇笔记》的翻译过程对我而言，充满了惊奇。达·芬奇生活的年代是15世纪的中叶，当时欧洲大地经过一千余年的基督神权统治，文艺复兴的号角开始在意大利吹响。作为艺术家的达·芬奇，凭借着对世界所持有的最直接、最真挚的热爱与兴趣，凭借着倍于常人的好奇心，用自己的眼睛与头脑去探寻世界的秘密。他比别人走得更加坚定，因此，除了绘画以外，对机械力学、生物结构、水利灌溉等方面皆有涉猎，且皆有所长。在《达·芬奇笔记》中，有些是对先前学者的记录，有些是即兴发挥的评论，还有些是这位天才的自我思考与估测，以及对自然现象本质背后的哲学含义的深刻思考。虽然笔记中的一些观点，在几百年后的今天看来，并非十分准确，甚至有些是错误的，然而，如果置身于当时的历史环境中，我们就会发现，达·芬奇对于一些事物的认识和大胆的推断，宛如寂静夜空中的明星，令世人震惊。如今，高度发展的现代科学已经能够将一些现象分析仔细并得出客观的结论，但是，从达·芬奇笔记的内容中不难看出达·芬奇思想在当时的超前。在今天，其笔记中所记录的文字依然能够给后人以无穷的智慧的启迪，因为它真实地记录了人类对外部世界所进行的思考，以及对宇宙的探索所进行的不懈努力。鉴于此，在编译的过程中，对达·芬奇笔记的内容，我和编辑就采取了全部保留的态度，对与错，留待读者自己判断，我们就不妄加取舍了。

但是，在惊奇的背后，《达·芬奇笔记》的翻译工作却是艰苦与充满挑战的。首先，达·芬奇手稿以意大利语书写而成，其中部分书页呈镜像反书。因此，除了神秘之外，这也给后期的编译及整理工作带来了一些麻烦。本书的中文文字部分由艾玛·阿·里希特翻译而成的英文版转译而成，同时借鉴部分西班牙语版文档作为辅助。此外，在翻译过程中，我同时参考了生活·读书·新知三联书店出版的郑福洁老师所译的《莱奥纳多·达·芬奇笔记》、人民美术出版社出版的《芬奇论绘画》，以及台湾晨星出版社出版的《达文西笔记》，在此对以上三本书的编（译）者致以深深的谢意。在图书编辑过程中，我有幸得到了大量的达·芬奇手稿图片，这为本书能够以一个翔实、精美、内容丰富的形象面对读者奠定了坚实的基础。

达·芬奇涉猎范围广，研究内容众多，思想内容深刻，这也给翻译工作带来了不小的难度。用《达·芬奇大传》的作者塞尔日的话来说，就是“达·芬奇的天才让我崩溃”。的确，在翻译的过程中，我总觉得像是在和这位伟人赛跑，而且多少次我几乎失去了信心。因为总能感觉到，无论多么努力地在赶超，达·芬奇似乎总领先不少，而且还不时回头“嘿嘿”地笑。虽然在伟人光芒的笼罩之下，我感到自我的渺小，但是，在伟人引领之下，也令我获益匪浅。

其实，抛开达·芬奇深邃的思想与众多对他的研究，在我眼中，达·芬奇真正的伟大之处还是他那永无休止的探索精神和满腔热情，以及心中那些多于常人的无边的梦想。我想，这一点才是他于“天才”“伟人”等一系列光环下的最平实、最动人的人生密码。

Contents 目录

[*Part 1*] 美与艺术

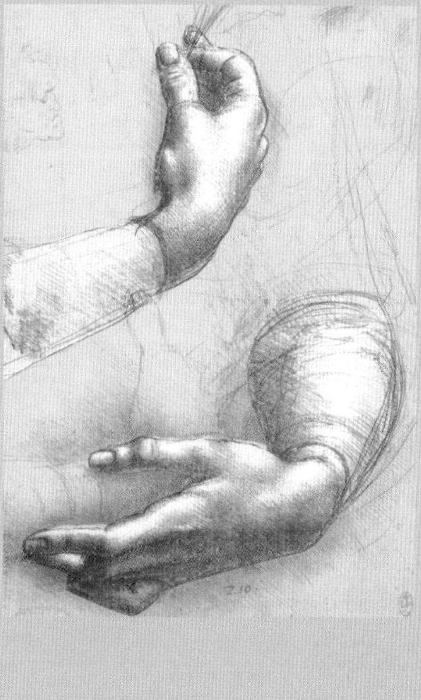

第一幅绘画，用简单线条描绘了墙上的太阳光投射到一个人身上所产生的阴影。

第一章　绘画

[1]

[1]

画家的心应当像一面镜子，将自己转化为对象的颜色，并如实摄进摆在面前所有物体的形象。应该晓得，如果你不是一个能够用艺术再现自然一切形态的多才多艺的能手，就不是一位高明的画家。因此，画家啊，你必须知道，不观察自然，不在心中再现它们，你就办不到这一点。当你穿过田野，请发挥你对各种事物的观察力吧！先看这一件，再看另一件，去粗存精，搜集各种材料。

不要像某些画家，倦于想象力的运用，搁下工作，以散步为消遣，但是，他们仍是精神疲惫，懒得观察周围事物，遇到亲友招呼也只当没听见、没看见，以至于被人视为无礼。

[2]

[2]

绘画中的微妙情感，使它优于所有的人类精神产品。眼睛是心灵的窗户，是人的主要器官，人依靠眼睛才能最广泛、全面地认识大自然的无限作品。耳朵居于次位，它依靠聆听那些眼睛可见的物体而获得了自己的尊严。如果你是历史学家，或者诗人，或者数学家，若没有目睹事物，便无法将它们记录下来。诗人啊，你要用笔来讲述故事；而画家用画笔，便能够更加容易地将故事表达，并且结构更精简，语言不晦涩。

如果你说画是哑巴诗，那画家会说诗是盲人画。哪个更糟糕，是哑还是盲？

尽管诗人和画家一样，在创作作品的时候不受约束，但是，诗人的诗歌也像绘画一样，不令人满意。因为，诗歌通过语言描述形状、动作和地点，而画家则注重通过描绘事物的实际外观来表达。现在，告诉我，一个人的名字和其形象，哪一种更加贴近真实的人物。人的名字在不同的国家会有不同的表达和写法，但是他的形象却不会改变，除非被毁灭。

[3]

[3]

画家应当有规则地学习，不放过任何未曾牢记的事物。

那些作画时单凭实践和肉眼的判断而不运用理性的画家，只会抄袭摆在面前的一切东西，对它们的内在一无所知。

画家应当独身静处，思索所见的一切，亲自斟酌，从中提取精华。他的作为应当像镜子那样，如实反映安放在镜前的各物体的多种色彩。做到这一点，他就是第二自然。

为使躯体健康，在不妨碍精神的健全情况下，画家应当保持孤独，并致力于研究思索，不断展现眼前的事物，以便为记忆储藏，提供材料时尤当如此。当你独处时，你全部是自己的，有了一个伴，只剩半个自己，并且同伴的品行愈差，所剩愈少。同伴越多，麻烦就越大。如果你回答说，只要我专注于做我的事，离他们远些，也就能更好地思量自然事物的形态。那我要回答，这可不容易办到，因为你难免不听他们闲聊。一仆难侍二主。你既不能尽朋友之情谊，又不能对艺术进行更加深刻的思索。假如你说，我可以远离他们，他们的话就钻不进我耳里，乱不了我的心神。我说，你会被人当傻瓜看待，因为这样一来，你还是孤身独处了。

[4]

[4]

尽管你可以通过讲述或撰写来精准表达事物的外形，但是画家却能够用画笔通过绘制事物表面的光与影，将它栩栩如生地展现。写字的笔是无法企及的。

首先，绘画是让物体像浮雕般呈现，并且在它周围不同的距离内的场景应呈现在具有三种透视学的前景垂直面内。透视学分为三个主题：第一个主题称为缩影透视，主要研究物体远离眼睛会变小的原因；第二个主题探讨物体的颜色随离眼睛远近而改变的方式；第三个主题研究物体的轮廓何以越远越模糊。这三种透视理论中的第一条论证出了眼睛（的结构），而另外两条论证了介于眼睛和可见物体之间存在的空气。绘画的第二个本质问题是适当的动作和形体适宜的变化，才使所有的人看起来都不尽相同。

如果你想知道你的写生作品与实物是否相符，拿一面镜子将实物映入镜内，并将其与你的画做比对，然后考虑一下这两个影像的主题是否相符。首先应当将镜子作为引导者。在许多场合下，平面镜上反映的影像和绘画极其相似。你看到画在平坦表面上的东西可以显现出浮雕感，镜子也一样能够将平面显现出浮雕感。和镜子一样，图画只有一个平面；图像是不可触摸的，图像中看似有弧度、有凹凸的物体，你却无法用手抓住，这一点又与镜子相同。镜子和图画都以同样的方式表现被光与影包围的物体，两者似乎都同样向平面内伸展得很远。镜子借助轮廓、阴影和光线使物体呈现出凹凸感，你拥有比镜中光线和阴影更强的色彩。如果你构图得当，并懂得调配颜色，你创作出的图画就会如同在大镜子中所呈现出的自然景色一样了。

[5]

[5]

躯体的界线是所有事物中最不重要的——这个命题被证明是真实的。因为一个物体的界线是一个平面，这个平面既不是身体平面中的一部分，也不是躯体周围的空气，而是置于空气和躯体中的媒介，这一点已经被证实。它们勾勒出了这个平面的轮廓线，并且轮廓线的厚度并不可见。因此，画家们，不要将你所画的躯体被线条包围，尤其是表现那些比实际要小的物体，因为这样它们的外部轮廓会变得不清楚，而且如果在远处看，很多地方也会看不见。

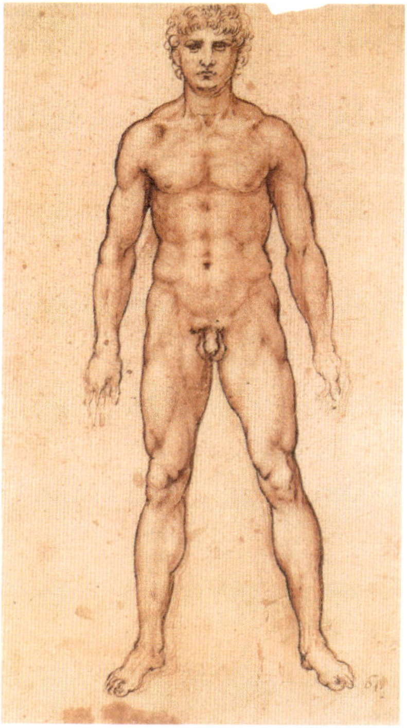 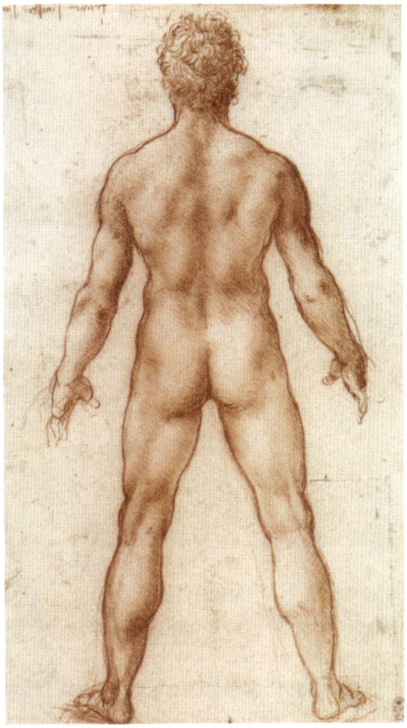

对于画家来说，彻底熟悉裸体状况下四肢在任何位置的动作是必不可少的事情。若要了解每条经络、骨骼、肌腱在各个动作中实现各种用途时的解剖原理，画家就应知晓牵动哪根神经和哪块肌肉会发生哪种动作。有些画家在绘画时仅仅画出肌肉突出而粗壮的地方，不表现其余的部分，这就使得他们笔下的人物看上去像木头，毫无优雅可言。于是你看他的画，就会发现人体不像人体，倒如一袋胡桃；肌肉不像肌肉，恰如一捆萝卜。

如果你想真正熟悉人物正确的优美的姿势，可以用细线把一个框架分成许多小方格，把这方格置于你的眼睛和写生的裸像之间，在那张用来画裸像的纸上也轻轻地打上同样的方格。在框格某一部分放上一小团蜡作为标记，使得你观看裸体人像时这团蜡正遮盖着颈窝；如果是背面，则遮盖一个椎突。纵线将会告诉你分别处在颈窝、肩头、乳头、体侧及身体其他部位下方不同高度处的全身各部分，横线将告诉你当人单足独立时，身体一侧比另一侧高出多少。体侧、膝盖、脚也类同。

在我看来，画家的主要优点就在于他能赋予人物一种优雅的风采。画家并非生就如此，他们应养成随时留心观察的习惯——四处观察，从许多公认的并非出自你的判断的容貌中挑选最美丽的部分。如果你选取与你自己的面貌相似的容貌，那很可能是自欺欺人，因为这种相似仿佛能使我们更加青睐。如果你长得很丑，挑选的面孔也不会很美，你将像许多画家那样，画出的面孔也是难看的，因为师傅的画像总与他们自己相像。因此，你应该按照我教你的方法挑选美丽的面孔，并牢牢记住。

我从亲身经历中发现，黑暗中卧在床上，将研究过的物体的轮廓或其他经深思而理解的事物，运用想象回忆一遍时，我感到获益匪浅——这是一种值得赞许的方法，有助于将事物更加深刻地牢记。

不要因为笑和哭的外貌有点相像，于是就把哭者的表情画成笑者的模样，实际上应该把他们表现得有所区别才对，因为哭是一种完全区别于笑的感情。哭泣时人的双眉和嘴唇会依悲伤原因的不同而有所变化，有人是因为愤怒，有人是因为痛苦和折磨，有人是因为丧失亲友的怜悯与悲痛。有人哭泣时流露绝望之情；有人哭泣却仍然带有节制；有人哭泣时泪流满面；有人哭泣时痛苦号叫；有人哭泣时仰天大哭，双手低垂，指头紧绞；有人哭泣时惊惶万状。一个流泪者紧锁的眉头连成一道，额头皱纹累累，嘴角下垂，一个笑者则嘴角翘起，两眉分离，平展无结。

手和手臂的动作应当尽可能表现出促使它们运动的思想意图，让明眼人一眼就能领会这些动作所要表达的思想意图。当高明的演说家试图向听众鼓吹什么时，他总是用手和手臂的动作来协助语言。当然，也有些蠢材并不这样装点他们的讲话，他们活像一个代替幕后人物发言的话筒。这是一种缺陷，在绘画人物时万万要不得。因为画中的人物只有通过它们的绘画者赋予的活泼的手势获得思想意图，否则它们就被人们看作双料死人——它们是画出来的人，这已经不是活人；再缺少表现生命的手势，就是再死了一层。

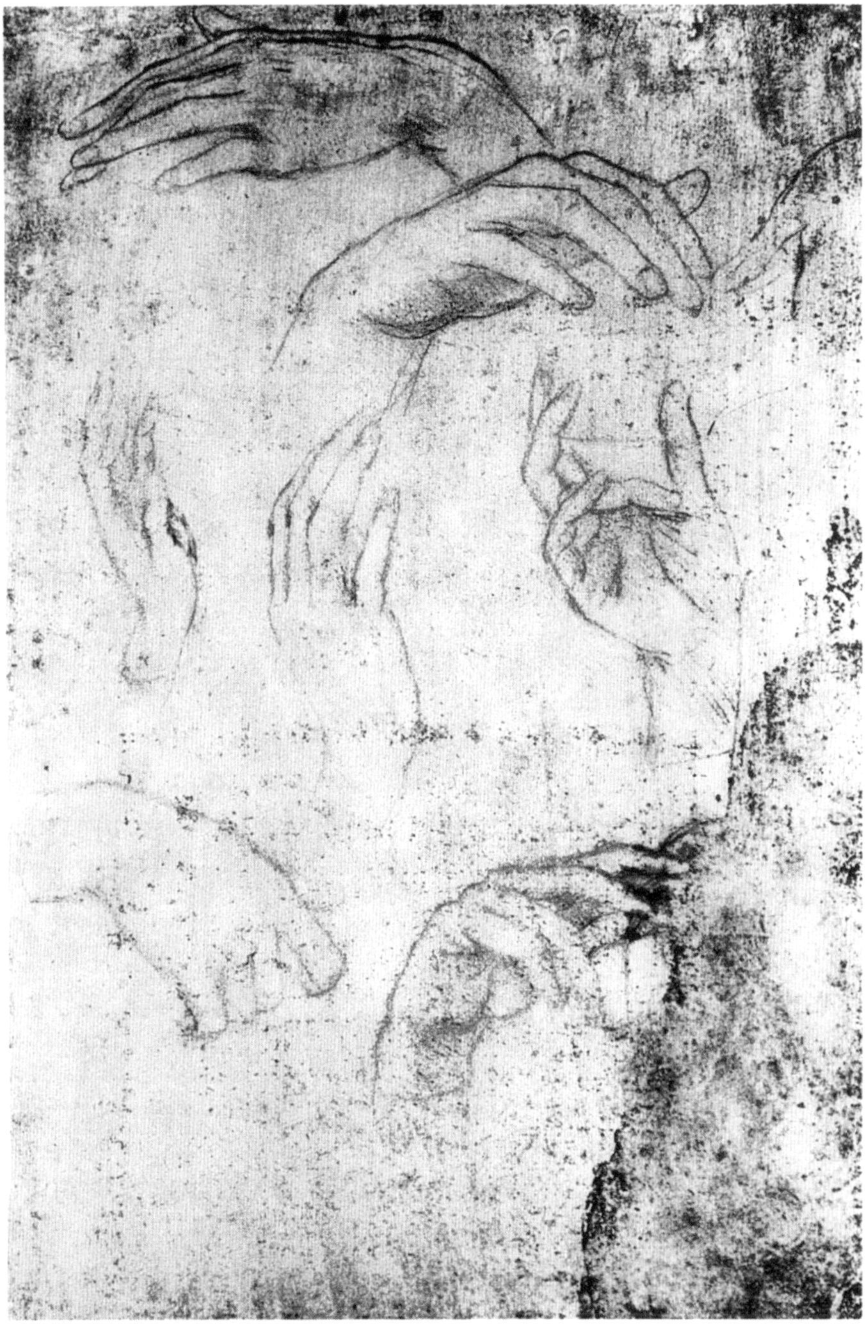

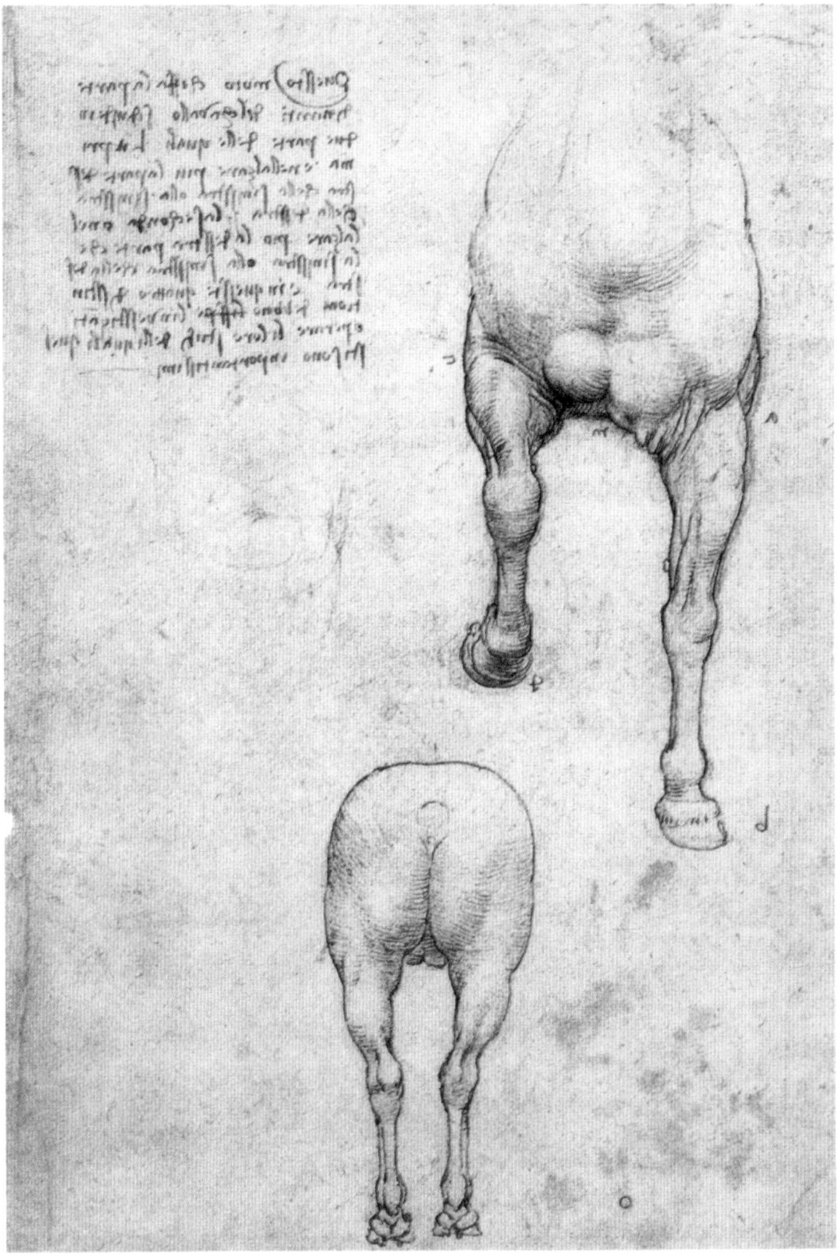

人行走的方式，一直是仿照四肢动物的行走方式，因为当它们在移动时，四肢是交错的，就像马在小跑时一样，人也是以同样的方式交错地移动四肢的。也就是说，如果他在行走时先迈出右脚，他的左手也在同时往前甩，换另一边也是同样方式。

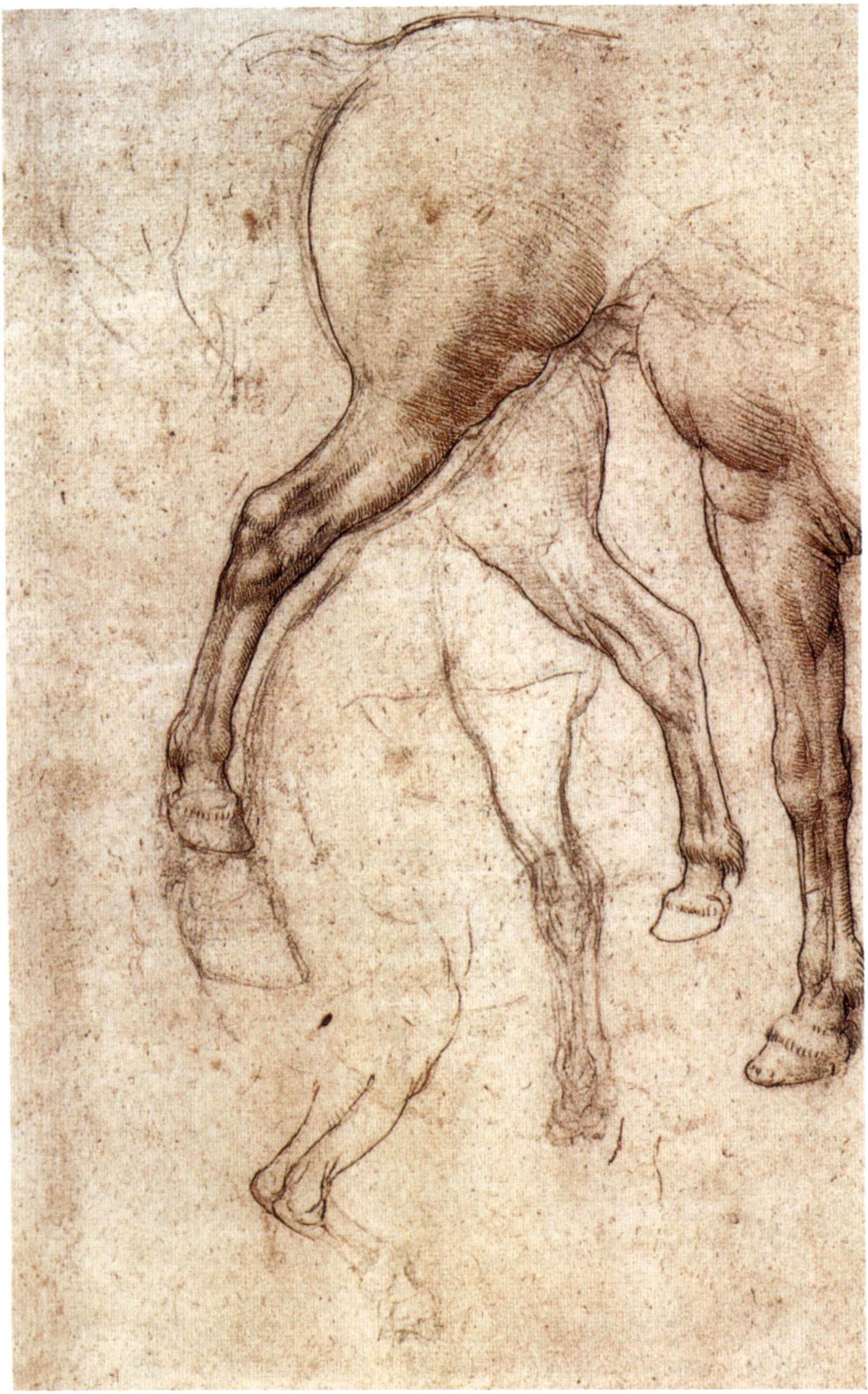

P.L.

巴维亚那座骑马的青铜像最值得称赞的是它的运动神态。

对古代作品的模仿比模仿近代的作品更强。

优秀和功利互不相容，正如要塞与人之间的矛盾一样。

小跑几乎是不受拘束的马的特点。

死气沉沉的地方亟须激动人心的意外之喜。

[注] 在巴维亚中心教堂前面的广场上，竖立着一座名为“乐吉索尔”的骑马青铜像，这是查理·马格尼从拉文纳搬来的。

绘画里最重要的问题，就是每一个人物的动作都应当表现它的精神状态，例如欲望、嘲笑、愤怒和怜悯。

一个优秀的画家应当描画两件主要的东西，即人和他的思想意图。第一件事做到很容易，第二件事情就很难，因为它必须借助体态和四肢的动作来表现。这方面的知识应当靠观察哑巴得来，因为他们的动作比任何人的动作都更自然。

在绘画中，人物的动作在各种情形下都应当表现他们内心的意图。

给你的人物画上充分表现他们内心意图的动作，否则你的艺术就是死的。

除非一个人物形象显示了表达内心激情的动作，否则就不值得一赞。一个用动作完善表达出注入画家热情的人物，这是最值得赞许的。

画家需要与绘画有关的数学知识；画家应该与志趣不同的朋友断绝关系；画家的头脑要有适应眼前各种事物的变化的能力；画家还应该无忧无虑。如果在你思考某个问题时，第二个问题突然出现在脑子里，你应确定这些问题中，哪一个问题更难，就迎着困难而上，深入研究，直到完全搞明白为止。然后再研究分析其他问题。至关重要的是，画家的头脑应该像镜子那样，能够如实地反映客观事物的万紫千红。他的朋友在这些问题的研究上应该与他志同道合，若找不到这样的人，宁可单独探索。

我肯定地说，合作作画比单独作画要好。这有许多理由：第一，如果你的作画能力很差，在作画人群中你会感到羞愧，羞愧的感觉能够激励人勤奋学习；第二，正向的羡慕能促使你加入优秀者行列，旁人的表扬是对你的鞭策，此外，你还能够得到绘画技巧比你高的人的指点。如果你的技术比别人高明，也可以从别人的缺点中受到启发，别人的赞扬能够促使你勤奋努力。

我们经常很容易就发现别人作品的缺点，而对于自己作品的缺点经常忽略，往往在批评别人作品中的小瑕疵时忘记了自己作品中的大毛病。要想避免这等无知行径，你必须通晓透视，完全了解人与其他动物身体的尺寸；关于建筑物及矗立在地面的其他物体的外形方面，你也要具有一位优秀建筑师的才能，这些物体的形状是无限量的。你知晓的形状越多，你的作品就越能更多地获得表扬。对于你不精通的物件，不要拒绝写生。

回到上面提到的问题上来，我说作画时应配备一面镜子，时时从中照见你的画，你就能见到画面已经反转，好像出于另一个人的手笔，这时你就能比其他时候更易于判断自己作品的缺点。

此外，常常放下工作，稍事休息也是好办法。因为休息之后再工作，头脑更加清楚，能够做出更准确的判断；如果工作时坐得太近也不容易分清，后退一段距离，画面会显得更小一些，眼观全貌，更容易看出物体的色彩和肢体比例的失调情况。

少年应当先学透视，再学习万物的比例，而后临摹名家的作品，借以养成画好人体各部分的习惯。再继之以自然作品的临摹，以巩固所学的课业。经常观摩绘画大师的作品。此外，务须养成将所学用之于实践，用之于工作的习惯。

画家应当通过摹写名家素描训练自己的手。在教师指导之下完成这项工作之后，就可以依据之后要谈的关于如何表现凸雕物体的方法，去描绘具有立体感的物体。

少年若想精通这门模仿一切自然造物的形状的科学，应当在学习中注重素描，以及和物体所处位置相应的光和影。

我们明白，视觉是最机敏的动作当中的一种，只要一瞥，不可胜数的形状已尽收眼底。可是它每一次只能理解一种事物。比如你一眼看见这页书，立时就能断定它遍布着文字，至于这是些什么字，它们讲什么，你当下是茫然的。想了解它，你必须逐字逐行阅读。这正如登高楼，最好一级一级攀登，否则是达不到顶点的。你们天生爱画，所以你们若想学得物体形态的知识，须由细节入手。第一阶段尚未牢记，尚未练习纯熟，切勿进入第二阶段，否则就虚耗光阴，徒然延长了学习年限。切记，先求得勤奋，勿贪图捷径。

素描家若想学有成效，在画素描时应当慢慢进行，仔细辨认各种光线中哪些最明亮，阴影之中哪些最黑暗，而明暗又如何交混。观察它们的分量，并互相比较。注意轮廓的朝向，注意线条上哪段向一边或另一边弯曲，哪些地方比较明显或不明显（即什么地方粗，什么地方细）。最后，作画时应当留心，要使你的明暗融合起来，像烟雾一样分不出笔触和边界。当你用心练熟了你的手和判断时，就会在不知不觉之间落笔神速。

你如果想把学过的东西牢记在心，试按下法行事：当你画同一物件已经多次，觉得已把它记住，试着不用模特画一次。然后用一片光滑的薄玻璃把模特摹下来，叠在不用模特画出的像上，仔细比较，注意摹像和画像在什么地方不合，当你发现自己错误之处，就下决心不再犯。你甚至可以再面对模特，将错误之处重画多遍，直到将其形象牢记为止。

光亮是黑暗的驱逐者，阴影是光线的阻碍物。

第二章　光与影

[1]

[1]

阴影具备宇宙间一些事物的共性。宇宙间这类事物，都像阴影一样虎头蛇尾。这里所说的开头的“头”与其形状和环境毫无关系，也无所谓这些事物是可见物还是不可见物。这并不像一颗小橡子从毫不起眼渐渐长成一棵茁壮的大树，情况恰恰相反，橡树刚刚出土的根部最为粗壮。

言归正传，阴影最深的是黑暗，最浅的是光明。所以，画家们请注意，越是靠近物体的阴影，越要画得深一些，不要让阴影忽然消失，而是要渐渐向光明过渡，仿佛没有止境一样。

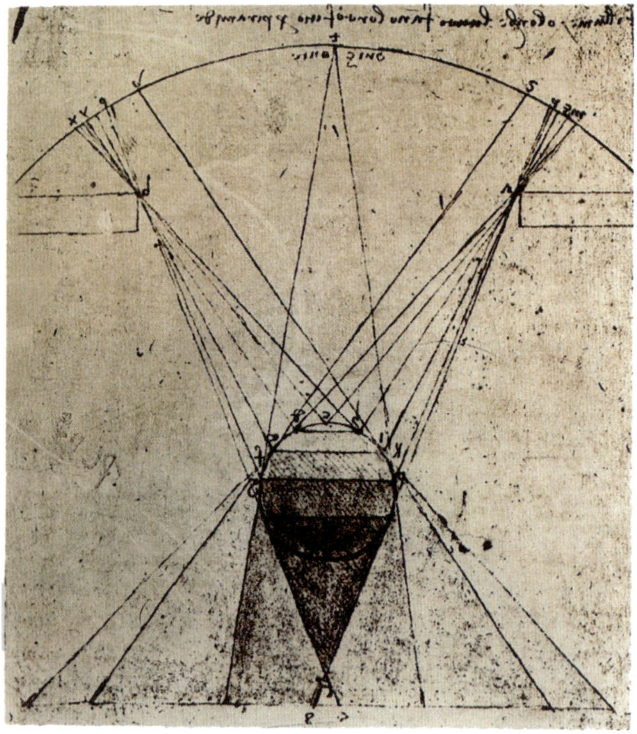

[2]

[2]

照在阴暗物体上的光线如果呈锐角，那么光线最强，而最暗的部分，光线夹角呈钝角，并且所有的光和影都成锥形。角c接收最强的光线，因为这里正对着窗户a、b和整个地平线mx。角a与角c略有不同，因为从角c中区划分出的角a和下面的那些角不同，且只有地平面的这个部分被拦截，且位于y和x之间。尽管侧边也同样获得了光线，但是并不强烈，因为一个角要小于其他的角。

角e、角i收到的光线较少，因为它们与光线ms接触较少，并且光线vx和它们的角差距很大。角k和角f都位于非常不相等的角中间，因此它们只有微乎其微的光线。因为角k只能收到光线pt，而角f也只能收到tq；og是最弱的光线，因为这部分根本没有光线，因此这个金字塔要配合金字塔c重新调整，并且这个金字塔l是在第一级阴影中；也同样因为此，它位于两个完全相对的相等的角中间，就像在任意一边，直线穿越物体的中心到达光线的中心一样。

在a点和b点，许多发光的影像投射在窗户框架内部，产生了一条光线，该光线环绕点4和点6之间的固体所制造的阴影。这块阴暗的影像始于og，终于点7和点8。

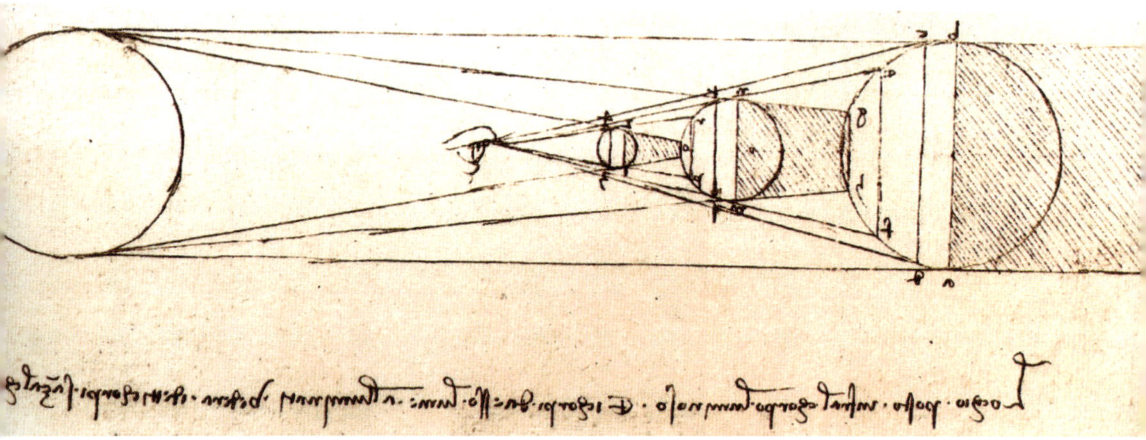

『a』 [3]

[3]

『a』当视线置于发光体和被其照亮的物体之间时，这些物体看起来就没有任何阴影。

眼睛是在三种情况下观察光和影的：1. 眼睛与灯光在所见物体的同一侧；2. 眼睛在物体之前，光源在物体之后；3. 眼睛在物体之前，光源在物体之侧，并且从眼睛引到物体的直线和从物体引到光的直线交成直角。

如果在发光的地方看到阴影中的一个空间，那么它要比实际中的更加暗。因为眼睛见到更强的光，瞳孔会成比例缩小。瞳孔收缩得越小，眼睛所看到的事物就越黯淡。一旦眼睛看到一片阴暗的空间，瞳孔则会放大，这样眼睛所看到的物体便没有其本身那么暗。

如果一个人把视线从一个置于阳光中的白色物体移到较暗的环境中，他会觉得所见到的一切都很暗。因为眼睛注视明亮的白色物体时，瞳孔大幅度收缩，会收缩超过眼球四分之三的面积，因此尺寸上的缺少，在注视的能力上也会变得有缺陷。

尽管你可能会对我说：正在飞落的小鸟几乎什么都看不见，并且它的瞳孔会把白色的东西看成黑色！对此我会回答说，我们必须注意到大脑对光感以及视盲状态的均衡控制。

或者说，人的瞳孔放大和收缩是根据围绕在物体周围光线的明暗，并且因为收缩与放大需要一些时间，因此人不可能马上接受光线或者进入黑暗的环境，同样，也不能从黑暗中一下子接受光亮。在绘制眼睛的过程中，我了解到了这些。

[4]

[4]

照射不透明物体的第一种光叫作特殊光，这是太阳光、从窗口射来的光、灯光等。第二种光叫作普通光，这种光多见于多云天、雾天等类似天气的时候。第三种光叫作柔和光，常见于黄昏或者清晨时，是完全处于地平线下的太阳发出的光。

主要的光源投射在物体上产生光与影。在物体上投射出来的光为反射光。

照亮物体的光源一般分为四种，它们是：普遍光，比如地平线上大气的光；特殊光，比如穿过窗口、门洞及其他有限口的太阳光；第三种是反射光；第四种为透射光，比如透过亚麻布或者纸张的光，但是透明的物体，即使没有光源照射在其表面，也会产生同样的效果，比如玻璃、水晶，或者其他晶体物质。

[5]

在光与影之中的物体，最弱光线照耀的部位将成为最小的光源。

物体m部分在最强的光源之下，因为这里面向窗户a、d，拥有最强光线；n位于m之下的第二层，因为光源b、d中的光线照向此处。o是第三层，光源c、d中的光线照向这里，p是最弱光源，但是光源c、d中的少量光线照在此处，q是阴影最重的地区，没有光线照在此处。

一个物体最靠近光源的地方最明亮，其他地方的光线成比例逐渐递减。

最多光线反射的地方最明亮。

『a』按比例计算，c、d成为a、d。那么n、r、s的光线将会比m的更暗，并且其余部分都将没有阴影。

『a』

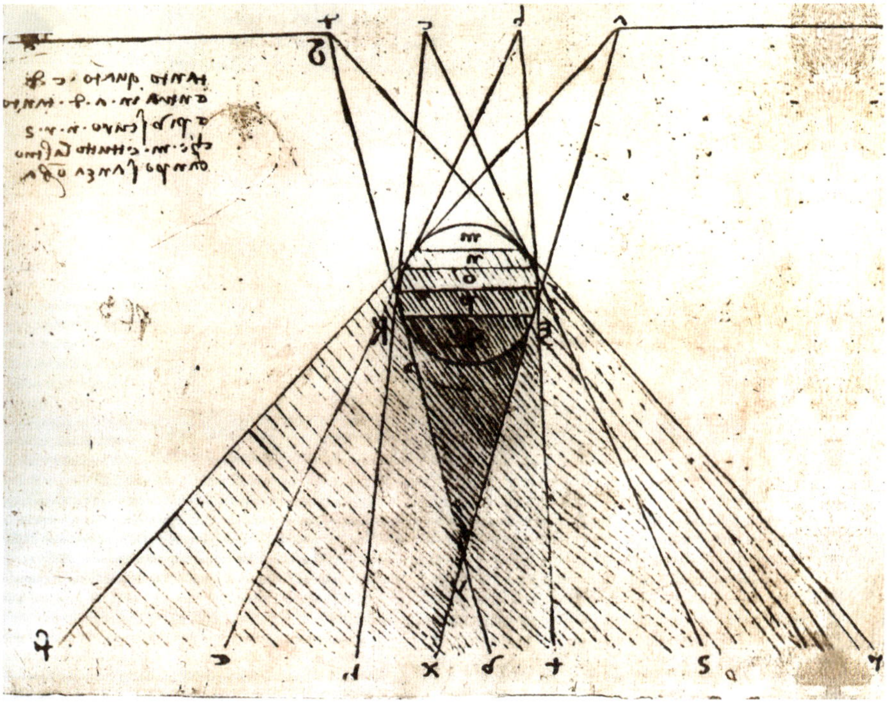

[5]

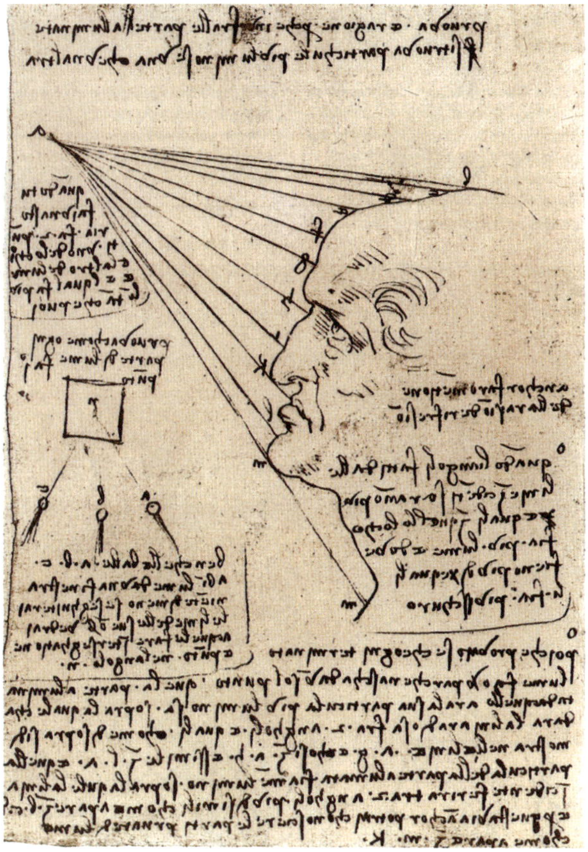

[6]

[6]

『a』被照亮的地方要比其他地方更加明亮的原因和证据。

『b』(这幅图)说明了光从其他方向覆盖一点。

『c』尽管球体 a、b、c 是从窗户外照射进来的光线，但是，如果跟随它们阴影的边线，你会发现它们在 a 点处形成一个夹角 n。

『d』因为每条确定或不确定的光线，都起源于一个单独的点，被这点光源照亮的一侧，与光源垂直的地方光线最为明亮，就像在 ag 之上，以及在 ah 和 la 中；在被光源照亮的一侧，光区最边线在两个不同夹角光线照亮区域的光线最弱，就像 bcd。通过这种方法，你也许知道哪个地方抢夺光源，如同 mk。

『e』我还会继续列举关于反射的理由。

『f』如果光幅的边缘夹角相等，那么相等处光亮最大，不相等处则会最暗。

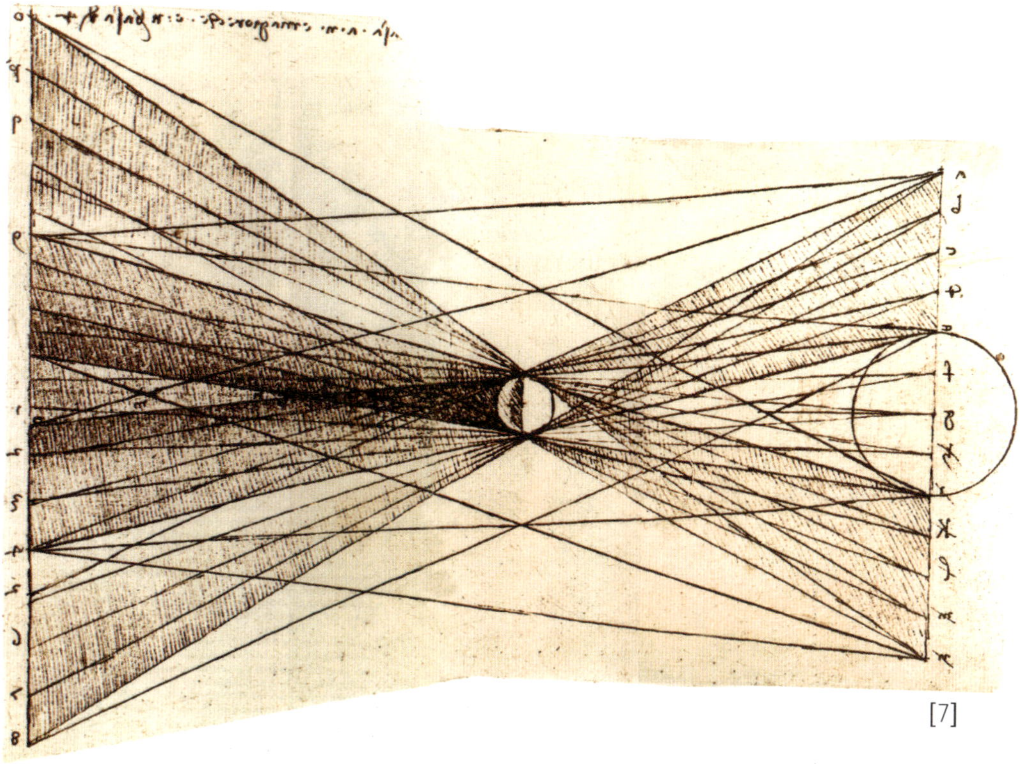

[7]

[7]

在这个图中，角8大于角4，因为它的底基an大于角4的底基en。此图最终应在an48的位置上结束。

发光的表面在阴影被横截的部分最亮，就好像一个物体被大量的光线照射。因此同理，如果一个物体被大量黑暗的光线照射，它就会变得更暗。

阴影的分支源于并受限于临近彼此的平面，格调相同，方向相反。末端处要比起始处更加暗淡，这被认为是光线的交叉所致。

[8]

[8]

在绘画时你要注意，有一些阴影在形式和渐变上是不明显的；这些球体表面有不同程度的光和影，就像有各种各样的光亮和阴影从周围的物体中反射过来一样。

不透明物体表面的阴影处或明亮处取决于它周围的环境，靠近阴暗的部分呈阴影；靠近发光体的部分明亮。

在光亮和阴影之间的物体，比起那些完全置于光亮或阴影中的物体，呈现出更强的浮雕感。

落在物体上的光越少，所产生的阴影就越大。光源越接近物体，它在物体上呈现的部位就越小；反之，光源越远离物体，它在物体上就会投射出一大片光。

如果一个光源比它所照射的物体小，它越靠近物体，它在物体表面上所投射的光的范围就越小；反之，当它越远离物体，它所投射的光的范围也随之变大。

黑暗即是无光。
阴影则是缺少光明。
主要的阴影就是负载在物体上的阴影，光线无法投射到的都是物体的侧面。

派生影从被遮盖物体中分离，随着空气传播。
反射影围绕在发光的表面周围。
简单影（动态阴影）不能看见产生它的光源。
简单影（动态阴影）起始于将它从发光体的边缘分离出来的线。

[9]

对于我而言，在透视中阴影最为重要。没有阴影，球体和固体就无法辨认，除非它们本身和背景有颜色上的差别。通常情况下，我说，每个球体都被阴影所包围，并且光与影如同衣服一样附着在它上面。

此外，这些阴影本身也有不同程度的暗色，因为它们由不同亮度的光线所产生。我称这些阴影为原生影，因为它们是第一阴影，并且覆盖了附着在它们上的物体。

这些原生影中产生出黑暗的光线，它们通过空气四散发射并且根据原生影的不同产生剧烈的变化；通常，我称这种阴影为派生影，因为它们来源于其他阴影。

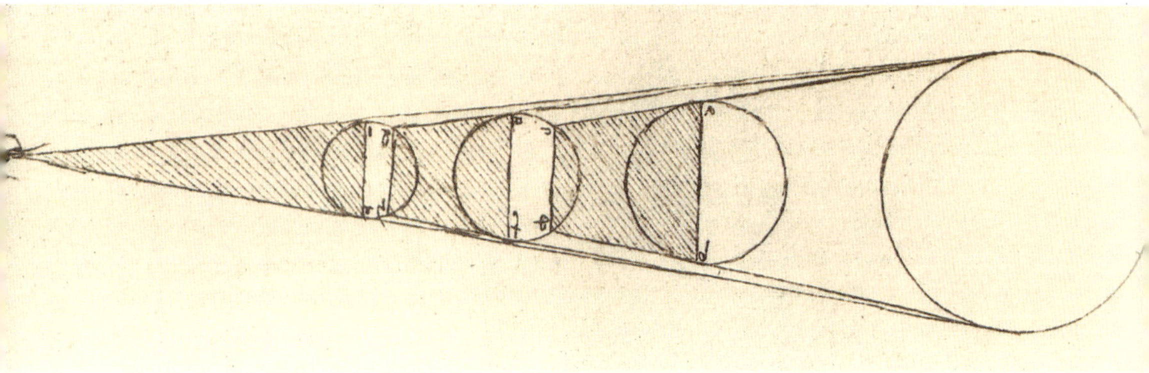

[10]

[10]

由于不透明物体的介入，光线减少，阴影产生。阴影是与不透明物体阻挡的光线相对应的。

这一点已经被证实，因为投影的形状相同，尺寸与光线转变的阴影有关。

每一个大于瞳孔的并且在发光物和眼睛中间的阴影物体，看起来都是黑暗的。

在最大角度上，被遮蔽光线覆盖的区域是黑暗的。

简单派生阴影分两种情形，一种情形为长度确定的，另一种情形为长度不确定的。长度确定的阴影呈正角锥形。长度不确定的阴影呈两种形状，一种呈柱状，另一种呈扩散状。这三种形状的阴影外轮廓均呈直线，但正角锥形的阴影，是由于产生该投影的物体小于光源，柱状阴影则是物体等于光源，而扩散状阴影是物体大于光源。

[11]

[11]

派生影有三种形状。第一种是锥形的，由比光源小的阴影体产生；第二种是平行的，由与光源一般大的阴影体产生；第三种是无限扩张的。光柱形的影子是无穷的，光锥形的影子也是无穷的，因为光源的锥体过了交叉点就成了另外一个无限的锥体，与有限锥体相对，只要它能找到无限的空间可供膨胀。

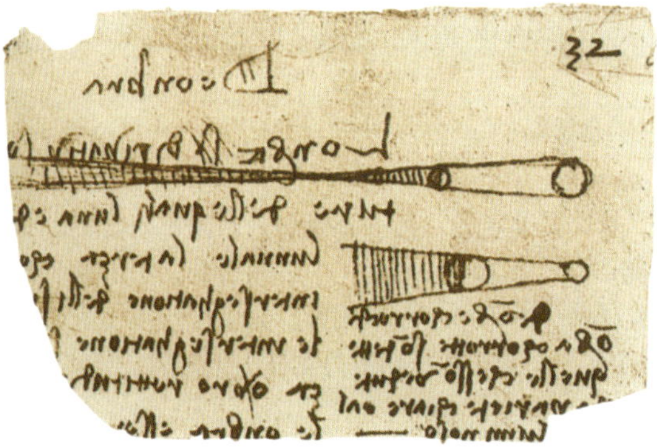

[12]

[12]

关于影：

派生影的投影有几种变化——派生影的投影有正和斜两种，正投影总比斜投影小，斜投影可无限延伸。

『a』

『b』

『c』

『d』

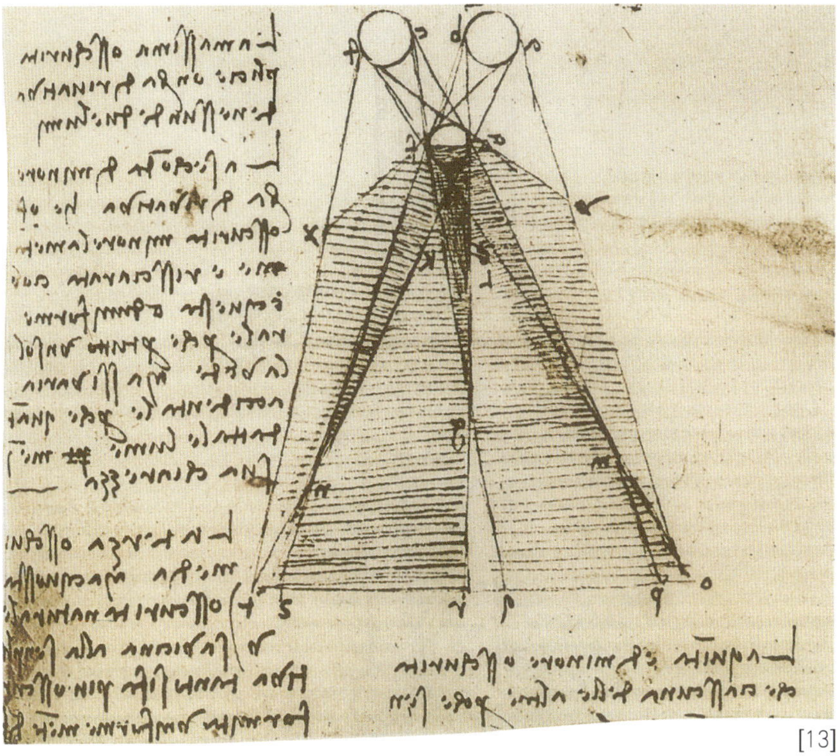

[13]

[13]

『a』阴影的最大深度在最简单的派生影中，因为这里没有被两条光线 ab 和 cd 照到。

『b』其次的深度阴影在派生影 efn 中，这里仅被一个光源 cd 照到，因此它的亮度仅有前者的一半。

『c』在自然的风格中，一切都是一致的，因为这里始终被两个发光体中的一个所照耀。但是它随着阴影条件而变化，与光源距离越远，所得到的光照也就越少。

『d』第三等深度在中间的阴影处。但是它与自然规则并不一致，因为它越接近自然派生影，阴影程度就越深，并且它随着距离的变化均一地逐渐减弱，这也就是说两光源距离增加，阴影增大。

第四等深度是阴影 krs，越靠近 ks，它就越深。因为这里从光源 ab 获取的光线较少，但是偶尔会呈现出更浅的深度，但是它更靠近光源 cd，并且经常暴露于两光源之下。

在阴影中，第五等深度最浅，因为它总是完全或部分地暴露于一个灯光之下，越靠近两个光源，越靠近外层 xt，就越浅，因为它们大多暴露在第二个光源 ab 之下。

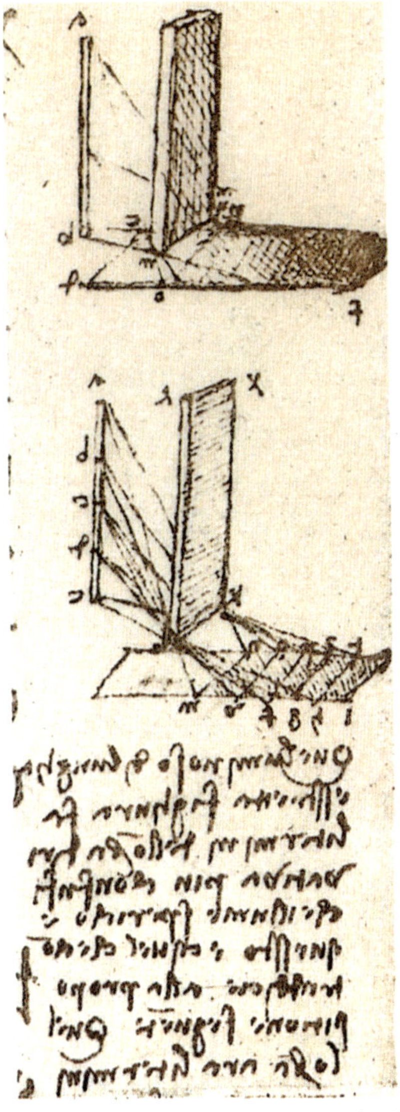

『a』

[14]

[14]

『a』一个狭长发光体要比一个球形发光体的外形让人更加容易混淆，而这就与下面的论点相矛盾：阴影越靠近原影，就会越发清晰地显示它的轮廓；这种现象源于发光体的延长体 ac，等等。

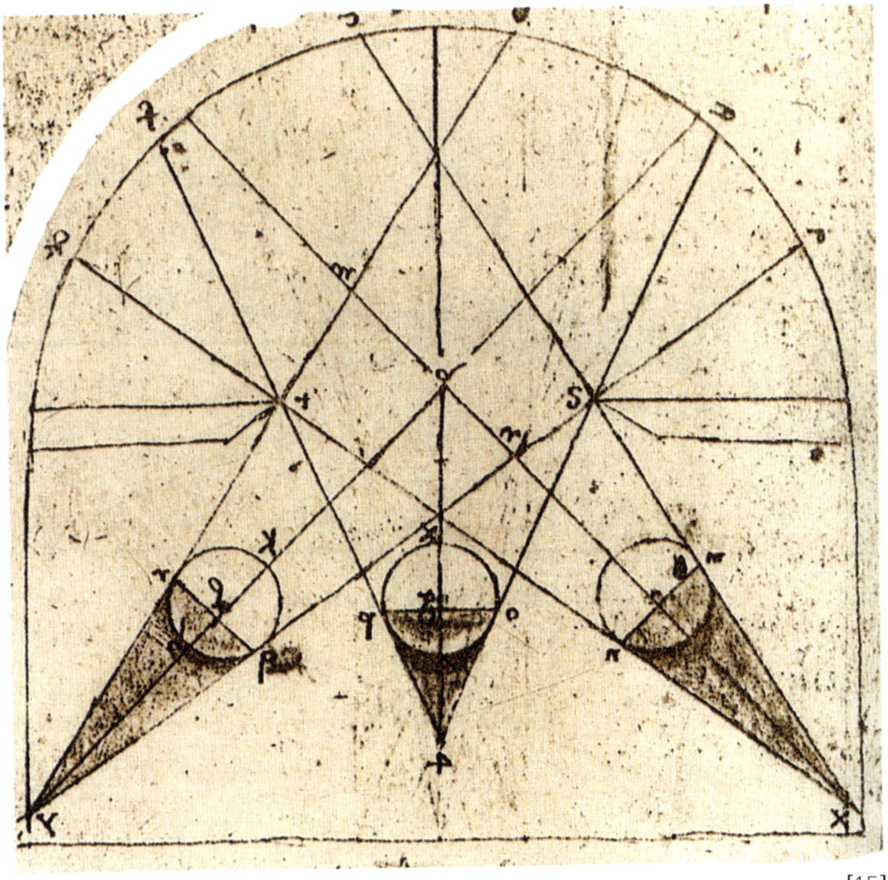

[15]

[15]

分散在一个由窗口照亮的房间里的物体，由于它们在这窗口的正面或斜面而有较短或较长的派生影；阴影物体之所以越接近窗口正中，它的影子比在旁的物体的影子越短的原因，是因为位于正中的物体能见到窗的实在形状，而旁边的物体却只能见到窗的压缩形状。对于正中的物体，窗子显得大；对于旁边的物体，窗子显得小。正中的物体可见球的一大部分ef，而在旁的只见球的一小部分，也就是说，qr见到ab，mn见到cd。居中的物体因为比在旁边的物体接收到更多的光线，并且被照亮点在中心点之下，因此所投射的影子较短。

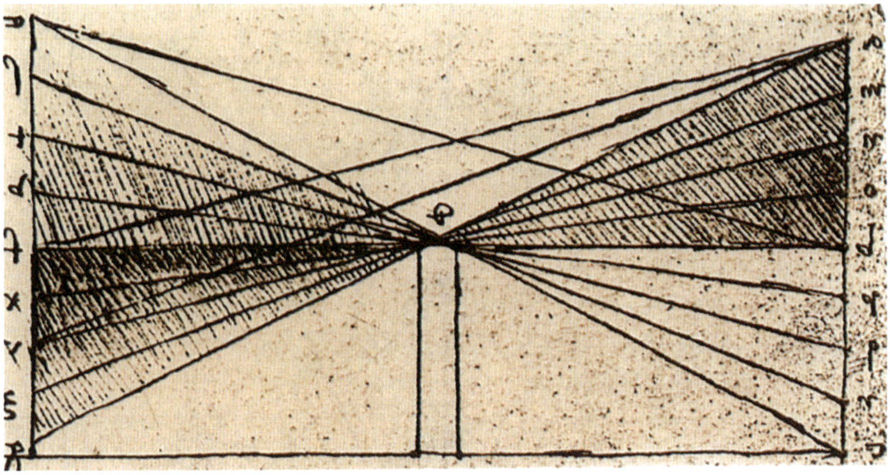

[16]

[16]

尽管在透视描绘法中描绘光和影，它们的宽度和长度会越窄越短，但是光线与阴影的质量与数量不会增加或缩减。

在光影因描绘而减弱时，光和影的功能将会给对面的物体投射阴影，或者照亮该物体，这要根据光影所投射到物体上的质量和数量来看。

当派生影越接近它倒数第二级的末端，所呈现的阴影就会越暗，gz在横截面之前的只有yz的阴影；通过横截面，它产生阴影mn；但是通过直线，它产生阴影am，因此它是阴影gz的两倍。yx通过内部产生阴影no，但是通过直线产生阴影nma，因此xy要比zg的阴影深三倍；xf通过横截面正对着ob，通过直线产生了阴影onma，因此我们必须说，xf之间的阴影是gz阴影程度的四倍。

令ab成为光源的一侧，则bc是主要光源，d是光线的拦截物，fg是派生影，fe是派生光源。

『a』

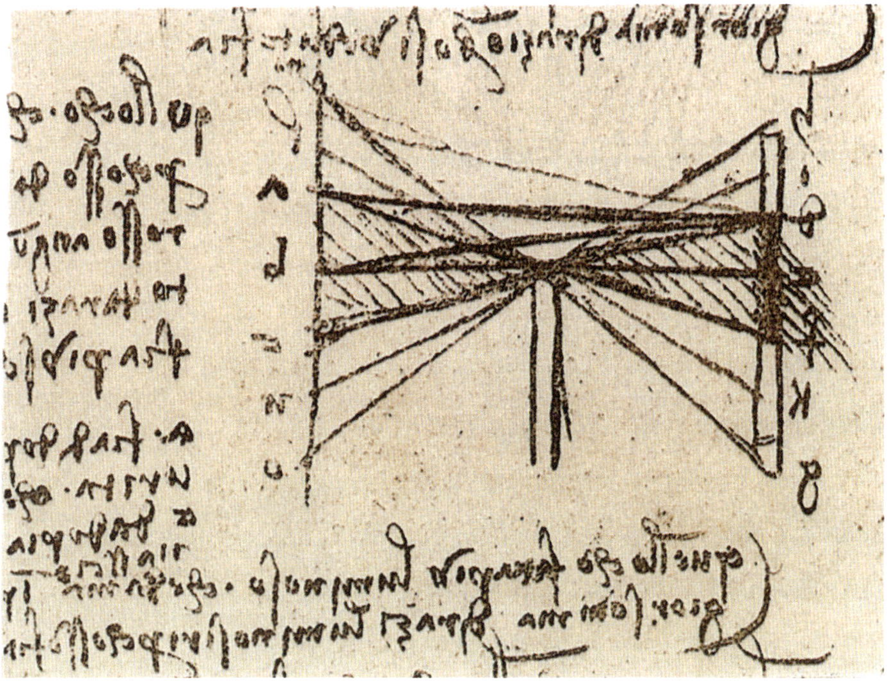

[17]

[17]

『a』当一个物体接收到大量阴影光线时，它就处在阴影之中；接收到被遮盖光线的物体也是处在阴影之中；a 的黑暗将是 b 的两倍，因为在相同距离内，它源于两倍大的底基上。当大量光线投射到一个物体上时，这个物体是亮的。d 是阴影 df 的起始，给 c 上色，但是 a 的颜色几乎没有；de 是阴影 df 的一半。整个阴影空间 e 给物体 a 带来了一些色调。

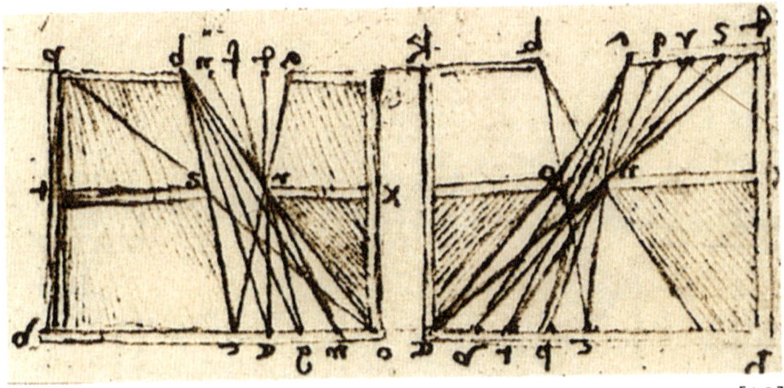

[18]

[18]

阴影的环绕混入了派生影和发光体的派生光亮。每一侧黑墙的派生影带有窗户传来的光亮，它是不同明暗程度的阴影与从窗户传来的光亮的混合；这些不同程度的阴影修饰了光亮的每个部分，除了光亮最强的c处。

为了证明这一点，令d作为原影，它转向点e，并且被它的派生影暗化。三角形aed也许可视，在此三角形中，角e对着遮阴的底边dae；点v对着黑影as，as是ad的一部分，e面对着三角形的整个底边，要比v的阴影程度更深。

结果，t的阴影程度不如v，因为（三角形）t是（三角形）v底部的一部分；同理，p没有t的阴影程度强，因为（三角形）p是（三角形）t底边的一部分，并且c点是阴影的末端，且是最亮的。

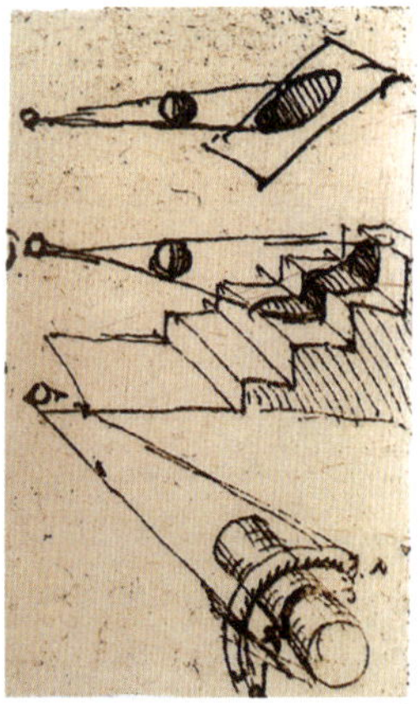

[19]

[19]

在同一横截面上，阴影看起来从来不是统一的深度，除非阴影表面的每个部分都与发光体的距离相一致。由此证明，阴影会显示更亮或更强，这取决于围绕它的背景更暗或者更亮。另外，背景会部分明或者暗，这与它距离发光体的远近成正比。距离相同的物体，光线处夹角越小的，反射的光就越亮。

距离横截物体越远的阴影，看起来越黑暗。

『a』

『b』

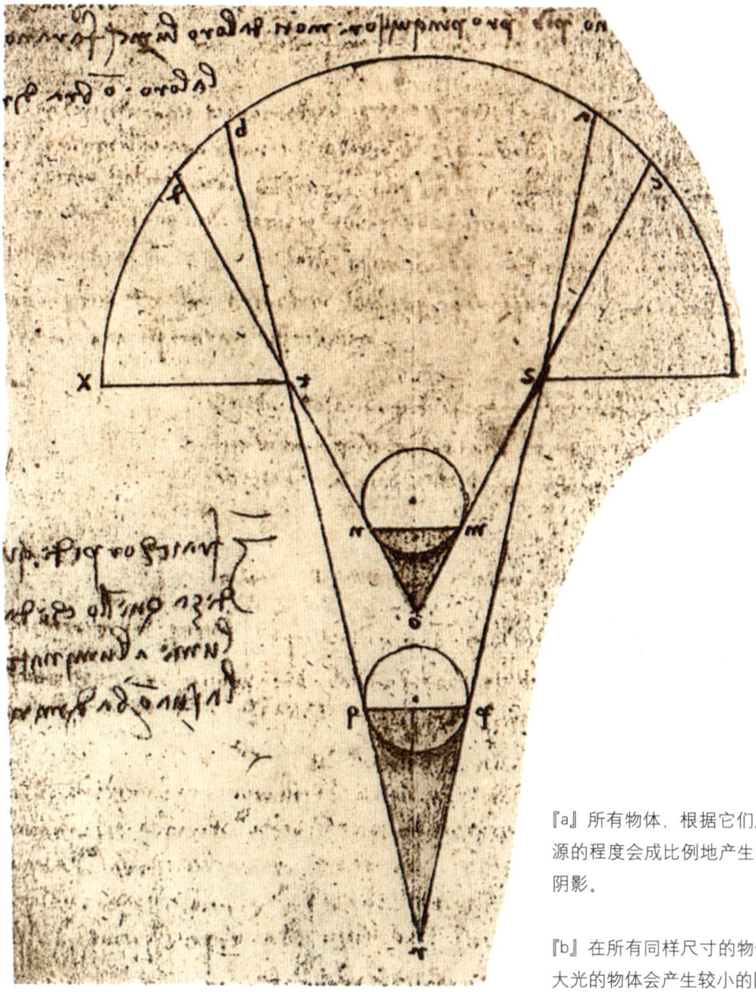

[20]

『a』所有物体，根据它们所靠近或远离光源的程度会成比例地产生出较长或较短的阴影。

『b』在所有同样尺寸的物体中，接收到较大光的物体会产生较小的阴影。

[20]

以实验证明上述命题。因为物体mn比物体pq接收更多的光线，正如上面证明的一样。设cabx是构成光源的穹苍，st是有光线摄入的窗口，mn、pq是挡着光线的阴影物体。mn的派生影将较小，因为它的原始影小而派生光大，并且原始光cd也大。pq的派生影则较多，因为它的原始影大。它的派生光比物体mn的派生光小，因为照耀它的一部分半球ab比照摄物体mn的一部分半球cd小。

几件相同尺寸的物体，位于眼睛相同距离的地方，背景光线稍强的物体更显小。

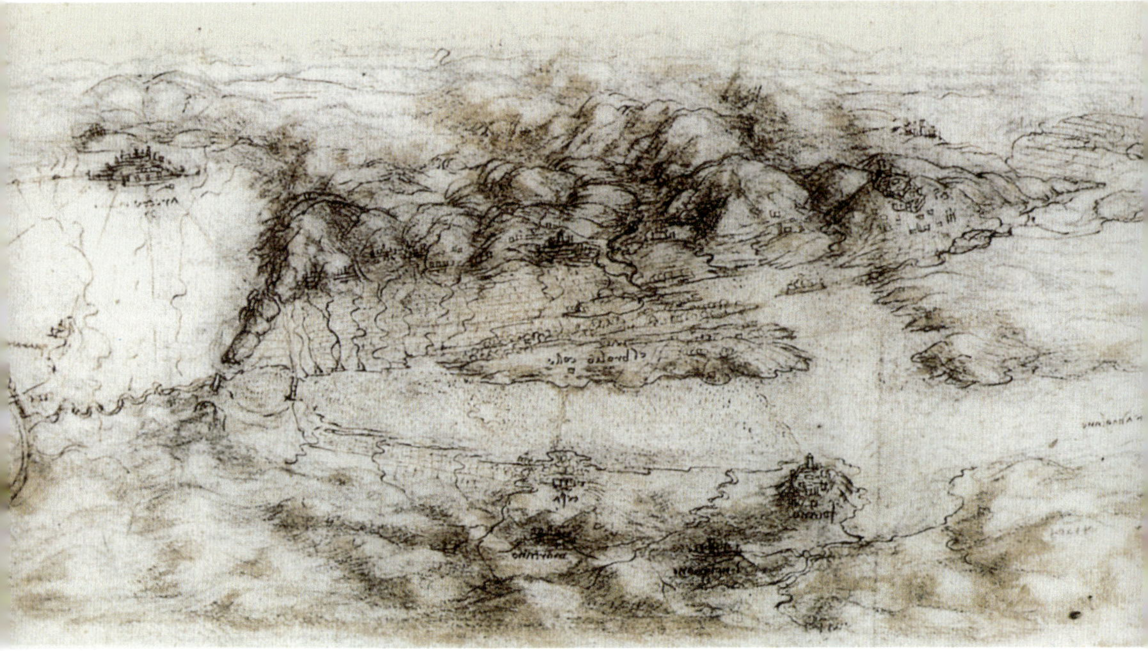

[21]

[21]

阴影就是缺少光，只有当致密的物体挡住光线去路时，阴影才会产生。（物体的）光是自然的发光体；一欲隐蔽一切，一欲显示一切。它们总与物体相随，总是相辅而行。但是阴影比光明更强，因为它阻碍光明，而光明则不能把不透明物体上的阴影彻底清除。

所有可视的物体都被光和影围绕。

以黑白两色绘制出来的物体，比任何物体都能显示出更显著的浮雕感。因此我提醒你，我的画家，尽可能用有限的色彩绘制你的人物！假使你用暗色绘画，物体会表现出很差的浮雕感，从远处看，几乎不可分辨。如果你使（人物）的服装变暗，那么它就缺少明亮反差；反之，如果用亮色，则反差就强烈。

当太阳出现在东方，你向西方看，会看到一切景物都充满光辉的形象，没有阴影。你的视角和太阳光是一样的，因为你和太阳的方向是一样的，并且远离太阳；如果你朝北或者南看，你会看到所有的物体都处在光和影之中，因为你看到向光和背光的两面；如果你朝向升起的太阳方向，会看到一切物体都在阴暗之中，因为在这个方向，太阳不能够照到它们。

太阳的影像在短波中要比在长波中更亮。这是因为，太阳的反映或者影像在小波中比在长波中更频繁地发生，并且有更多的光线反射出更多的光。

为什么人们在梦中用眼睛看的东西要比醒来看到的影像更清晰?

第三章　透视和视觉感知

[1]

[1]

山会显得稀少，因为只有相互间隔最远的那些才是可见的。在这样一个距离，密度的增加造成了强烈的亮光，以致山岭的黑暗被截断，山顶的色调尤其难辨。相毗邻的小丘之间存在着大量的雾，山也更不易见到，特别是在山脚。

那些热爱实践但是缺乏知识的人就像一个水手跳上了船，却没有舵和指南针，那么他永远也到不了自己的目的地。实践需要理论来引导，就像“透视”是一种手段，没有了它，绘画就无从进行。

透视是绘画艺术中最好的向导。

透视有这样的性质：它使平坦的物体凸显出浮雕，使浮雕物体显得平坦。

透视就如透过一片十分光滑透明的玻璃观察某一物体。在玻璃上可以描绘它后面的一切物体。这些物体形成一个锥形映入眼帘，这些锥形被玻璃平面切割。

透视学是一种合理的论证。这种理论肯定一切物体都遵循着锥形的线将其形象传入眼睛。所谓的锥形线，我的意思是指那些从物体表面的界线出发，逐渐汇聚并经过一段距离后汇集在同一个点的线条。我将指出，在这特殊的情况之下，上述点的位置在眼睛的内部。那些不可以再分割的东西，我称之为点。因为在眼睛内部的点不可分割，所以眼睛只能看见比这大一点的东西，既然如此，从物体引到这一点的直线必然是锥形的。

所有的透视案例都通过五个数学元素表达，它们是：点、线、角、面和体。

这所有的元素都与它们的同类相区别，它们既没有高度也没有宽度，既没有深度也没有长度，因此，我们总结出：透视是无形的，不占用物理空间。

线有三种，即直线、曲线和折线。直线没有宽度、高度和深度，因此除了它的长度之外，都是不可分割的，其两端是两个点。

两线交于一点就是角，角有三种：直角、锐角和钝角。

物体的外围叫作面，面没有深度，所以在深度方面，它和线、点同样是不可分割的。它只在长和宽两方面可以分割。有多少种产生面的物体就有多少种面。

具有高度、宽度、长度和深度的物体叫作体，体在这些属性方面都是可以分割的。体的形状既无限又多样。可见的体只有两种，第一种是无定形的，或是没有明确边界的，这些边界虽然存在但不可见，因而难以断定它的颜色。第二种可见的体是具有确定表面和分明外形的。

透视有三个分支。第一个分支研究物体远离眼睛时看起来变小的原因，称为缩形透视。第二个分支研究颜色离眼睛远去时变化的方式。第三，也就是最后一个分支阐明物体何以越远越模糊。即为线透视、色透视和隐没透视。

在相等尺寸的物体中，越远离眼睛的看起来越小，而越接近眼睛的看起来越大。

在手边的小物体看起来要比远处的大物体更大，从相同的角度看，它们会呈现同样的尺寸。

没有一个物体大到人们即使是在非常远的距离观看它感觉也要比手边的小物体更大。

如果两个物体相同，第二个物体与第一个物体的距离等于第一个物体与眼睛的距离，那么第二个物体呈现出的尺寸是第一个物体的一半。

相同的物体在距离眼睛相同的位置上，眼睛判断它们拥有相同的尺寸。相同的物品在距眼睛不同的位置，所呈现出来的是不同的尺寸。不相同尺寸的物体由于与眼睛有不同的距离，也可能会呈现出相同的大小。

不透明物体的缩形透视——在同样大小的不透明物体中间，它们尺寸的大小，随它们离眼睛距离之不同而变化，但是按反比变化，因为距离越大，不透明体显得越小；距离越短，不透明体显得越大，线透视就是建立在这上面的。

一匹马，腿比头先消失，因为腿比头细。同理，颈部比躯干先消失。因此，马身上到最后仍能够被眼睛所见的部分就是马的躯干，它虽然还保留着卵形，不过更接近柱形。根据上述第二个理论，它的宽度比长度先消失。

[2]

[2]

还有一种我们称之为“空气透视”的透视学，因为我们能根据环境的不同辨别出似乎位于同一基线上的各个建筑物之间的不同距离。比如，当我们翻越墙头，看见几幢建筑突出在墙头之上的部分大小相同。如果你希望在画中表示出它们一个比一个远，就应当将空气表现得厚重一些。你要是透过这样的空气眺望最远的物体，比如远山，你会看到它的颜色发蓝，和太阳在东方时大气的颜色几乎相同，这是因为在你的眼睛和那远山之间隔着大量空气的缘故。因此你应当给墙头之上的第一幢建筑施以它本来的颜色，较远的一个应使它的轮廓稍微模糊，颜色稍微蓝一些，再远一倍的画得更蓝，远五倍的蓝度也应是五倍。根据这个法则，你就能够使似乎在一条线上而大小又相同的各个建筑一目了然，使别人懂得哪一幢最远，并比其余的大。

无论什么时候，一个物体放置在较远的距离内，最小的区别会被人所忽略，然后会再忽略较大一些的区别——轮廓或者一些细节。最后留下的只是一个椭圆形或者球形的影像。

由于存在距离，黑暗或者眼睛与物体之间的雾气所产生的朦胧感导致物体的轮廓在大气中羽化。

当太阳升起，雾气被驱散了，山岭开始显露有雾离去的一面，雾气化为蓝色，并仿佛向着雾逃跑的方向放烟。建筑物显出了光和影，在雾不浓的地方它们露出亮光，在雾浓的地方则一无所有。这是在雾气沿着水平方向移动的时候发生的，这时雾的边缘因对着蔚蓝的大气而隐约难以分辨，如果它对着地面就会和扬起的尘土相仿。

面向西方的建筑物只会显露它发光的一面，其他面都会掩藏在雾中。

在浓厚空气中的城市，从高空俯视望去，看到建筑物的顶部都要比底部的颜色更重，而且更清楚，并且这些房屋的屋顶置于明亮的背景之中，这是因为眼睛看见它们处在低处的厚重空气之中。

如果不透明物体的真实轮廓在短距离内不可分辨，那么它们在长距离内则会不可见，并且由于轮廓让物体的真实外形得以显现。

我认为，物体在尺寸上减少的原因是因为它们远离视线，这是由于眼睛与物体中间隔着大量的气体，这些空气使物体变得模糊。因此物体的细枝末节就会变得模糊，难以分辨。

因此，画家们，让小物体显得有那么一些瑕疵，否则你就是在和自然作对！由于物体与眼睛的距离使得物体变小，而这段距离中填充了空气，大量的空气形成了一个密集的体，它干扰了视线，使得眼睛注意不到细枝末节。

经验告诉我们，空气必须有暗影在它之前，否则它就呈现出蓝色，如果你通过干木头制造出一小股烟，那么当太阳光在它上面时，它呈现出黑色。而当你在这股烟后放置一块黑色绒布，并且太阳光照不到这块绒布上，这时你会看到，在眼睛与黑色绒布之间会呈现出美丽的蓝色。如果把黑色的绒布换成白色的布，那么烟就变得很浓重，没有纤细的烟雾，没有完美的蓝色。因此适量的烟雾产生完美的蓝色。

水猛烈地拍打形成了浪。在黑暗的房间里，太阳光被允许制造那些蓝色的光线，如果水被蒸馏，蓝色的光线就越发生动，细小的烟看起来呈蓝色。我说这些是为了证明大气中的蓝色是由它前面的黑色产生的。

在清晨，雾的上层比底层浓厚，因为太阳把它向上吸引，这就是为什么你看不见高大建筑物顶层的原因，即使楼顶和楼底与你有同样的距离。天空的高处也因此显得比地平线处更加昏暗，颜色不呈蓝色，而是介于烟和尘埃的颜色之间。

雾气弥漫的空气毫无蓝色，竟和晴天时变白的云团的颜色相仿。你越向西望，越会看见黑暗；越向东望，越会望到明朗。碧绿的田野在朝雾中带上了青蓝的色调，浓雾会化为黑色。

我们所见到的大气中的蓝色不是它本来的颜色，而是由瞬间的水蒸气和太阳光照耀的分子产生的，考虑到这些光亮与无限的黑暗相冲突，因此我说，大气通过接收阳光中的水蒸气伪装成天蓝色。

再一次，我们也许会注意到灰尘的颗粒、烟雾中的颗粒、阳光的不同，当我们通过洞进入一个黑房子中，会看到灰烟和细烟呈现出最美的蓝色。那么，当眼睛和远山的阴影中间有空气的时候，远山的阴影看起来会非常蓝，尽管那些山最亮的部分会和它们的真实颜色有很大的差别。

黑色把一切事物都染上了它的颜色，一个物体能够区分出来的黑色越多，剩下的色彩就越靠近它本来的颜色。

所有的颜色，当置于阴影之中时，都呈现出相同的黑暗。但是所有的颜色，当置于光亮中时，从不改变它的本质颜色。

因为我们知道颜色的质量（只）依靠光亮，仿佛那里有最亮的光，物体的真实色彩才会被最完好地体现出来。而有阴影的地方，颜色就会被阴影所影响。因此，画家们，记住要在明亮的光线中展示你作品的颜色质量。

在阴影中显示颜色会或多或少地受到阴影的深浅的影响。但是如果是同样的颜色放置于明亮的地方，颜色也会受到亮度的影响而变得更加鲜艳。

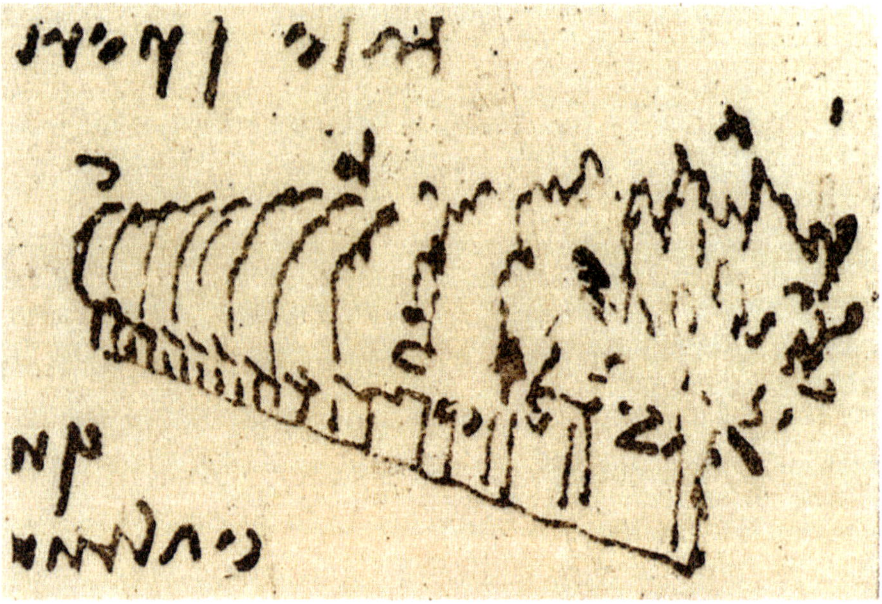

[3]

[3]

如何将颜色透视应用于实际？你可以选取相隔一百意尺[注]的距离，这其中要有树木、房屋、人和田地。先拿一片玻璃，固定其位置。用眼睛观察第一棵树，在玻璃上按树的形状画一棵树，然后水平移动玻璃使真实的树木紧靠你的图画，然后在画上着色，使得两者的色彩与形状都极其相像，如果你闭上一只眼看，两棵树仿佛都是同样画在玻璃片上，并在同一距离上的。

用同样的方法描绘纵深相距一百意尺的第二棵树、第三棵树。这些图画能像助手与老师一样，帮助你画有关的图，并能使你画出的作品按正确的比例减退。但是我发现，若是第二棵树距离第一棵树二十意尺，那么它照例减为第一棵树的五分之四。

[注] 意尺（braccio，复数为braccia），意大利长度单位，一意尺约等于六十六至六十八厘米。

同样尺寸的两个物体在相同的距离内，白色的物体会显得尺寸更大。

同样尺寸同样颜色的两个物体，距离越远的，看起来就越亮，体积越小。

很多尺寸较大的物体会因为它们的颜色而在远处失去些可见部分，同样是因为颜色的原因，许多小尺寸的物体在远处仍会保持它们的可视度。

如果物体具有和天空相同的颜色，那么在适度的距离下，该物体会保持它的可视度；如果物体的颜色比空气还苍白，那么它在远距离下还能保持可见度；如果物体比空气更黑暗，那么在短距离中，该物体便不可见。

但是若这三种物体在与自身颜色反差极大的空气中，即便是在最远距离，都仍然可见。

在所有动物中，视线都是要有亮度的，如果有人拿夜行动物来反驳我，那么我要说这也是来源于同样的自然法则。

因为很容易理解的就是，接受物体影像的感官从不会拒绝任何可视视觉影像。相反，存在于物体与感官之间的大气包含了物体的形态，并且通过与感官的联系将物体传给了它。如果物体——无论是声音或者气味——展现它的精神力量给耳朵和鼻子，那么光线不成为要求，并且不起作用。如果物体没有光亮，它们不会将自己的影像传递给大气，因此眼睛也就不会通过大气接收到它们；因为大气没有承载其影像，即便是它们直接接触物体的表面。

如果你说有许多动物在夜间活动，我的回答是，当只有极少量的光线被其眼睛自然接收，它们还可以通过强大的听觉和嗅觉感官直接感知物体的存在，而这与黑暗没有关系。它们在这一点上超越了人。如果你让一只猫白天在瓶瓶罐罐上跳跃，你会看到这些罐子不会破碎，但是如果你让它在夜晚做同样的事情，很多瓶瓶罐罐会破碎。夜鸟除非等月亮完全或者部分照耀，否则它是不会飞的。或者它们就在傍晚与深夜时进行采食活动。

没有人能够逃脱光与影，光与影都是光引起的。

若眼前的物体将自身的像传给眼睛，眼睛也能将像传给物体。同样，在物体前面，发自眼睛的像不会有任何部分的缺失，不管这确实是由于眼睛的原因还是因为物体的缘故。因此，我们不如相信吸引和摄取大气里物体的像是透明大气的能力和性质。

若眼前的物体将它的像传递给眼睛，眼睛同样将像传递给物体。由此看来，好像这些像具有非本体的本领一样。若真如此，则每个物体必定迅速变小；因为每个物体以其在眼前大气中的像表现出来，也就是整个物体映现在整个大气或部分大气中，可以说，大气本身能容纳各个物体发射的像的直线或辐射线。

因此，我们必须承认，在物体中间的大气，具有和磁铁一样能把其中所有物体的像牢牢系住的性质。

所有的物体传播其影像都依靠锥形；越靠近眼睛的物体，其横截面越小，它们的这种影像就会呈现出来。

如果你让我用实践来证明这些论点，我会告诉你，观察那些跟你移动时消失的点，当你在笔直的犁沟中行走的时候，在路的尽头你会看到所有的犁沟都相互彼此靠近，并最终连接到了一起。

靠近眼睛的物体，它可能被很容易地认出来，因为如果你靠近其他人，你会在他们的眼睛中看到自己的影像。

自然把瞳孔的平面放置在了眼睛结构的凸面中，所以周围的物体也能够将其影像印在眼睛中，如果眼睛是平面的，就要比凸面的视线角度小很多。

物体的影像投射到瞳孔口的玻璃球体上，玻璃体的左半球被右半球的光线照到，另一侧亦然；然后光线渗透到整个玻璃体中。

当眼睛径直通过锥形视线看到物体，物体的影像就会被眼睛清晰地捕捉到。

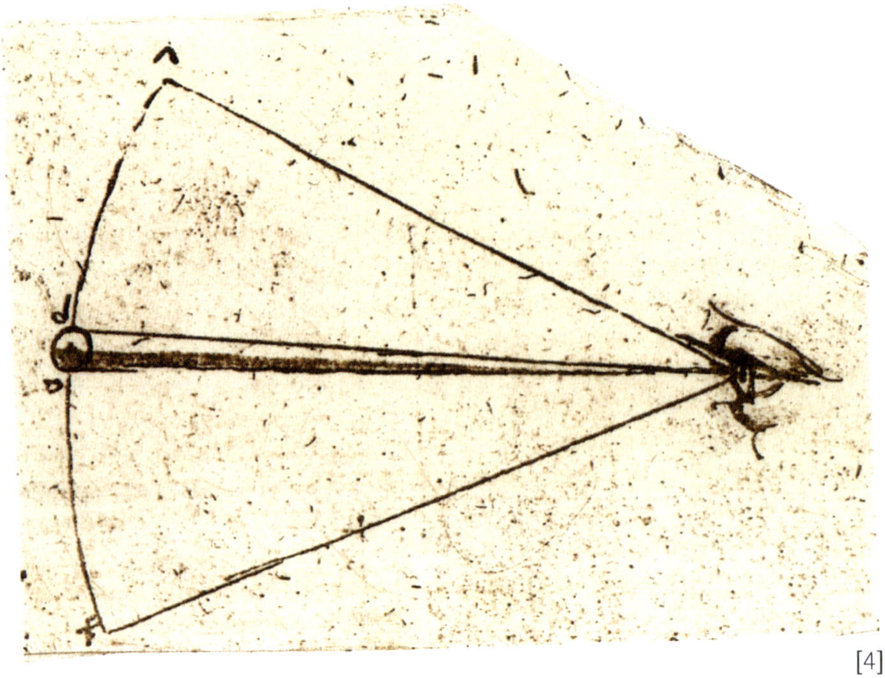

[4]

[4]

所有物体的影像都是通过眼睛中的小孔在眼中成像，因此如果整个地平线ad能够穿越眼睛的孔，bc就会成为这个地平线非常小的一部分，多少空气会填充进这个巨大半球中的极小的影像呢？在黑暗中，发光体比其他的物体有更多的能量，这就很明显，由于眼房是十分黑暗的，所以远处物体的影像在极明亮的天空中失去或被混淆了。

两匹马沿着平行的跑道奔向同一目标，假使眼睛从两条跑道中间望去，可以见它们越跑越相互靠拢，这是因为映在眼睛上的马的影像往瞳孔表面的中心移动。

几个相等大小的物体之间，离眼睛最远的一个显得最小。

我们所见到的每个物体在半夜都要显得比正午时分的尺寸要大，在早上显得比正午时分大。

因为瞳孔在正午时分要比一天当中的任何时候都小。

就像猫头鹰的瞳孔，在晚上它能比人看到更多的光线；在正午时分，它什么都看不见，因为此时它的瞳孔收缩得很小，而在夜间，它的瞳孔很大。

如果眼睛看距离太近的物体，就无法分辨得清楚，就像一个人试图看见自己的鼻尖一样。因此，通常来说，自然让我们永远无法将一个完整的物体看清楚，除非物体和眼睛之间的距离相等，至少距离脸的长度相等。

围绕眼睛黑色中心的透明液体的作用就像打猎场上猎犬帮助猎人获取猎物一样。由知觉器官引出的液体只感受到物体而没有把握住事物，它只把物体影像迅速地转移到与感官方向一致的中心光束中，这就抓住物体的形象并随意把获得的物体影像限制在记忆中。

当眼睛习惯了黑暗，如果突然接受光亮，眼睛会受到伤害，即使快速闭眼也让人无法忍受光线。这是由于瞳孔习惯了在黑暗中辨别物体、影子以及透视影像，因此瞳孔扩大。而此时，光线突然进入，造成了瞳孔一下接受太多的光线，这极可能对眼睛造成伤害。

晚上，我们可能都有被突然而来的亮光刺痛眼睛的经历。如果有可能观察，你可以记录一个人在黑暗中突然遇到蜡烛或者其他光源带来的亮光时瞳孔的变化过程。

如果你看太阳或者其他光源，然后闭上眼睛，你会看到相同轮廓的影像在你眼中停留很长的时间，因为光源的影像传入了眼睛。

眼睛是心灵之窗，是人的主要器官，人依靠眼睛才能最全面、最广泛地认识大自然的无限作品。

画家的头脑必须像一面镜子一样，要总是反映物体的颜色，并完全被影像占据。

第四章　研究与素描

[1]

[1]

一个正在饮酒的人把杯子放回原处，掉头对着讲话的人。
另一个人双手手指交叉，蹙着眉望着同伴。
另一个人摊开双手，露出掌心，两肩高耸触耳，一脸惊讶。
另一个人对邻座耳语，他一手拿着餐刀，另一只手拿着刚切了一半的面包，转头听同伴讲话。
另一个人转身的时候，手中的餐刀打翻了桌子上的一只玻璃杯。

[2]

[2]

另一个人双手放在桌上，瞪着眼睛。
另一个人张大嘴巴喘着气。
另一个人欠着身子，手搭凉棚在眼睛上，看着讲话的人。
另一个人把身子缩在一个身体前倾人的后面，从墙壁和那个身体倾斜向前的人中间窥视讲话者。

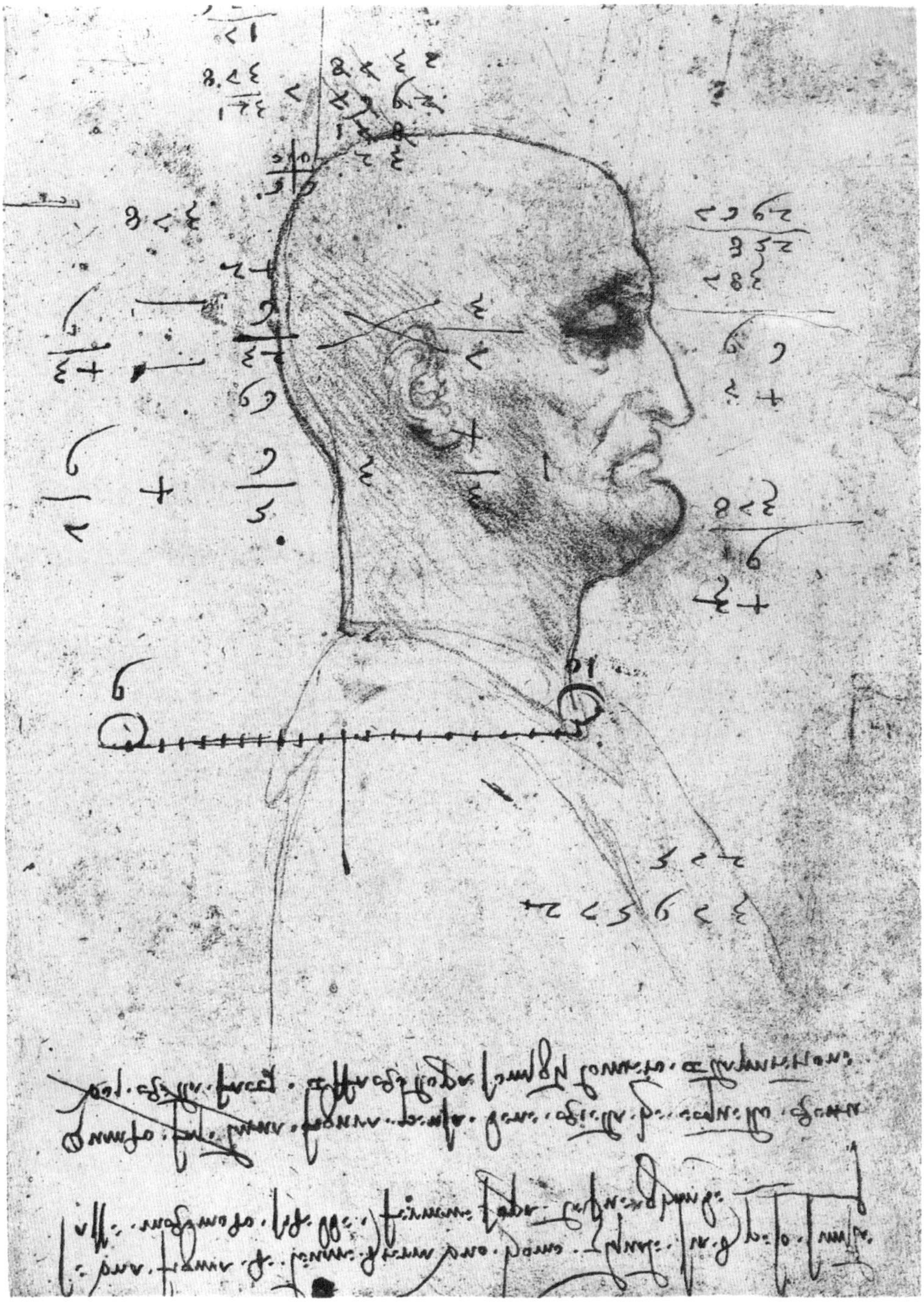

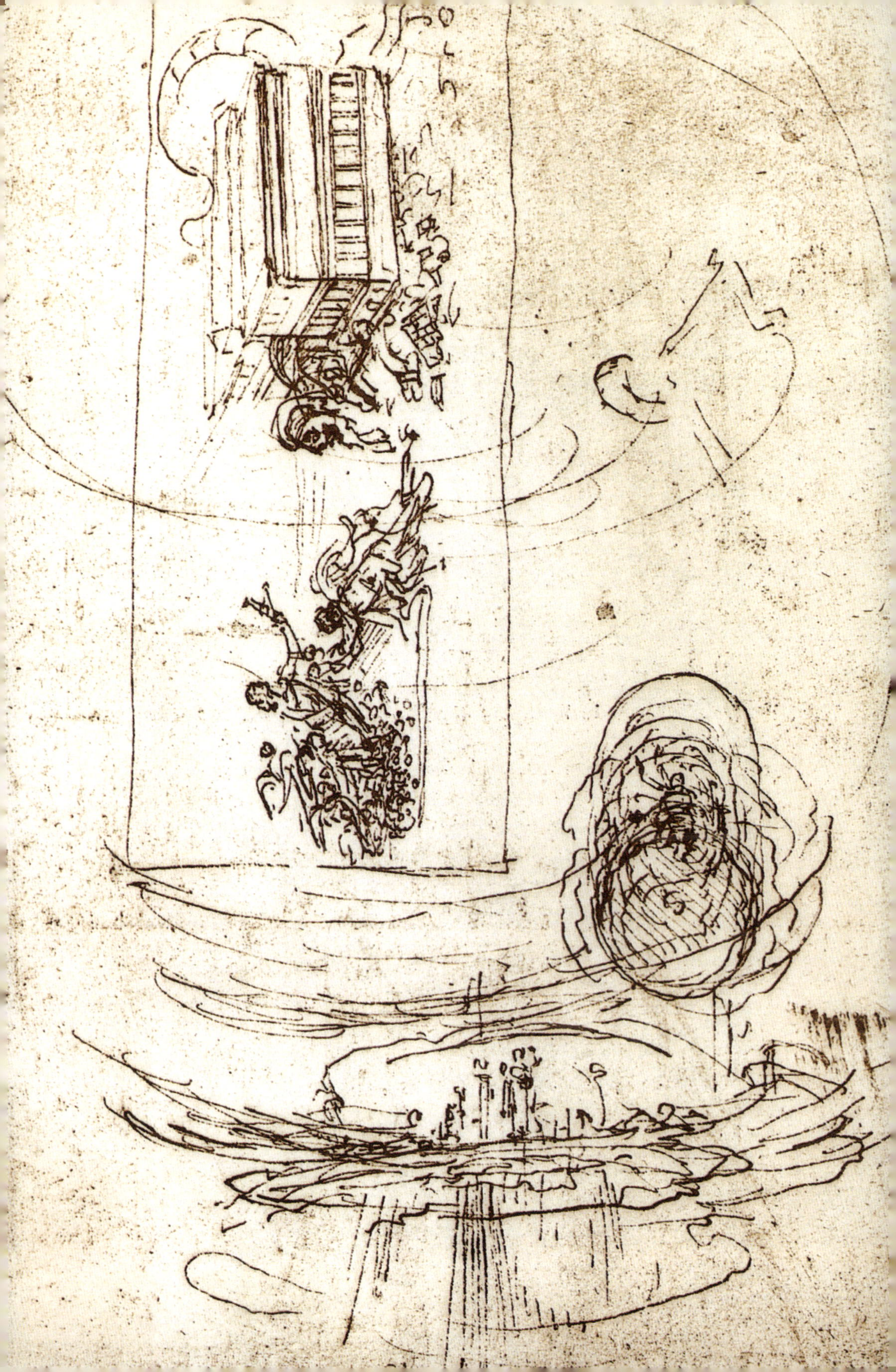

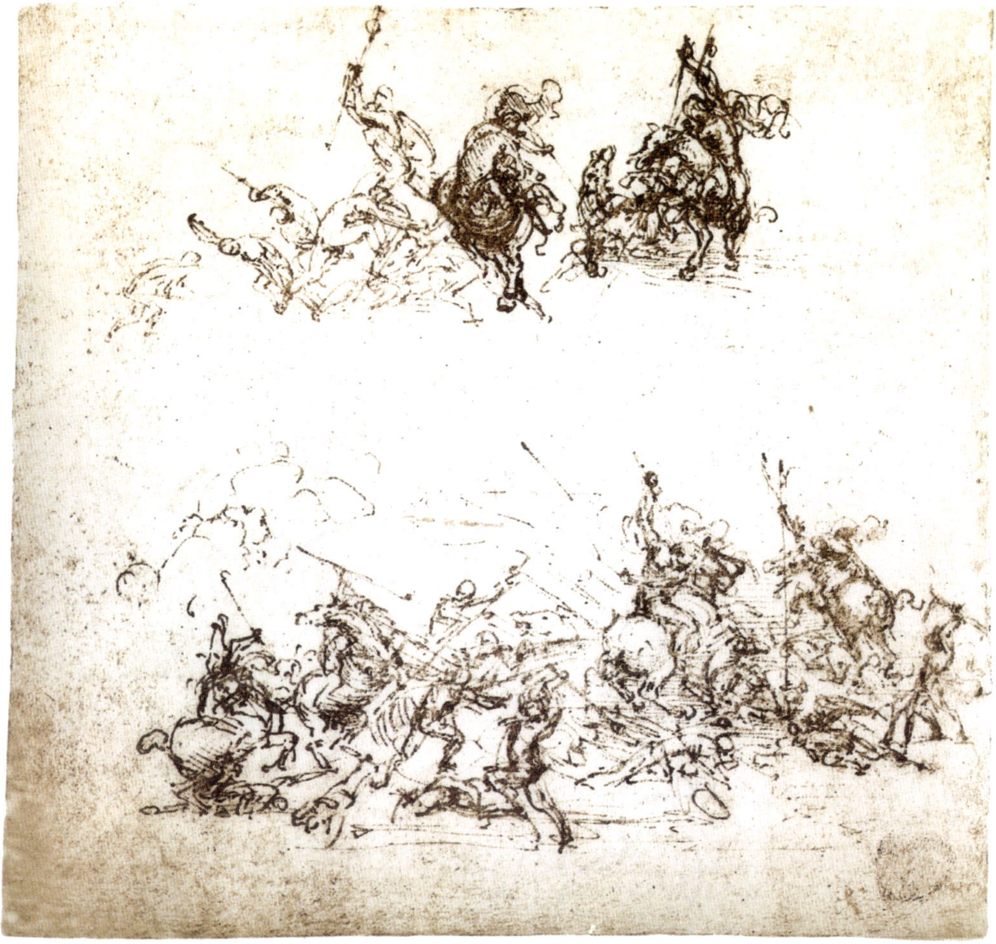

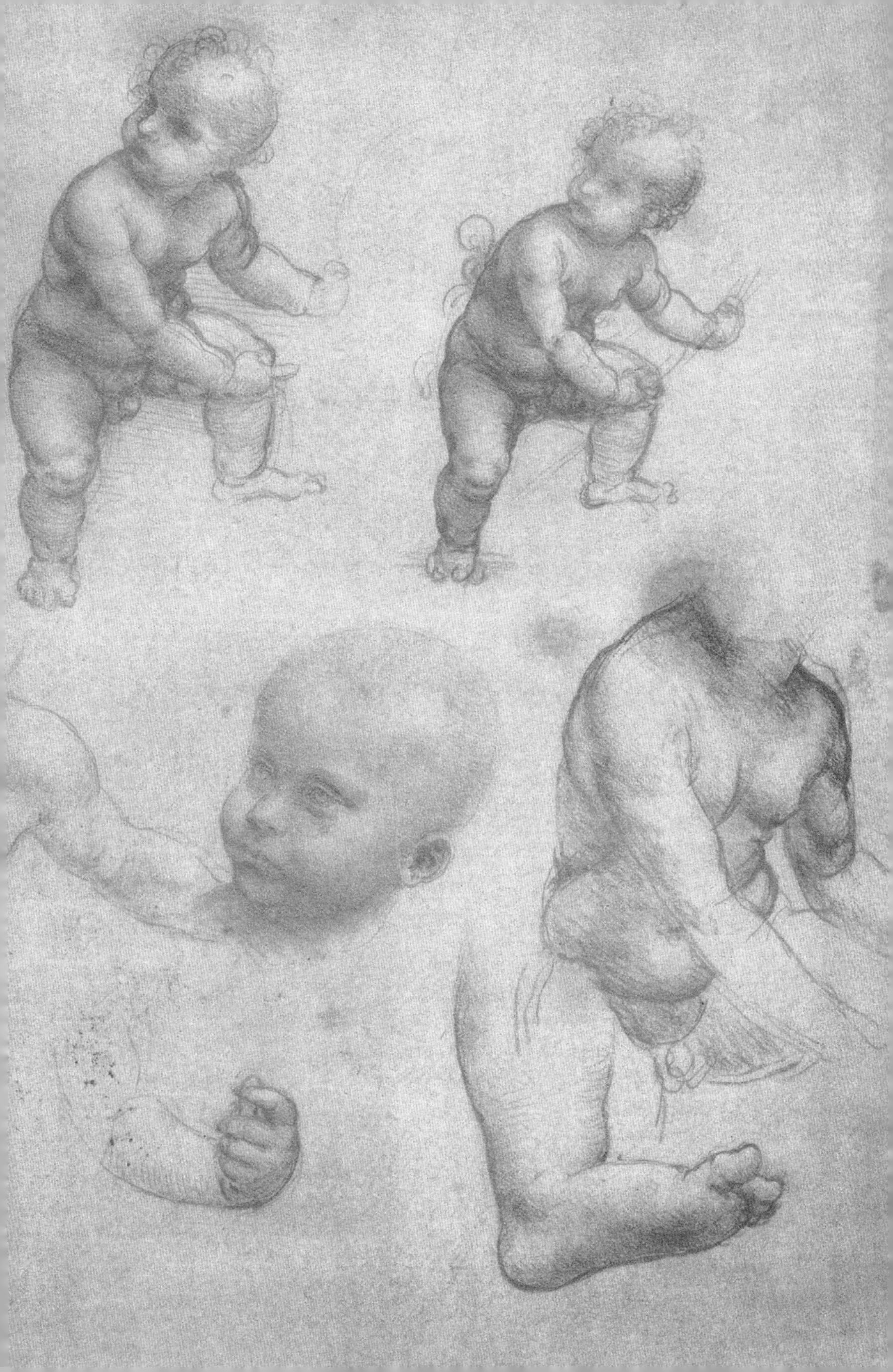

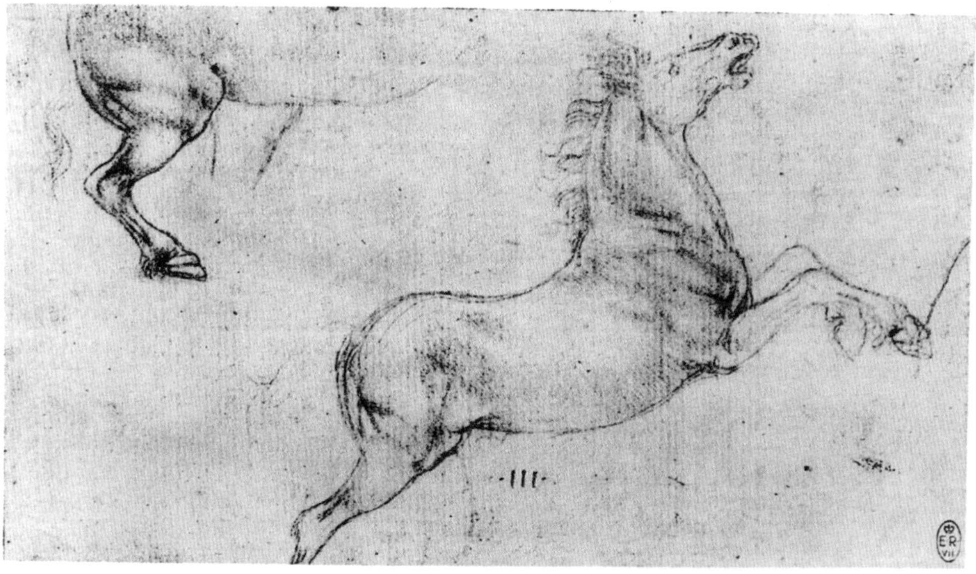

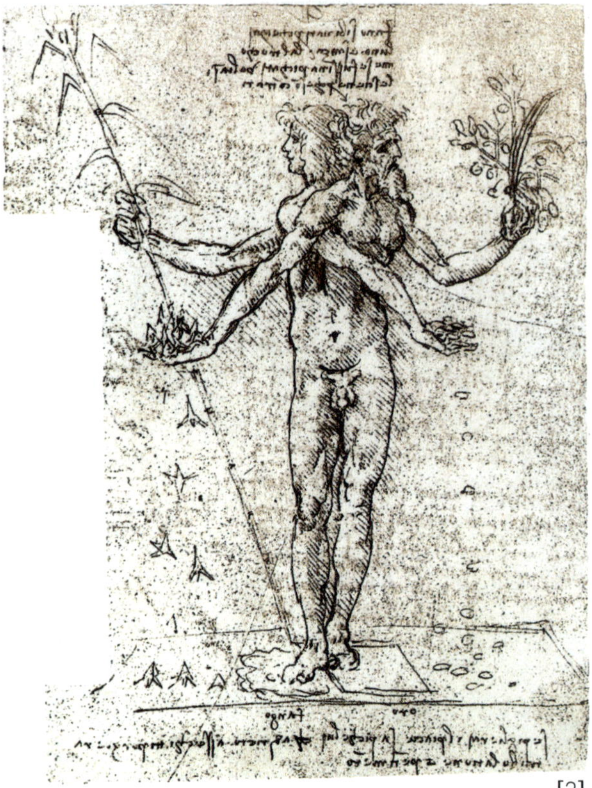

『a』

『b』

『c』

[3]

[3]

『a』喜悦和痛苦像是一对双胞胎，因为它们从不单独出现，似乎总是背靠背在一起，而且彼此相对。

『b』泥土，金子。

『c』如果你拥有了喜悦，你要知道在这之后，苦难和悔恨也会随之而来。快乐与痛苦相伴，之所以这样说，因为它们总是形影不离。

说它们“背对背”是因为它们彼此相反，它们是存在于同一躯体内相对的两部分。它们有着相同的基础，因此快乐的根源是痛苦；而邪恶的快乐也来源于劳作和痛苦。因此，这就像一个篑片，如果不花力气它便毫无用处。在意大利托斯卡纳区，人们支起床，以迎接痴梦的来临，在床上，人们消耗了大部分的生命时间，许多宝贵的时间浪费在此。早上，当意识逐渐恢复，思想形成，身体又开始了新的劳作。虚无的快乐重新来到，人的头脑开始幻想虚无的美好事物，身体也在享受这些愉悦，而这导致了人生的失败。因为这些原因，人们支撑着这个生活的篑片。

[4]

[4]

『a』邪恶的思想往往不是嫉妒就是忘恩负义。

『a』

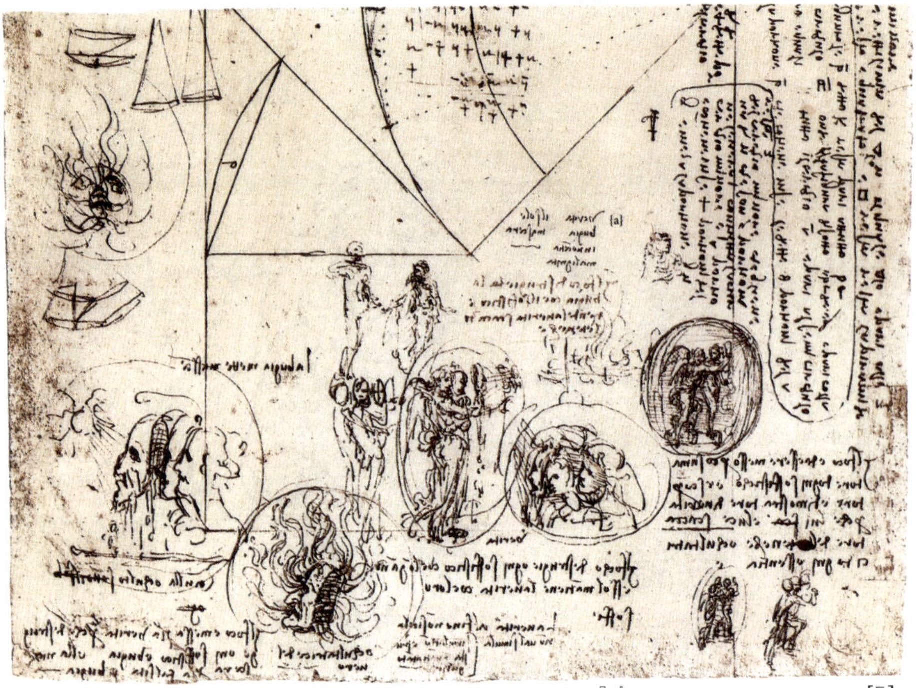

『b』

『d』

『c』

[5]

[5]

真实——太阳。
虚假——伪装。
无辜。
狠毒。

『a』火焰毁灭虚假，是诡辩，是还原真实，是驱赶黑暗。

『b』火焰也许被看作所有诡辩的毁灭，是真实的贡献，因为它既带来了光明，又驱逐了黑暗。

『c』真实。
火焰毁灭所有诡计，维持真实的长久，那是黄金。真实是最终不能被隐藏的。

『d』虚假身着伪装。在太阳下，没有什么能够隐藏。火焰代表着真实，因为它毁灭了所有的虚假与谎言；伪装为的是欺骗，虚假掩盖了真实。

[6]

『a』一旦美德降临，嫉妒必将来到世上对其进行攻击；一旦躯体不再有阴影，便只留下美德，不再有嫉妒。

『b』嫉妒需用向上天表达鄙视的手势来表现，因为如果她可以，她会用力对付上帝，她的脸上带着代表公正的外表；眼睛里的棕榈枝和橄榄枝表现出她眼睛受了伤，耳朵因为月桂树树枝和桃金娘树枝而受伤，寓意胜利和真实对她的厌恶，对她作呕。许多雷电霹雳应该也是因她而起，寓意她邪恶的话语。让她变得瘦弱、面容憔悴吧，因为她处在永久的痛苦之中。让她的心被粗大的毒蛇吞咬，让那些箭一样的话语让她战栗，因为她总是对此恼羞成怒。给她豹的皮，因为豹子就是出于嫉妒用欺骗杀死了狮子。再给她一个花瓶，里面装满了花朵、沙子、蝎子、癞蛤蟆和其他有毒的生灵。让她骑着死亡，因为嫉妒，从不垂死，从不对统治感到厌倦。给她套上马鞍，缴下她所有的武器，因为她的每种武器都足以致命。

『b』

『a』

[6]

[7]

[7]

你要知道，你是不可能创造出没有肢体的动物的。在本质上，每一个都必须类似于其他的动物。因此如果你希望创造一个你想象出来的动物，比如说龙，它有着獒或者猎狗一样的头，猫一样的眼睛，豪猪一样的耳朵，灰狗一样的鼻子，狮子一样的眉毛，公鸡一样的太阳穴，乌龟一样的脖子。

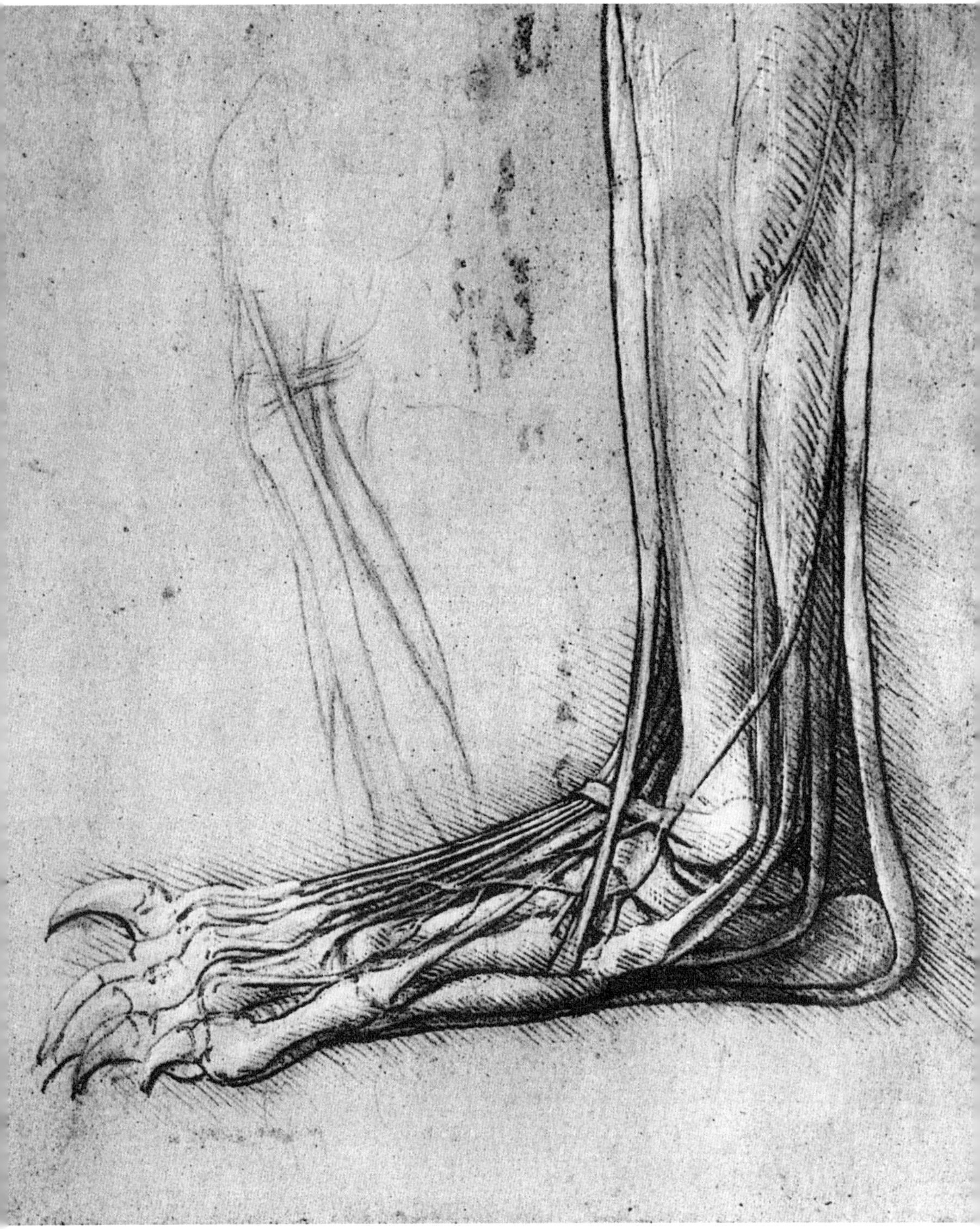

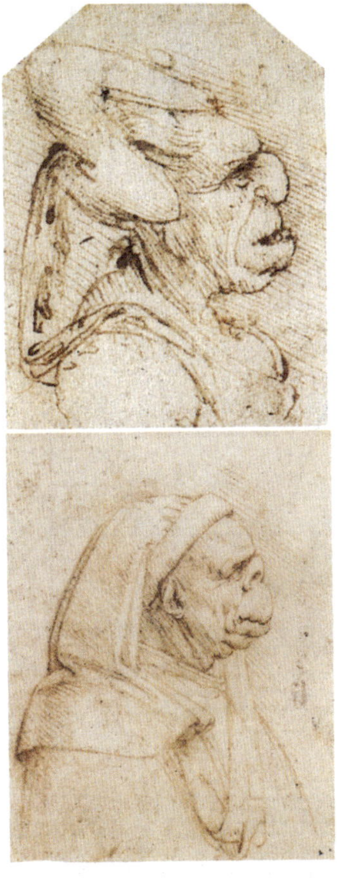

[8]

对于那些怪诞的脸我无须多说，因为他们毫不费力地保存在心里。

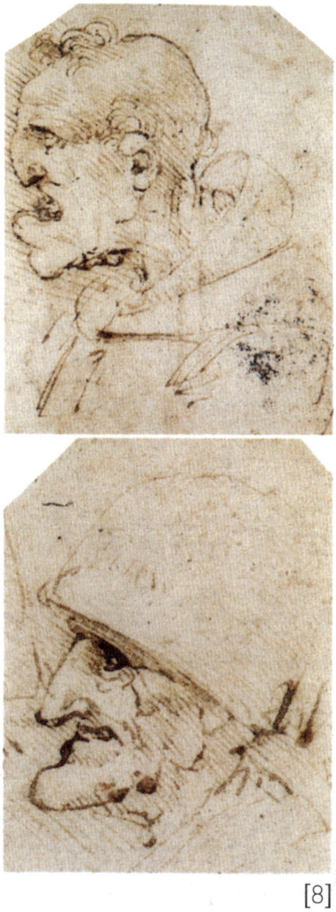

[8]

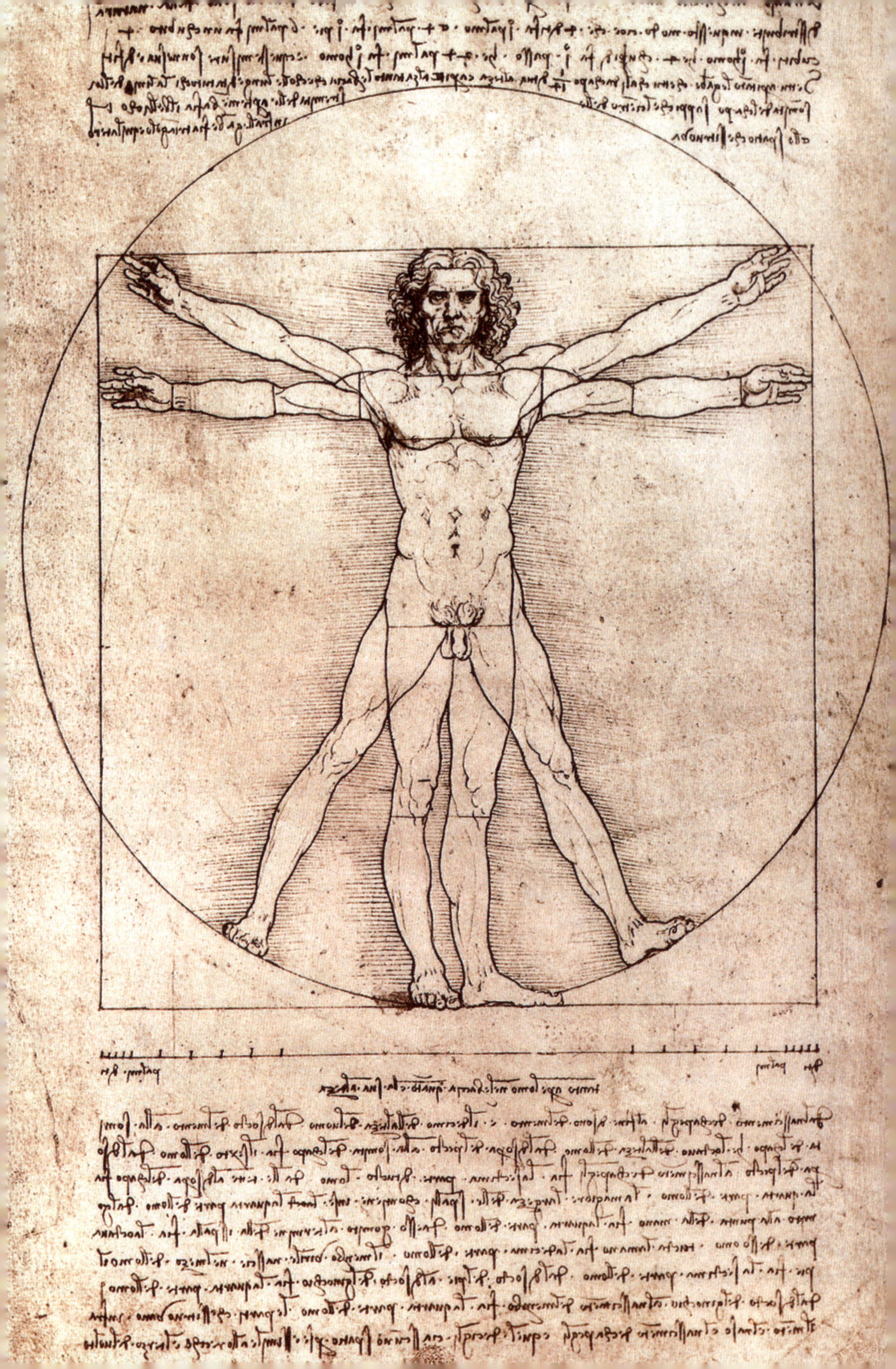

[*Part 2*] 身体科学

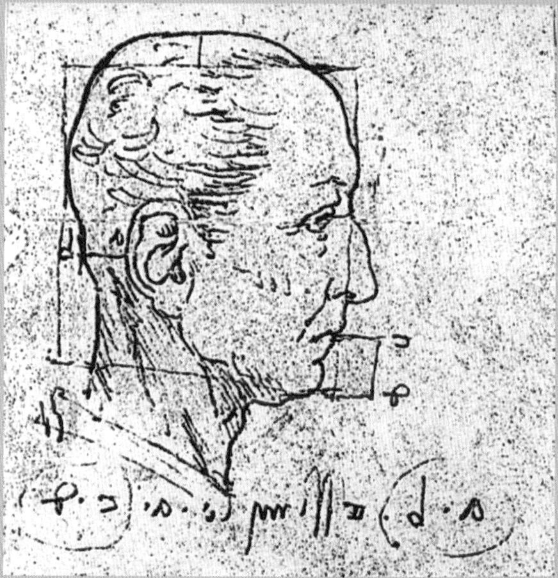

人的体态是最让人钦佩的，因为通过它的动作，赋予其生命活力的激情能够得到最好的体现。

第五章　人体

『a』
『b』

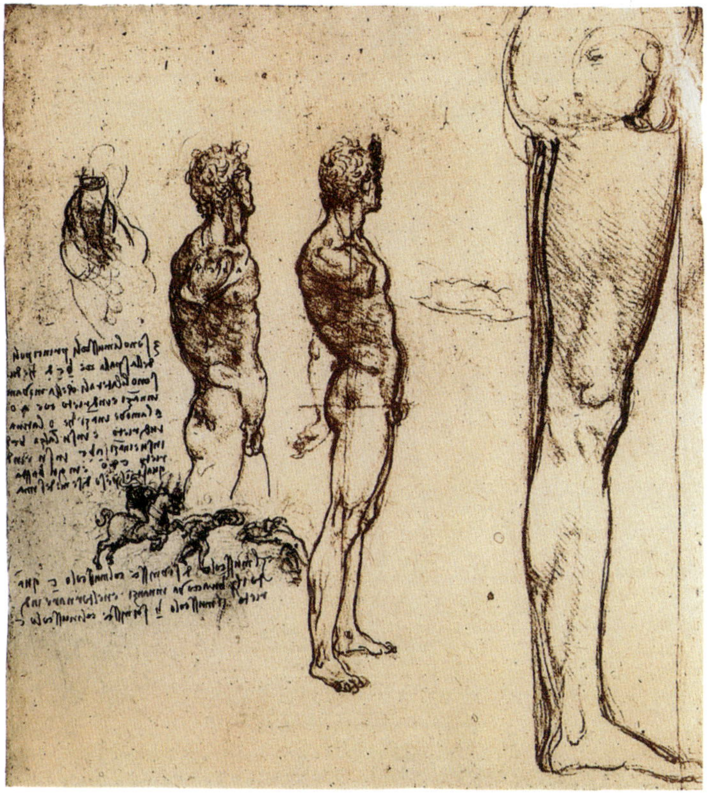

[1]

[1]

『a』肩膀有三块主要肌肉，即 b、c、d；还有两块是侧面肌肉，它们向前后两个方向移动，即 a、o；a 负责肩膀的前移，o 推动肩膀向后移动，b、c、d 负责将肩部升起；a、b、c 使得肩膀向前向后移动，c、d、o 使得肩膀向上向下移动。肩部的自身重量保证了它向下的移动。

『b』当手臂向前移动时，肌肉 d 与肌肉 c 相互作用；在向后移动时，肌肉 b 与肌肉 c 相互作用。

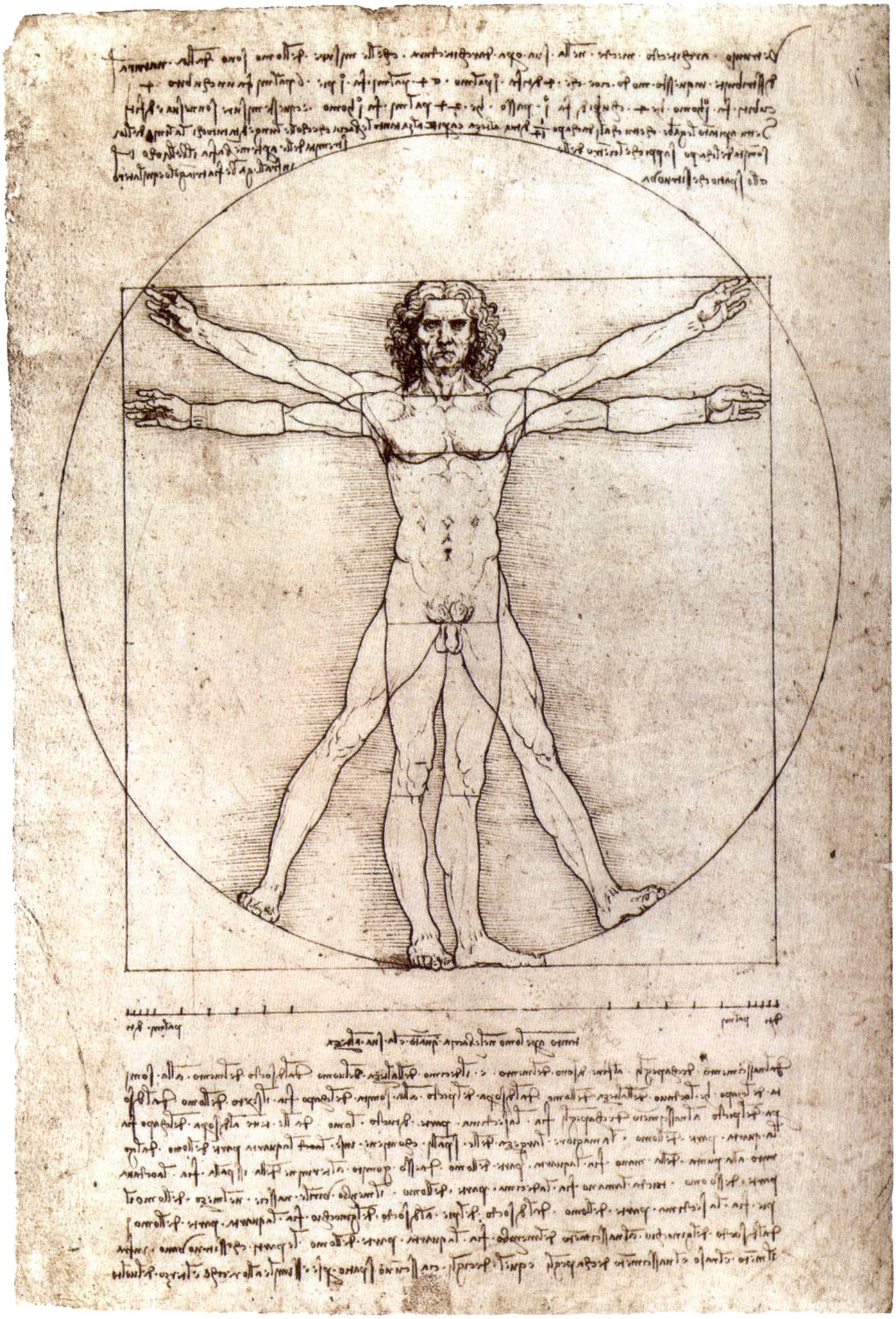

『a』

『b』

『c』

[2]

[2]

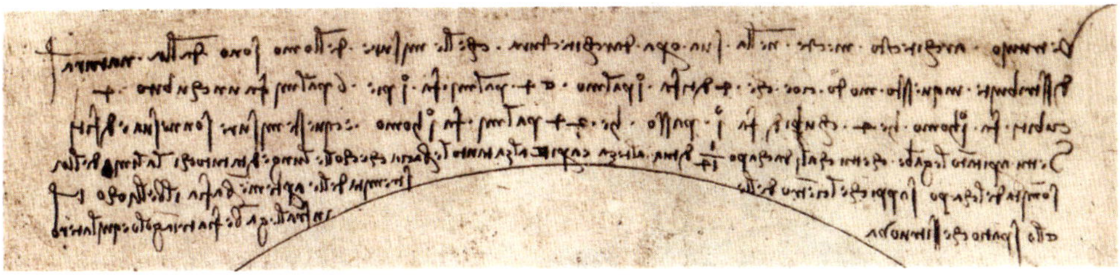

『a』建筑学家维特鲁维在他的建筑学著作中指出，大自然把人体的尺寸安排如下：四指为一掌，四掌为一足，六掌为一腕尺，四个腕尺为人之身高，四腕尺合一步，二十四掌合全身。他在建筑里也用过这些丈量方法。如果你叉开双腿，使身高降低十四分之一，分别举起双臂使中指指尖与头顶齐平，连接伸展的四肢的末端组成一个外接圆，肚脐恰巧在整个圆的中心位置。而两腿当中的空间恰好构成一个等边三角形。

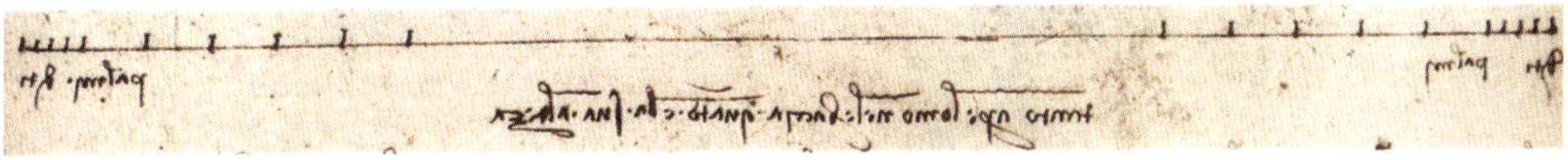

『b』人平伸双臂时的宽度等于他的高度。

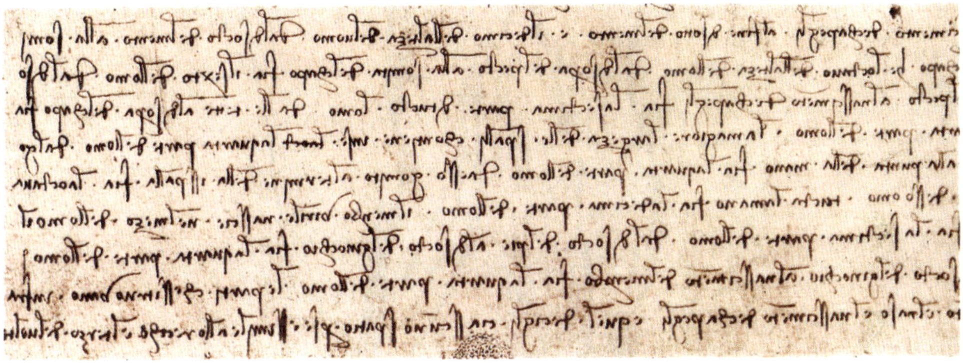

『c』从发际线到下颌的距离为身高的十分之一，从下巴底到头顶的距离是身高的八分之一，从胸部到头顶的距离是身高的七分之一。乳头到头顶的距离是身高的四分之一，肩膀的最大宽度为身高的四分之一。手肘到中指指尖的距离是身高的五分之一。手肘到腋窝的距离为身高的八分之一。手掌全掌的长度是身高的十分之一。阴茎开始于人的正中。脚的长度是身高的七分之一。足踵至膝下为身高的四分之一，膝盖到阴茎根部的距离为身高的四分之一。下颌到鼻子的距离，以及眉毛到发际线的距离都等于耳朵的长度，且是脸的三分之一。

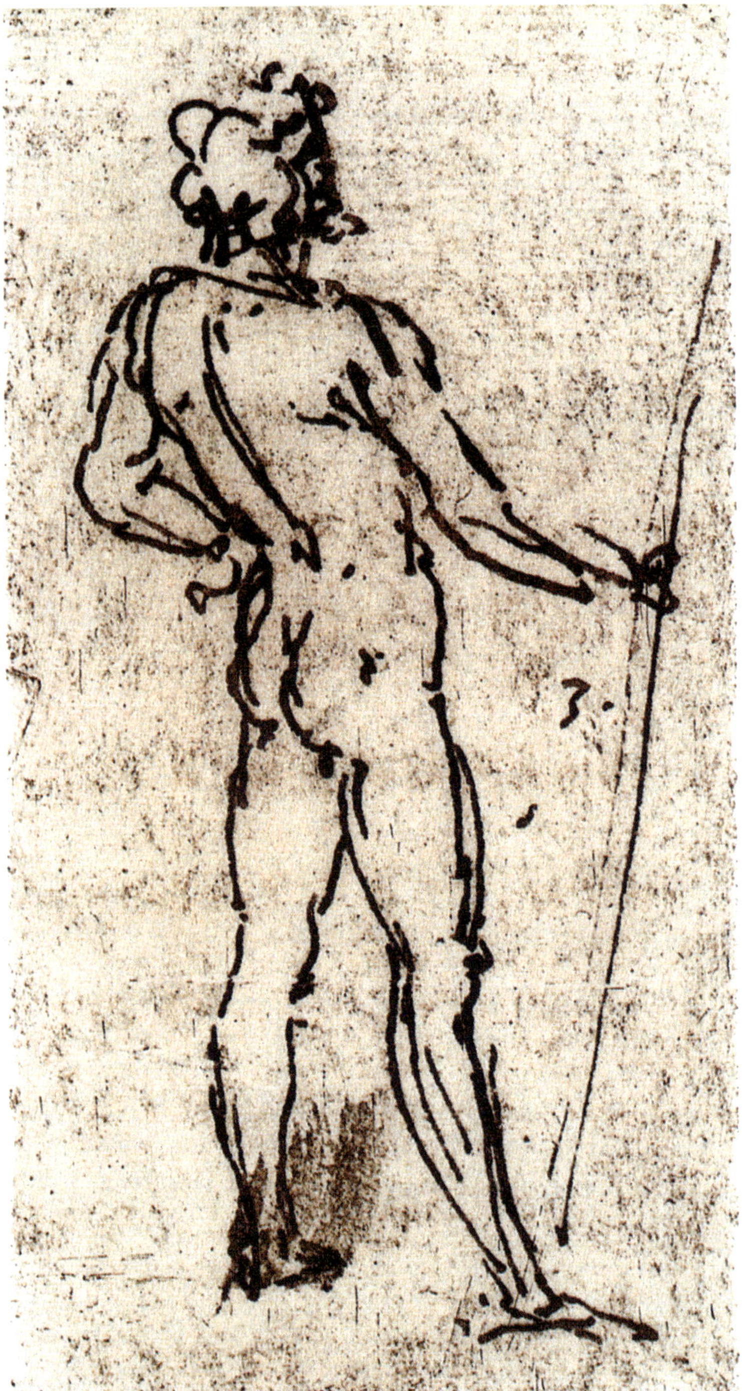

[3]

[3]

任何一幅画或者人物肖像画都应当使观者从画中人的姿态上轻而易举地看出其思想活动。假如你画一个德高望重的人正在讲话，他的手势就应当和他严肃的讲词相适应；同样，如果你画一个莽汉，应当使他向观众热烈挥动胳膊，他的头和胸膛不断地往前冲，以极力表现自己，双脚似乎也要追随他的双手。因此若你同一个聋哑人一起看两个人交谈，虽然他失去了听觉，但是仍然可以从谈话者的动作和手势中判断他们谈论的内容。

当你要画一个人由于某些原因而向后转或者向侧转时，就运动中全身的布局来说，切勿将他的双脚和全身都转到朝向面孔的那一边。更确切地说，应把转动的动作逐次通过各个关节来完成，适当地分配到足关节、膝关节、髋关节和颈关节。若把他的体重放到右脚上，则应该使左膝向内弯，左足外侧稍微抬高，使其左肩比右肩略低，颈背直接与左足外侧脚踝连成一条直线，左肩则在右足脚趾的垂直线上。在布局人体画画面时，你应当注意，不能让脸所朝的方向与前胸的方向相同，因为，上帝已经给我们创造了一个可以随着眼睛的注视方向转向各方的颈项，其他关节也多少顺从着眼睛。

有着笨拙双手的画家会在作品中画出同样一双笨手，这种情况同样发生在肢体的绘画中，除非有长期的训练保证画家避免这种问题的发生。因此，画家要仔细审视自己身上的缺陷，在学习过程中下苦功。因为，如果你生性粗俗，那么你所画的人体也会毫无魅力；如果你身上具有这样或那样的优点和缺点，这所有的一切都会不同程度地在作品中得到体现。

『a』
『b』
『c』
『d』

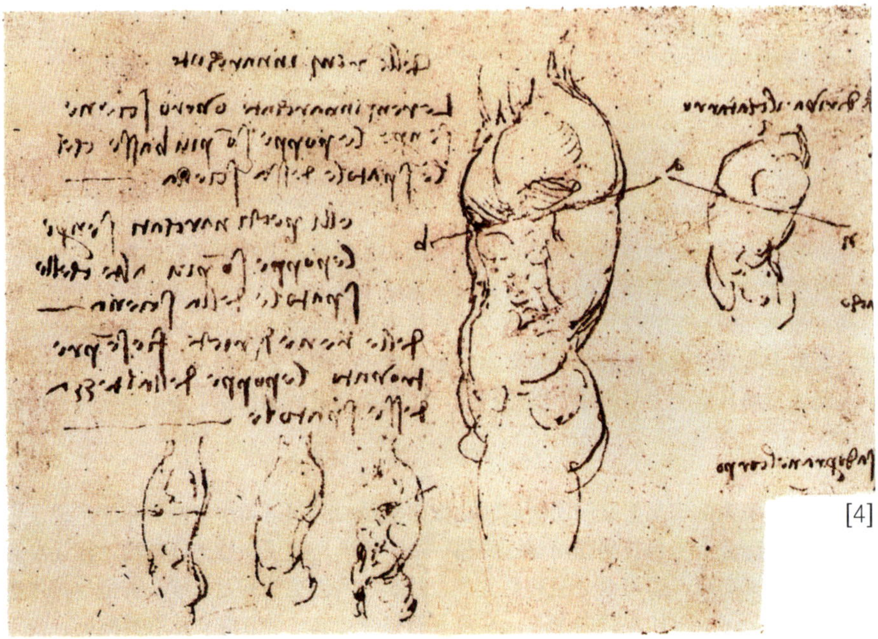

[4]

[4]

『a』弯曲时的腰部。

『b』腰部或者脊椎弯曲，胸部总是低于背部的肩胛骨。

『c』如果胸骨隆起，胸部会比肩胛骨高。

『d』如果腰部直立，胸部就会和肩胛骨保持在一个平行高度。

『a』

『b』

『c』

『d』

『e』

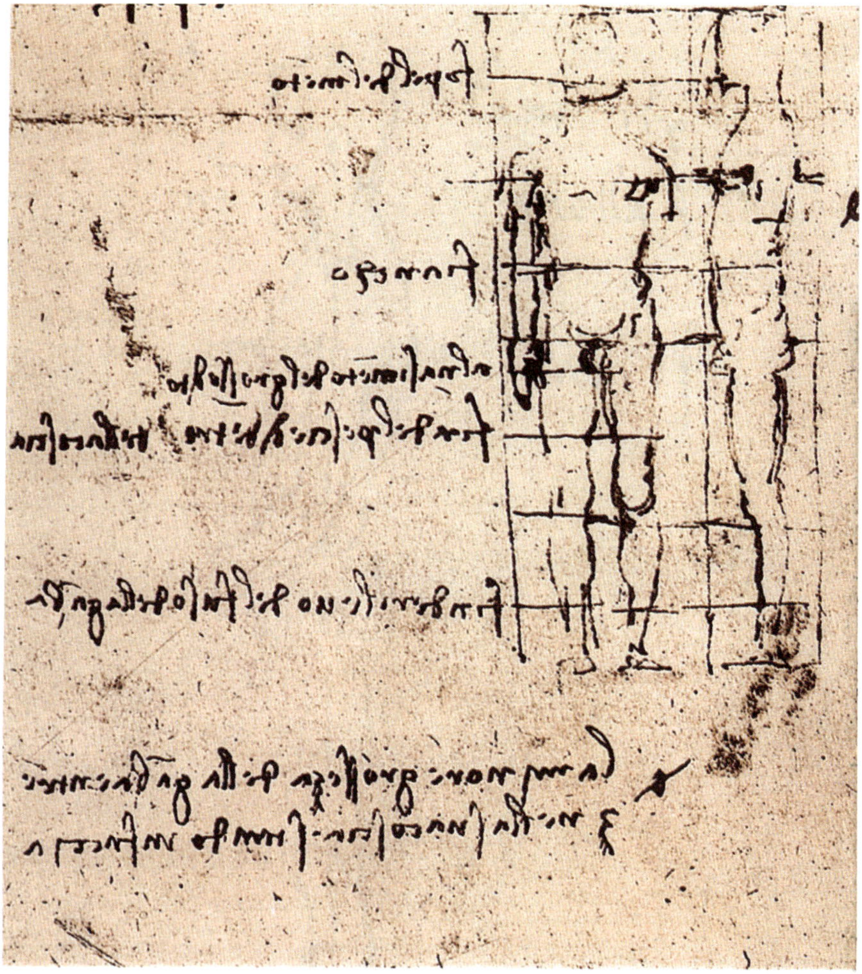

[5]

[5]

『a』下唇弧线。

『b』臀部。

『c』中指。大腿内侧股骨。

『d』小腿肚末端。

『e』腿部最细部分的三倍等于大腿从正面看的尺寸。

『a』

『b』

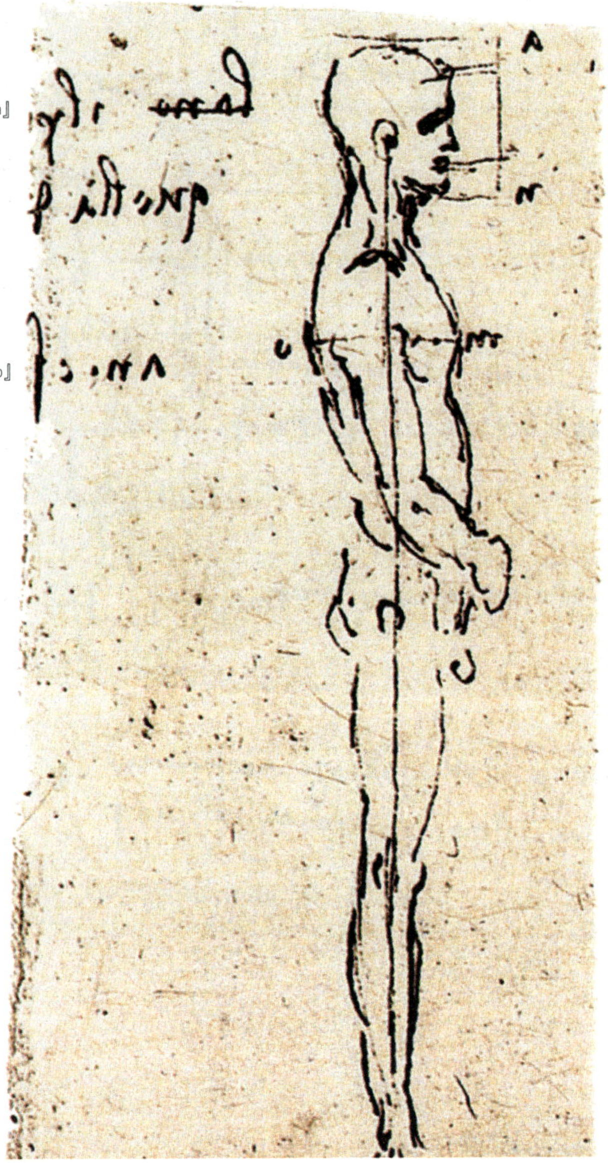

[6]

[6]

『a』耳孔、肩关节脱位、臀部和踝关节都位于一条垂直线上。

『b』an 的距离等于 mo。

『a』

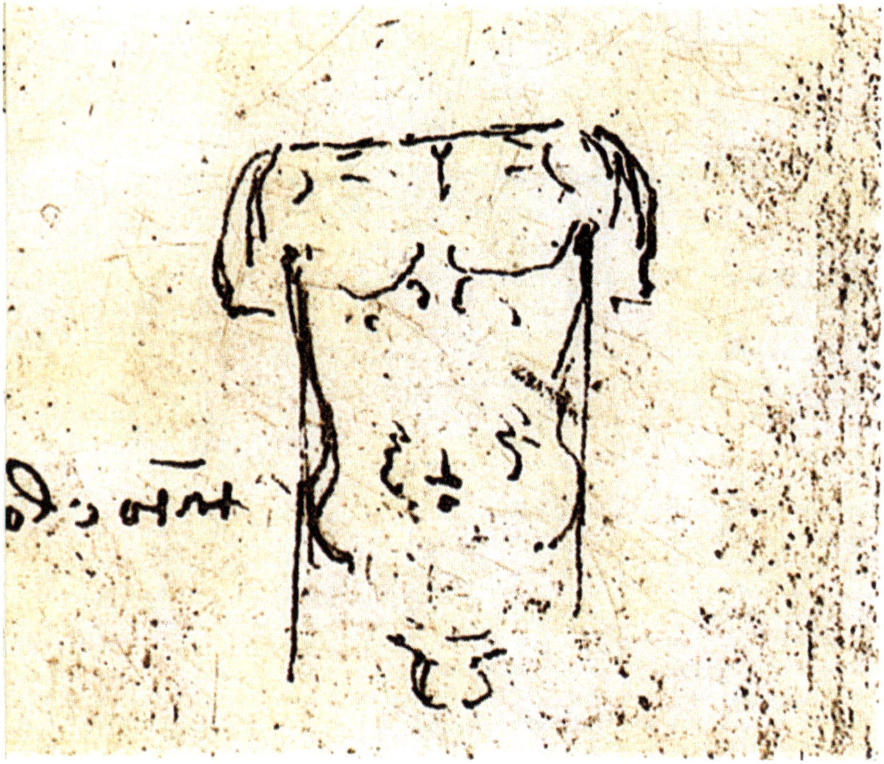

[7]

[7]

『a』人手臂以下的宽度和臀部的宽度相同。

『a』
『b』
『c』

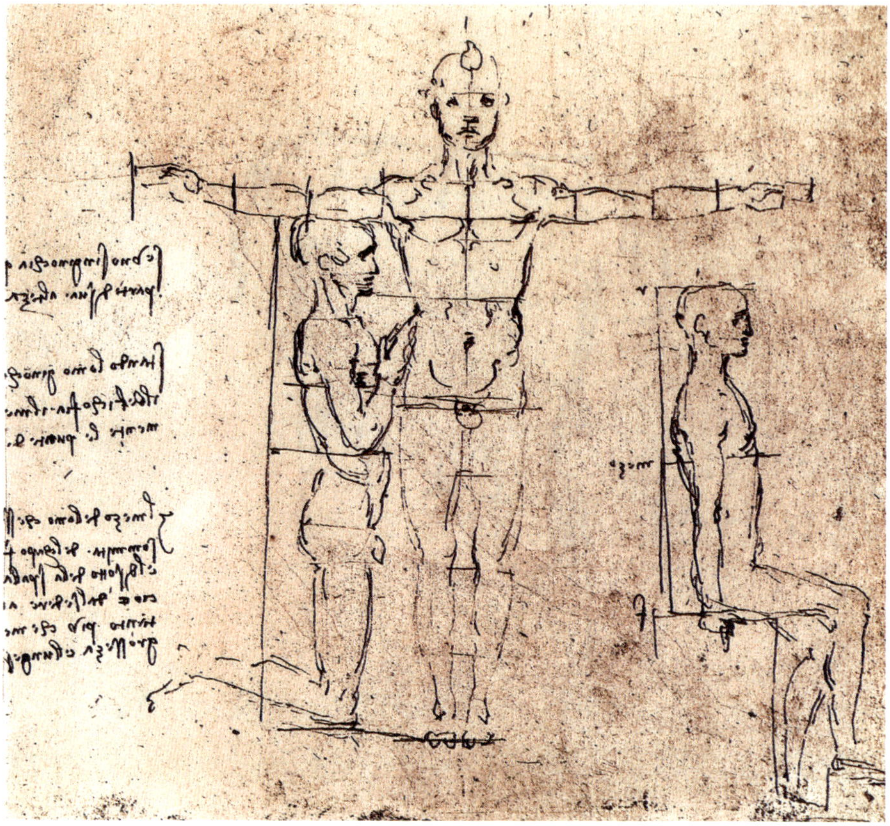

[8]

[8]

『a』人下跪的时候，他的高度就减少了四分之一。

『b』如果人跪在地上时双手交叉抱在胸前，那么肚脐和手肘末端正好同在他高度的一半。

『c』人坐着的高度，即从座位到头顶的距离，这段距离的一半即是双臂交叉在胸前的那个位置。坐着的部分，即从座位到头顶的这段距离，要长于身长的一半和一个阴囊的长度。

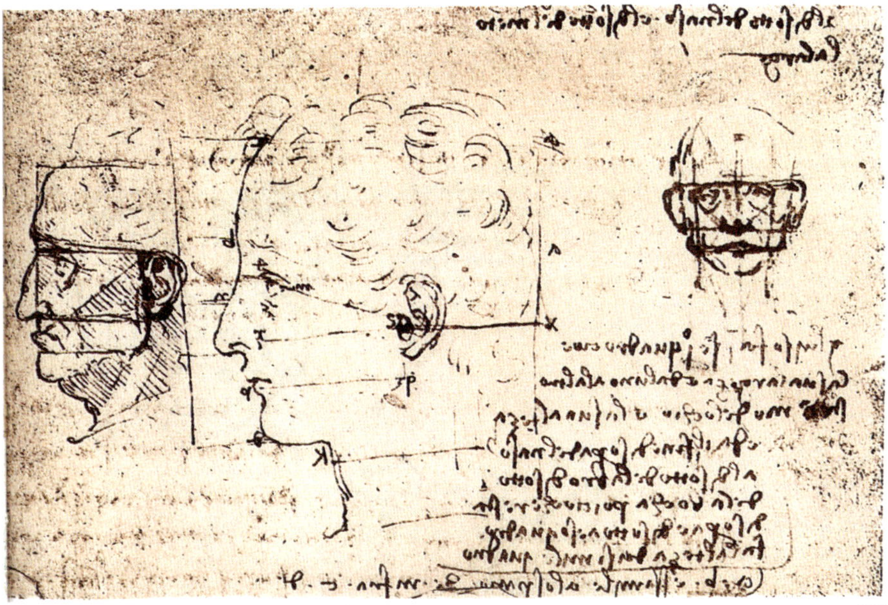

『a』

『b』

[9]

[9]

『a』下嘴唇的边线或者下嘴唇下降的坡度的位置，是从鼻子底部到下巴底部的中心。

『b』面部形成一个正方形，两个外眼角之间的距离是它的宽，鼻顶到下唇底是它的高，位于这个正方形上下两边的面部也有同样一个正方形高度。

anof和嘴相同。

ac、af和两眼睑的距离相等。

nmofqr等于半个眼皮的宽度，同样是嘴唇到下巴的距离，也是鼻子的最窄距离，即双眼之间的距离。这些空间，是头部的第十九部分。

no等于眼睛的长度或者眼睛之间的距离。

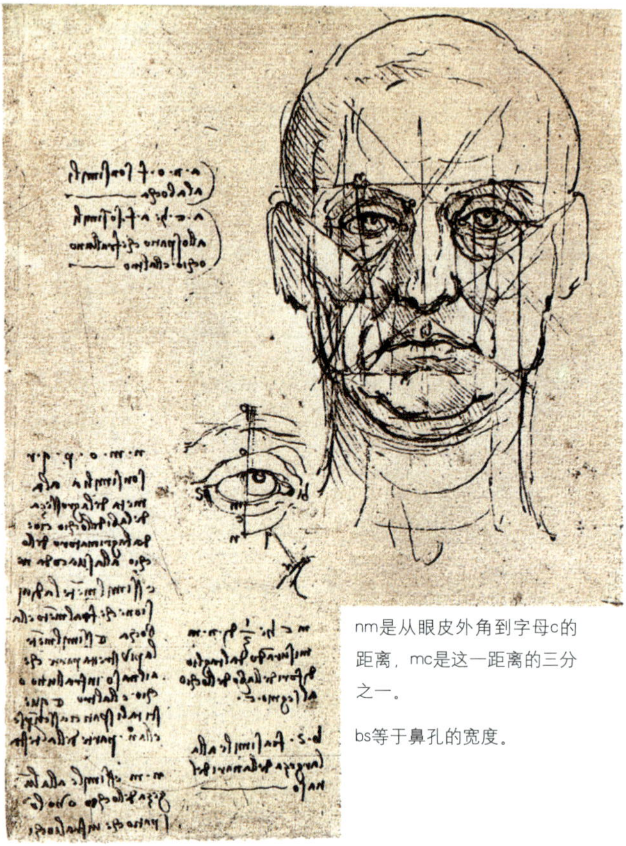

nm是从眼皮外角到字母c的距离，mc是这一距离的三分之一。

bs等于鼻孔的宽度。

双耳之间的距离等于双眉交汇处至下巴的长度。在一张端正的面孔上，嘴的宽度等于唇缝到下颌尖的距离。

耳朵的长度和鼻子相等，唇缝的侧影正指向颌角。耳朵的长度应与鼻子底部到眼睑顶部的距离相等。两只眼睛的间距等于一只眼睛的大小。侧面看，耳朵正处在颈项中心的上方。

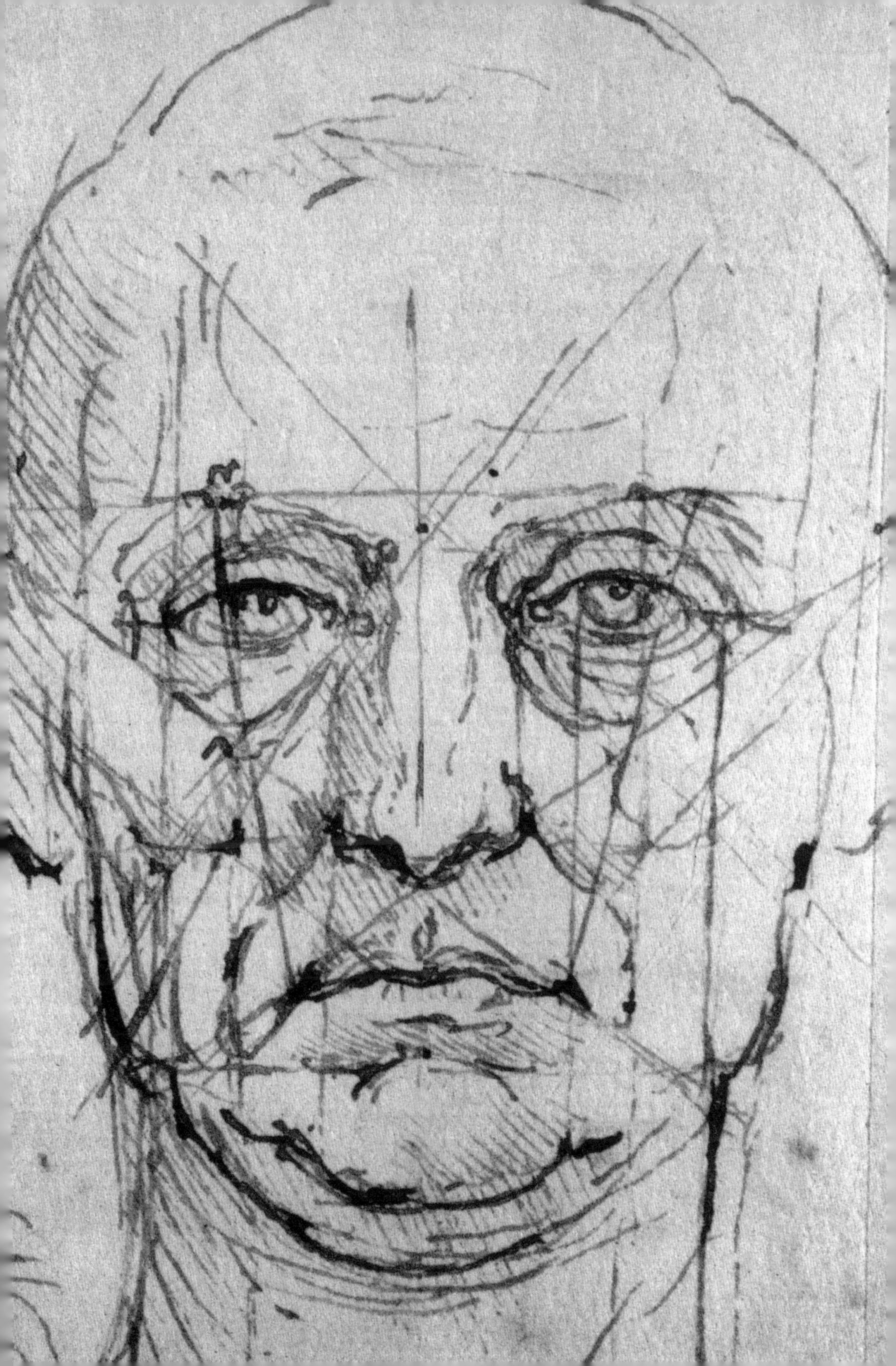

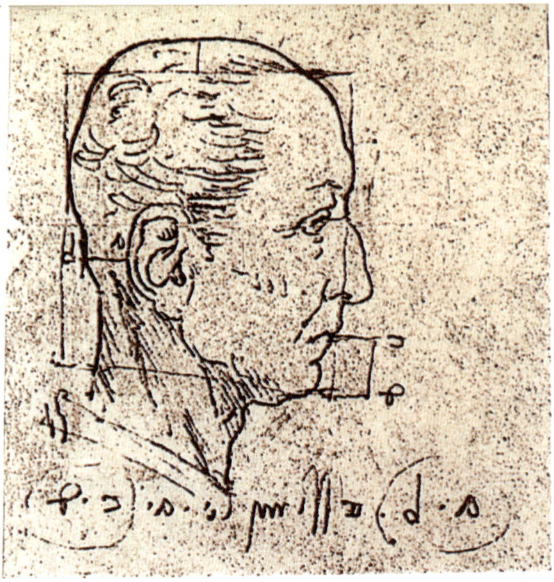

(ab)等于(cd)。

从眉毛到下嘴唇和下巴的相交之处，额骨的两个角以及太阳穴与耳朵相交的上角构成了一个完美的正方形，并且每一条边都是头的一半。

颧骨凹陷的部分正好位于嘴唇和鼻子一半的距离，耳朵的下角位于颌骨的顶部。

从眼眶角到耳朵的距离和耳朵的长度基本相同，并且和脸部的第三部分相等，即下颌到鼻子底部的距离。

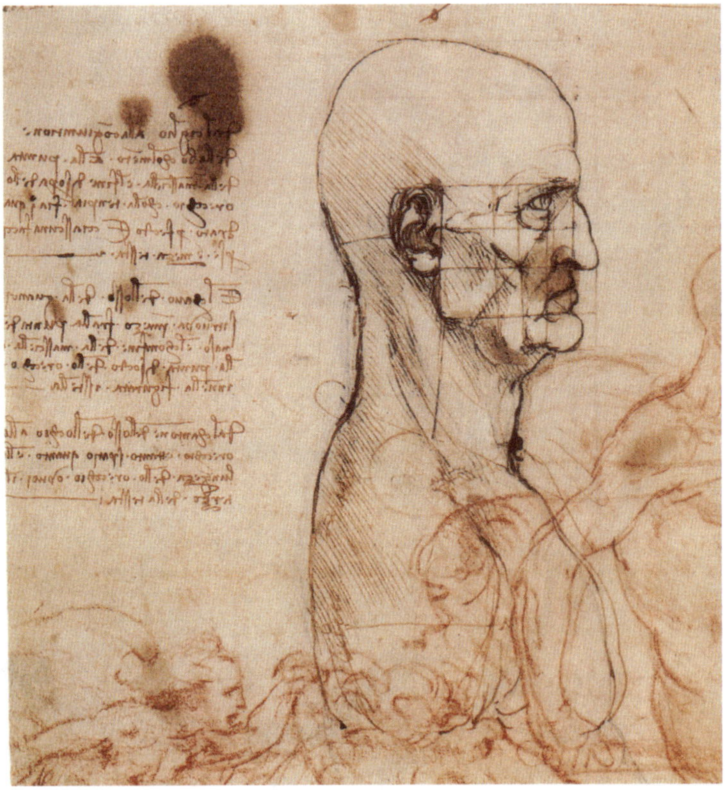

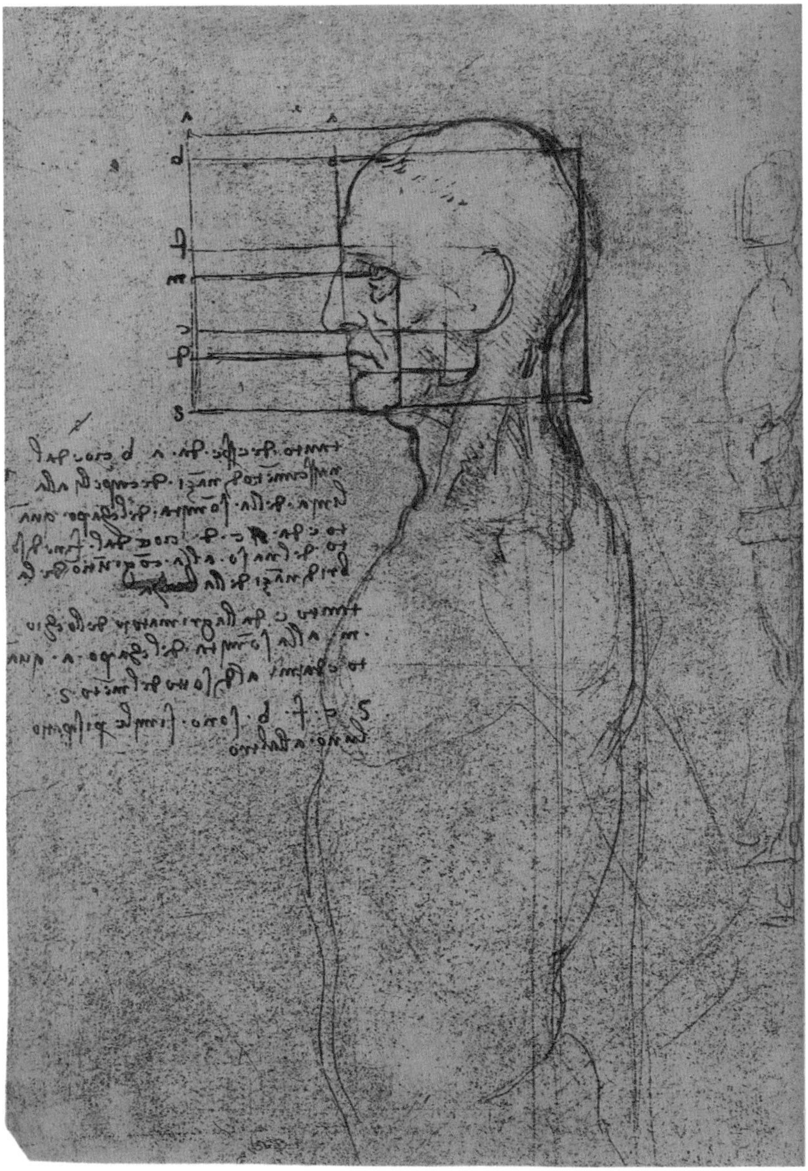

[10]

[10]

『a』ab 是头顶到发际线的距离，它应该和 cd 的距离相同，cd 是从鼻子的底部到两唇交合处的距离。m 是眼睛的内角，它到头顶 a 的距离应该和它到下巴 s 的距离相同。

『b』s、c、f、b 之间的各段距离相同。

唇缝到鼻子底部的距离是脸的七分之一。

从嘴到下颌底部的距离cd是脸的四分之一，且等于嘴的长度。

从下颚到鼻子底部的距离ef是脸的第三部分，且等于鼻子和额头各自的距离。

鼻子中间到下颌底部的距离fg是脸的一半。

鼻子的顶部，即眉毛的起点，到下颌底部的距离ik是脸的三分之二。

唇缝到下颌顶部，即下唇底部的距离lm，是唇缝到下颌底部的三分之一，也是整个脸的十二分之一，下颌的整个长度mn是脸的六分之一，人身高的五十四分之一。

下颌的底部到咽喉的距离op等于嘴到下巴底部的距离，是脸的四分之一。

颈的顶部到喉咙的凹坑处的距离qr是脸长度的一半，且是身高的十八分之一。

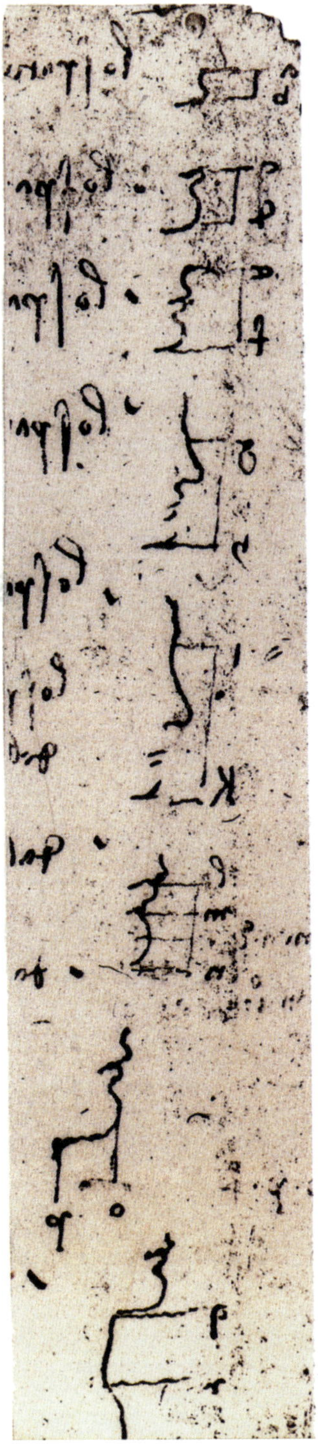

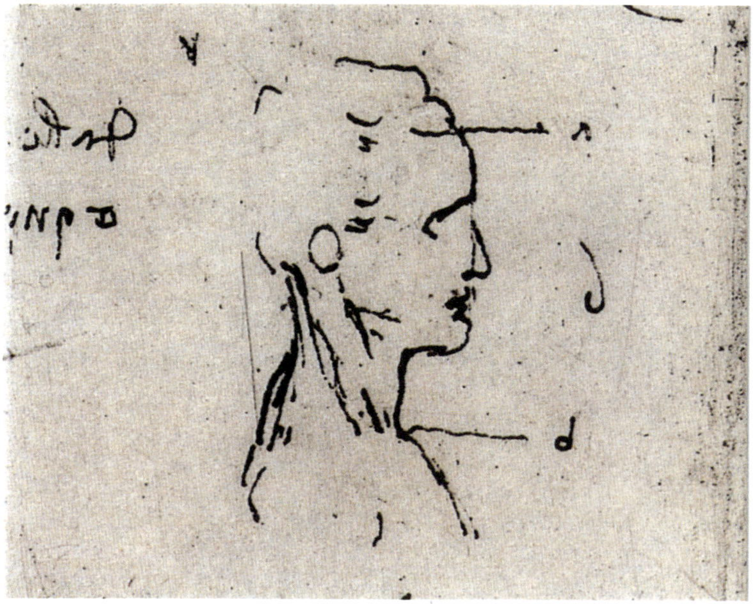

从发际线到胸部上方的距离ab是身高的六分之一，这个数据适用于任何人。

[11]

『a』下颌到脖子后面的距离 st 与发际线到嘴的距离相同，是头的四分之三。

『b』下颌到颌骨的距离 vx 是脸的一半，与脖子侧面的厚度相同。

『c』眉毛到颈背的厚度是脖子厚度的一又四分之三。

『a』
『b』
『c』

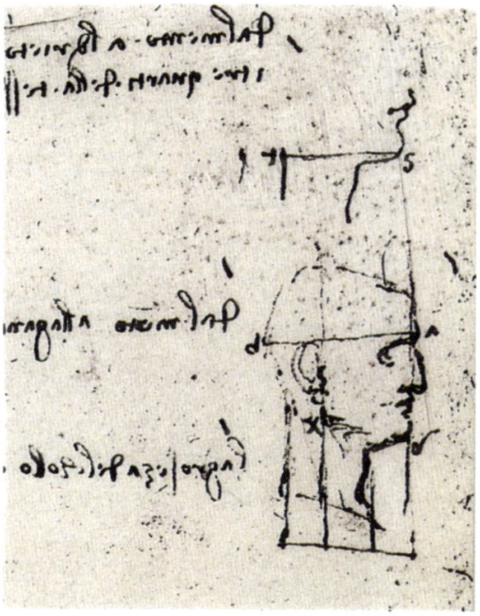

[11]

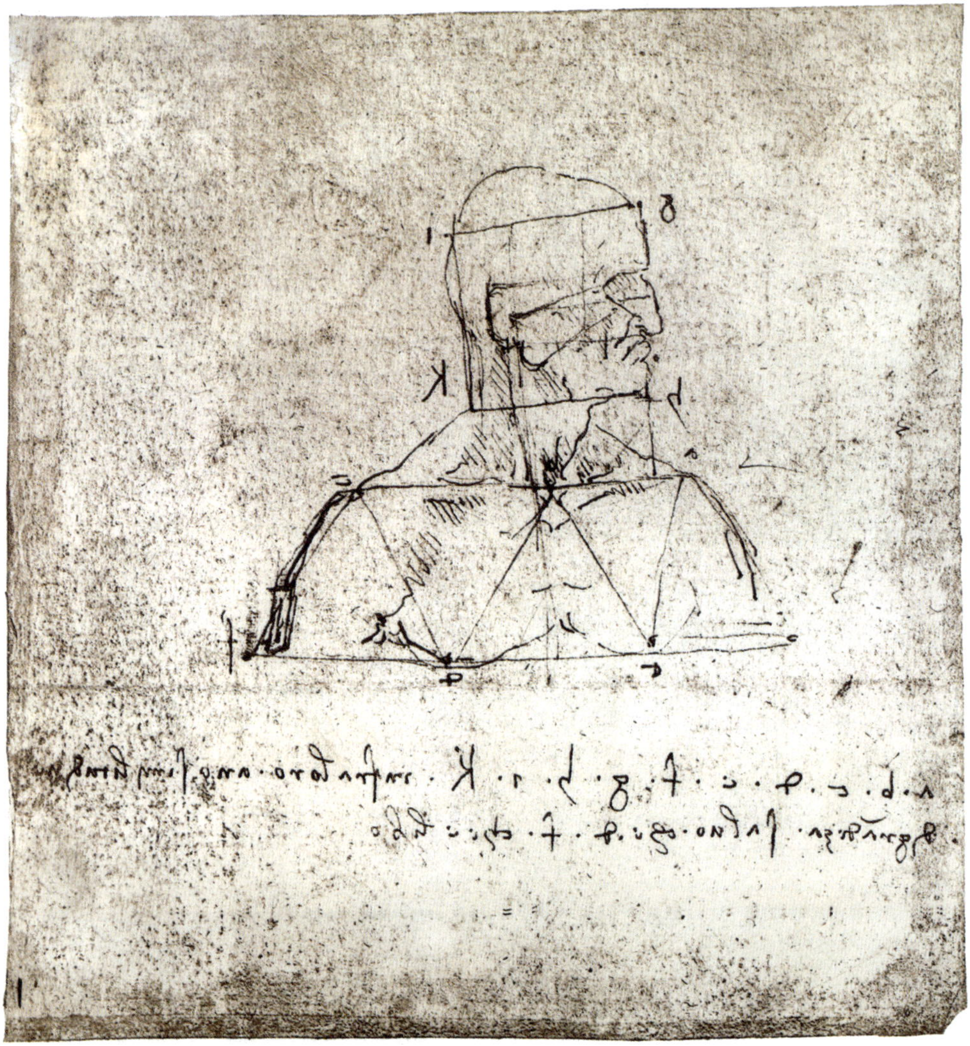

ab、cd、ef、gh、ik的距离都相等，只有df的距离会偶尔有所偏差。

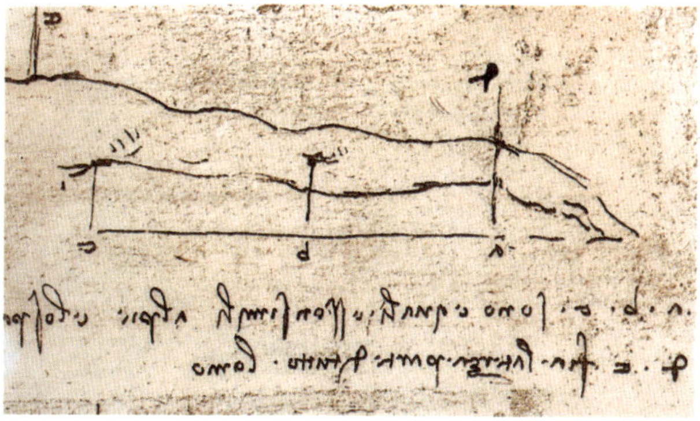

a、b、c的距离是相等的，至于乳头到肚脐是整个身体的第三部分。

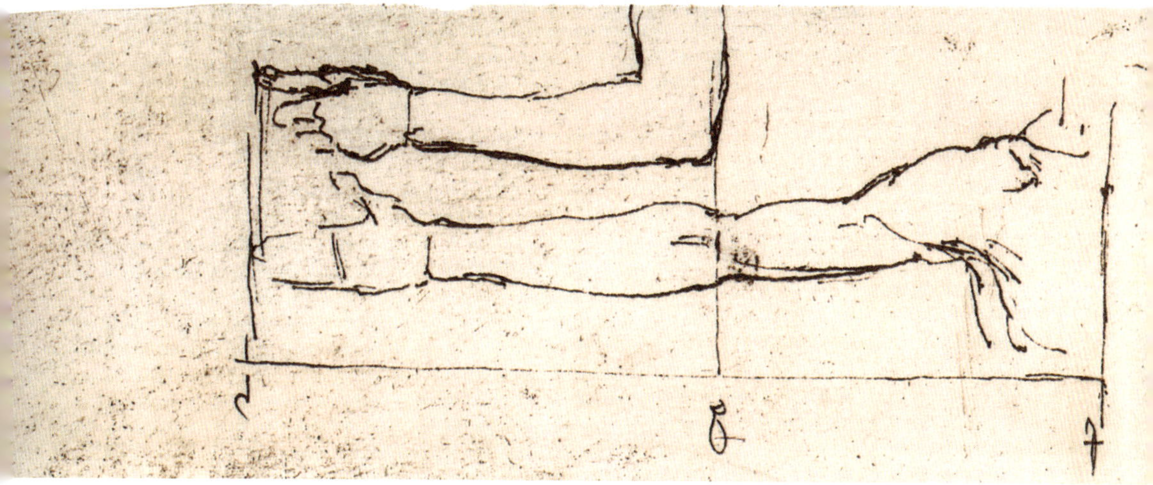

fg的距离是身高的四分之一，且和gh的距离相等，即一腕尺的距离。

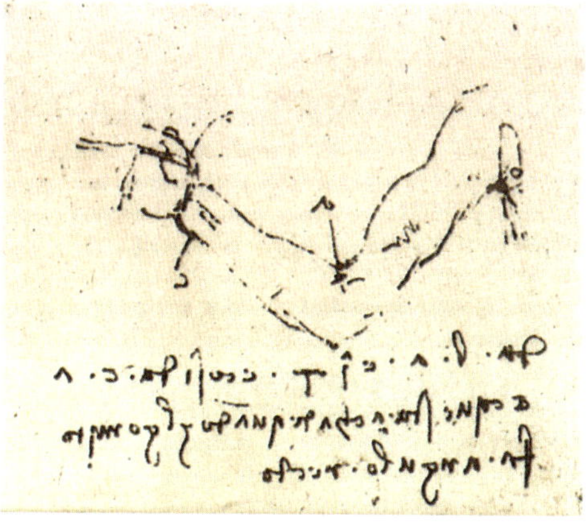

b到a的距离与头的长度相等，在肘关节成直角时，a与c之间的距离亦是。

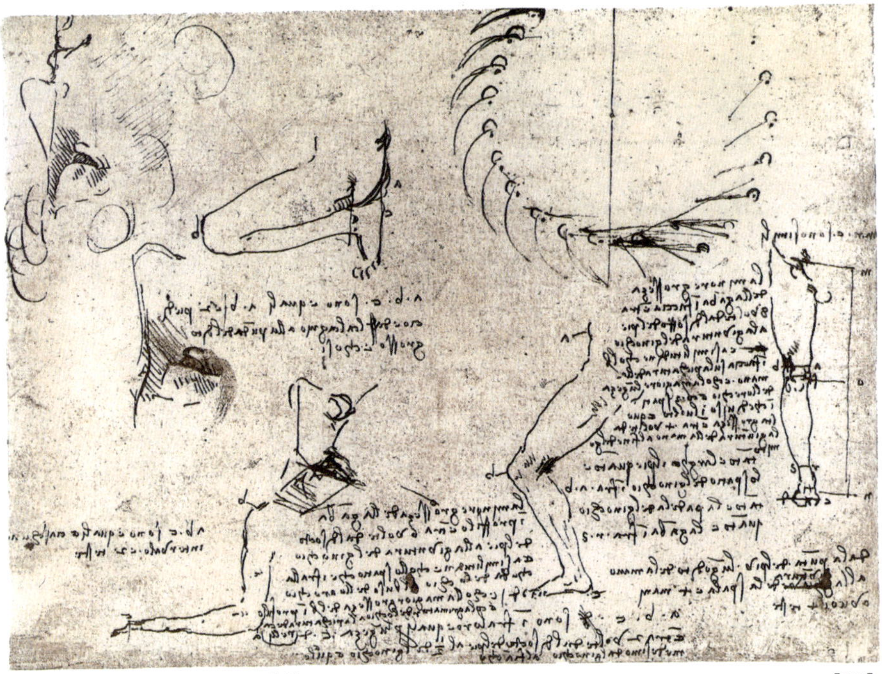

『a』 『b』 『c』 『d』 『e』

[12]

[12]

『a』a、b、c 之间的距离是相等的；a 到 b 是两个从脚后跟到大脚趾的长度。

『b』m、n、o 之间的距离是相等的。从正面看，腿部最窄的地方的宽度是从脚底到膝关节长度的八分之一，这一点同胳膊与手腕的比例关系相同。从正面看手腕的宽度是耳朵的最大长度，也是脸长度的三分之一，并且也是从手肘到手腕的四分之一。

『c』从最长手指到肩关节的距离是四个手掌的长度；也许也是四个脸的长度。

『d』从侧面看，腿部最细的地方是脚底到膝盖距离的六分之一，并且等于位于一侧的眼睛外角到耳朵外轮廓的距离。同样是从侧面观察，胳膊最厚的部分等同于眼睛内角到发际线的距离。

a、b、c 之间的距离大致相等，cd 的长度是从脚底到膝盖中心，或者膝盖到臀部距离的两倍。

『e』a、b、c 之间的距离相等，相当于两个头的长度。

ae等于手掌宽，rf和og相等，等同于半个头的长度，每段长度都是ab和bc长度的四分之一。从c到m的距离是半个头的距离，mn是三分之一手的距离，且是cb和ba的六分之一。

当手臂抬平，ab的长度会缩短七分之一；cb的长度永远不会变，o永远在as的中心点上。

yl是手臂中多肉的部分，等于一个头的长度。当手臂弯曲，此部位收缩了五分之二；oa在弯曲时减少了六分之一的长度，or的长度亦是如此。

ab是rc的七分之一。

fs是八分之一rc，这两段分别是手臂中最长和最宽的部分；kh是肩部到手肘之间最细的部分，也是rc的八分之一。op是五分之一的rl；rc是cz的十三倍。

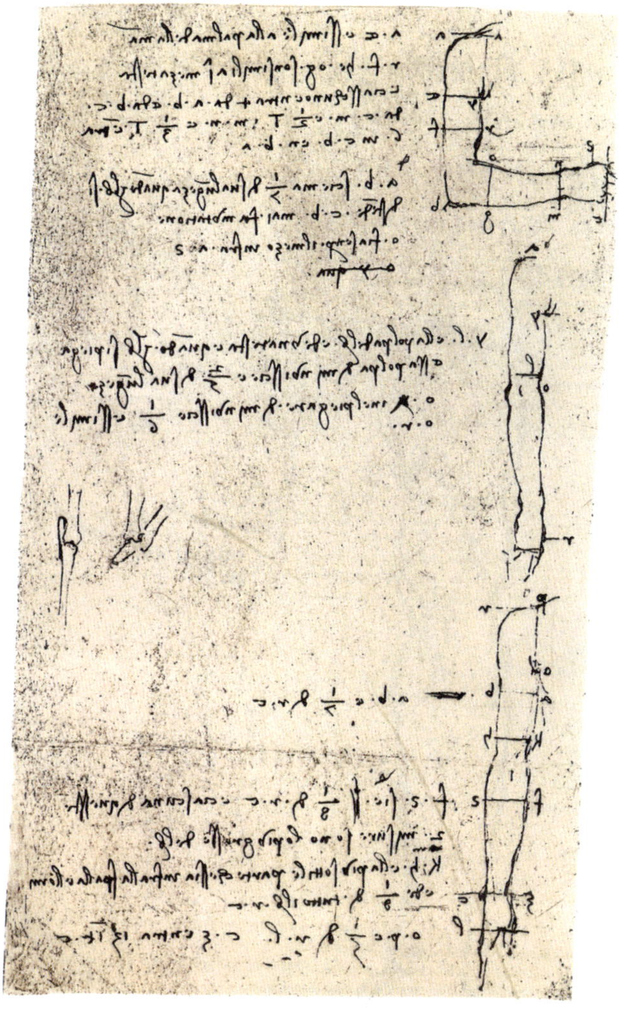

『a』

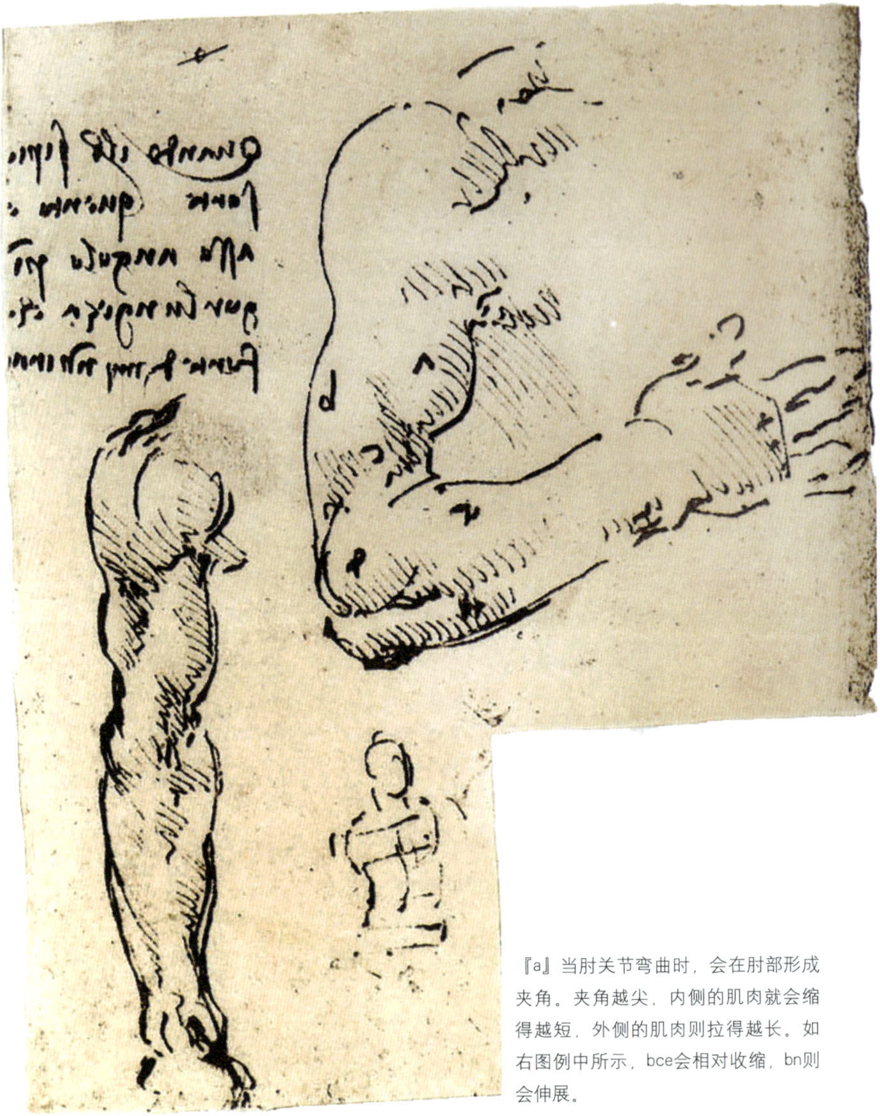

『a』当肘关节弯曲时，会在肘部形成夹角。夹角越尖，内侧的肌肉就会缩得越短，外侧的肌肉则拉得越长。如右图例中所示，bce会相对收缩，bn则会伸展。

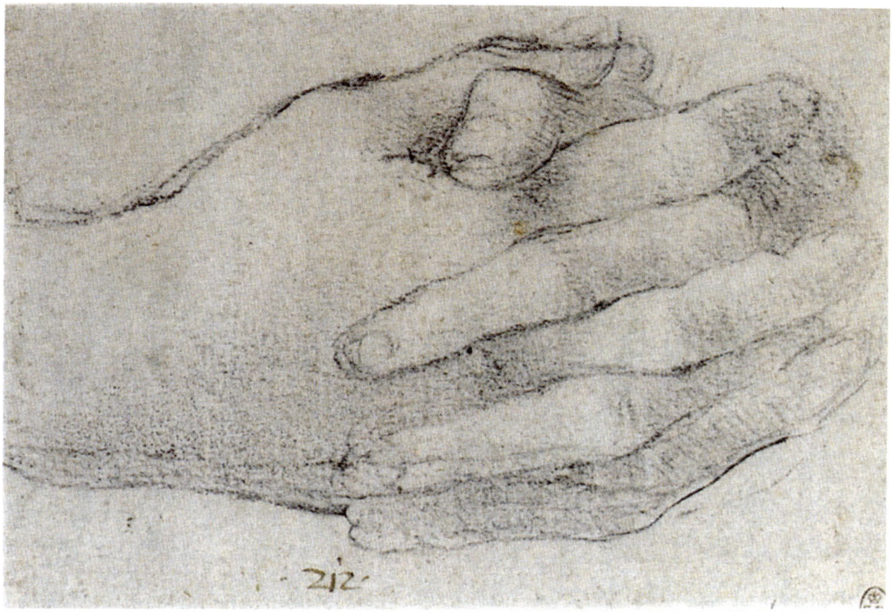

手肘到手之间最粗的部位是am的六分之一，即rf。肩膀和手肘间最粗的部位是cm的四分之一，且等于hng。在手肘以上手臂最细的部位xy并不是一个正方形的底，但是它等于h3这个空间的一半，h3是手臂与手腕连接的内角之间的部位。

手腕宽度的十二倍是整条胳膊的长度，即从指尖到肩膀的长度。另外手腕宽度的三倍是手掌的长度，其九倍是手臂的长度。

手主要有九个动作：向前、向后、向左、向右、做圆周运动、向上、向下、伸开和收拢手指。

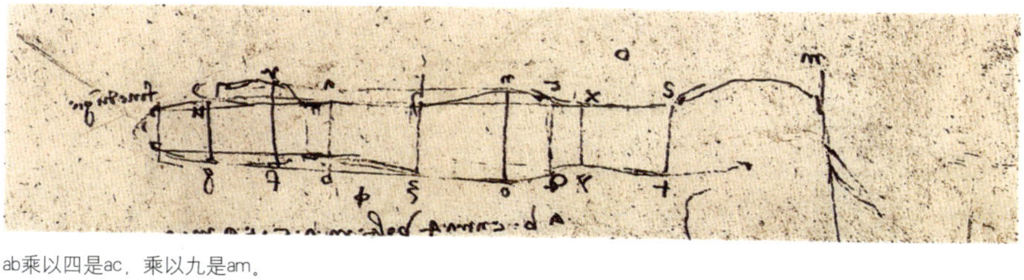

ab乘以四是ac，乘以九是am。

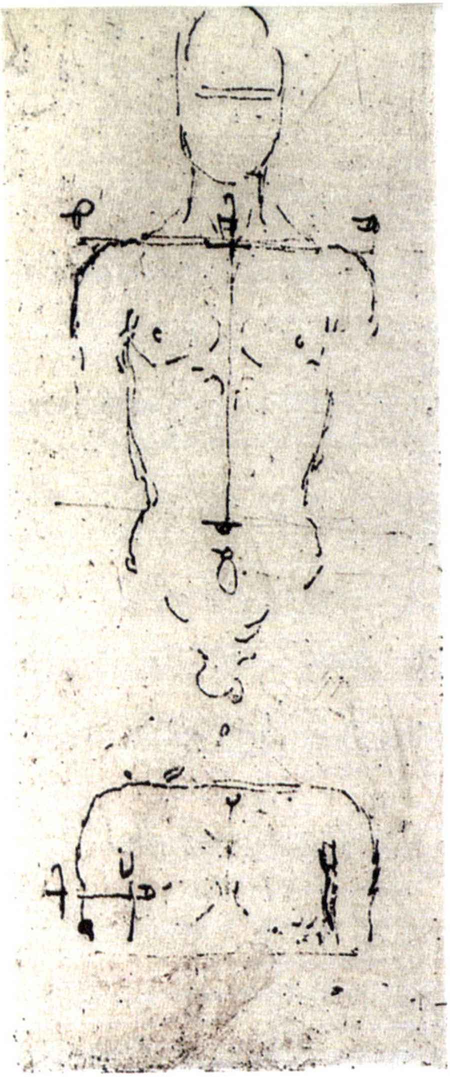

两肩膀之间的宽度等于胸部上方到肚脐的距离，这段距离是从脚底到鼻子底部的距离的四分之一。

从正面看，与肩膀相连的手臂的厚度是双肩宽度的六分之一，是脸长的三分之一，是脚长的四分之一，手长的三分之一。

躯体a、b最细的部分有一步宽；且从a到b有两英尺（约0.6米），到臀部构成了两个正方形——最细的部分是这个长度的三倍，构成了三个正方形。

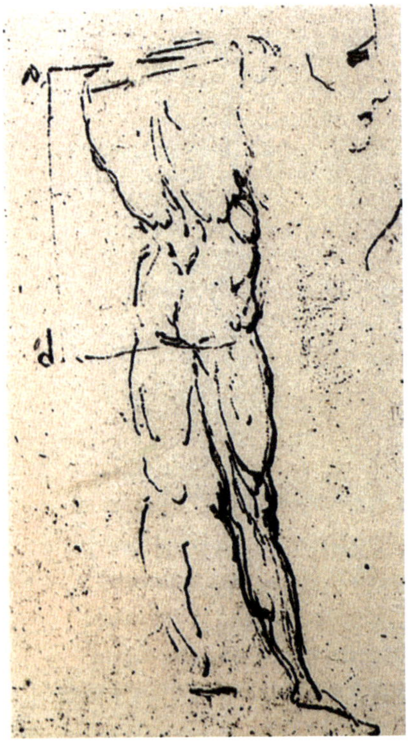

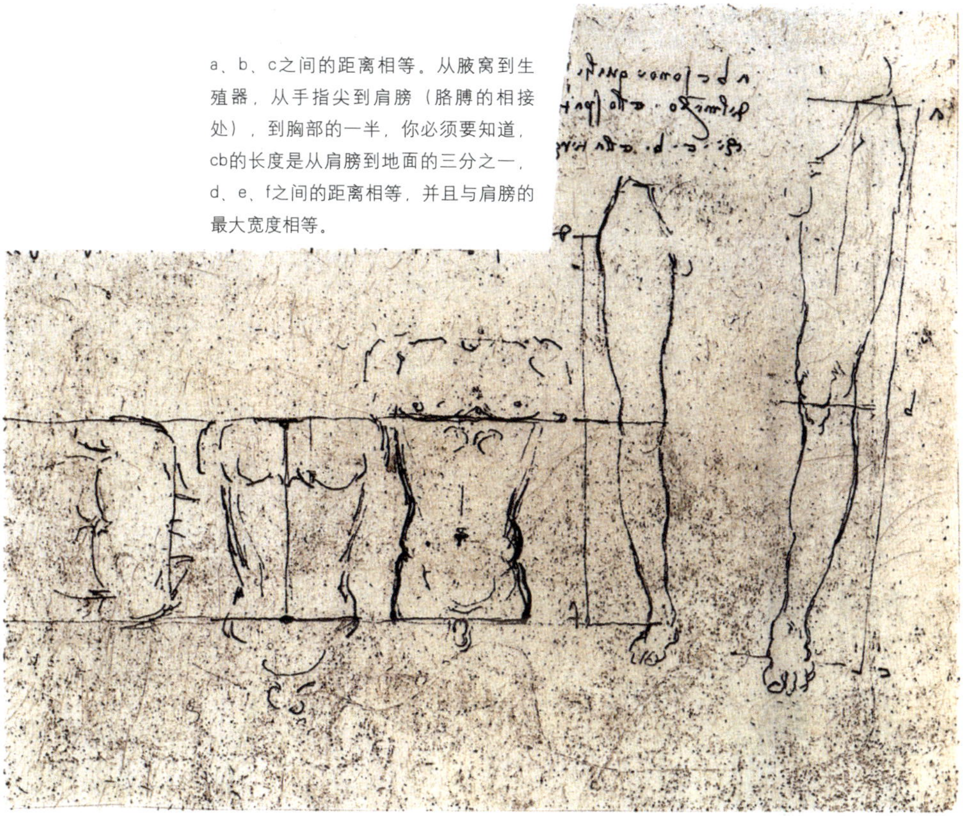

a、b、c之间的距离相等。从腋窝到生殖器，从手指尖到肩膀（胳膊的相接处），到胸部的一半，你必须要知道，cb的长度是从肩膀到地面的三分之一，d、e、f之间的距离相等，并且与肩膀的最大宽度相等。

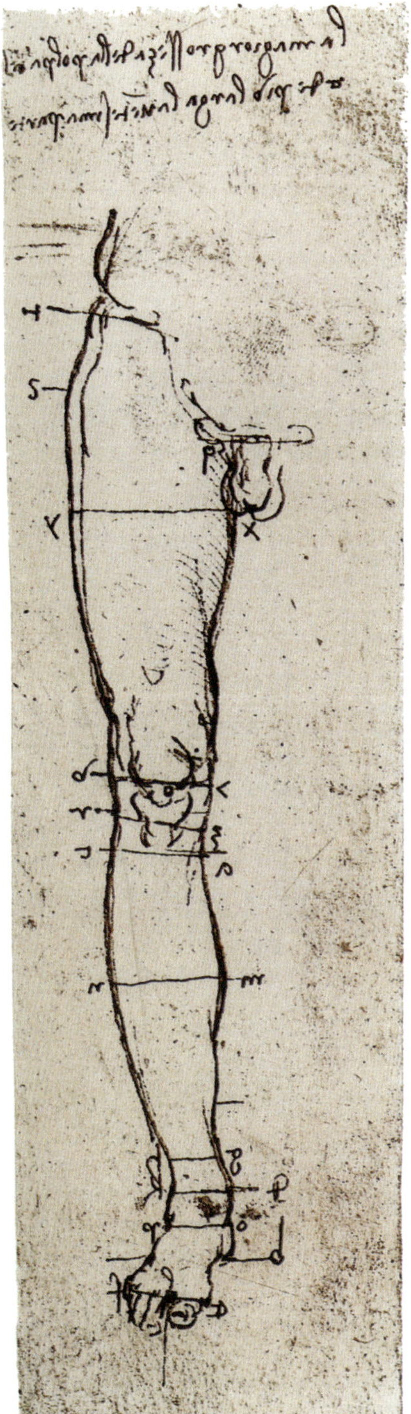

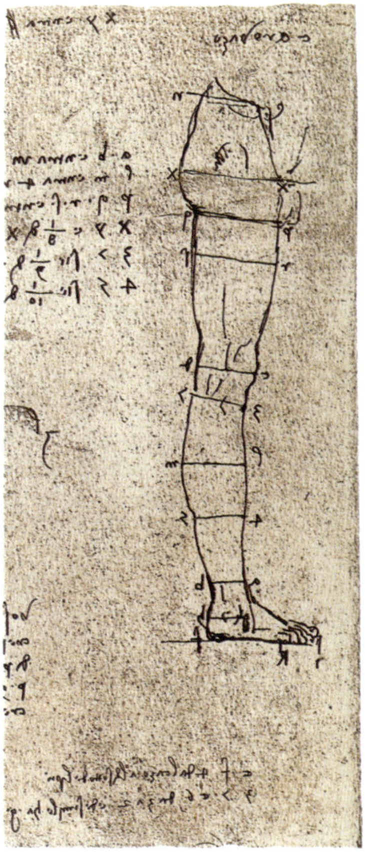

ac是头的一半宽，等于db及五个脚趾ef的宽度。dk减少了六分之一腿的长度。gh是头的三分之一。mn增长了ae的六分之一，它是头的十二分之七。op的距离比dk的距离短十分之一，且是头部距离的十七分之六。a是bq的一半，是身高的四分之一。R是s和b的一半。膝盖外侧的凹点r要比内侧的凹点a高。R点是腿长的一半，且在凸点s和地面b的中间。v是t和b的中心。大腿从正面观察的宽度和脸的宽度相等，是从下巴到头顶长度的三分之二。zr是六分之五的7v的距离。mn等于7v，是rb的四分之一。xy乘以三是rb或rs的距离。

ad是头的长度；
cb是头的长度。
四个小脚趾的指甲从上到下都是一样厚。
它们并在一起的长度是脚的三分之一。

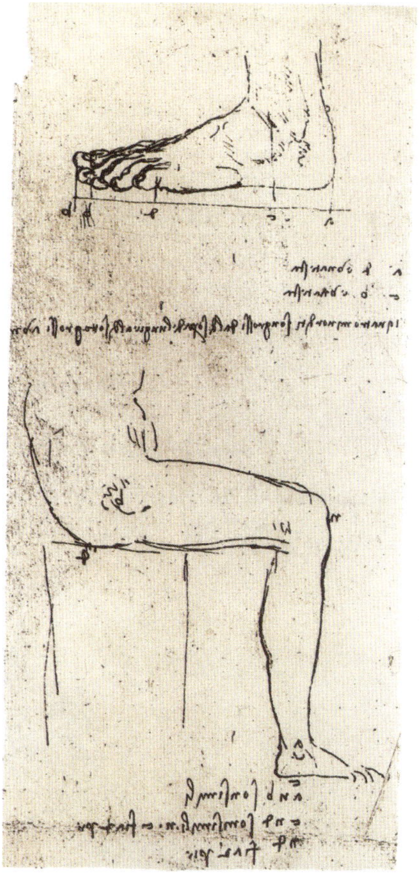

a、n、b之间的距离相等，c、n、d之间的距离相等；n、c之间是两只脚的距离，n、d之间是两只脚的距离。

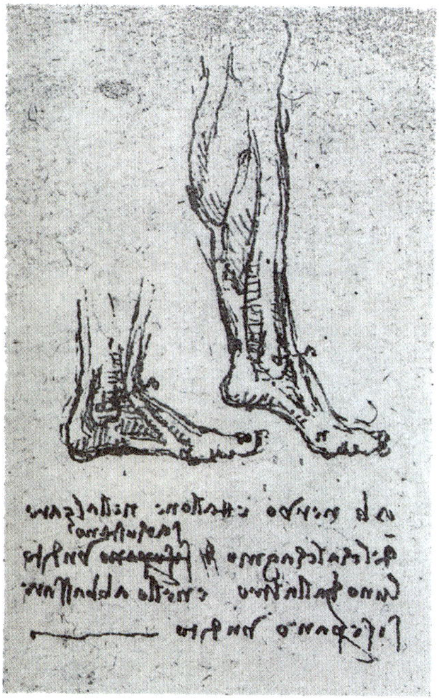

ab是腱和踝关节的距离，当脚跟抬高时，两者越来越接近；当脚跟下落时，两者越来越远。

大腿上连接膝盖骨的肌肉承担了人直立时的支撑力，当腿部弯曲，肌肉按比例收缩。由大腿连接身体的肌肉承担了更少的抬举的力量，因为腿本身不再产生更多的附加力量。此外，这里还有更强壮的肌肉，就是臀部肌肉。

『a』

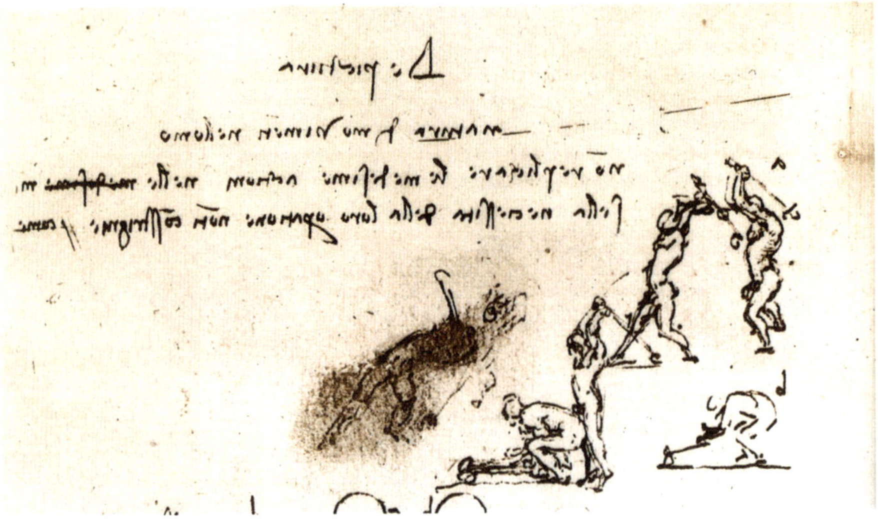

[13]

[13]

『a』在绘画中人的自然运动。在人的躯干绘画上不要重复一样的姿势，除非因为需要被迫这样画，如 a 图和 b 图。

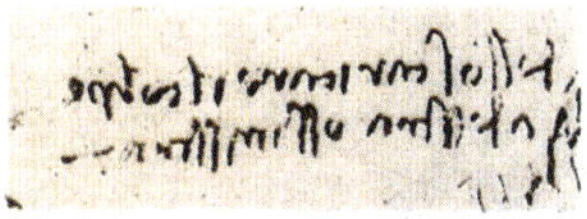

向左侧或右侧发出的一击。

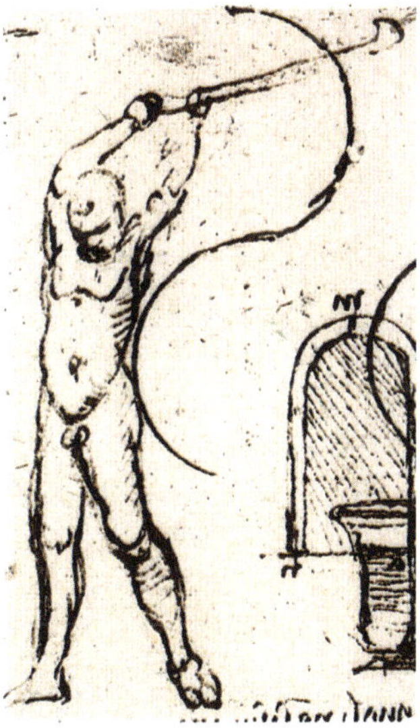

两个人在一块平衡的木板两端，假设他们的体重相等，当其中一个人想要向上纵身一跃，那么这一跃将会让木板另一头的人下落，只有当此人重新踏上木板，另一头的人才会重新上升，木板恢复以往的平衡。

[14]

当一个人想要停止奔跑并抵消冲力，他必然会使身体后仰并踏着快而小的步子。

一个坐着的人不可能自行起立，除非他的轴心（即引力中心点）之前的身体重量不超过轴心之后的重量，这里排除了使用手的因素。

一个正在爬坡的人会不知不觉地把他大多数的重心集中在身体前端，而不是后端。因此人总是不知不觉地把更多的重量放在他想要朝向的地方，而不是其他方向。

一个人跑得越快，他就越会向他跑的方向倾斜身体，并且重心越发向前而不是向后。一个人朝下坡的方向跑，他的重心就会移到脚后跟上。一个人在水平的地面上跑，他的重心会先在脚跟处，然后再移到足趾。

这个人不能够支撑他自己的重量，除非他把前端的重心移回，这样他的双脚就正好是他引力的中心点。

[14]

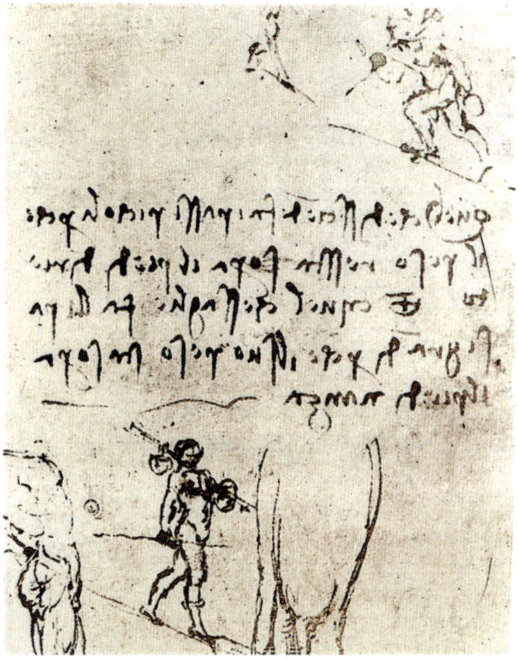

一个人下山会迈小步子，因为重量会置于后面的脚上。一个人上山会迈大步子，因为他的重量置于前脚。

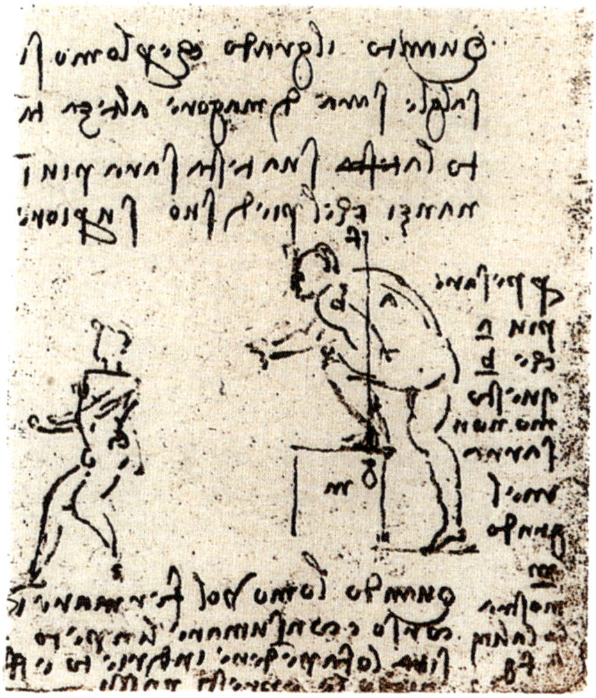

在攀登过程中，人爬得越高，他的头就要越向前伸，因此相比于b，更多的重量将会放在a点。这个人将不会踏在m点上。

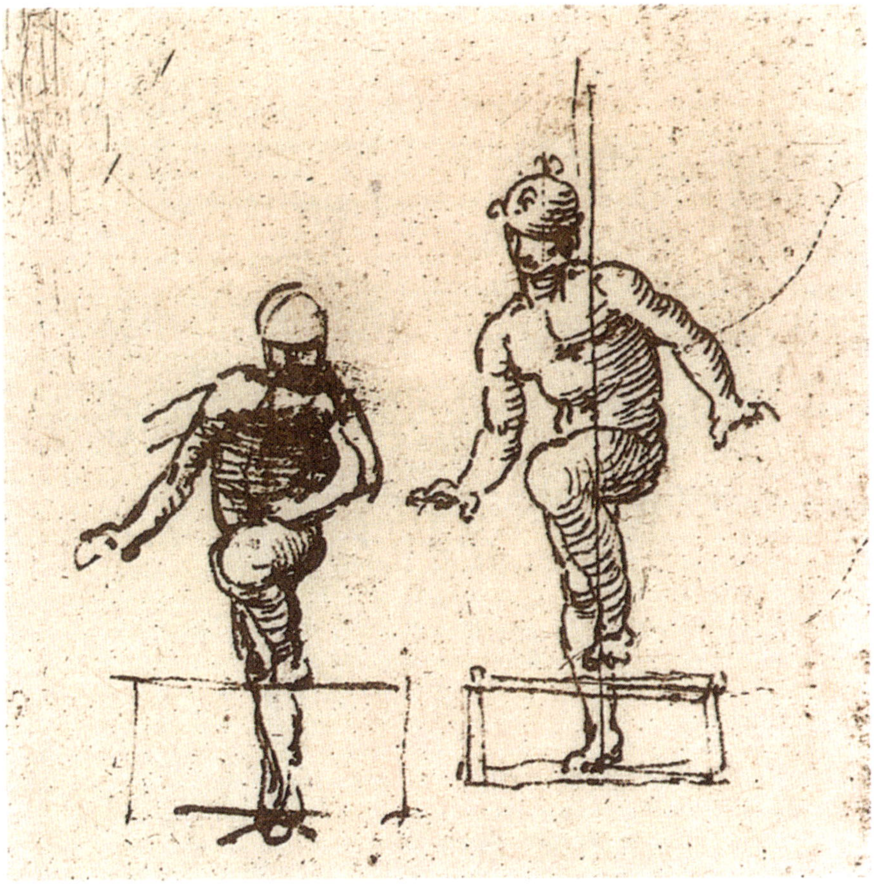

人上台阶时，头一件事就是把落在待抬腿上的躯干重量移开，同时把全部重量包括已抬起腿的重量都加在另一条腿上，然后举起腿来，足踏要蹬的台阶。

做完这一步后，就把身躯的全部重量以及腿重都移往较高的脚上，手搁在大腿上，头向较高的脚前冲，同时迅速提起位置较低的那只脚的后跟，靠着获得的冲量把自己抬起；搁在膝盖上的手同时推动躯干和头向上，从而使弯曲的背部展平。

在上台阶过程中，如果将双手放置在膝盖上，那么手臂上所有的工作都会被膝盖后面的肌肉抵消。

这个人在上升过程中的每一步对于b和c的重量是多少？

观察这个人的重心中心点下的垂直线。

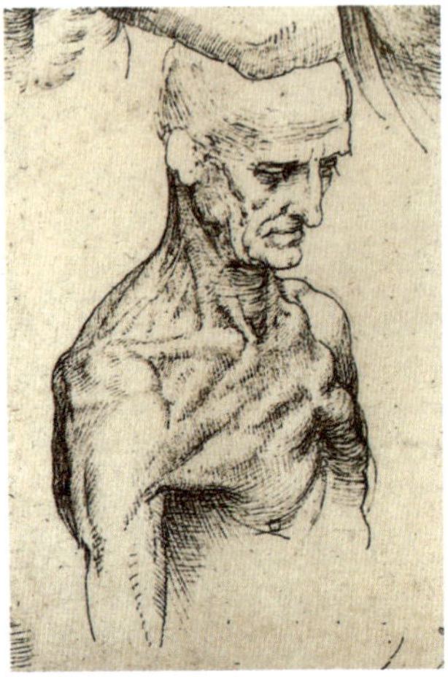

孩童所有的关节都瘦薄，两关节之间都肥宽，因为包在关节上的表皮无肉，只有联络关节的筋，而两关节之间则有肥胖、饱满的肉填充皮骨之间。

但是关节处的骨头比其他地方都粗，因此当孩童长大，他的皮骨之间肌肉失去水分而更加贴向骨头时，就使得身体这一部分相形见瘦。

而在关节处只有软骨质的多筋的皮干不了，因此也不会消瘦。由于这些原因，儿童的关节细瘦而两关节之间粗胖，这可见于指关节、臂关节与肩关节，这些关节瘦削而有深窝；成人相反，他的各关节都粗厚，在指头、手、腿各关节以及其他在儿童身上凹陷的地方都鼓凸。

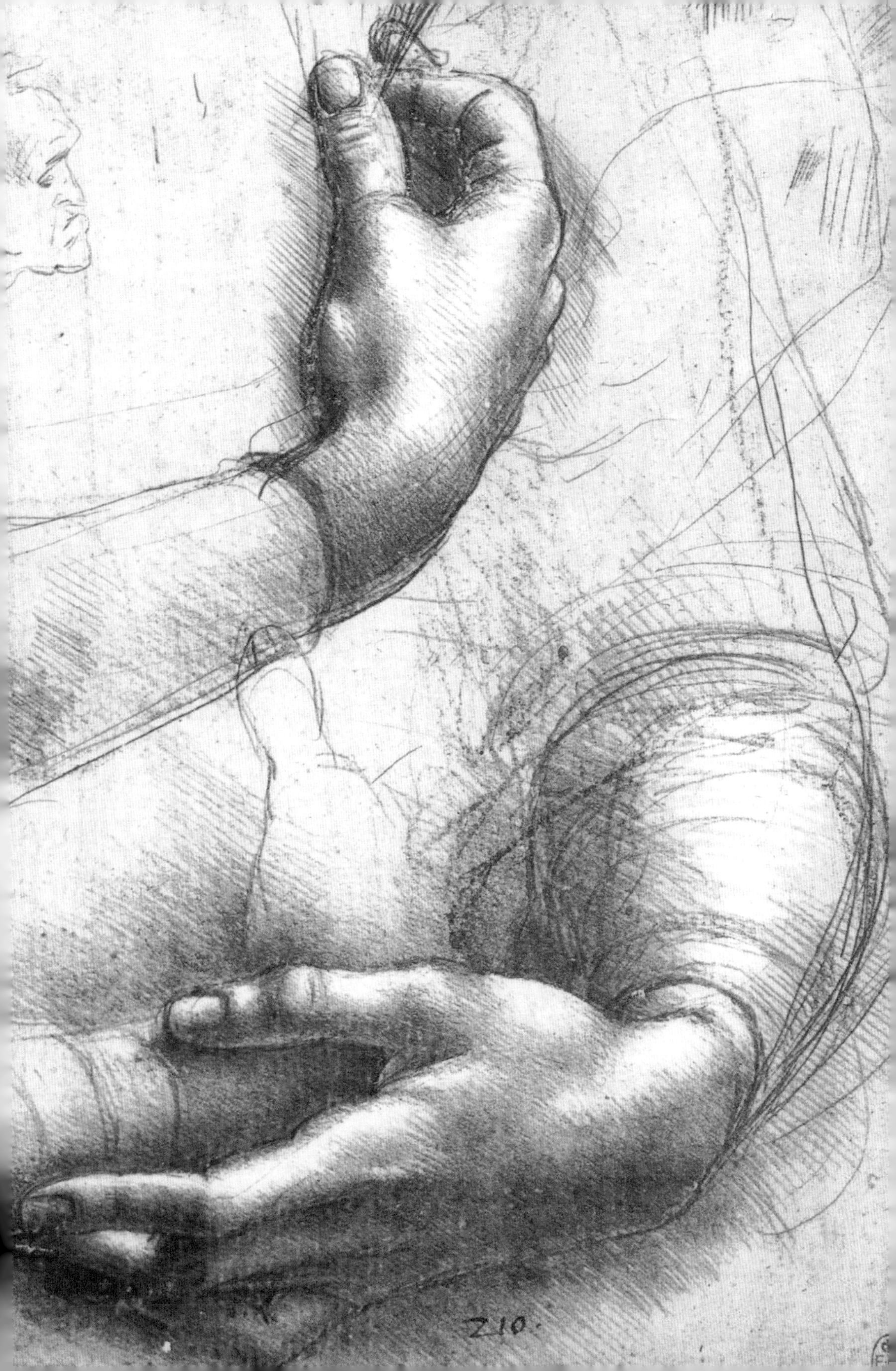
210

102

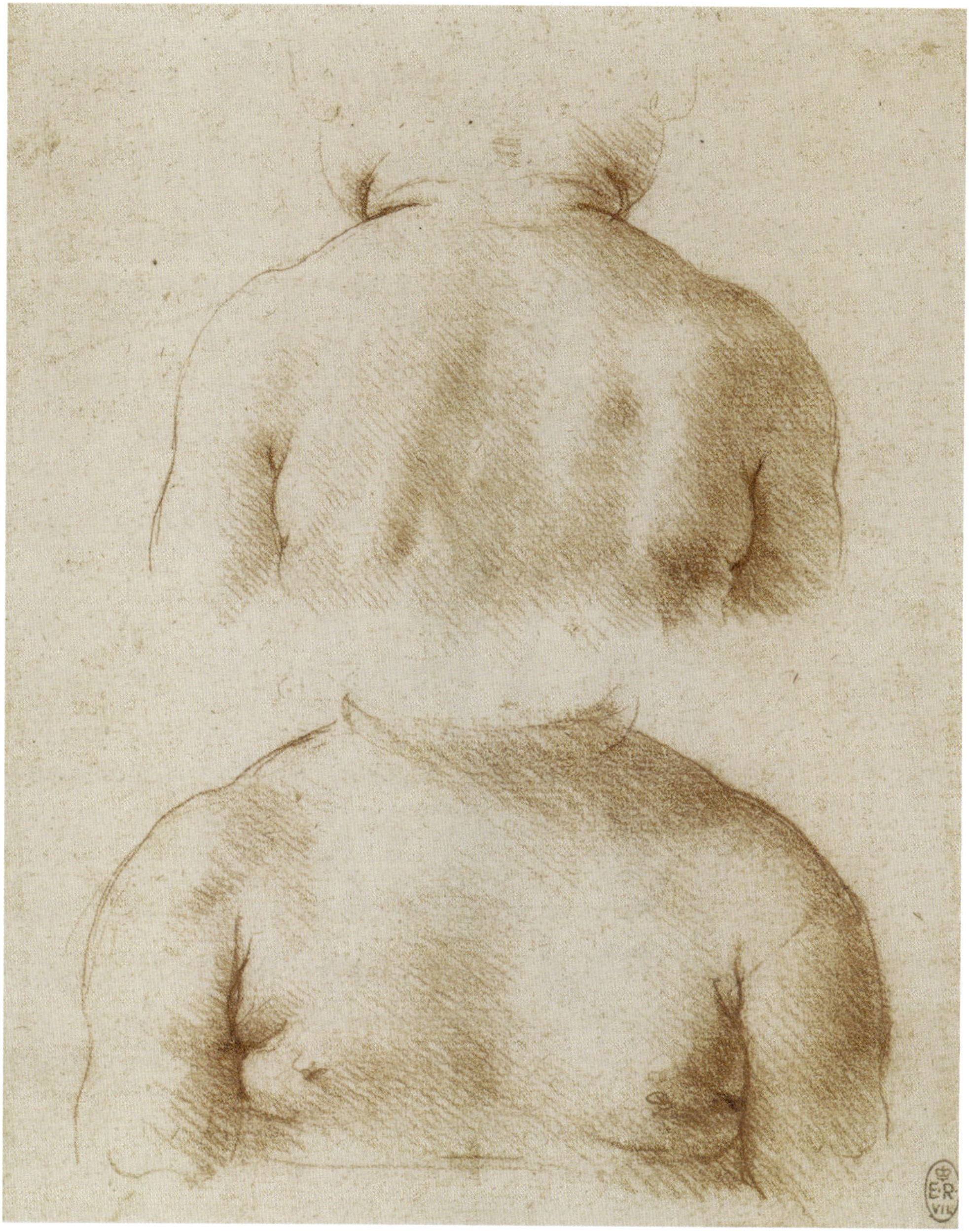

穿着外套的人物不宜过分显示其体形，好像外套紧贴着肉体一样。如果你确实不希望外套紧贴着肉体的话，就在外套和肉体之间穿一件衣服，以避免透过外套显示肢体的形状。肢体应画得粗壮厚实些，让人看起来就像在外套里还穿着别的衣服一样。那些只穿着轻薄衣裳的仙女和天使，衣裳被风吹得紧贴着肢体，才会显出身体各部分的原形。

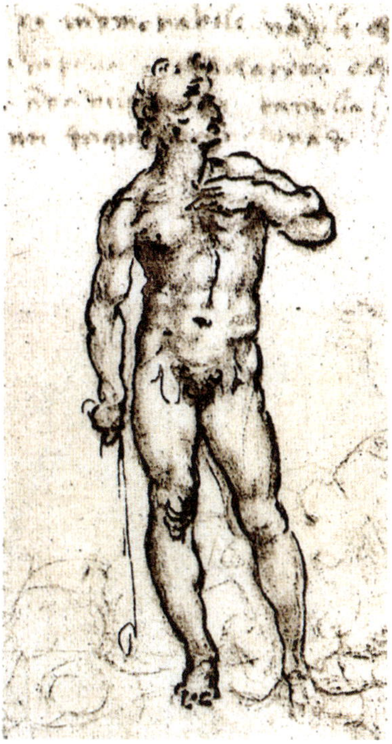

人体全身各部位应当比例协调。这也就是说，如果这人是个敦实的小矮个儿，其身体各部也要做出呼应：粗短的胳膊、宽厚的双手，甚至手指也要画得短一些，指关节也应具备相应的特点，其余身体各部依此类推。我在画各种动植物时也会把握同样的要领，根据所画对象尺寸的大小，对其身体各部按比例进行适当增减。

人体躯干应该与躯体优美相称，才能够达到你在人物画中想获得的预期效果。如果你想画好一幅优美动人的人物画，应该把四肢画得优雅纤细，肌肉不应过分突出，你需要画的那少数几块肌肉则尤其要画得柔和、隐约，不能有太强的阴影。四肢，特别是肩膀，应当疏松，切忌与躯体连成直线。臀部是人体的支柱，若使左边高于右边，则应让右肩低于左肩，较高的一肩的关节与臀部的突出端处于同一条垂直线上。颈窝保持在支撑体重的足踝的中心。不受重的腿的膝盖应比另一条腿的膝盖低，并且靠近另一条腿。头和手臂的位置变化无穷，我不准备为此扩充任何规则，只要求它们姿势优美、舒展、关节自然，不能让它们像根木头一样。

此外切记，在画四肢时要格外小心，它们必须和人物体格大小以及年龄做出呼应。比如说，一个少年的四肢，肌肉不能太发达，也不能显露太多的筋脉，而应该肌理平滑圆润，色泽柔和细腻。如果换作成年男子，其四肢应该强健有力，肌肉隆起。老年人的皮肤表面布满皱纹，粗糙不平，筋络也会很突出。

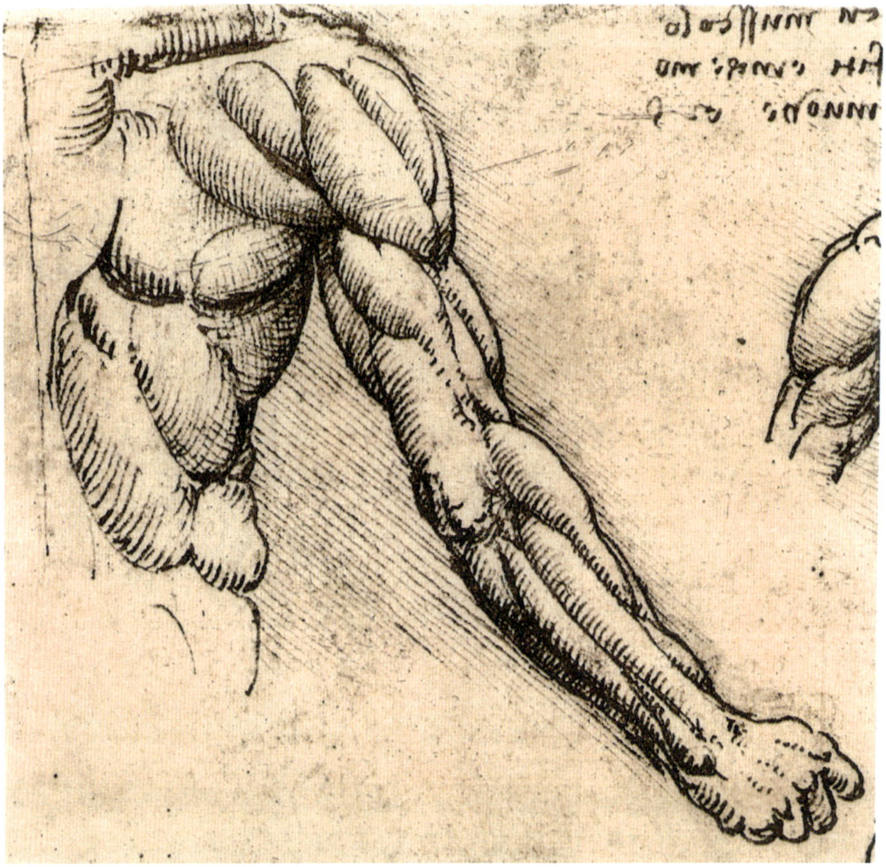

熟悉解剖学的画家应特别注意，谨防对骨头、肌肉和筋腱的过分强调，虽然你希望凭此展现裸体的各种情绪感觉，但是如此一来，你的画作则会陷于呆板。为了竭力补救这一点，可以多琢磨一下身体穿上衣服的感觉，或者画一画消瘦或衰老的人体。

此外，观察这些相同的肌肉是如何堆积和覆盖在它们表面空间的，这些肌肉不会在大量的脂肪中失去它们的突起，并且那些附属肌肉看起来也丝毫不显臃肿。在多数情况下，许多肌肉看起来像是众多脂肪上的一块肌肉，并且当肌肉变瘦变老，一块肌肉也会分成好几块肌肉。

再次提醒，不要忘了观察我上面所讲述的肌肉的构成，以及所有动物肢干的连接处和每副躯干因动作所形成的各种变化。

当表现一个任性或者优雅的动作时，一定注意避免像木头一样坚硬，也就是说，要让人物具有平衡感移动，看起来并不像一块木头。但是对那些你极力想要表现出的强壮却不能那样做，除了扭头的动作。

肌肉中的神经对肌腱的作用就好像士兵服务领队；
肌腱对于直觉来说就好像领队服务长官；直觉
对于灵魂而言，就好像长官效忠君主。

第六章　解剖

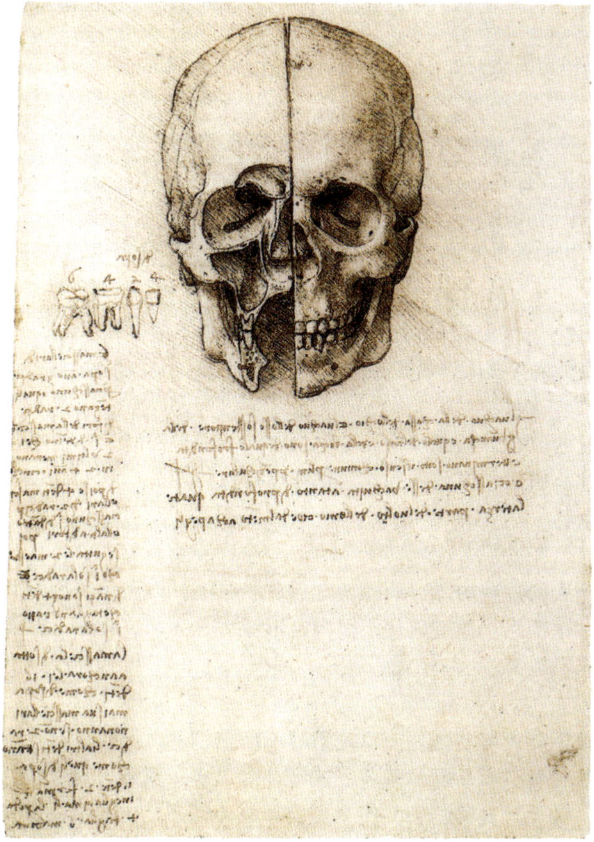

[1]

[1]

头的界限是十，也就是内部五，外部五。外部主要指毛发、皮肤、肌肉、筋膜和骨骼；内部有硬脑（脊）膜、软脑（脊）膜，包含大脑、细脉网和枕骨，枕骨支撑大脑的神经活动。

画家必须通晓人体内部构造。画家了解了肌肉，就会了解当肌肉活动时，有哪些筋腱是它活动的原因，数目共有多少；哪块肌肉的膨胀造成筋腱的收缩；哪几条筋腱化成细薄的软骨，将肌肉包裹。这样他才可能借助他笔下人物的各种不同姿态，表现出不同的肌肉，而不像其他人那样，画的人物动作虽不相同，但手臂、背后、胸部、腿部却总是凸显同样的肌肉群。列举的这些事例，都不是小错，不可等闲视之。

人体是一个基本组织：软骨结构、骨骼、神经、纹理、动脉、筋膜、肌腱与韧带、皮肤、肌肉和脂肪。

形容一下当脂肪增长时哪些肌肉会消失，而人在消瘦时哪些肌肉又会显现出来。

观察一下，一位胖人，他的身体表面哪个部位是凹陷的，而当他变瘦时，这个部位又会变得更加突出。

一块肌肉从另一块肌肉上脱离，你必须能够简略说出它们在哪里相交联合。

记住，要确定任何一块肌肉的起点，你必须拉动肌腱，以这样一种方式观察肌肉运动，并且确定该肌肉与哪块骨骼相连。

在说明肌肉和它的位置、起源及终点这个问题时，你会感到一头雾水，除非你首先找到形似亚麻线的薄肌肉，以此种方式，你可以很自然地表现它们，也可以根据它们所处的肢体对其命名。

我曾经将一个病人的皮肤去除，病魔使他的皮肤收缩，以至于肌肉遭到损耗，像一层薄隔膜。在这种情况下，肌腱取代了肌肉，形成大片隔膜，骨头上覆盖的皮肤比骨头的自然尺寸大不了多少。

身体中任何需要消耗营养的部位，都是营养不断被消耗，同时新营养不断补充。因为只有先前的营养被释放，后面的营养才能够补给进来，营养一旦被释放，它将不再具有生命。而且，如果你补给的营养没有先前释放掉得多，生命就会损失元气，如果你将这份营养带走，生命就会整个受损。但是如果你每天都补充和消耗一样多的营养，生命的损耗和它的补给就相互抵消，就好像蜡烛的火焰在燃烧蜡烛的同时享有液体的蜡。

[2]

引起呼吸，引起心脏的运动，引起呕吐，引起食物从肠胃降落，引起肠道清空的种种原因。

引起多余物质从肠胃运动流通的原因。

引起吞咽、咳嗽、哈欠、打喷嚏的原因，引起身体肢干休眠的原因。

引起肢体失去知觉的原因。

引起瘙痒的原因。

引起食欲的原因，引起尿意以及所有其他自然排泄的原因。

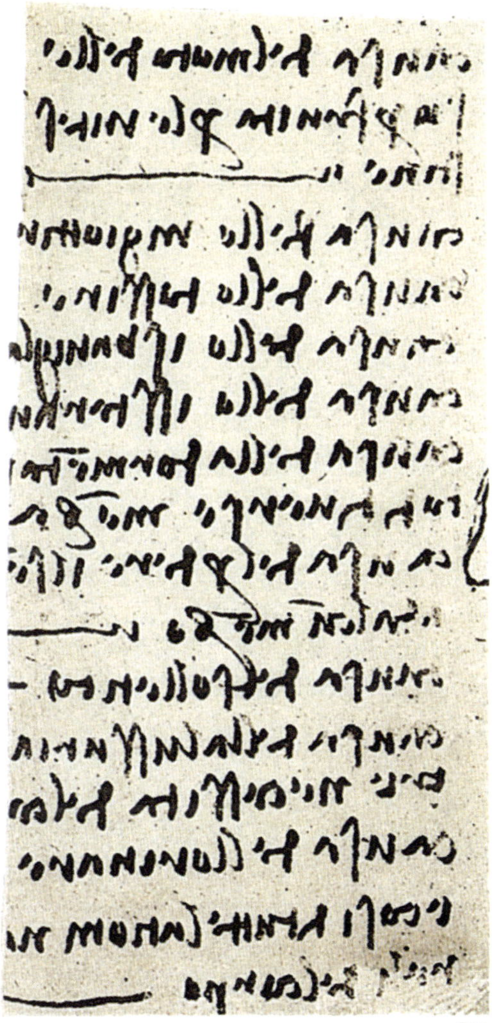

[2]

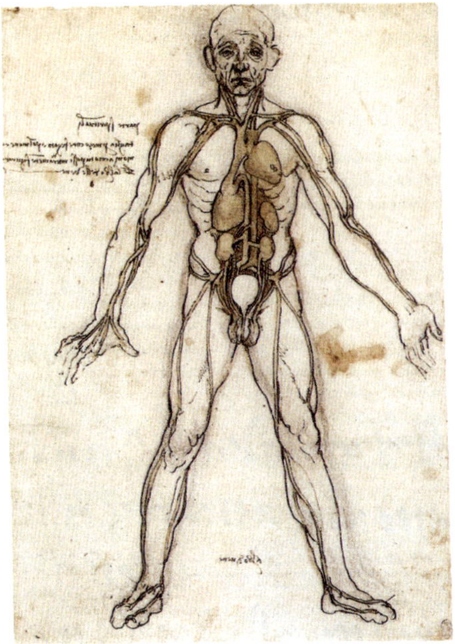

[3]

[3]

这段我认为关于人体的表述十分清楚，就如同在你面前有一个真实的自然人一般，原因是如果你想完整地了解人的各个部分。从解剖学意义上来说，你，或者你的眼睛，就要从不同角度，从上到下，从里到外了解人体，反复思考，寻找每一个部分的起源，自然解剖这种方式足以让你对此完全了解。

但是你要知道，这些知识量不足以维持满足你未来的知识需要，更大的困惑来自整合，那是纹理、脉络、神经、筋腱、肌肉、骨骼和血液的整合，它们都被染成了淡淡的相同的颜色。此外，在调查探索这些组织整合过程中，它们都会不可避免地遭到毁坏，那些显而易见的特质也都被血染上了淡淡的颜色，这些相同的血色让你很难辨认出它们。要想完好保留下所有部分，并将它们所有的一切都了解清楚，是不可能的，要想了解清楚一个部分，你必须毁坏另一部分。

因此，一些更深入的解剖图就显得尤为重要。在这其中，三张图帮你对纹理、脉络和因极大的护理所毁坏的一切有一个全面的认识。另外三张图向你说明身体组织。还有三张图说明筋腱、肌肉和韧带。再有三张图说明骨骼和软骨。还要有三张图说明骨骼解剖，这些骨骼必须锯开，以此说明哪些是下凹的，而哪些不是；哪些有骨髓，哪些有海绵体，而哪些较粗厚，哪些比较细薄。还有一些骨头在某些部位非常细，而在另一些部位却又很粗大，在一些部位是下凹的，添有骨骼，充有骨髓和海绵体。还有时，所有这些事情都会在同一块骨骼上发生，而在另外一些骨骼上，这些事情从不会有。

你还要有三张有关女性的图，绘制着子宫和胎儿，这使得这些图分外神秘。因此，通过我的绘画，依靠每个部位的各种示范，你应该了解人的每一个部位。因此，当你从正面看到一副人的躯干，你要了解它的肌肉、筋腱，或者它从对边方向抬起时所呈现出的纹理，与此同时，脑中也要有这副躯干侧面和背面的样子，就像手中就有一副同样的躯干，可以任意翻转观察，直到你熟悉了它的每一个细节。同样，如果你面前有三种或四种数据资料证明一副躯干，通过不同的角度，你能够甄选出正确的数据，获得你想知道的关于人体的完整知识。

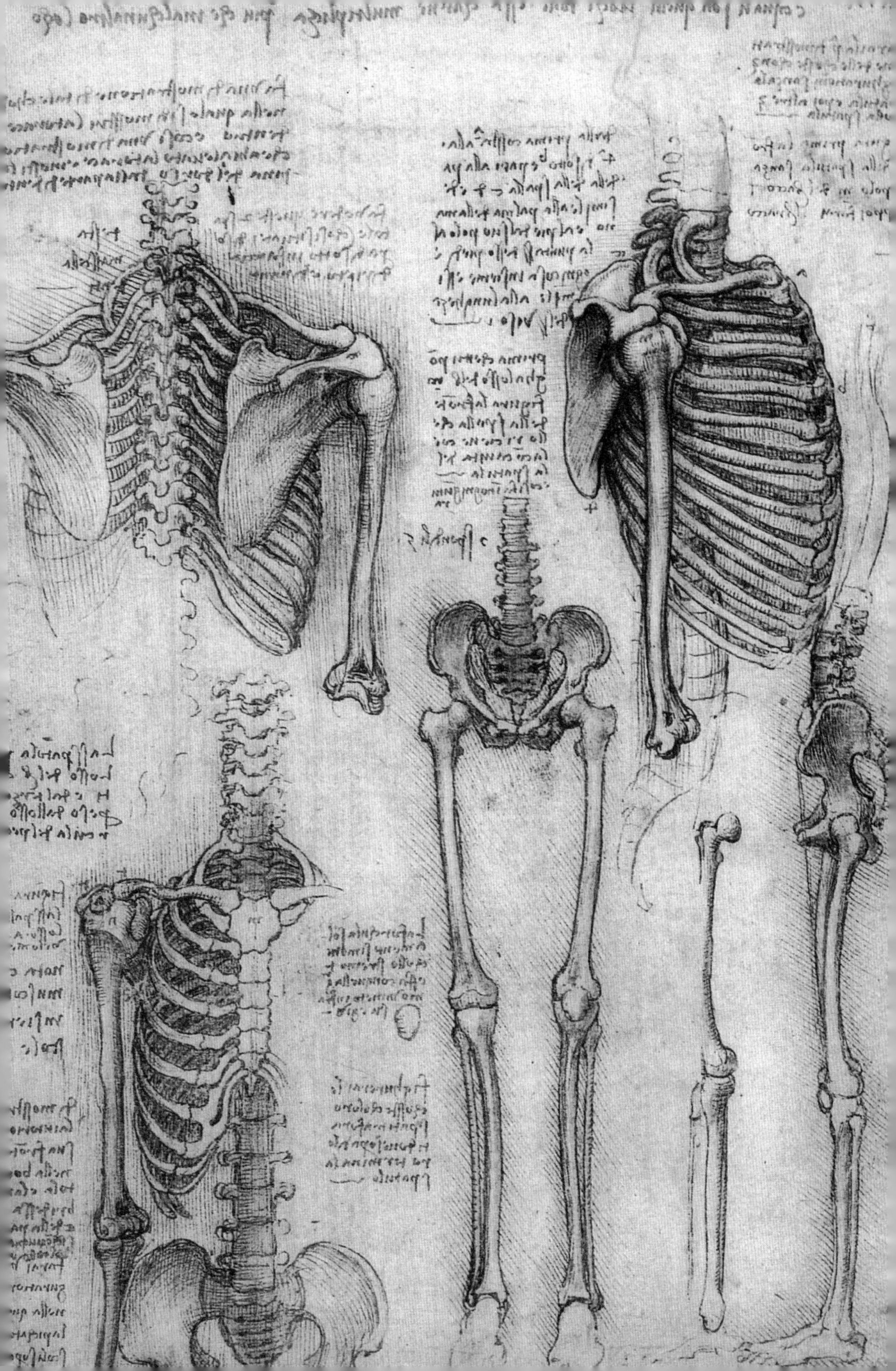

『a』

『b』

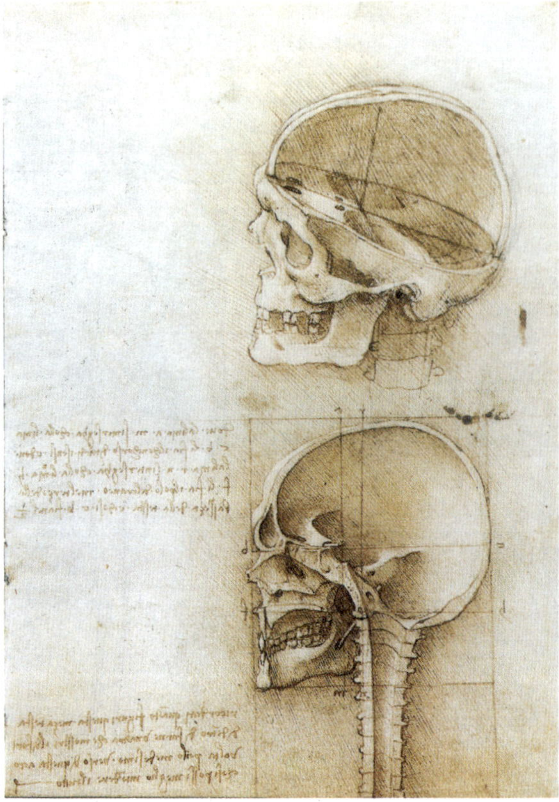

[4]

[4]

『a』am 和 cb 相交处为一切感官聚集之所，rn 与 hf 相交处为头颅的轴线，在头的三分之一处。

『b』记住，当你描绘这幅从当中剖开的头颅内部图时，须另外画一幅外观图，方向与这幅图相同，这样一来你就可以更好地了解整体。

[5]

『a』如果你从中间切开洋葱头，可以亲眼看见并且数出来围绕洋葱中心有多少层果肉包围。

『b』同样，如果你从中间剖开人的头颅，首先要剖开毛发，然后是皮肤、肌肉和颅骨膜，接着是头盖骨和在硬脑膜、软脑膜之内的大脑，再然后是硬脑膜、软脑膜和由红毛细血管形成的奇异网，最后是头骨——它是所有这一切的基础。

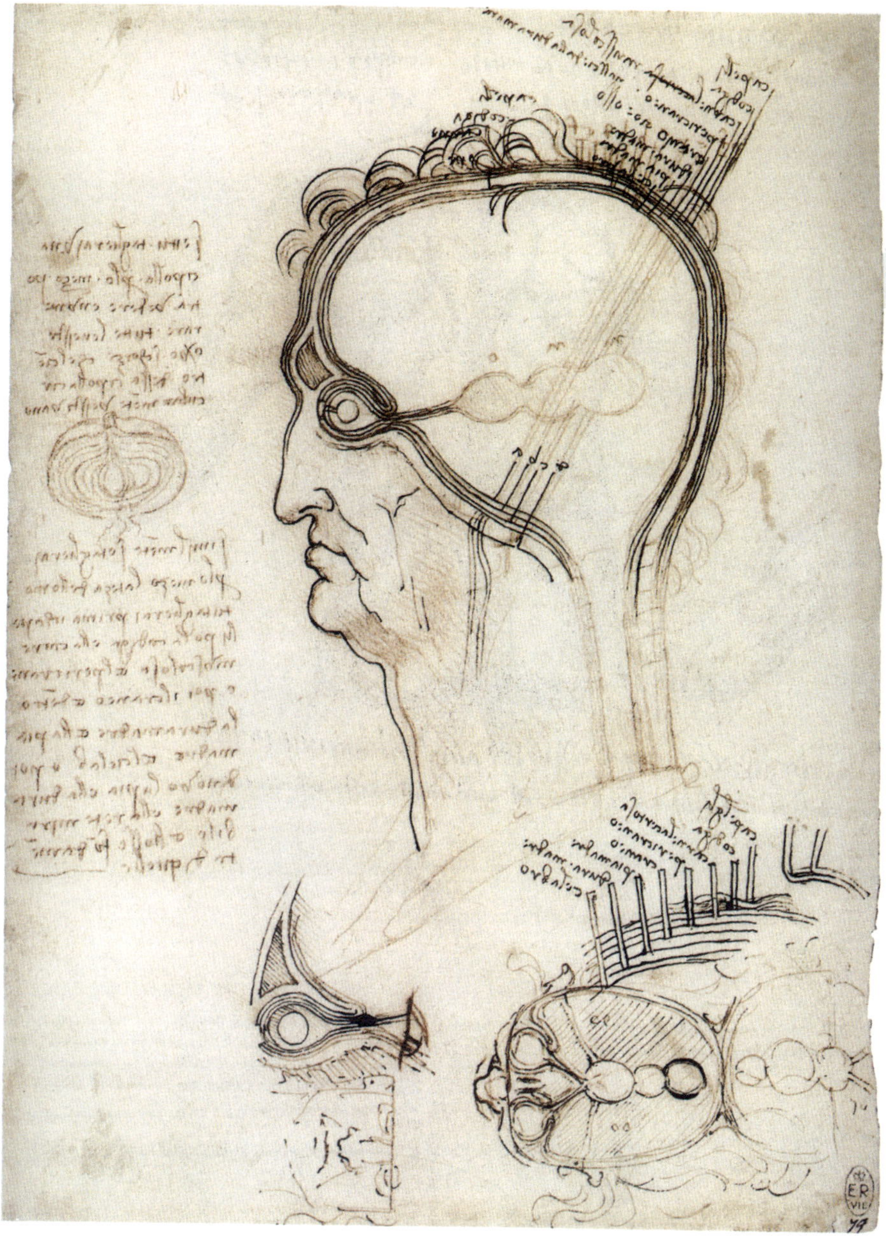

『a』

『b』

[5]

『a』

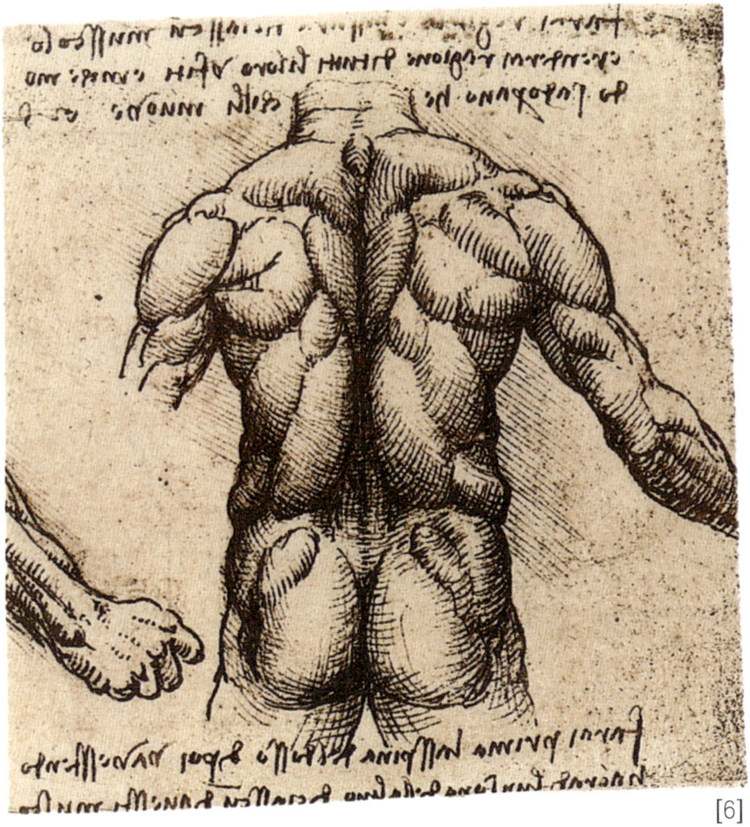

『b』

[6]

[6]

『a』指定一个规则，测量每一块肌肉，并且了解它们的功能，它们运动的方式以及它们所起的作用。

『b』首先画出背部脊骨，然后一点点、一件件对其覆盖，先是肌肉，然后是神经、动脉、肌肉上的纹理——这些都是脊骨的组成部分。这些肠状物连接所有的骨头和其他器官。

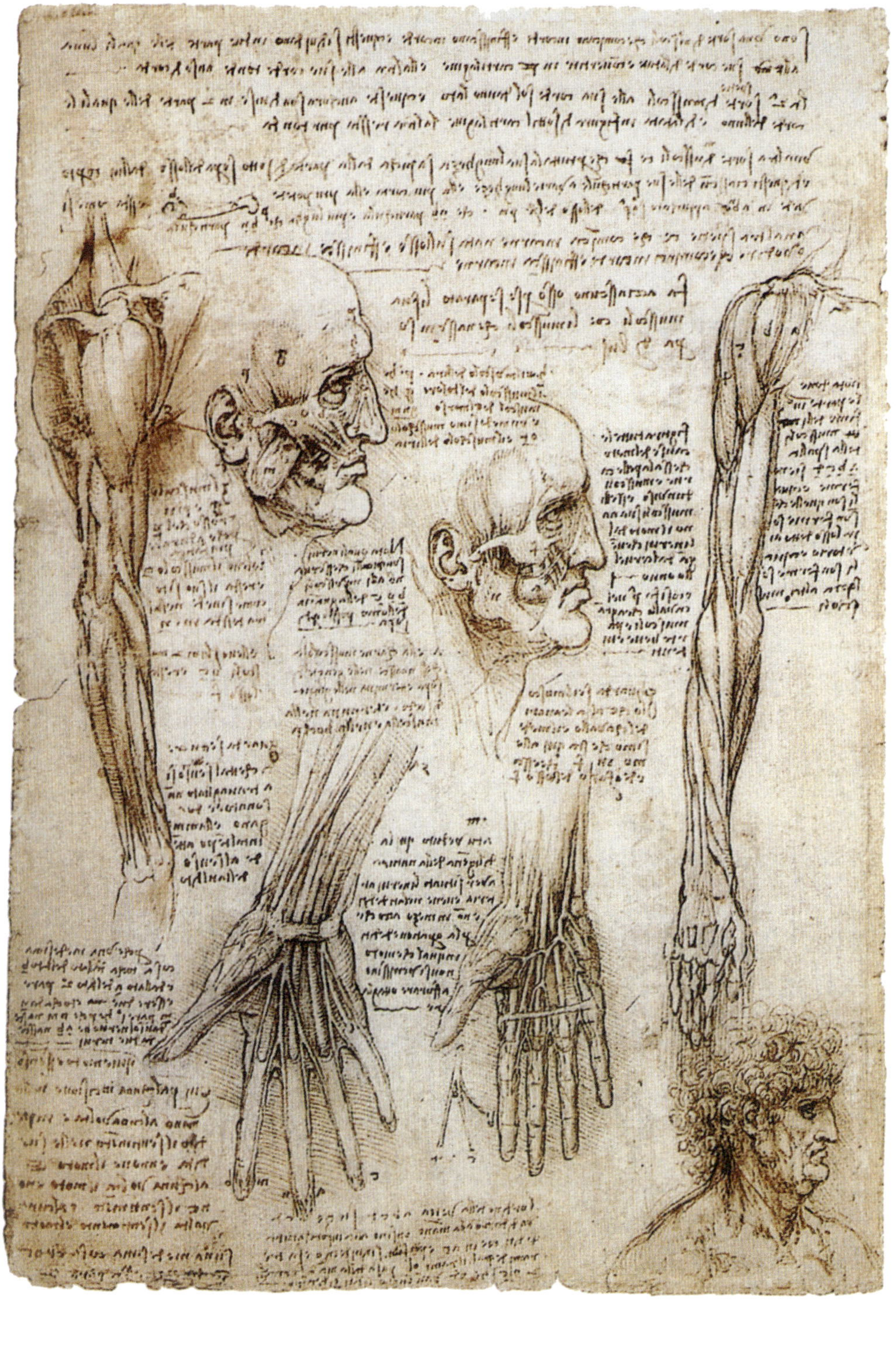

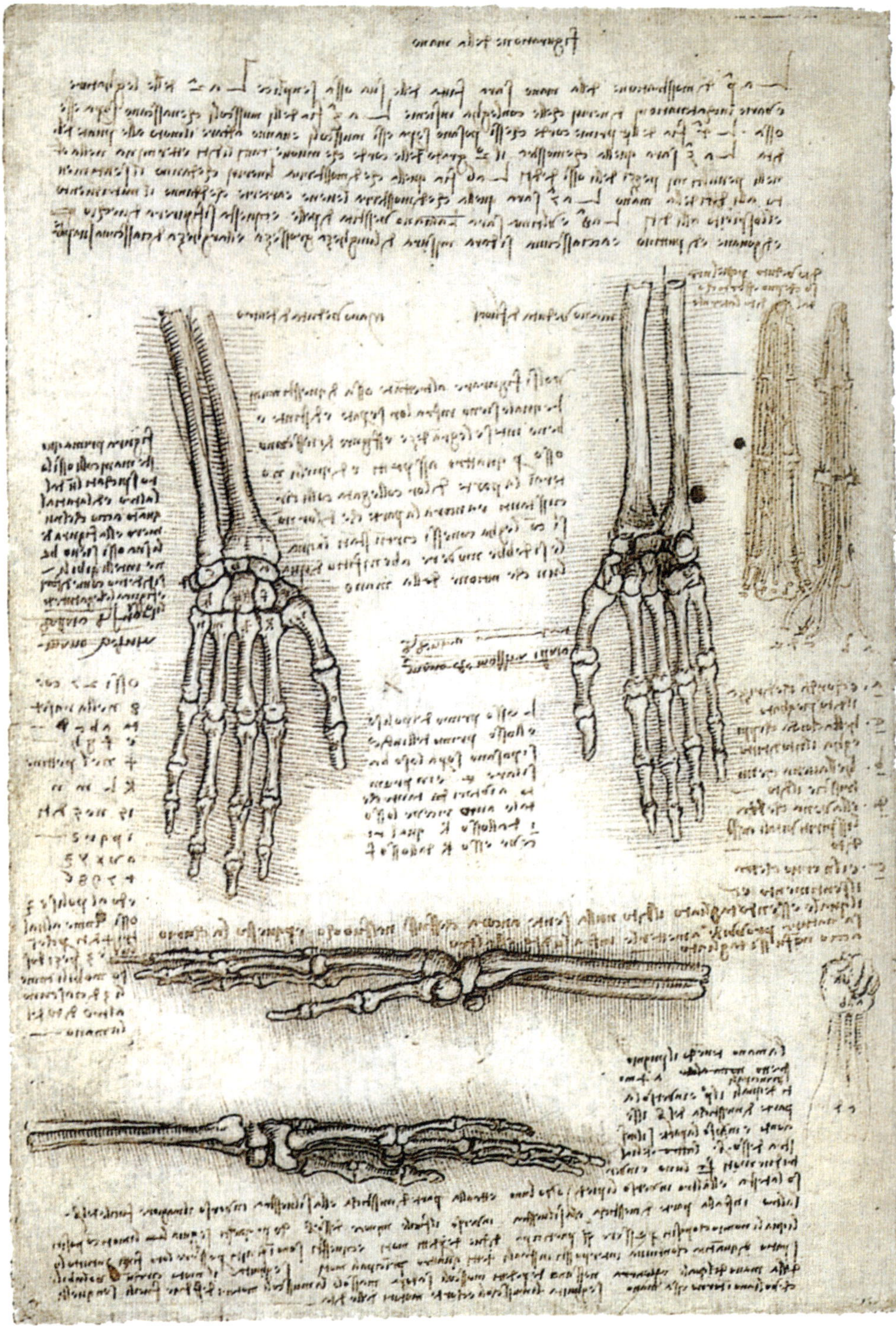

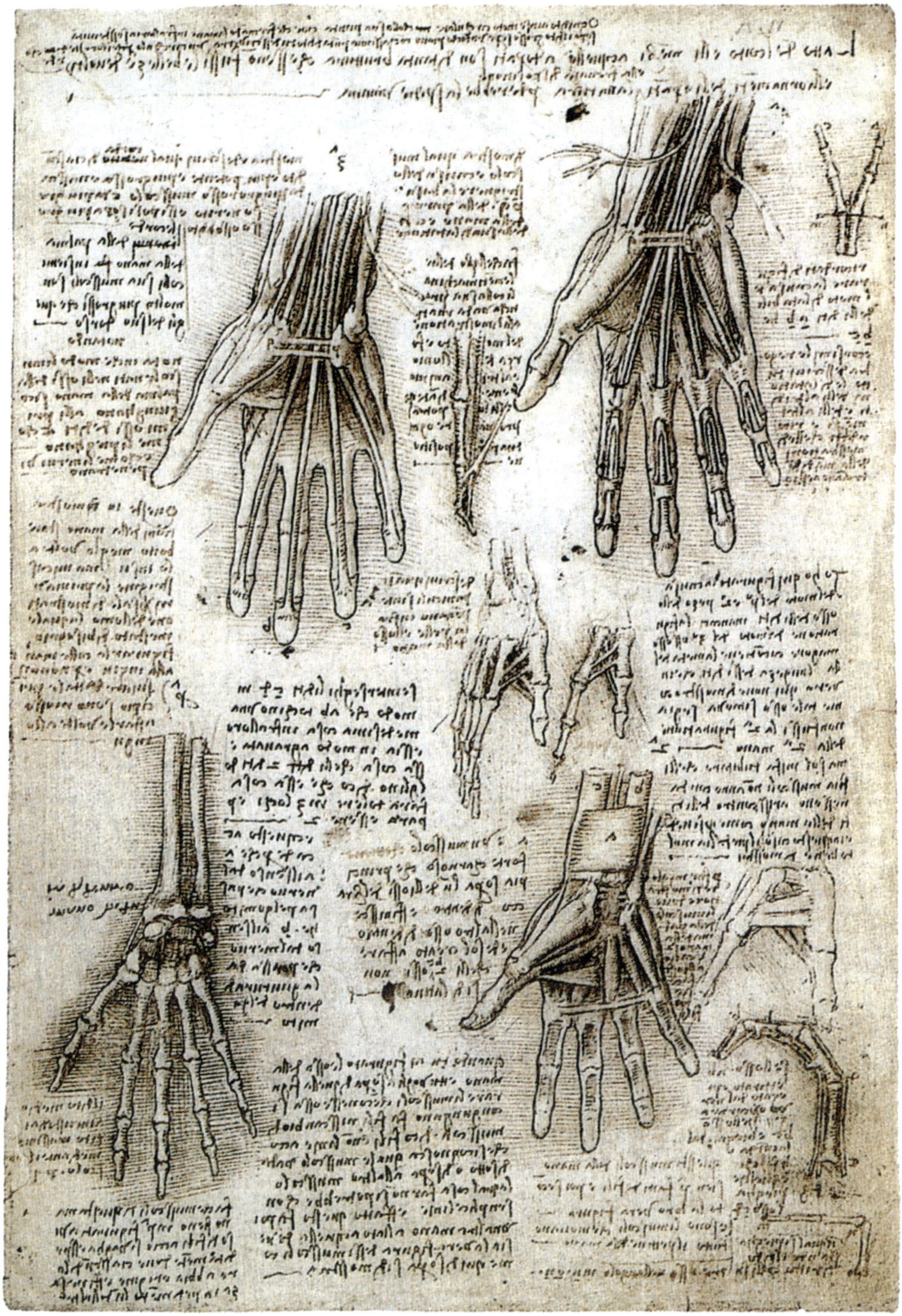

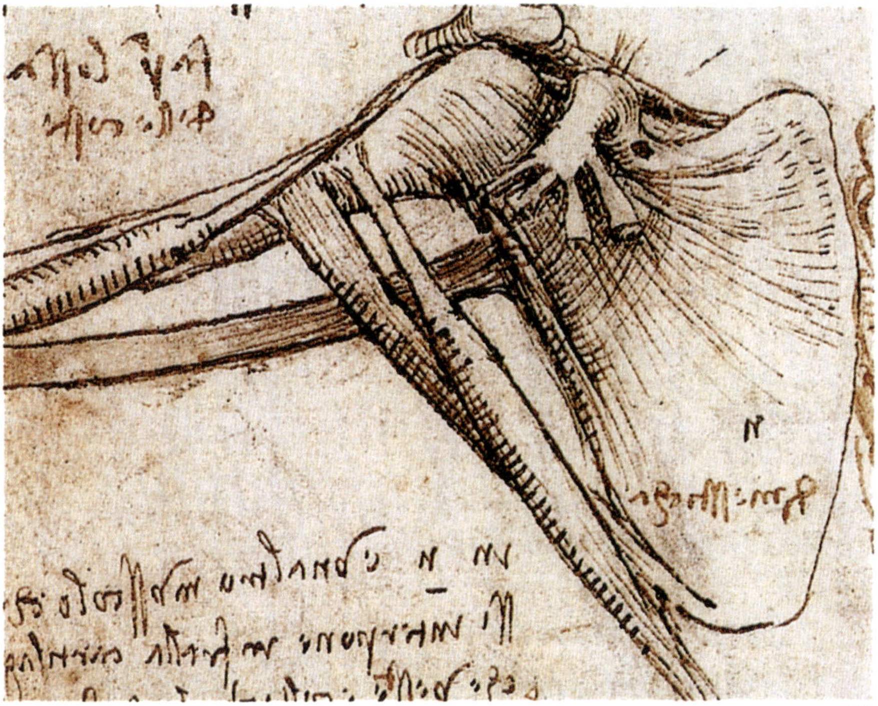

[7]

肺部存有大量的空气，尽管人在呼气时，气体对它来说也是必要的。当肺部吸入新鲜空气时，肺按压胸部的侧面，使其膨胀，将其向外推出。如果在人呼吸时将手按在胸部两侧，就会感觉到这种变化。当人在重重地呼气时，胸部扩张的动作与吸气相反。

这种运动产生的力量源于胸部的肋骨，而不是（肺部的）隔膜，以免过度地收集空气。否则，为了形成一个通常而言沉重的叹息，隔膜有可能会使其破裂并毁灭。

[7]

所有起始于肩膀的肌肉，肩胛和胸部都服务于手臂上从肩膀到肘关节的运动。所有起始于肩膀到肘关节之间的肌肉，都服务于肘关节到手部之间的手臂运动。所有起始于肘关节到手臂之间的肌肉，都在支持手的运动。所有起始于颈部的肌肉，都在为头部和肩部的运动服务。

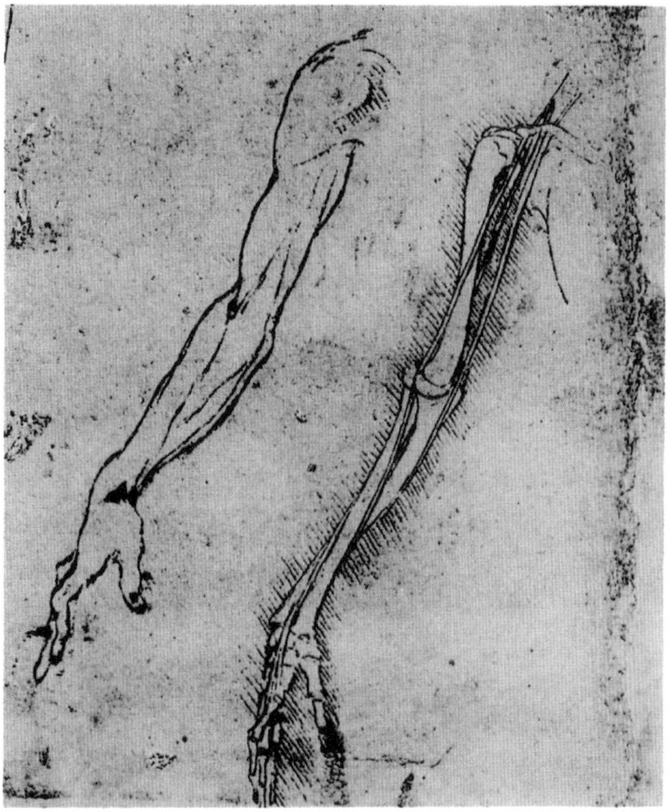

[8]

[8]

在头部和手之间插入的两块骨骼是手臂。当一个人双脚站立，手臂伸展时，当手掌朝向地面时，相比于手掌朝天来说，手臂的长度会或多或少地减少一些。这是因为当手掌朝向地面时，手臂的两块骨骼由原来的手肘右侧交叉变成了朝向手掌的左侧，并且手肘左侧的交叉变成了在手掌右侧进行。

手臂由三十块骨骼组成，其中三块在手臂，二十七块在手掌。

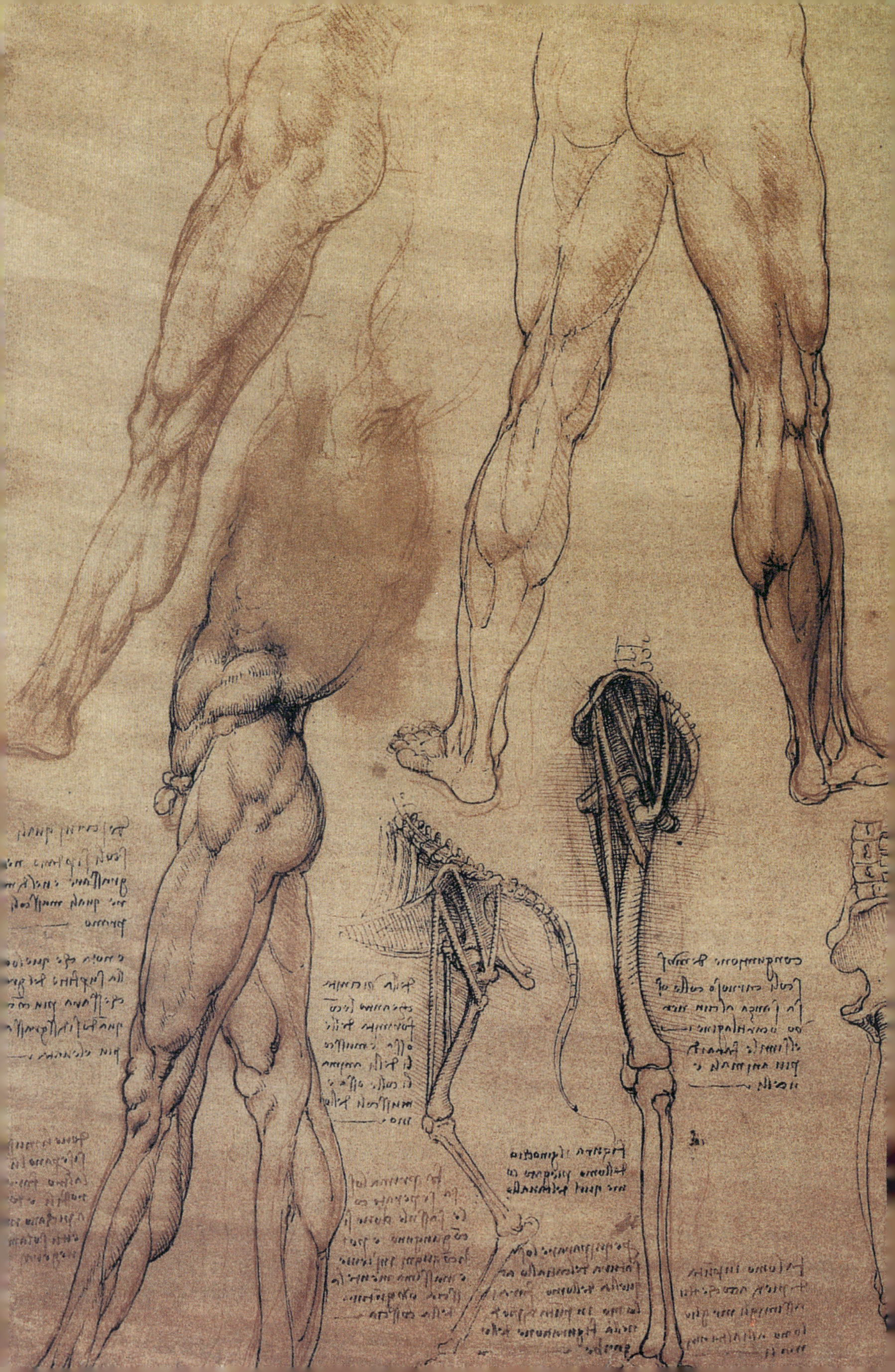

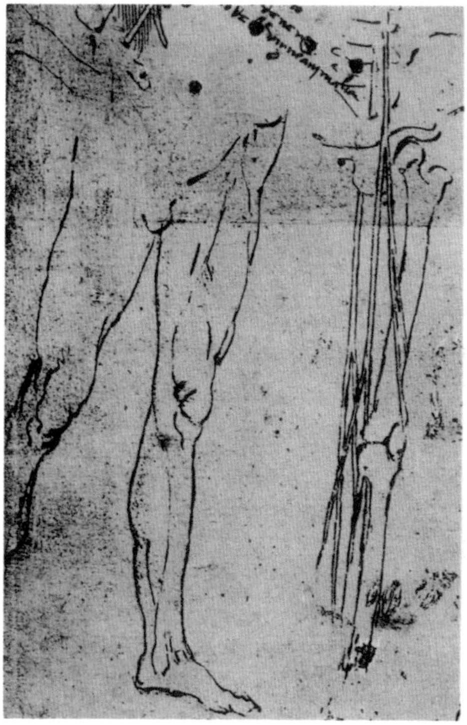

[9]

[9]

小腿部运动的直接起因完全区别于大腿的运动起因，大腿才真正创造了运动能量。

当你完成腿部骨骼的解剖，记下所有骨骼的数量，完成肌腱的解剖后，也要记下它的数量。同样，对于肌肉、血管和动脉，也要这样做。你会发现：在大腿、小腿、脚、指头等部位，都有很多像血管、肌肉等身体构成。同时，你也能够说出，骨骼间有多少肌肉，骨骼和另外的肌肉间有多少肌肉。通过这种方法，你能够描绘出每块肢体的每个细节，特别是关于不同筋腱引起的肌肉运动所带来的不同结果。

这四条腿应该画在一张纸上，这样你就能够明白肌肉的位置，并且从各个方向辨认出它们。

脚趾下的肌腱起源于脚底部的肌肉。但是负责抬起脚趾的肌腱并不像有些书上所写，是源于大腿之外的地方，它们起始于脚步的上方，也就是脚背的部位。如果你想要把它搞清楚，可以用手紧紧握住大腿膝盖往上一点的地方，然后抬起这只脚的脚趾，你会察觉到你腿上的肌肉和肌腱不会有什么活动。这一点是真的！

组成人脚的骨骼有二十七块，其中包括大脚趾下面的两块。

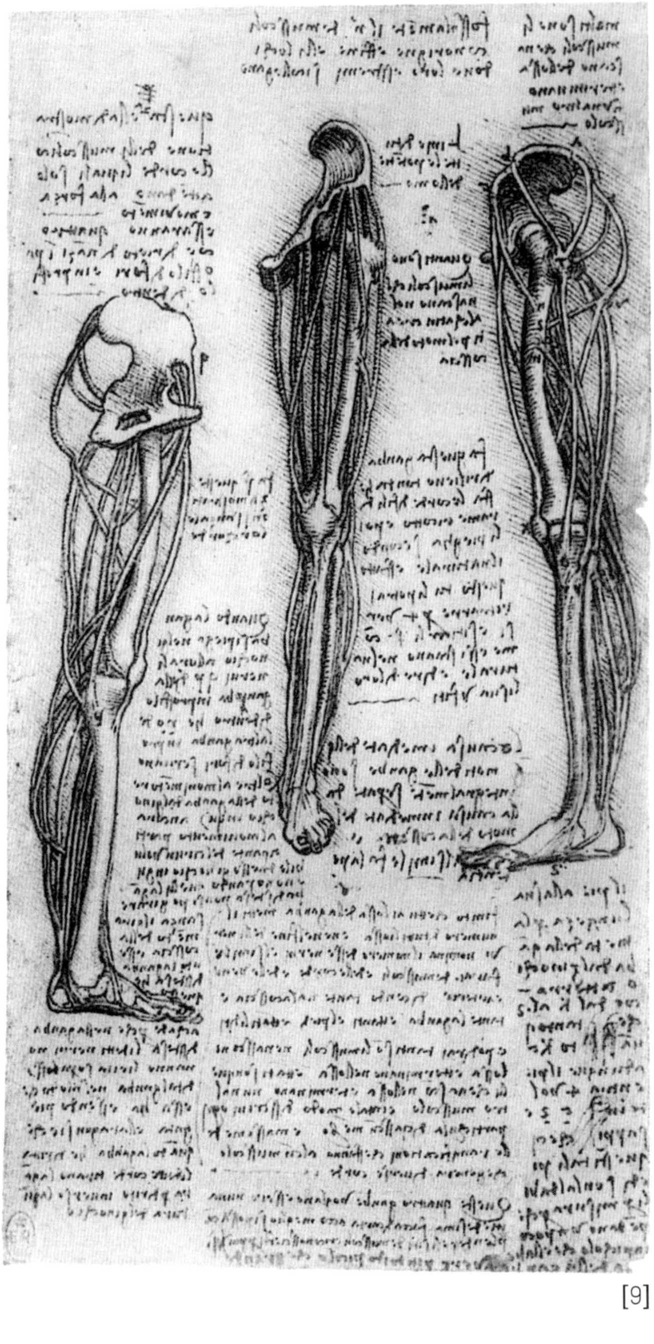

[9]

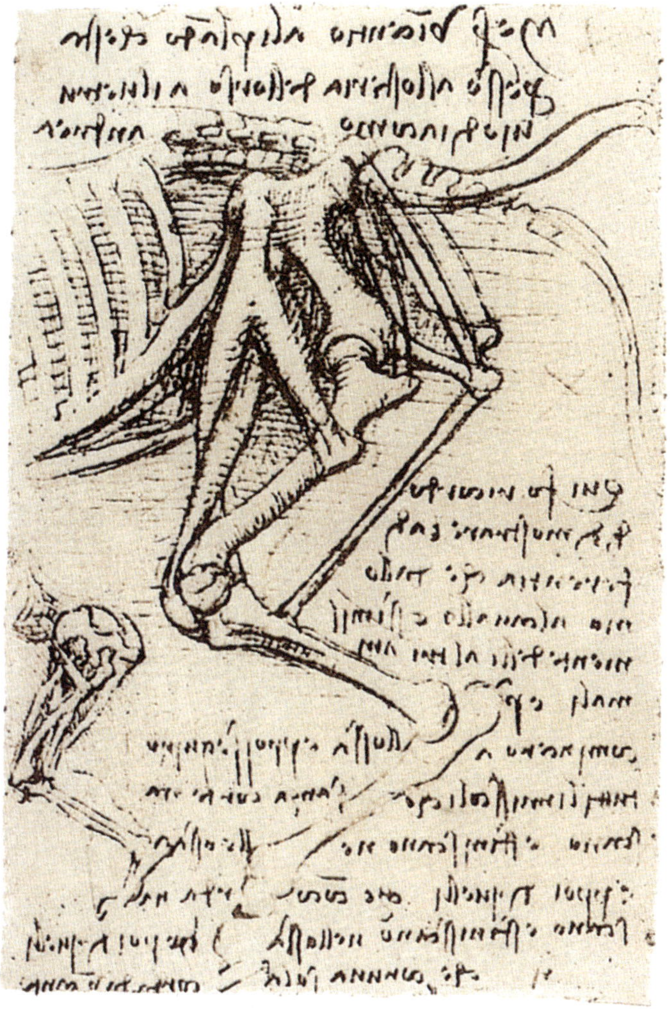

[10]

[10]

这里我想写一些笔记来证明人和马的区别，以及人和其他动物的区别。首先我要从骨骼开始，然后是所有与骨骼呈弹簧结构的肌肉，这些肌肉没有肌腱；最后是单肌腱的肌肉。

『b』

『a』

『c』

『d』

『e』

『f』

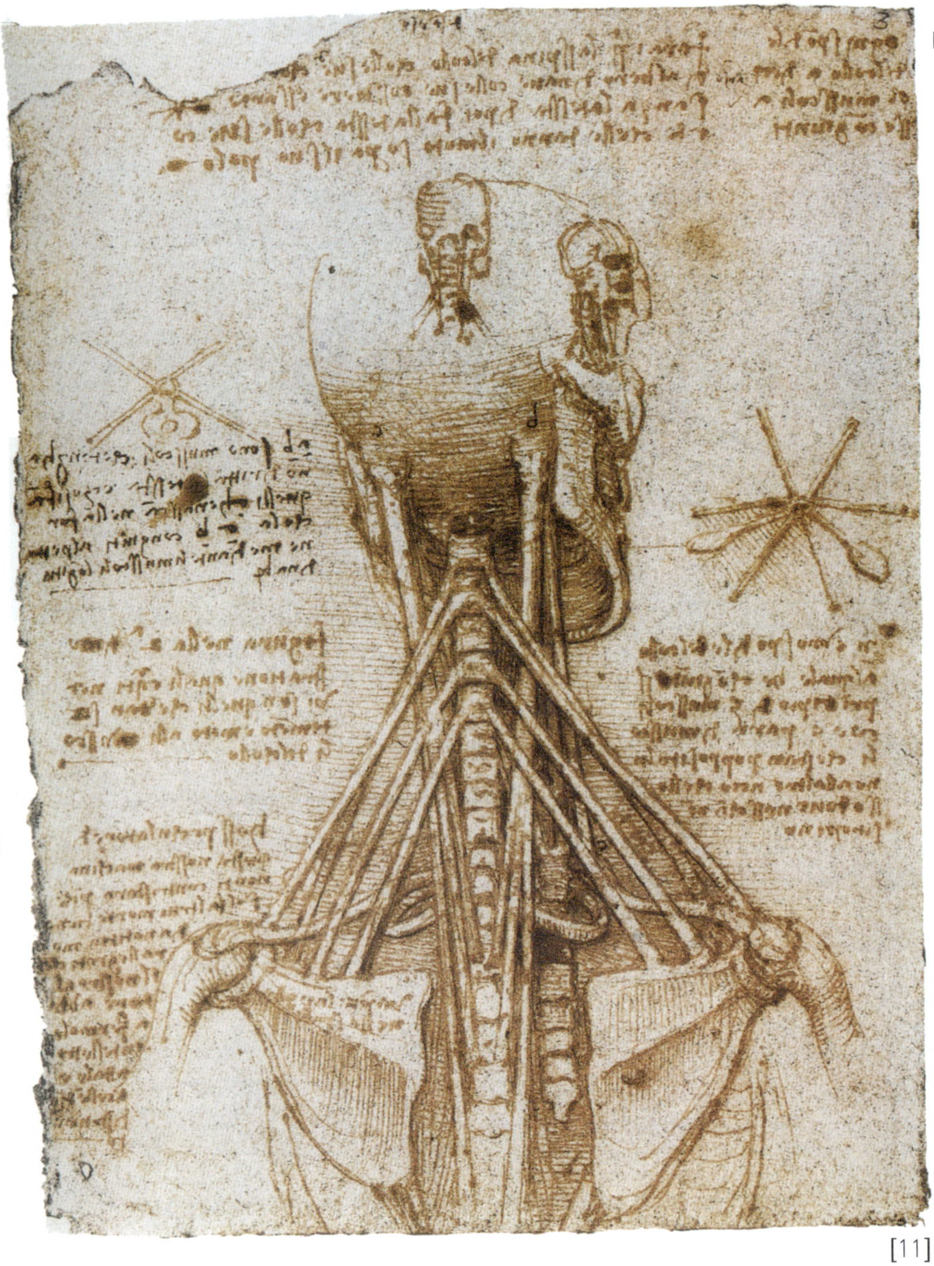

[11]

[11]

『a』每条颈部的脊骨上都有十条肌肉相连。

『b』你首先要表现出颈部的脊骨像船的桅杆，连接着头部下方的筋腱，让头围绕着颈部——这个核心轴运动。

『c』肌肉 a、b 保持头部直立，它们源于人体的锁骨部位；依靠纵向的肌肉，c、b 连接耻骨。

『d』第二个示范显示：有多少数量的神经在向颈部的肌肉提供意识和动作。

『e』n 是颈部脊椎的一部分，它连接着三块肌肉的起始端。这三块肌肉都彼此相对。因此位于它们起始端的这块骨头不能破裂。

『f』哦，思考者！为了我们这台机器而感到焦虑。不要让它使你痛苦，尽管另一个已经失败，你将你的智慧赋予了它。你要快乐起来，因为我们的创造者已经赋予你对外部世界出色的理解能力。

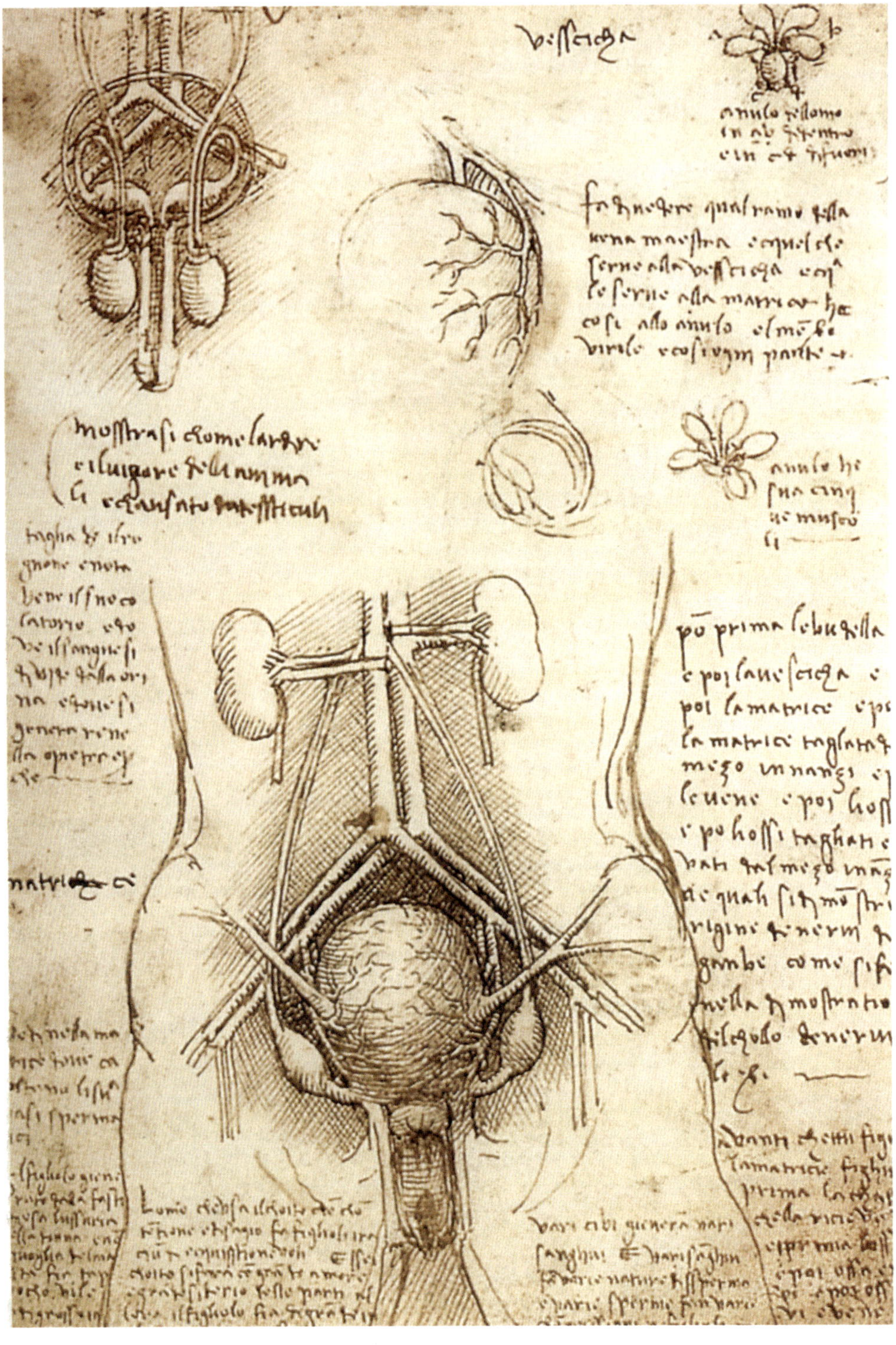

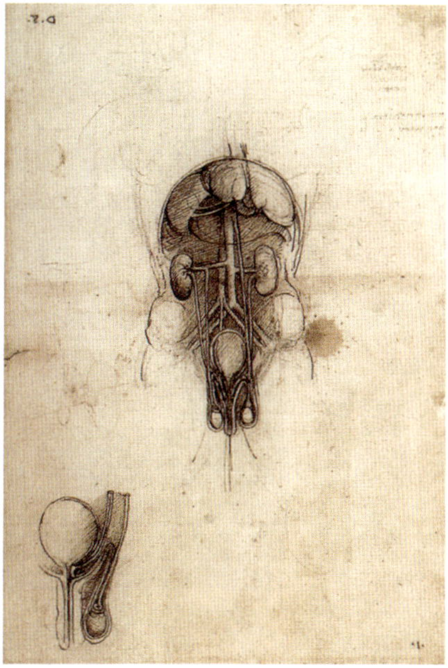

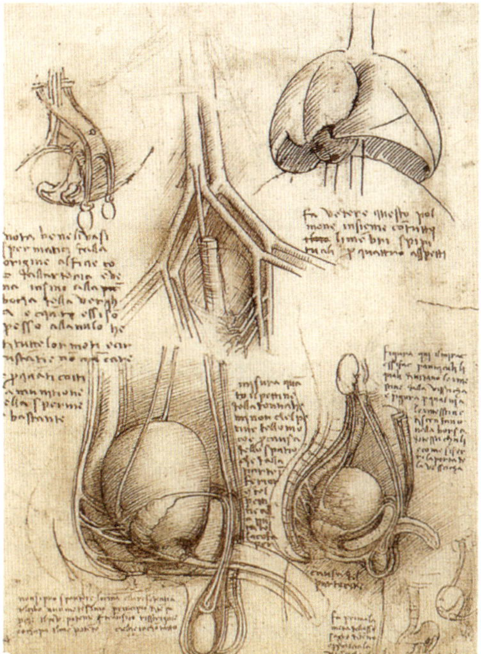

希波克拉底[注]说，男人精子的起源是源于大脑，然后经由肺和精囊形成最终的液体。由于没有直接的通道，精液通过四肢的运动和呼吸进行传送。

[注] 希波克拉底是古希腊时期的医学家。

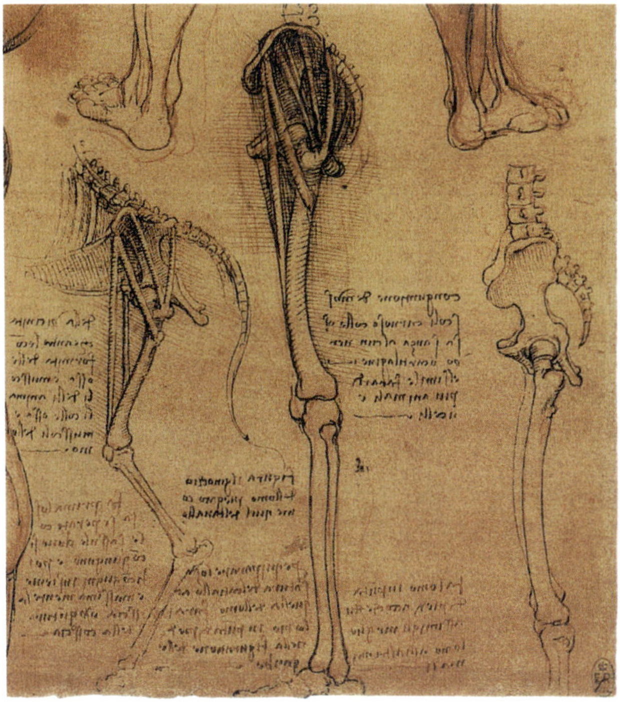

人行走的方式和四足动物爬行的普遍方式是一样的，它们的四足是交错移动的，像马在小步跑时一样，人也同样交错地运动四肢。也就是说，当一个人行走时如果迈出右腿，他一定同时伸出左手，等等。

一切动物眼睛的瞳孔都能够适应阳光或者其他亮光的明弱，自动按比例扩大或缩小。但是鸟类瞳孔的变化更大，尤其是夜间飞禽，比如说角枭等枭类。它们的瞳孔扩大时能占满整只眼睛，缩小时能变为粟粒般大小，而且总是保持着这种循环。

但是狮一类的动物，比如狮子、美洲豹、豹子、虎、狐狸、猫及诸如此类的其他动物，瞳孔收缩时由圆形变成椭圆形。

但是人的视觉比其他动物的视觉要迟钝得多，因此受到强烈光线的损害也就较少，而且人的瞳孔在黑暗处扩大的幅度也不大。上述夜行生物，比如野鸟中最大的角枭躲在暗处时，视力就会大大增加，能够在最微弱，甚至黑暗的光线中比我们在白天看得更清楚，如果它们被迫飞到阳光充足的环境里，瞳孔就会大大收缩，以使视力和光亮一起减少。

研究各种眼睛的解剖，观察哪些肌肉使动物眼睛的瞳孔张开或者关闭。

『a』就这个孩子来说，他没有心跳，没有呼吸，因为他要一直在水中。如果他呼吸会呛水，并且呼吸并不是必须的，因为他从母体中接收生命所需的各种营养。他获取营养的方式和母体上其他器官获取营养的方式是一样的，比如手、脚等。这两个躯体共有一个灵魂，和其他生灵一样，他们也拥有渴望、恐惧和痛苦。

『a』

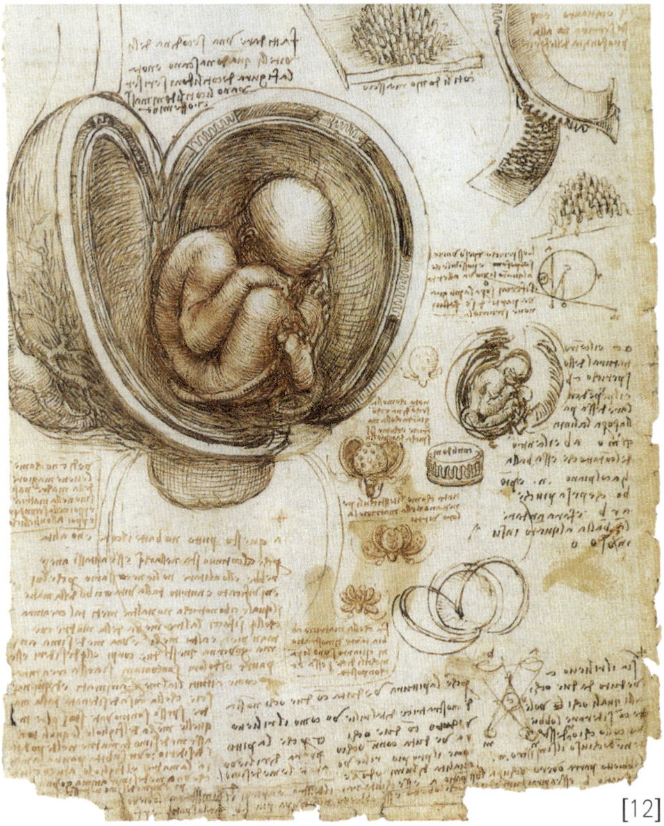

[12]

[12]

这个作品必须要从人怀孕开始谈起。首先描述子宫的特性，解释胎儿如何在里面生存，会在里面停留到哪个阶段，又是以什么方式形成生命，摄取养分。还有他的发育情况，从一个阶段的成长到另一个阶段的时间间隔是怎样的，又是什么样的力量迫使他离开母体，来到人世，又是出于什么原因让他有时在预产期未到，就离开了母亲的子宫。

基于这一点，我们可以认为母体对一个事物的渴望经常会附加到所孕育的孩子上。因此我们总结出两个身体拥有同一个灵魂。

（大自然）将灵魂赋予（小孩），灵魂来自母体，并从女性的子宫开始。母体通过脐带首先向胎儿供应营养，使其活跃。孩子通过胎盘和脐带与母体相连。所以母亲的愿望以及任何思想活动，胎儿都会感知，并且受到的影响要比母体更强烈。

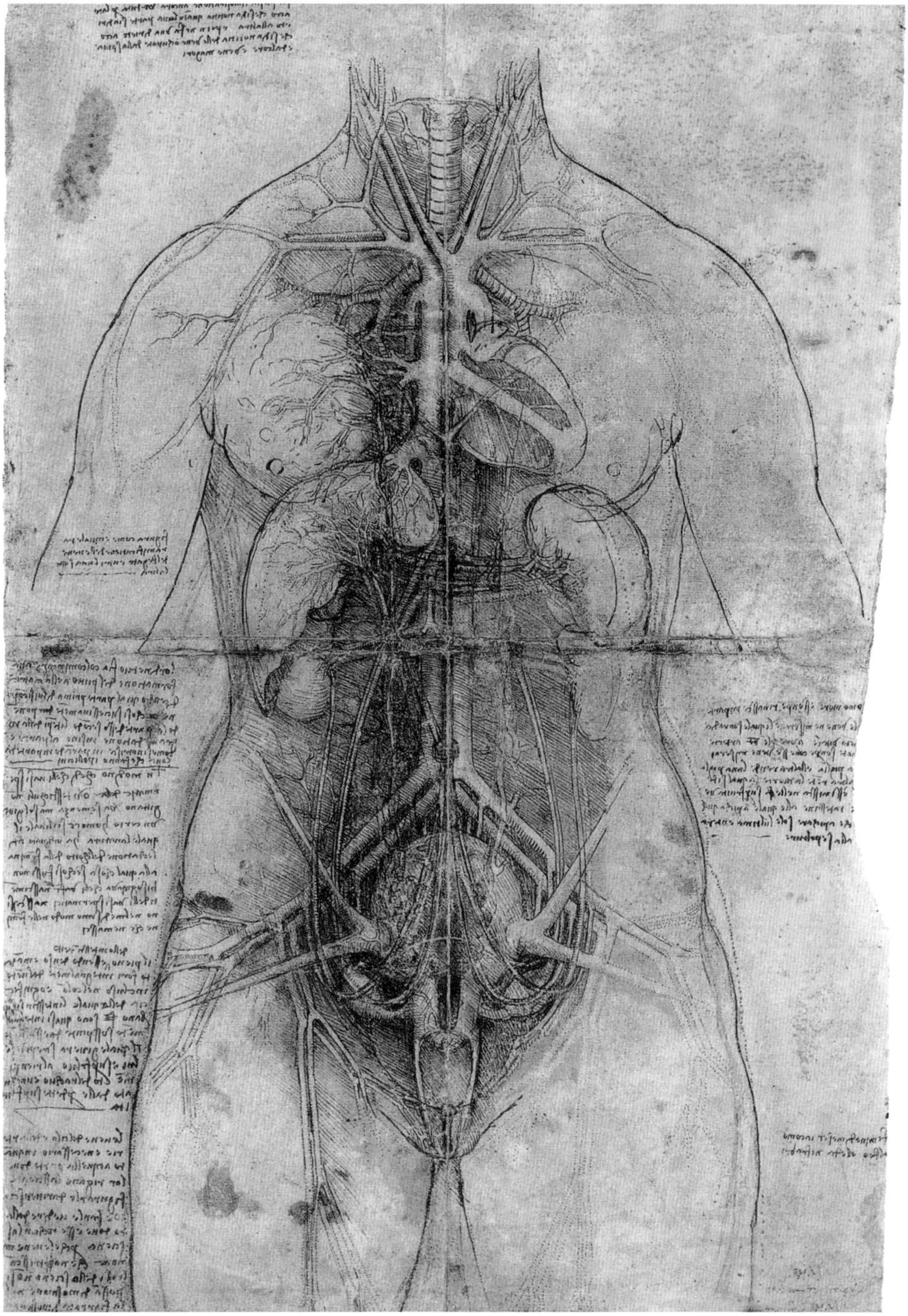

[13]

[13]

我想要创造奇迹。也就是说，比起其他过着平静生活的人，或者那些想要一夜致富的人，我所拥有的就相对少了。我可能会有很长一段时间过着一贫如洗的生活，就像那些炼金术士，能让死水再度流动的工程师，或者那些无可救药的笨蛋一样：魔法师和巫师们的遭遇一样。

而你呢，你说亲眼看解剖学家挥刀，胜过看着一堆草图。假如真的能够用一具死尸就能观察到这些书里所论证的一切，那你就说对了。然而，只用一具死尸，就算你使出所有的本领，也不过只能看到或认识少数的几条静脉，而我呢，为了对这些血管拥有实际而完整的知识，已经解剖了不下十具的死尸，把各种器官全都加以分解，把包括这些静脉的，即便是最微小的肉屑，也都剔除干净，而且除了毛细血管那些几乎感觉不到的出血之外，我还没有造成这些静脉流血。而由于这一具死尸耐不住那么长时间，我又必须要使用多具尸体分阶段进行解剖才能得出研究的结论，并获取完整的知识。因此，为了了解各种差异，我还是把这个重复做了两遍。

你可能对这个学科感兴趣，也可能因为厌恶和恶心而止步。但是如果没有被这些吓倒，你可能也不敢在漫漫长夜里与那些被切成四等分的、被剥了皮惨不忍睹的死尸为伍；如果这些都吓不倒你，你还是没有能力学好，而素描技巧确实是从事这种示范工作不可或缺的本领；即便你掌握了素描技巧，但是也不一定就能结合透视学的知识，即便是结合了，你还可能不懂得几何学的证明方法，或是对肌肉、强度的估算方法；另外，你还可能欠缺耐心，这样就无法坚持不懈。而上述这些是否在我的身上得以发现，我所撰写的那一百二十卷书就足以裁定这个答案是“是”还是“否”。

130

[*Part 3*] 真科学

太阳赋予植物精神和生命，土地给予它们营养与水分。

第七章　植物学和风景

[1]

在风景的显现中，树木一半在阳光下，一半在阴影中；但是如果太阳被云朵遮住的话，效果会更加理想，因为此时的树木被天的光照亮和地面的阴影映照着，并且这些树木越靠近中心的和接近地面的地方，光线就越暗淡。

[1]

晴天正午的阳光下，野外的景色会比一天里其他任何时候都更加蔚蓝迷人，因为这个时候，空气纯净，水分不多。透过这样的空气观察树木，你会发现树的轮廓有着非常漂亮的绿色，越到中部越阴暗。远处介于你和景物之间的大气空间，如果有黑暗的背景做映衬，会看上去更加漂亮。

从照射着阳光的一面看物体，不见它们的阴影，但如果你比太阳低，你将看见凡是不见太阳的部分都在阴影之中。介于你和太阳之间的树叶呈现浓淡不同的五种颜色，即赏心悦目的碧绿色；反映着大气（它照亮着不见阳光的部分）光辉的闪亮部分；只向着地面因而背光的部分；最暗的部分；包围着最黑暗部分的较淡的影子。

位于你和太阳之间的风景中的树，要比你从太阳的角度看它美得多。这是因为那些面向太阳的叶子在枝叶顶端看起来更加透明，并且那些位于低端的叶子反射太阳光，由于没有被其他东西覆盖，阴影很暗。

当你位于树木和太阳之间，你会看到它们的光亮和自然的颜色。那颜色本身并不非常强烈，除此之外，这颜色还反射一些与背景相对但与树木本身颜色格调并不相异的颜色，这颜色并不明显。如果你的位置低于树木的位置，它们也许还会显示出太阳光照不到的暗淡的地方。

但是如果你与风向同侧，你会看到那些树木的这一侧面比其他侧面看起来更亮，这是因为风翻起了叶子的另一面，因此会显得比上面的白很多。最特别的是，如果风从太阳方位的四分之一度吹来，树木会显得更亮。

从很远的地方看群山，山会呈现出深蓝色，那是它们最黑暗的颜色。当树木的叶子掉光，它们呈现出的是灰色，有了叶子，它们就是绿色，并且绿色深过灰色。

还是第二条定理：叶子覆盖的树荫要比没有叶子覆盖的树木产生的阴影要重很多，因此，布满叶子的树要比那些没有叶子的树更加密集——我的理论被证实了。

蓝色空间的意义解释了为什么风景在夏天要比在冬天的时候更蓝。

我曾经试验过在地里留一小段葫芦的树根，用水保持其养分；最后这段树根结了六十多个长须葫芦。我想这就是生命的来源，而且我还认为是夜晚的露珠浸泡着树根，巨大的叶子获得了大量的水分，树木及其后代都得到了滋养，或者种子也开始产生后代。

在收获的年份，叶子就像是果实和树枝的乳房一样，为它们提供营养。

形容有风的、有水的和太阳升起落下时的风景。

由于树枝翻倒、枝丫弯曲而垂向地面的叶子，在风中摊平了，这时它们的透视就颠倒过来，因为，假使树木处在你和来风的地方之间，那些指向你的叶梢处于它们自然的位置，而对面的叶子的叶梢指着反方向，却因为叶子颠倒的缘故，叶梢也指向你了。

深色叶子的光线在这样的叶子上颜色最深，最接近大气在叶子上反射的颜色，并且光亮融合了暗色和蓝色。光亮兼具了大气中的蓝色，这种颜色由平滑的叶子表面反射而来。因此，当光亮投射在黑暗的物体之上，蓝色的程度就会得到增强。

但是青黄色的叶子就不会有这种现象，它们反射到大气中的颜色接近蓝色；因为从镜子中看任何物体，该物体都带有镜子中的色彩。因此蓝色的大气反射到黄色的叶子上反射出来的是绿色，因为蓝色和黄色相混合就得出完美的绿色，因此具有黄色光泽的叶子的颜色是青黄色。

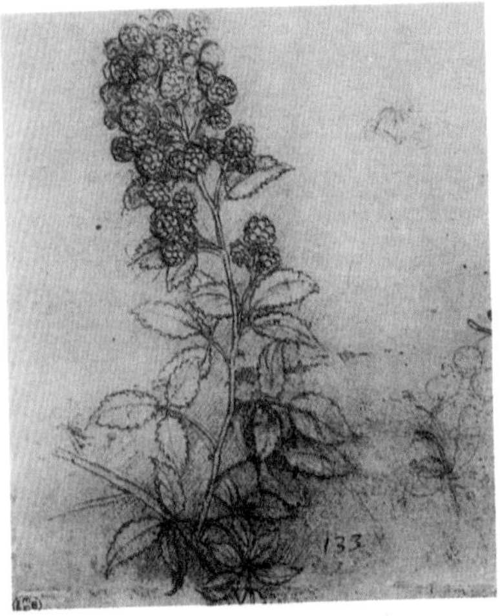

如果发光体照亮了叶子，视线从叶子下面观察，看到的将会是美丽的浅绿色，此时的叶子呈透明状。叶子不被阴影遮盖的情况有很多，从下面看叶子呈透明状，从恰当的方向看叶子发亮。

柳树和其他相似的树木每三到四年就要修剪笔直的树枝。它们的阴影朝向中心，也就是树枝生长的方向，并靠近末端。由于这种树的叶子很小，枝条很纤细，所以这种树的阴影很小。

因此朝向天空的树枝只有极小的阴影和浮雕感，向下生长的枝条都来自阴影中的黑暗部分。越接近枝条末端的地方越亮，并且光线显示出越强的浮雕感，这光亮与阴霾的背景互为反差。

植物拥有的树枝越少、叶子越少，所形成的阴影也就越少。

. 130.

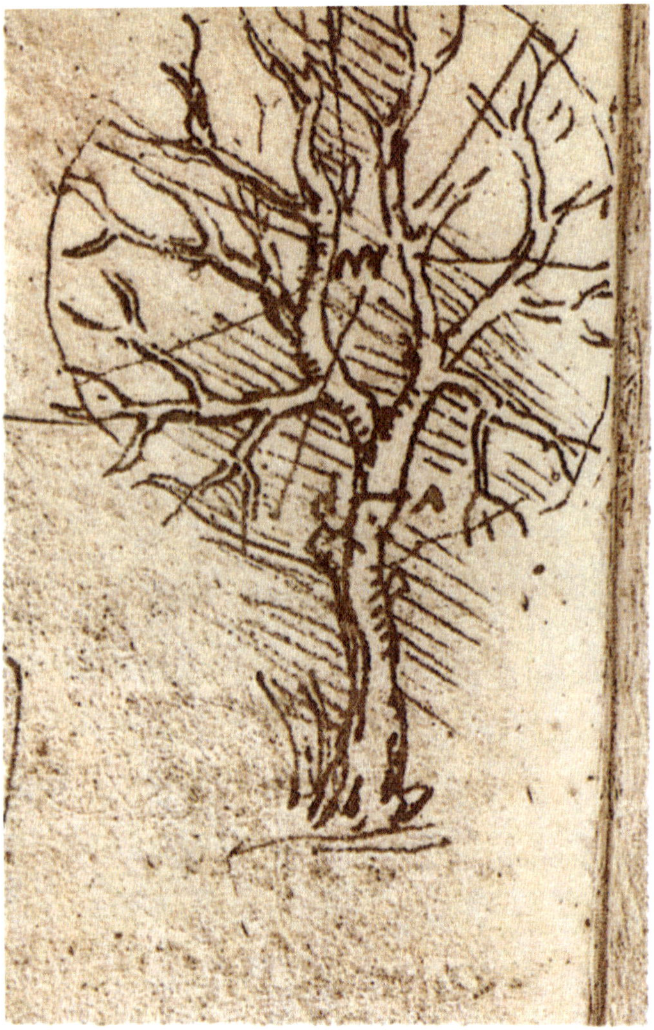

[2]

[2]

如果把一棵树的所有树枝的每一级高度都放在一起，那么它们和树干的厚度相等。

水道的每一级分支，如果它们的流速都同样快，那么主渠道的流速也是一样的。

描绘茂密的树要注意避免在一棵树上过多地重复使用同一种颜色，要根据光线的变化运用深绿、浅绿等颜色。

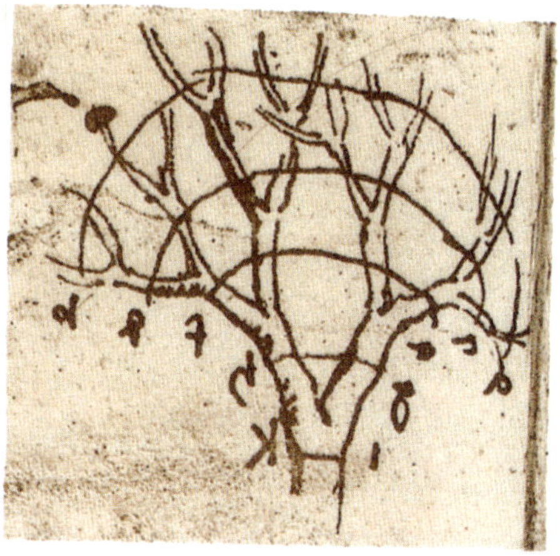

[3]

[3]

每年当植物的大树枝发育成熟，把树枝放在一起测量，会发现它们的厚度等于树枝主干，每一级的树枝与它们同级的树枝的厚度一样，一根树枝上所有分支的厚度总和等于它们上一级树枝的厚度。比如，ik、gh、ef、cd、ab它们彼此相等。除非树被修剪了，这样的话这条原理就不适用了。

所有的树枝都指向树的中心m。

[4]

[4]

整棵树中连续的每一级的树枝都参与了中心阴影的构成。当光投射到树上，树枝或树阴影的构成都围绕着光投射的那一侧，并且光线产生了阴影的形状。

[5]

[5]

与植物主干上抽枝的方式一样，枝条上生长叶子的方式也采取同样的方法。叶子的生长共有四种方式：第一种方式，也是最常见的方式，就是上面的六片叶子长在下面的六片叶子的上方；第二种方式，上方三分之二的叶子在下方的三分之二的叶子之上；第三种方式，上面的第三片叶子在下面的第三片叶子之上。

[6]

当第二年生长的树枝长在前一年的树枝之上时，它们的厚度和先前的树枝不相等，而是在一侧上。尽管在不同的方向，低层的树枝也会养育上层树枝。

但是，如果最后上层树枝与下层树枝长成了相等的厚度，主干将会笔直（平行）且植物的每层高度都是相等的。

因此，那些不知道这些原理的画家啊，为了不让了解这些原理的人责骂你，你也要根据大自然的原理来展现你笔下的事物，不要蔑视这些学科。

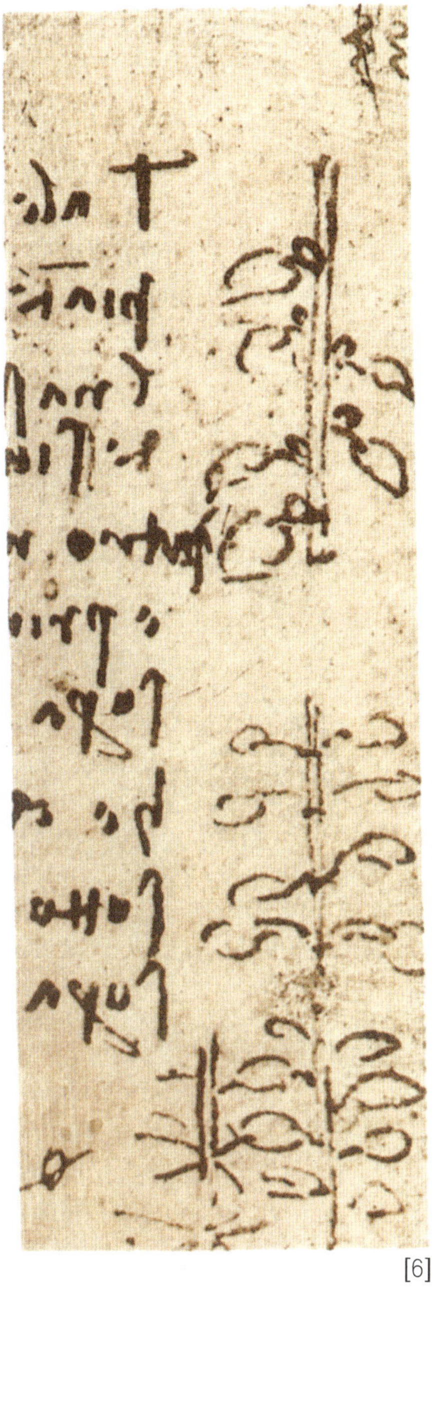

[6]

通常，树木一切直立部分都略微弯曲，凸端朝南，并且树上南面的树枝不但比北面的树枝长得多，而且还更加茂密，这是因为太阳把树上的汁液吸引到树的表面处。大家都可以注意到这一点，除非太阳被其他树木遮挡。

[7]

一个叶子根到旁边叶子根的距离极接近最大的叶子长度的一半，因为树叶之间的间隔约为此叶子宽度的三分之一。

[7]

[8]

榆树的枝丫中最长的一枝在顶上，第一枝和倒数第二枝最短。在树枝末端的叶子比树枝根处的叶子更厚，从一个地方看，它的厚度变化不大。

叶子总是正面朝向天空，以便整个叶子表面接受从空气中徐徐降落的露珠，并且植物叶子的分布层层交错，尽量减少相互遮掩，有如盘在墙上的常春藤。这种相错有两个目的：第一是留出让空气和阳光穿透的空间；第二是从第一片叶子上落下的水珠，可以掉在第四片叶子上，对于某些树而言是第六片叶子。

[8]

如果眼睛看向树木由于朝向太阳而发亮的部分，那么这棵树看起来绝对不会和其他发光体的部分相等。为了证明这一点，假设眼睛正在观察两棵被太阳照亮的树，那么我说，眼睛绝不会在另外一棵树上看到相同的光投射的阴影。因为树木越靠近太阳，就会形成越强的阴影。

当眼睛看到树一半在亮处一半在暗处时，只能看到树的阴影。

当眼睛从树的下方看过去时，会看到一个由树枝组成的圆圈。

所以，画家们，请记住！树木枝丫的厚度不同，会造成树木形成的阴影的深浅。

[9]

风吹动树，树冠向风吹的方向倾斜；当风吹过，树向相反的方向弯曲，这就是逆动。

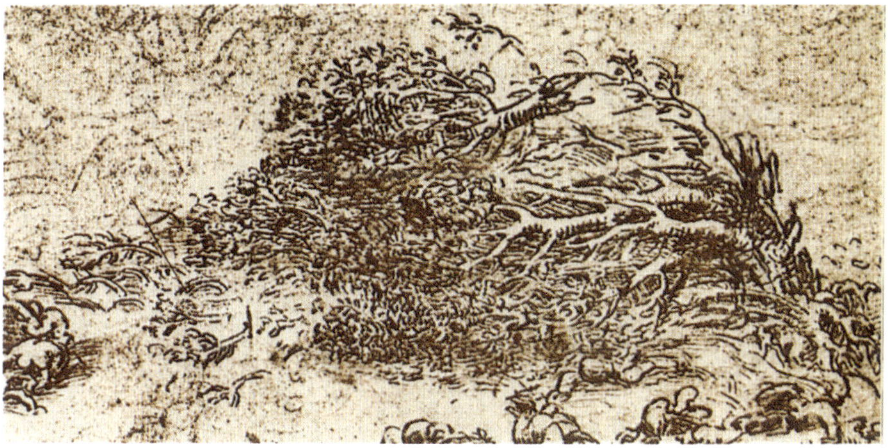

[9]

[9]

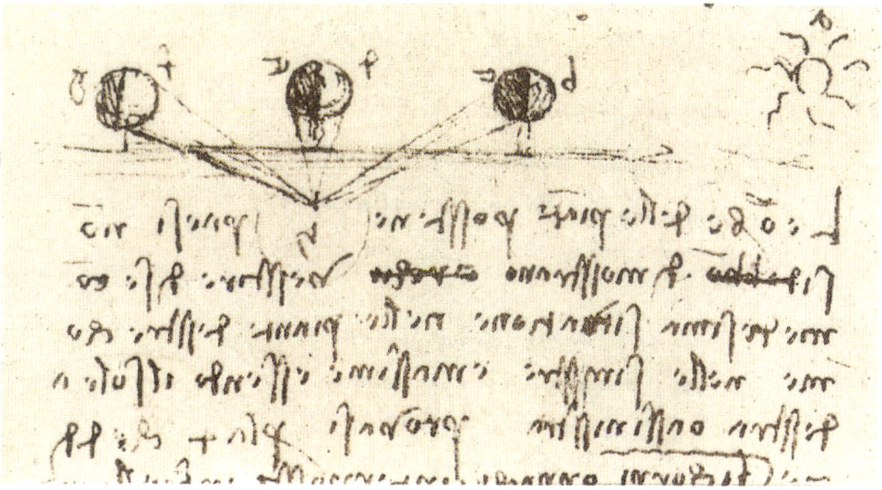

『a』

[10]

[10]

风景中，那些右手边的树木的阴影和左手边的树木的阴影不在同一地点，太阳在右边或者左边时更是如此。位于光和眼睛之间的不透明物体完全处于阴影之中。

『a』当眼睛位于光和不透明物体之中时，看到不透明物体是完全发亮的。当眼睛和不透明物体位于黑暗和光亮之间时，会看到物体一半位于阴影中，一半位于光亮之下。

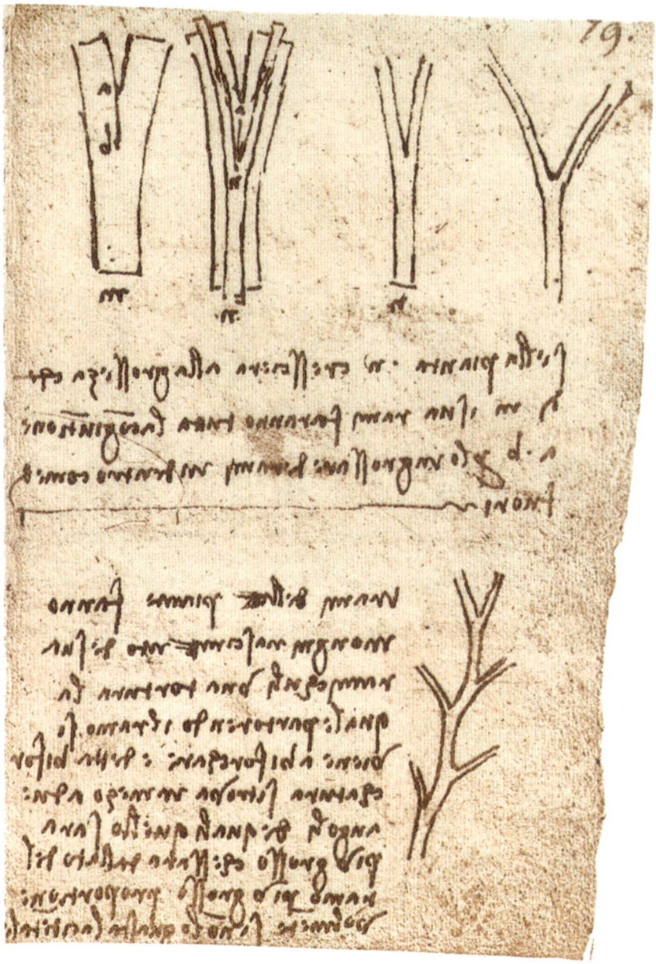

『a』

『b』

[11]

当树的树皮部分脱落时，为了补给脱落的部分，大自然会供给更多的营养。因此，由于最初树皮的脱落，这块地方长成后会比其他地方更厚。这种营养在到达它要补给的地方之后，会有一种运动的力量，那里会呈一个球状自行鼓起，在受到水的滋润后，还会催芽、结花苞。

[11]

『a』如果植物 n 长成 m 一样的厚度，它的树枝（的厚度）与 ab 接近，这是因为成长既发生在内部，也发生在外部。

『b』树木或者树枝的连接处总在树枝上留有痕迹，这痕迹与树枝长在一起，直到树皮因老而裂开为止。树枝的连接处形成了一个叉形，据说角度大的树杈所在的树枝较大。

[12]

[12]

对于柳树和其他相似的树种，每三到四年就要修剪它们的大树枝，为的是让树枝长得笔直。在被修剪的枝条的末端会生发出新的枝叶。

那些朝天空生长的枝条产生极少的阴影以及浮雕感，树枝和地平线形成夹角。枝条向下生长，越到末端枝条越纤细。枝叶部分会形成阴影，当光线在黑暗的背景下投射到这里时，枝叶会呈现出很强的浮雕感。

那些有着极少的树枝和叶子的树木会产生极小的阴影。

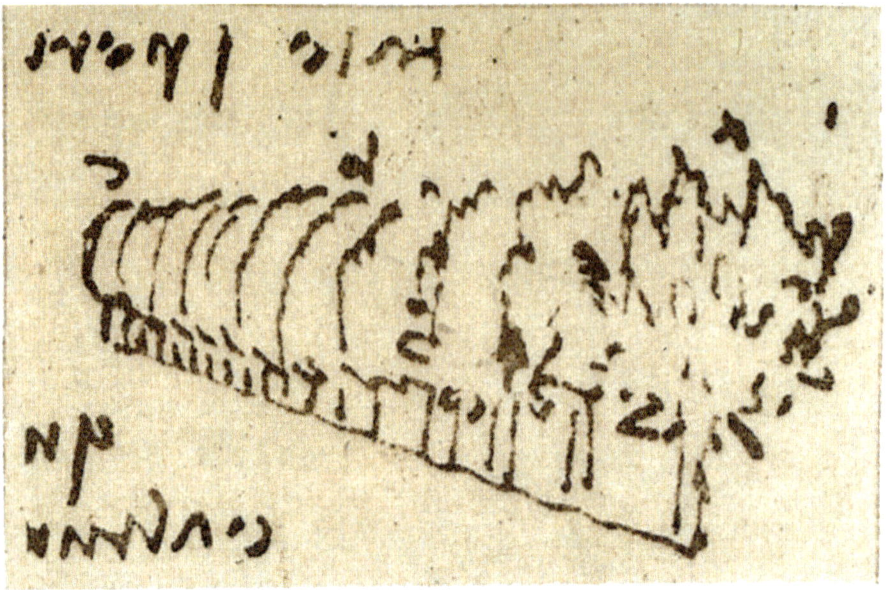

[13]

[13]

从远处观察一棵以天空为背景的树，轮廓是什么样的？

观察树木的距离越远，枝叶在明亮的大气中所形成的轮廓就越发接近球形；越接近树木观察，越会发现树木的形状不像球形。例如，第一棵树a距离观察者的视线最近，因此树木a能够显示出枝条以及真实的形态；树木b的枝条形状几乎消失；到了树木c观察者发现它的轮廓消失殆尽时，不但枝条消失殆尽，连整棵树也很难辨认出来。

[14]

[14]

当叶子位于光线和视线之间时，最靠近视线的叶子最暗，最远离视线的叶子最明亮。这种现象发生于树木中心之外的地方，并且树木朝向光亮。

『a』

『b』

『c』

[15]

[15]

『a』云团只有向阳的部分呈现圆形，其他部分因为处在阴影之中，所以不可见。

『b』如果太阳在东边，云朵在西边，眼睛的位置正在太阳和云的中间，可看见圆形云团边缘处的黑暗，而被这黑边围绕的部分是亮的。这是因为球形云团的边缘朝向四周的天空，并将它反映在内的缘故。

『c』靠近地平线的红色的大气。

『a』

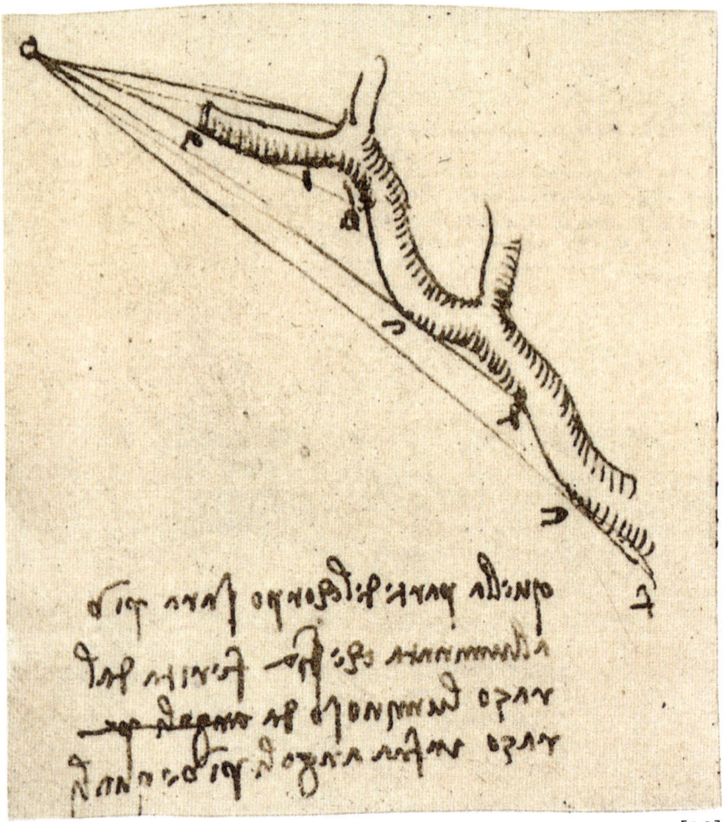

[16]

[16]

『a』当光线与物体成直角时，物体会达到最大的发光程度。

在远山中，阴影的颜色是美丽的蓝色。当山上岩石的颜色成红色时，它们被照亮时呈紫色并且比自己本身的颜色更加明亮。

在表现风吹过时，除了弯曲的树枝和朝九十度方向翻卷的树叶，你还要表现出夹杂着尘土的杂乱空气形成的烟雾。

『a』

[17]

[17]

『a』云和树都不显示它们阴影的圆度。

我看到过很多种（大气影响）。最近的一次是在米兰的马焦雷湖[注]上，我看到一个形状像高山的云团，火红的颜色充满它的空隙，日落之时，云团本身的颜色染红了地平线上的所有东西，这个云团吸引着周围所有的小云块，大的云团停住没有动，它的顶峰在太阳下山后一个半小时仍然保留着太阳的光芒，亮度很高，夜幕降临两小时后，刮起了前所未有的大风。

[注] 马焦雷湖（Lago Maggiore）是位于意大利西北部的湖泊，是意大利第二大湖泊。

[18]

[18]

当云在太阳和眼睛之间，云团上部的边缘是亮的，朝向中间的部分是暗的，这是因为云朵的上面是太阳，太阳照耀着上面的部分。同样的事情也发生在树枝上。像树一样，云朵或多或少是透明的，且被部分照亮。

但是当视线位于云朵和太阳中间时，云和前者有一个反作用，它的边缘很黑，而中心则很亮。这是因为你同样是面向太阳的方向，太阳隐藏在云朵的后面，中心部分被太阳照射得透明，并将这种景象投射给了眼睛。当云朵位于太阳的上部，不反射太阳光时，云朵立刻变得黑暗。

黑云在被太阳照射得发亮的云朵之上时，受到其他云的阴影的投射。

云团朝向太阳时，呈现出黑色的边缘，因为它们映衬在光亮的背景下。如果你想鉴别这种说法的真伪，你可以站在云朵的顶端，会看到一片光亮。因为云朵映衬在大气中，那里的颜色比云朵还要暗。

『a』

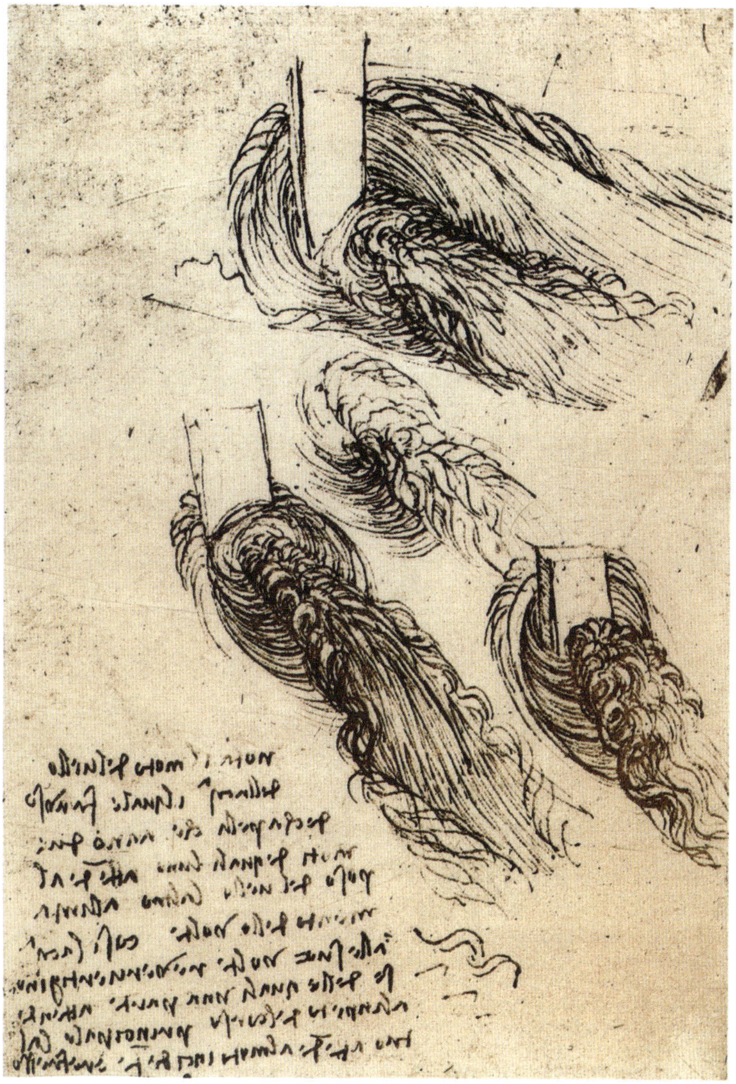

[19]

[19]

『a』观察水面运动，其形似卷发，卷发的形状由两个因素决定，一个是与头发本身的重量有关，另一个是与旋涡的方向有关。水流形成旋涡是由于一部分水顺着主要的水流运动，其他水顺着偶然的水流进行运动和回流。

力量源于缺乏与丰富，它是身体律动的孩子，是精神运动的孙子，还是万有引力的母亲与起源。

第八章　身体科学和占星学

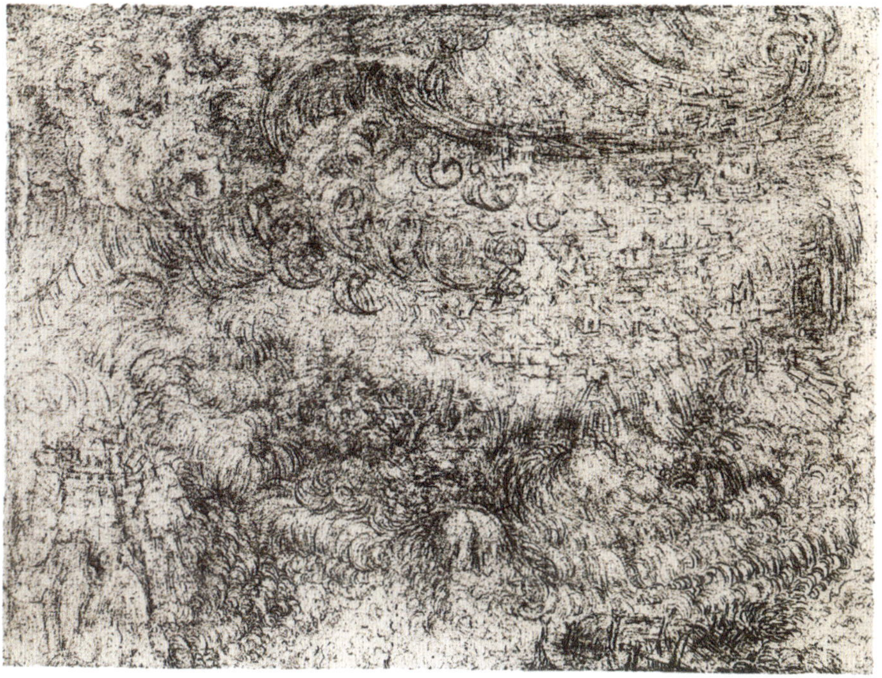

[1]

[1]

我把力定义为无形的因素——一种看不见的能力，由运动引起的偶然的外压力把这种能力压入并存在物体之内，物体因此受到阻止，改变其原来的习性。神奇能力的活动生命力传入物体迫使所有形成的事物改变形状和位置，激烈地促使其消失，并且随机应变。

当环境变化缓慢时，力量加强；当环境变化激烈时，力量减弱。力在强烈的运动中产生，在自由中消失，力越大，消耗得就越快，猛烈地排除一切障碍，克服对抗的原因，并且在克服对抗的过程中毁灭自己。遇到的障碍越大，力变得越大，一切事物本能地回避死亡，受限制的一切事物也限制其他事物。

没有力则没有任何运动，无论是重力或是形状，都不能在物体内增加，没有任何一种运动能维系长久。

力在作用中增大，在静止时消失。受限制的物体内部没有自由，物体在运动中常常产生新的力。

万有引力被水和土的力量限制，但是这股力量是无限的。如果有能够产生力的工具被制造出来，那么通过它，世界可能会移动。

力连同躯体的运动、万有引力和重力是自然的四种外部力量。这四种自然力的应用，使一切人类可见的作品不断涌现和不断消亡。

地球既不是太阳系的中心，也不是整个宇宙的中心，而是位于和它同级的星群的中心，并与这些星群合为一体。如果站在月亮上，当月亮和太阳都在我们脚下，我们会看到地球被水覆盖，就像我们站在地球上看月亮一样，地球也会朝我们发光。

没有运动能够缓慢到使内部保持稳定。

在相同的时间内，行进距离较近的运动比较缓慢。

运动可以延伸到无限程度的缓慢。

重量、力、击打和推动都是运动的子孙——它们都是由运动产生的。

重量和力总是意欲消亡，它们都在暴力中得到保持。

推动通常是延长物体运动的起因。

力无非是一种精神的能量，是一种看不见的能力，这种能力由动物创生并借暴力从外部传给非动物；像给予生命力那样，这种生命力的工作方式很奇特，它限制并改变着所有现成事物的位置和形状，猛烈地促使其毁灭，并随情况而不断变化。

阻碍增强，力则迅速减弱。

力在暴力中产生，在自由中消亡。

力迫使一切物体改变位置和形状。

力越大，消亡也就越快。

力剧烈地排除妨碍其破坏的任何因素。

各种形状的改变者。

掌握力者常常感到不安。

总与天生的愿望相反。

开始时，力很小，然后逐渐变大，最后成为令人畏惧的不可思议的力量。

总是倾向于使自身削弱和消耗。

自我强迫并强迫其他每个个体。

没有力则没有任何运动。

没有力则听不到声音。

力的真正根源在生命体内。

若一个力在一定时间内将一个物体移动一段距离，那么这个力的一半不一定在相同的时间将整个物体移动一半距离，或者用两倍的时间移动相同的距离。

若一个力在一定时间内将一定重量的物体移动一段距离，那么相同的力能够在相同的时间移动一半重量的物体行进两倍的距离。

或者，这个力会移动整个物体在一半的时间里行进一半的距离；或者整个力在相同的时间里移动两倍的物体行进一半的距离；再或者，整个力用一半的时间（移动）整个物体行进一半的距离。

『a』

[2]

[2]

『a』为什么砝码o不能够停留在它的位置上？是因为它没有阻力。那么它会移动到哪里？它会朝着引力的中心移动。那么为什么不是其他的路线？因为一个砝码在没有支撑力的情况下会走最短的路到最低的点，也就是世界的中心。而砝码是怎样找到最短路线的？因为它不是独立的，并且不会朝着其他的方向移动。

冲量的别称是派生运动，它是由初始运动引起的，也就是说，这是运动物体与策动者联结在一起时的运动。

没有人发现过，派生运动中的哪一部分的速度与初始运动相等。例如，弓弦运动的每一个阶段都要损失从策动者那里得来的一部分力。因为，箭的派生运动产生的每个效果总多少使其力减少一些，就这样，原先产生的弓弦力也随之减少以致耗尽。

每个表面坚实的球体受到同样的力时，在冲击坚固地面而产生的反弹运动与物体在空中自由抛落的情况一样。

[3]

[3]

物体自身越重，它在运动时所得到的动力就越大。

这一点从被绑双脚的跳跃者身上可以看出。为了跳得更高，跳跃者攥紧双手置于身体后方，在起跳的一刹那将手臂奋力向前移动，于是他发现这个动作要比单纯跳跃跳得更高。

有很多人为了能够增加跳跃的高度，常常手握两块重的石头。此举的目的和双拳如出一辙，因此跳跃便更加有力。

如果一个人从楼梯上一级级往下跳，若将他每跳一级所产生的撞击力和重力加起来，你就会发现这两个合力与此人垂直地从顶端跳到底部所产生的撞击力和重力的总和相等。

此外，如果一个人从一定的高度逐级跳到已弯成弹簧形状的物体上，那么他从一级跳到另一级所产生的撞击力是很轻微的。你会发现，此人最后一跳对于物体的撞击，与他从顶上垂直自由落下时对物体的撞击相比，这个撞击力是非常小的——应减去上述逐级跳落时对物体产生的撞击力之和。

多次小力度地敲击使得钉子钉入木头，但是强有力的一击会产生比之前所有敲击更大的能量。但是如果多次敲打使得钉子钉入木头，那么同样多的能量已经被分解成多份，并且尽管在钉子上多次进行长时间的击打，能量也不会渗透到木头中。

若是十磅的重锤一下将钉子钉入木头内，一磅重的锤子连续敲打十次也不能将钉子钉入木头。这个一磅重的锤子也不能将一个仅是原有钉子十分之一大小的钉子通过一次敲打钉得更深，尽管所用的力度等都与第一种情况成等比例。由于木块的硬度并不与其阻力成比例减小，因此硬度仍然保持不变。

如果你想研究物体运动的比例关系，即打击的能力和穿入木块的深度的关系，你应考虑撞击的重力性质和打击物体的部位。

在同一时间内，所有的海水都有潮起潮落，但是它们看起来呈现出不同的变化，因为在整个宇宙中，每一日都是在不同的时间开始的。在我们的半球是中午之时，另一个半球却是午夜时分，并且在这些半球的西边边界线上，当一方是晨曦微露，而另一方则是暮霭沉沉。因此，这就可以断言，上述提到的海水的潮涨潮落，尽管它们是发生在同一时空下，也是由于上面提到的时差的原因。

让地球在其自身重量上做任何改变，水域球体表面无法在从地球中心到其表面的相同的距离中运动。

海水将其重量压在海床上，若一个人躺在这里，背上压着一千意尺的海水，那么这个人会被海水碾碎。

[4]

太阳的质量：
太阳有物质、形状、运动、光线、热量和原动力，这些品质都从太阳内部毫无减少地散发出来。

[4]

有人也许会说围绕在月亮周围的空气捕捉到太阳的光芒，就像我们身边的大气一样，这些空气形成月亮周围的光圈。

有的人也许会认为月亮自身可以发光，但是这个观点是错的，因为人们在新月的发源地发现了微弱的光，靠近光亮的新月看起来十分暗淡，而在对比黑暗的背景时，它看起来又是如此之亮。

月亮本身是不发光的；只不过，它朝着太阳的部分，都会被阳光照亮。我们在地球上看到的月亮是受光的月亮朝向地球的部分。至于月球在夜间受到的光线，要依靠地球上的水在反射太阳影像时所发出的反射光；地球朝向太阳一侧的所有水面上，都会映射出太阳的光影。

月亮的水面和地球上的水面多少都有些波纹，这种起伏不平是太阳的无数影像扩大的结果，这些影像是太阳受到山峦、洞穴、边沿和数不尽的山谷的映射，也就是说，从不同的位置观察，每一个波上都有不同的亮点。

对于以均匀的球形覆盖着月亮的大部分水区就不会发生这种现象，每双眼睛只看到一个太阳像，其影像清晰，辐射呈球形，像一个放在高大建筑物顶上的镀金球所清楚显示的那样。但是如果镀金球表面凹凸不平或由小球体组成，就像桑葚那样，这些小球对着太阳和眼睛的各个部分，因为反射阳光，人眼看起来觉得它们闪闪发亮。因此，从同一个物体上将看到许多小太阳；从远处看，这些光混合在一起看似是连续的。

星星在晚上可见，而在白天不可见，那是因为它们隐藏在厚重的大气之下，大气中有无数的小的微小水颗粒，每个水颗粒都是独立的个体，当太阳将光线投射给它们时，它们就反射出光辉。星星上的无数发光颗粒亦是如此，如果不是大气，天空会一直显示星星映衬着漆黑的夜空发亮。

观察星星的时候，把光线隔绝（也可以这样做，从一个非常小的洞看过去，这洞是由极细的针尖穿刺出来的，就摆放在几乎贴到你眼睛的地方），你会发现那些星星相当地渺小，就好像再也没有什么比它们更小了；事实上，它们之所以缩小，原因在于它们遥远的距离，因为它们当中有不少是比地球这个含水的星体大好几倍的星体。

两股弱小的势力相互连接就可以形成一股强大的势力。因此世界的两半彼此依靠，世界将坚不可摧。

第九章　地理

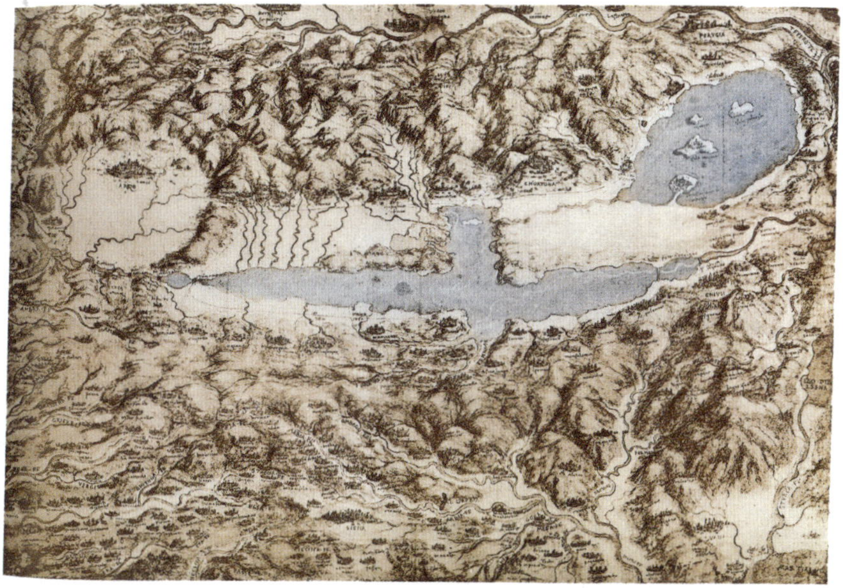

[1]

[1]

古时候的人都称人是世界的缩影，这样的说法也确实恰如其分。因为，人正是由土、水、气和火这些元素所构成的，人的身体就像是地球：比如说，人体靠骨骼来支撑捍卫肉身，地球则有岩石作为骨架；人体内有一潭血液，肺部随着呼吸在身体里面起伏；地球也是有海洋和潮汐的，每六个小时就要循环一次，于是地球上潮起潮落——这就好像是地球在呼吸一样。

血液是人体的根源，它通过静脉网络流遍全身；海洋是地球永不枯竭的水源，它通过江河湖泊灌溉地球的身体。地球的身体之所以没有筋腱，是因为筋腱是专门为了运动而存在的，这个世界通常处于静止状态，没有什么运动发生，正因如此，地球不需要什么肌肉。不过就其他而言，身体与地球的确非常相似。

[2]

[2]

流到山上的水是保持山脉生命的血液。如果其血管在中心或在侧面被打开，那么保护地球器官的大自然会毫不惜力地给予其帮助，帮助其克服水分的缺失以及废物的排出。就好像人，皮肤下面的血液上升形成了淤肿，为了让身体中受感染的部分随着血液的流出而排出体外，只能够破开皮肤。

同样，人的生命就像山顶，自然将滋养它的营养从大山最底端的根基处通过通道运送到山顶，即使从山顶处会流出水分，但是那些不是营养，不会妨碍它的生命。

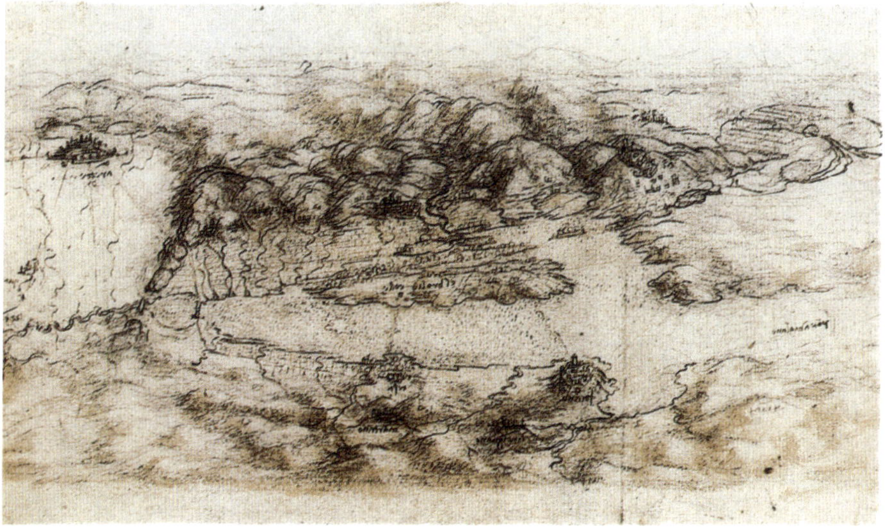

[2]

我说，像人的脑血管中存储的热血那样，当人体死亡时，血温就下降，当头脑被太阳晒热时，头部血量和其他液体迅速增多，血管的压力常引起头痛。遍布大地的泉水的情况与此相似，其原本热量遍布大地，高山顶上也存留泉水，流经山内封闭水道的水，像静止的东西那样不会从底下升起，因为它未曾受到源泉不可缺少的热量的温暖。此外，火元素的热和白天的太阳热，具有把山底下的潮湿水分激起的能力，能像推动云团那样，把海底的潮湿水分提上山顶。

这种流经山脉内部暗沟的水不会在低矮的地势中出现，除非在春季时受到了生气蓬勃的热量的温暖，并且在白天，火的热量、太阳的热量能够使山的低矮地区的沙子将水汽抽出，同样，这就形成了晕，并且在海床上积累水汽。

来自高山的河流将大量巨石冲入河床，这些巨石仍然保留着棱角，流动的河水冲刷许多被磨损的小石块，于是大的岩石被磨小；因此，粗石沉淀了下来；河水再继续冲刷，粗石成为卵石，之后再在粗石上面铺以更细的沙粒，就这样，流水裹着浑浊的泥沙和砾石冲入海里。

细沙因含盐的海浪的回流而淤积在海滨，当沙子细如水时，就与腐朽的叶子等其他轻盈的物体一起随着波涛离开海滨。正如前面所说的，这些细沙结合物具有水的流动性，当风平浪静时，它们就沉入了海底，一层层地被压实。这些细沙十分光滑，能够抵抗海浪的冲击。在这里能够找到贝壳，白土可制作成陶器。

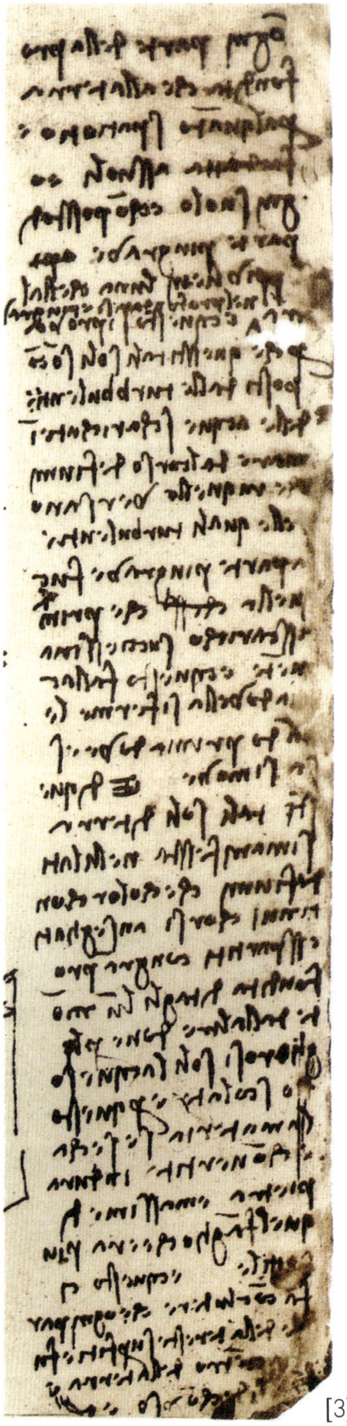

[3]

[3]

地球深部的每个部分都是由层次组成的，每一层都由或重或轻的物质组成，最底层的物质是最重的。这个可以得到证实，因为这些层次由水中所携带的海底沉淀物组成，现在的水流流入其中。

沉积物中最重的部分会首先沉淀，其他物质会在不久后慢慢沉淀，这是水停滞不流动后的结果，水开始流动后其中的泥会首先沉淀。这种泥层多见于河岸上，因为那里河水的不断流动将河堤分开，河岸上形成深深的斜坡，在这碎石构成的地层上，水流动很快。结果，材料干涸成坚硬的石头，当然这种情况通常发生在最好的泥土上。由此我们总结道，地球表面的每一个部分都曾经是地球的中心，反之亦然。

[4]

当自然创造石头时，它会先造出干燥坚硬的糊状物，然后将它掩藏在泥土中，使其与所接触的一切物质相融合。但是，这些物质不构成石头，而是以人们发现它的样子保存着。

这就是为什么在山脚下会发现混合着叶子及其他不同东西的石头。这些石头就像是被秋天发生的洪水从河里冲刷至此，并且大洪水形成的泥将石头盖住，然后泥巴越积越多，其中也与先前提到的坚硬糊状物相融合，最后通过泥巴黏性的衔接混合物形成了一个巨大的石层。

[4]

由于这些事情比文字还要久远，如果在今天，人们不会感到惊奇，没有记录记载大海曾经覆盖了很多个国家。如果有记录留存，战争、大火、洪水、语言的改变也会毁灭古代的一切。但是那些在距离大海很远的高山上的盐水中找到的证据却是十分充分的证据。

随着时间的推移，海水变得越来越浅，水中的盐分也流失殆尽，泥土变成了石头；海中的贝壳也失去了寄居在它们体内的居民，被泥土填满。所以，在泥土变成石头的过程中，由于贝壳的口是开着的，因此掺入了大量的泥沙，贝壳也变成了石头。

如果你认为是洪水将这些贝壳带到距离海平面数百英里的地方，这是绝对不可能发生的。因为洪水是由大雨造成的，雨水会强迫河水带着水中所携带的一切东西向大海冲击，就不可能将海滩上死掉的生物带到高山上。

如果你认为，当洪水超过山顶，海水的运动因与河流相反而减慢，因此海水带不动漂浮在水上的比它本身重的东西；即便是海水能支持住这些东西，在海水退潮时也会把这些东西散的到处都是。那么，我们将如何说明，在伦巴第[注]的蒙菲亚托附近发现的有蛀洞的珊瑚黏附在被河水冲得光秃秃的岩石上？

这些岩石全覆盖着牡蛎团簇，我们知道牡蛎并不动，而是以它们的一只瓣膜黏紧岩石，伸开其余的瓣膜捕捉浮游在水中的微生物，这些微生物自己在水中寻找食物却变成贝壳的食物。

[5]

我认为，地面向来就是完整充实的，平原被咸水掩盖。地面是高山宽厚的基础，高山直入云霄，山上盖满了厚厚的泥土。

随后，连续不断的河水使得河流上涨，反复冲刷着高耸的山峰，使岩石暴露、水土流失。从山坡和山峰冲下来的泥土使山脚下的海水抬高、平原突出，有些海岸便从这里移向远方。

[注]伦巴第（Lombardy）位于阿尔卑斯山和波河的一个意大利北部大区。

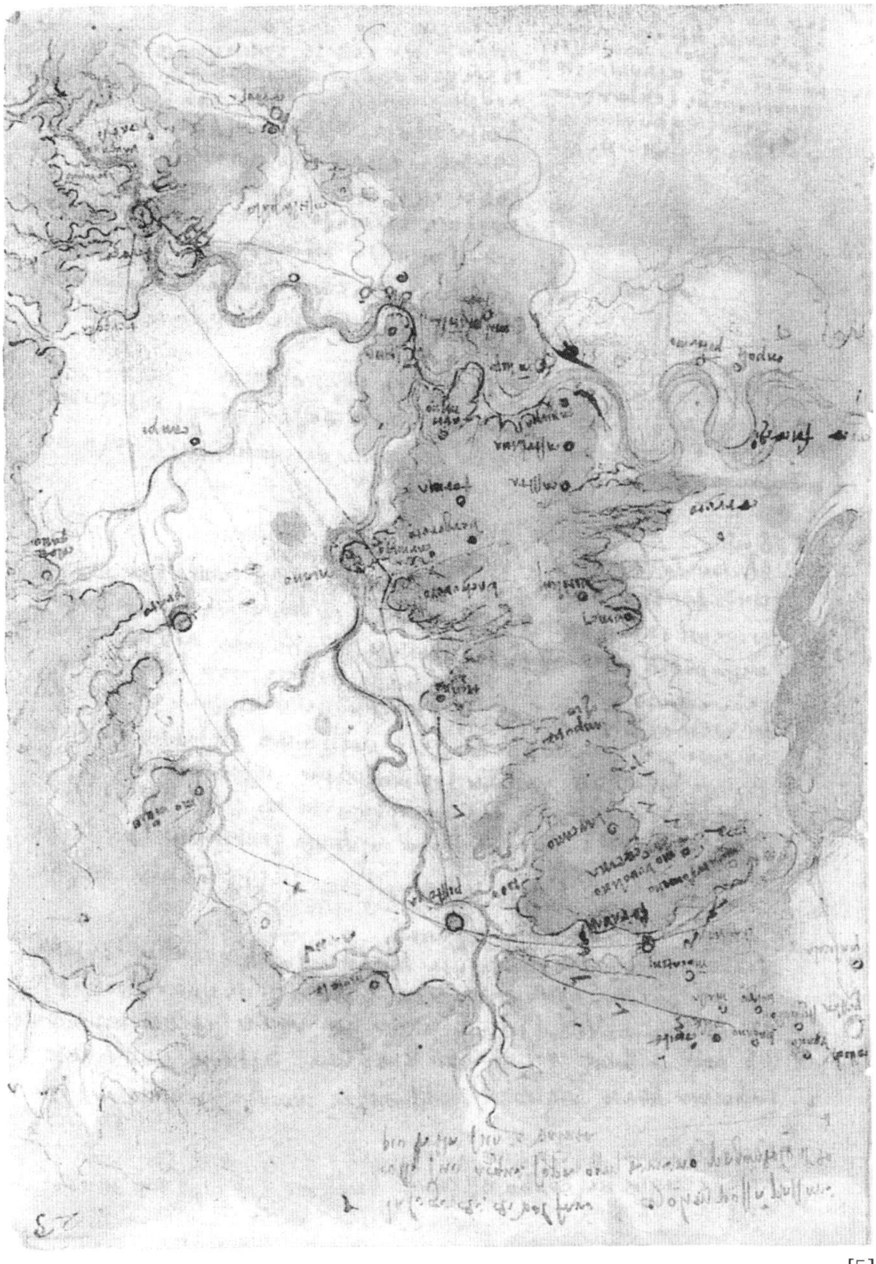

[5]

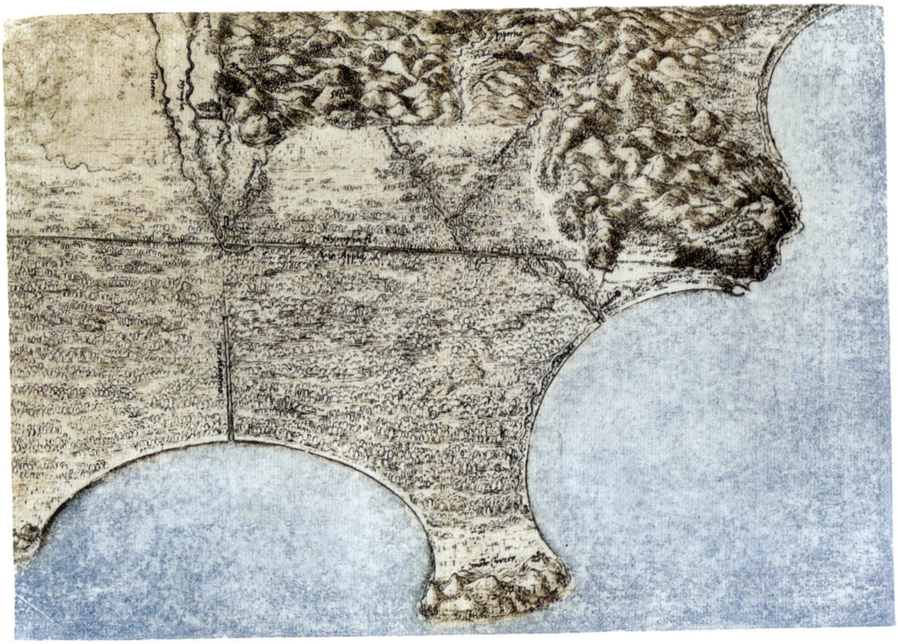

凡是有生命的地方就有热量，哪里有充满活力的热能，哪里就有水蒸气的运动。这已经得到了证实，只要使火元素的热始终接近从江河、湖泊、海洋以及城市的河谷升起的水蒸气和浓雾，这些水蒸气和浓雾就渐渐地移向冷的地区。因为热与冷、干与湿不能并存。前面的浓雾一旦停止，后面的浓雾就会不断积压，最终形成浓黑的云团。

云团常乘风飘荡，从一个区域飘向另一个区域，当云团越积越重，最终形成大雨；如果太阳的热量使得火元素的动力增强，把云团继续抬得更高，到达更冷的区域，这样就结成了冰雹。有时候，和支持云团中的雨水同样的热把大量的水从山底往上抬，积存在山顶内部，水从山顶的一些裂口不断冒出，形成了河流。

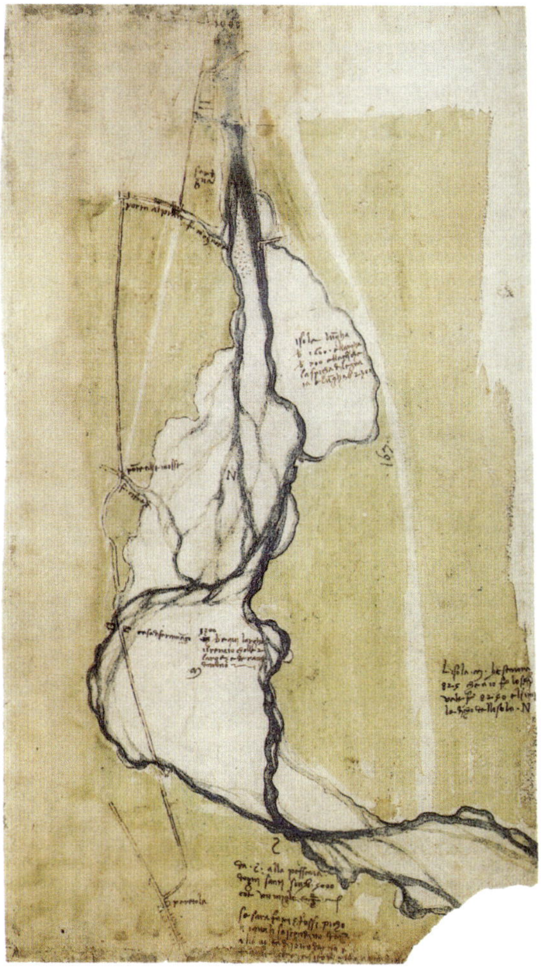

在四种元素中，水的重量和流动性都居于第二位。除非汇入大海，否则水总是奔流不息；除非受到风的干扰，否则海面总与世界中心保持相等的距离。

高山是怎样被夷为平地的？因为水冲刷了覆盖在山上的泥土，裸露的岩石逐渐崩解和风化。山麓就这样遭到了水的侵蚀，崩解后的大量泥土随水冲入河里……这就导致了灾难，河水上涨，泛滥成灾，最终形成了大海。

[6]

所有的内陆海和那些海湾都由汇入大海的河流构成。

[6]

『a』

『b』

[7]

[7]

『a』地中海的涨落并未引起这么大的变化，因为热那亚海湾毕竟没有变化。

『b』在 a 处地中海的海水汇入海洋。

红海[注]的表面与海洋在同一水平面上。

也许曾经有山倒塌，挡住了红海两端的出口，地中海的海水从加德斯山下溢出并冲出一条通道。因为在我们现在的年代，也有相类似的事情发生，一座山峰滑落了七英里横跨一座峡谷，封锁山谷路口形成了一汪湖泊。大多数的湖泊都是由山所形成，就像加尔达湖、科摩湖、卢加诺湖[注]和马焦雷湖。

[注] 此篇为达 · 芬奇在佛罗伦萨写的笔记。

红海（Fed Sea）是印度洋西北的长形内海，在亚洲阿拉伯半岛同非洲东北部之间。

卢加诺湖（Lago Lugano）是瑞士提契诺州的一个城市。

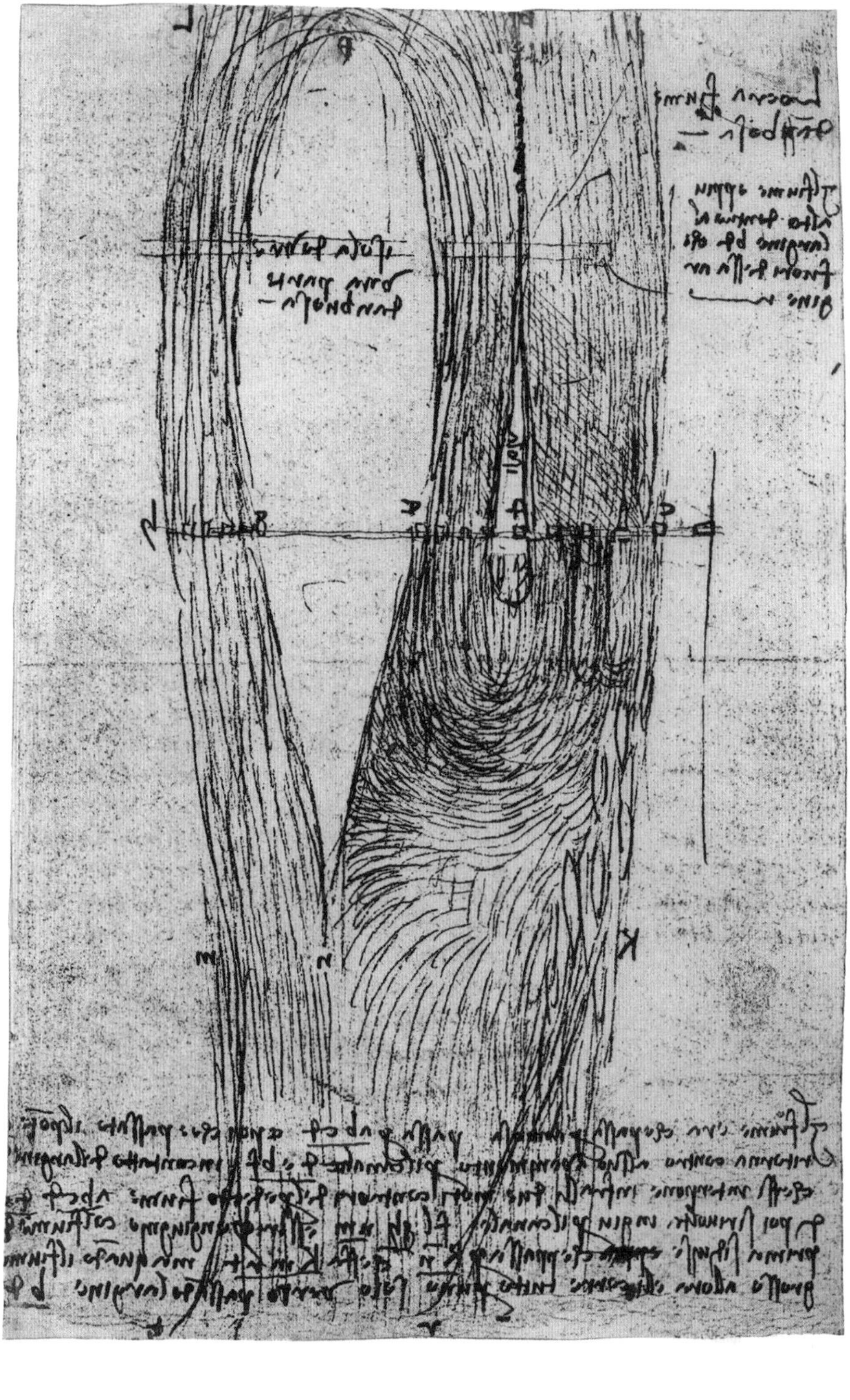

[8]

[9]

[8]

伊莫拉向西北方向二十英里的地方是博格尼亚。

卡斯特尔·圣·皮埃特罗位于伊莫拉西北部七英里处。

法恩扎位于伊莫拉东部和东南部之间十英里处；弗利在相同的方向，距离伊莫拉二十英里；福林波波利在相同的方向，距弗利二十五英里。

贝尔迪诺罗在伊莫拉东南方向二十七英里处。

[9]

在维罗纳山区，发现红色大理石镶嵌着海扇壳化石，有的开口处填充着石质水泥；有的与周围岩石块保持着一定的间距，因为其间镶嵌着贝壳外层，把它们与周围岩石块隔开。在其他地方水泥使得贝壳石化，并损坏了它的外层。

『a』

『b』

『c』

『d』

『e』

『f』

[10]

[10]

『a』致神圣的巴比伦苏丹中卫——叙利亚的德弗特达的信。

『b』我深信，不仅您对最近北部发生的灾害所造成的恐惧而感到震惊，全世界也同样为之感到震撼。我先向您叙述这场灾难产生的后果，再谈原因。

『c』我发现，为了实现崇高的理想，并且由于记挂着您派给我的公事，我来到了亚美尼亚地区——在实现我们目的的最理想的地方开始工作。我进入靠近边境的城市卡林德拉，这座城市位于金牛宫山麓，与幼发拉底河相隔，往西能看到直入云霄的金牛宫山峰。世界上没有任何地方还会比这座山峰更高，它常常在黎明前就受到东

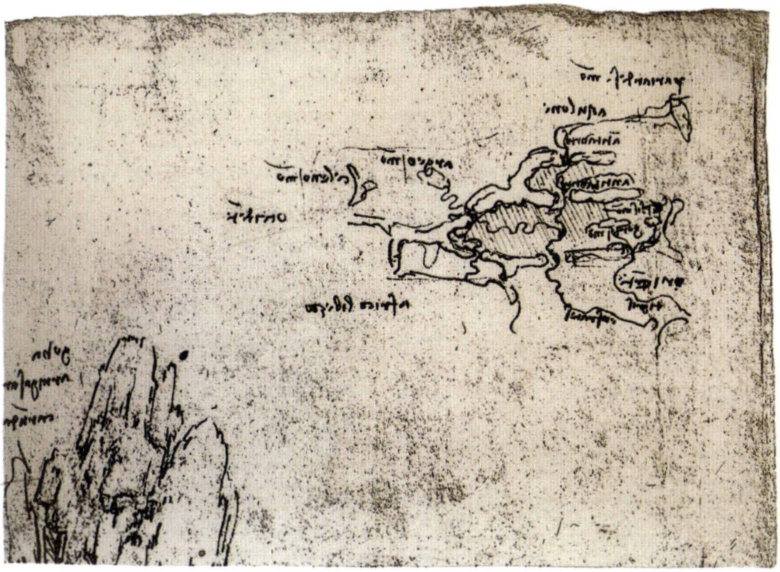

方的阳光照射，长达四个小时，白色的巨大岩石闪着光芒，亚美尼亚本地的官员把这比做黑暗雾色中美丽的月光。由于山非常高，比最高的云团的垂直高度还要高出四英里，因此西边大部分地区在日落后大半夜因为阳光的照射，而可以看见山的巅峰。这个亮光，曾经在天冷时候被看作彗星的光芒，它在黑夜中呈现出千变万化的形状，有时分成两三份，有时又长短不一，这是由出现在太阳与山峰之间的水平线上的云团引起的，因为光被云团遮住，山上的亮光被云团截断，从而显出形状各异的亮光。

『d』
忠诚的信条和劝导。
洪水暴发及其后果。
城市的毁灭。
人民的死亡以及他们的绝望。
搜寻宣传者及其释放和善举。
对山崩原因的描述。
山崩造成的大破坏。
雪崩。
预言家的发现。
他的预言。

西部亚美尼亚低地的洪水泛滥，切断金牛宫山可有效地排除洪水。

『e』新的预言家如何证明洪水的破坏会按照他预言的那样发生。
金牛宫山和幼发拉底河的描述。

『f』为什么山峰在半夜呈现光芒，日落之后住在西边的人看起来像彗星，而住在东方的人在黎明之前看来是这样的。

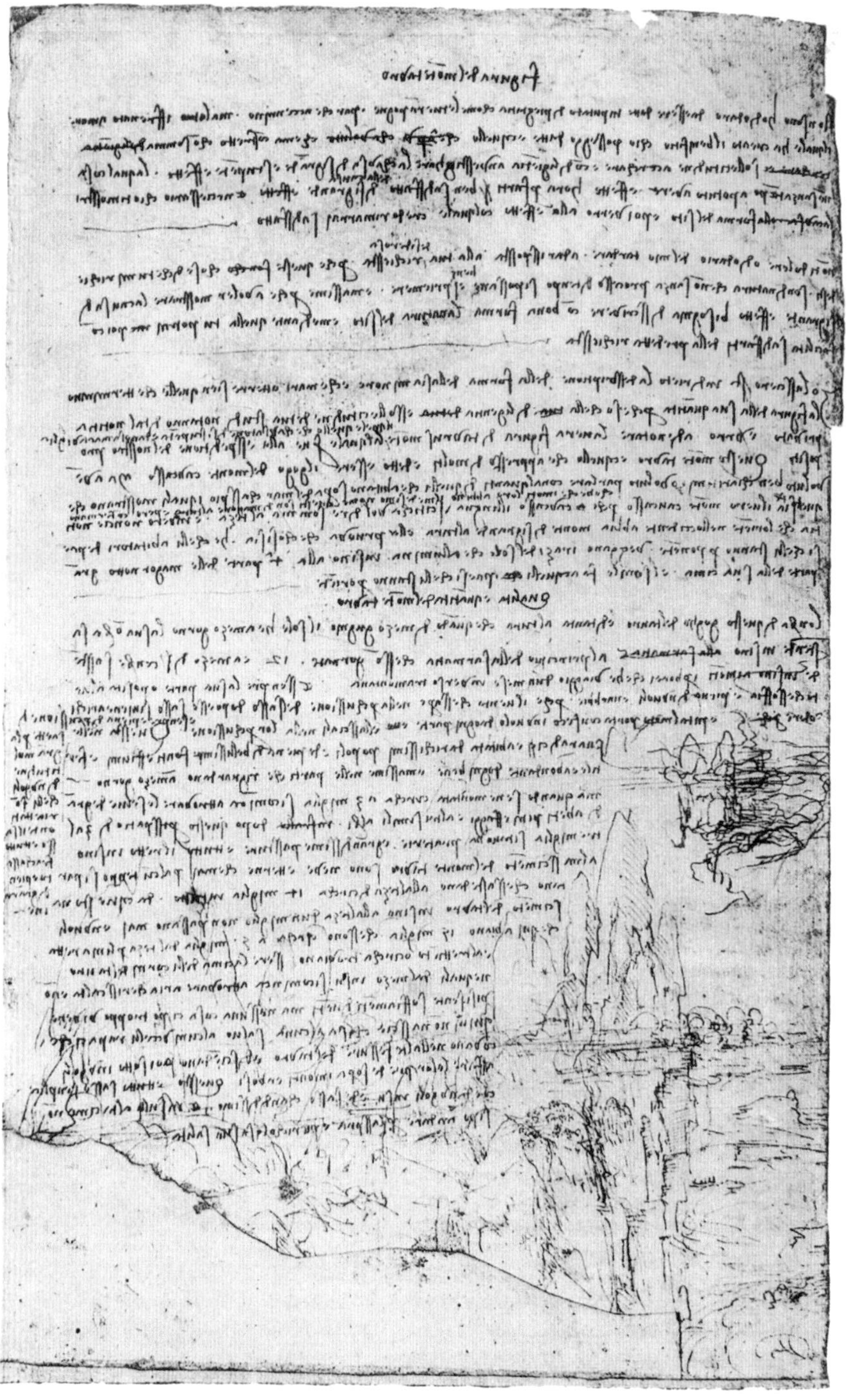

『a』

『b』

『c』

『d』

『e』

『f』

[11]

[11]

『a』描述金牛宫山的形状。

『b』尊敬的德弗特达阁下，我想您不会因我的懒惰而责备我，您的责备对我而言是分外亲切的。您给予我的真挚的恩典，是促使我极其细心地去探求如此巨大的神奇的原因。要做好此事，我需要些时间，为了充分地满足您要了解此神奇现象的好奇心，我首先要说明这里的地形，然后是现象。我相信，我这样做可能您会得到最宝贵的满意……

『c』尊敬的德弗特达阁下，请原谅我没能够及时答复您急切的询问，因为要解释清楚您想了解的问题的实质，并且说明如此神奇现象的原因，是需要一些时间的，特别是要准确地描述这一地方的自然特点，这样，您以后就能够独自理解上述问题的原因了。

『d』我不想对小亚细亚的地形以及与之相邻的大海和陆地做详尽的描述，因为，我深知，由于您深入和细心的研究，您对这些知识已经掌握无遗了。为了达到预期的目的，我着重描写金牛宫山的形态，这是产生如此惊人的且有害的奇迹的原因。正如人们所说，这个金牛宫山是高加索山脉的山脊；里海沿岸的某些居民告诉我，虽然它们的山名相同，但此山较高，并且肯定这是真正的高加索山。因为“高加索”一词在塞西亚语中表示“最高”。事实上，我们未曾得到周围有比此山更高的山的情报。可证明这一点的是，在西边的某些地区，居民看到阳光照亮大部分山顶的时间占最长夜的四分之一，在山的东部地区的居民看到的情况也相似。

『e』金牛宫山的结构。

『f』金牛宫山山脊的阴影在六月中旬时，太阳在正午时可达塞马蒂亚边界，有十二天旅程那么久。在十二月中旬的时候，其阴影伸展到极北的山，要有一个月的旅程那么久。山坡迎风的一面常常是云雾密布，因为当风冲击山石时被劈开，在山石的另一面重新聚集，风卷着云团按照这个方式从各个方向而来，在冲击的地方留下。大量云层密集的地方常有雷电交加，这一面岩石被劈开，且堆满了岩石屑。

在山脚下有最美丽的泉水和河流，住着富有的人民；这里土地肥沃，物产丰富，尤其是朝南的一面更加富饶。向山上行走约三英里，我们来到满是杉、松和山毛榉及其他常绿树木构成的森林。在另一方面，三英里远的地方是草地及牧场，其余地方直到金牛宫山山巅成年积满难溶的冰雪，总共约延伸十四英里高。金牛宫山山巅一英里高的位置从来没有过任何云团经过。我们走了十五英里的山路，垂直高度约五英里，大约与金牛宫山山巅的高度一样。我们行进到一半路程，开始觉得空气变冷、无风，没有任何生物能长期在这里生存，在金牛宫山的裂缝中，找不到任何鸟食，只能到云层底下的树林里寻找食物；这里尽是光秃秃的岩石，上面是云层，岩石是纯白色的；山路崎岖，不易攀爬，不可能登上顶峰。

[*Part 4*] 应用科学

开始于古埃及时期的古代建筑首次用于建造大型城市、城堡，以及比例得当、造型完美、规模宏大的公共和私人建筑。

第十章　建筑与规划

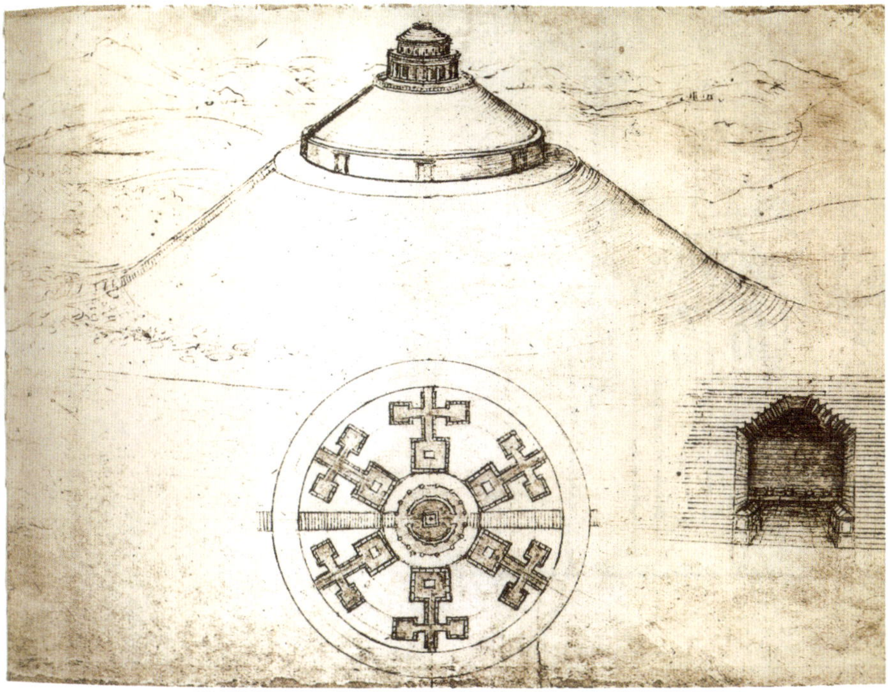

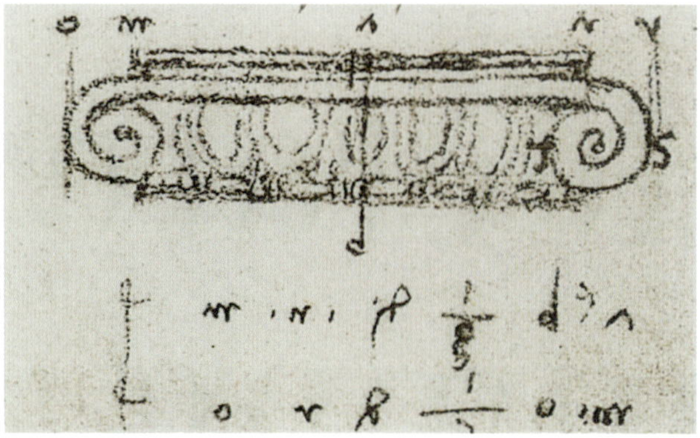

[1]

[1]

一个拱顶是由两个弱体所引起的强力支撑的；建筑物中的拱顶是由两个弓形体构成的，每个弓形体本身很弱，且有下落的倾向，当一个弓形体阻挡另一个弓形体降落时，两个弱体就变成了一个强力。

拱顶一旦形成，就处于平衡状态，因为两边相推的力量相等；如果一个弓形体比另一个弓形体重，较重的压制较轻的，其稳定性最终会被破坏。

[2]

[2]

拱顶靠近地平线的部分只有最少的承受力。
正如前面所说，拱门是一种复合式的力量，它保持平衡状态，是因为来自两旁均等的推力；假如其中一半拱门比另一半重，这种平衡稳固的状态就会失衡，因为压力较大的一边会让较小的那边无法抗衡。

除了石块的重量要一样之外，安装时也需仔细小心，否则平衡会被打破。

要让拱门稳定牢固，就要在拱肩上嵌入良好的石材，一直到拱门顶端齐平的地方。

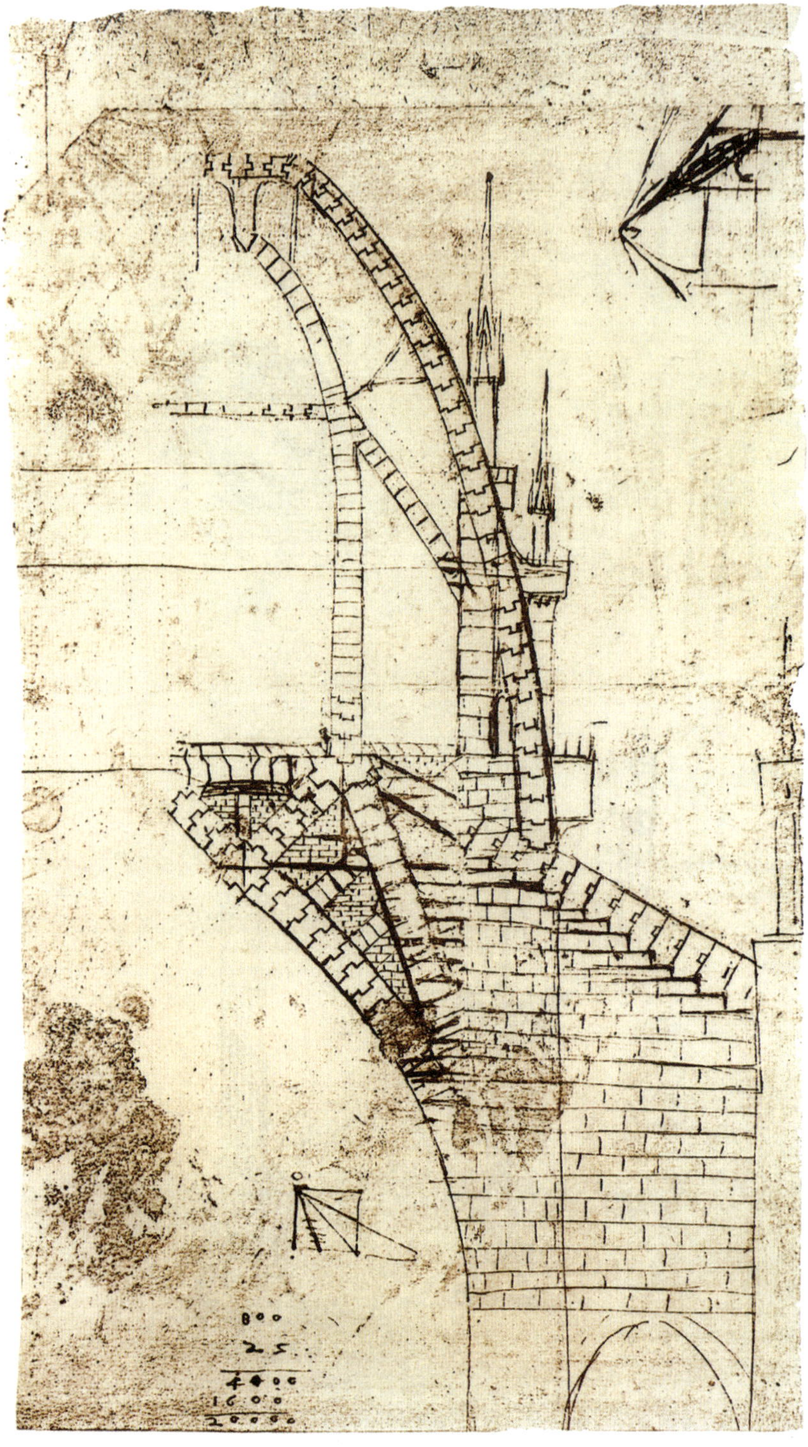

[3]

『a』

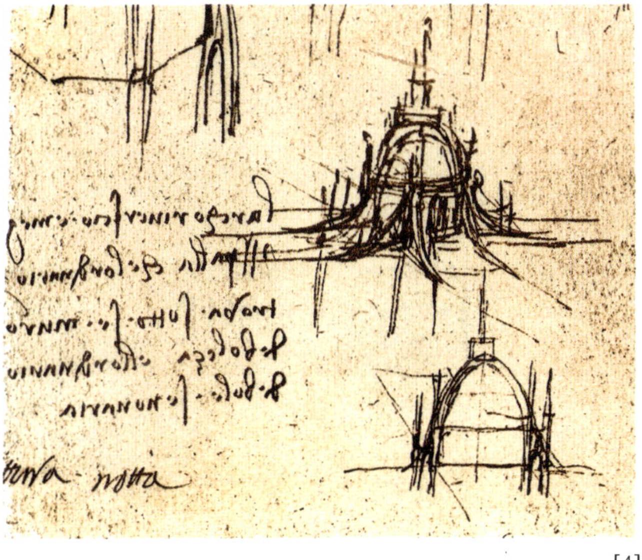

[4]

[3]

保持拱顶稳定的最好方法，就是以好的施工工程从地基建到拱顶顶端一级。

[4]

『a』反转拱顶要比普通拱顶更加优良，因为它克服了普通拱顶的缺点。

『a』

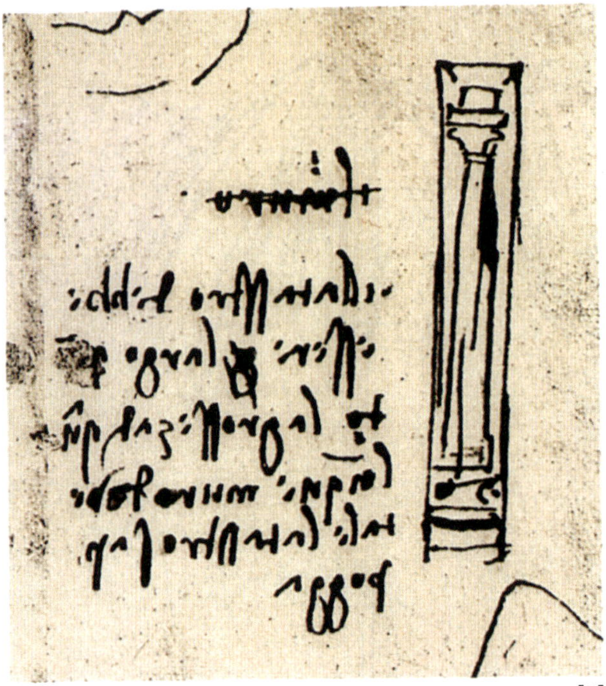

[5]

『a』

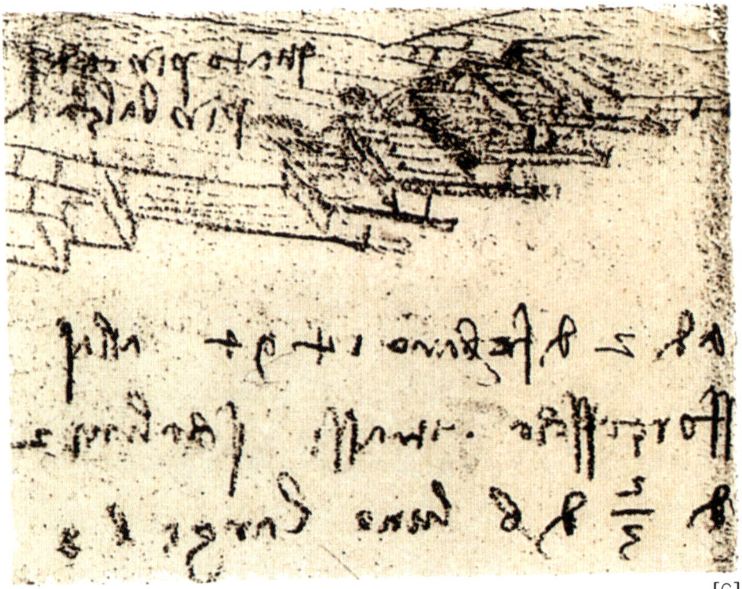

[6]

『a』

[7]

[5]

『a』柱子的基座必须和柱子相对的墙一样厚。

[6]

『a』一四九四年二月的第二天，在斯福赛斯卡我画了二十五级台阶，每级三分之二意尺高，八意尺宽。

[7]

『a』台阶的结构。台阶 cd 向 fg 下降，并且 fg 以同样的方式向 hk 下降。

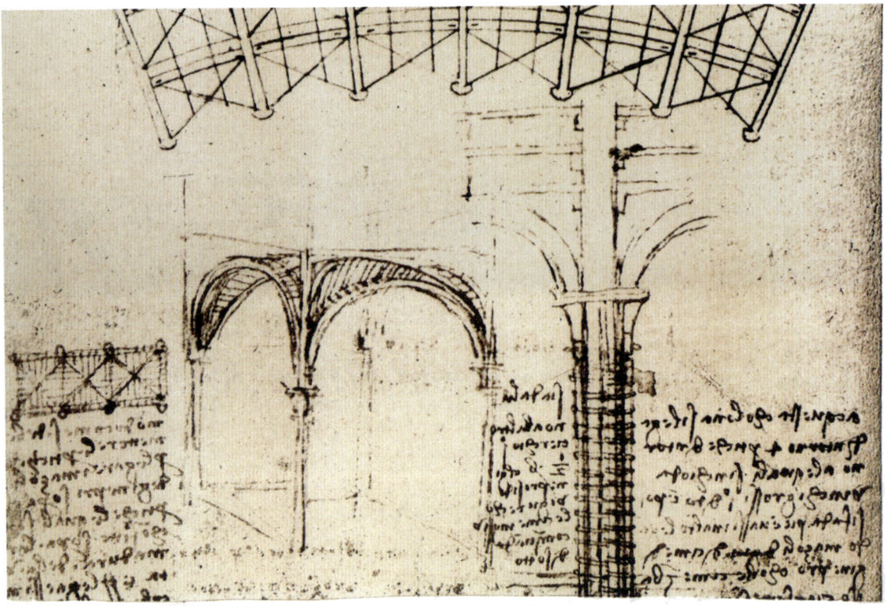

『a』 『c』

『b』 [8]

[8]

『a』有孔的地方应该试图放置松柏的树枝。这些孔应该隐藏在拱顶结构中，并且用柳条系紧，这样稍后再用大剪刀修剪它们。

『b』两孔之间间隔半意尺，并且松柏（的树枝）应向下插。

『c』柱子周围有四个孔，像指头一样粗的柳树，自下而上生长。

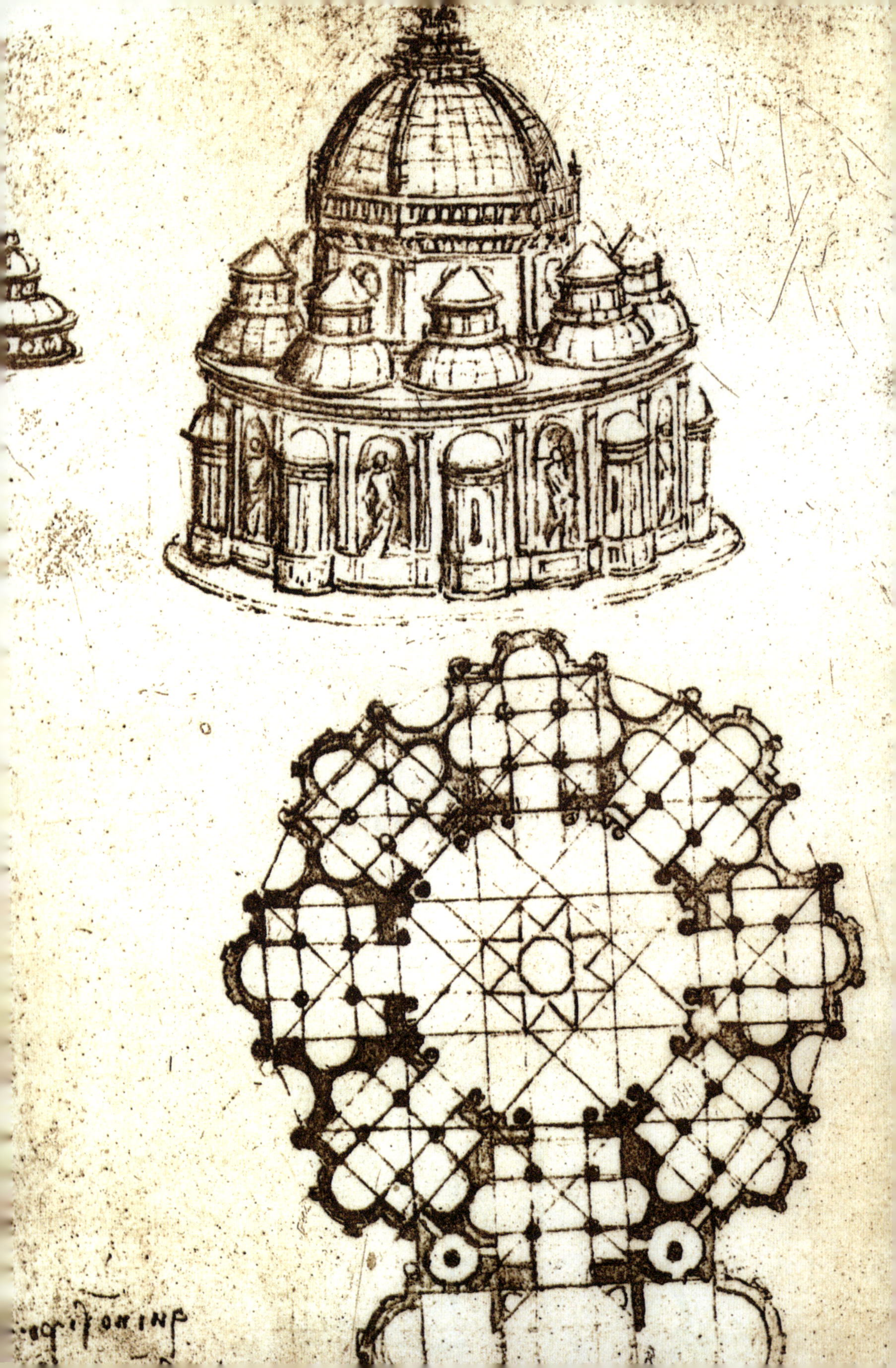

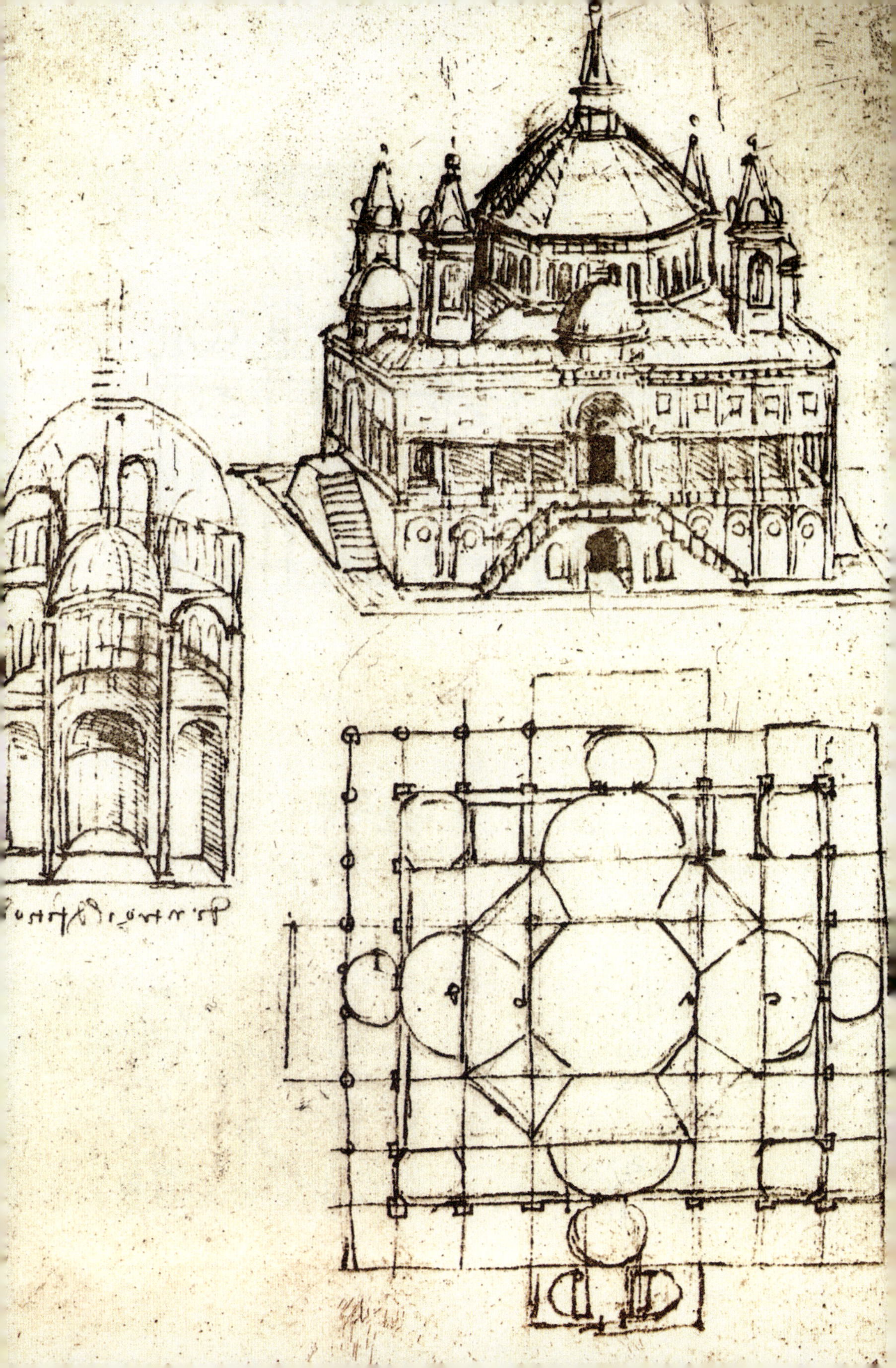

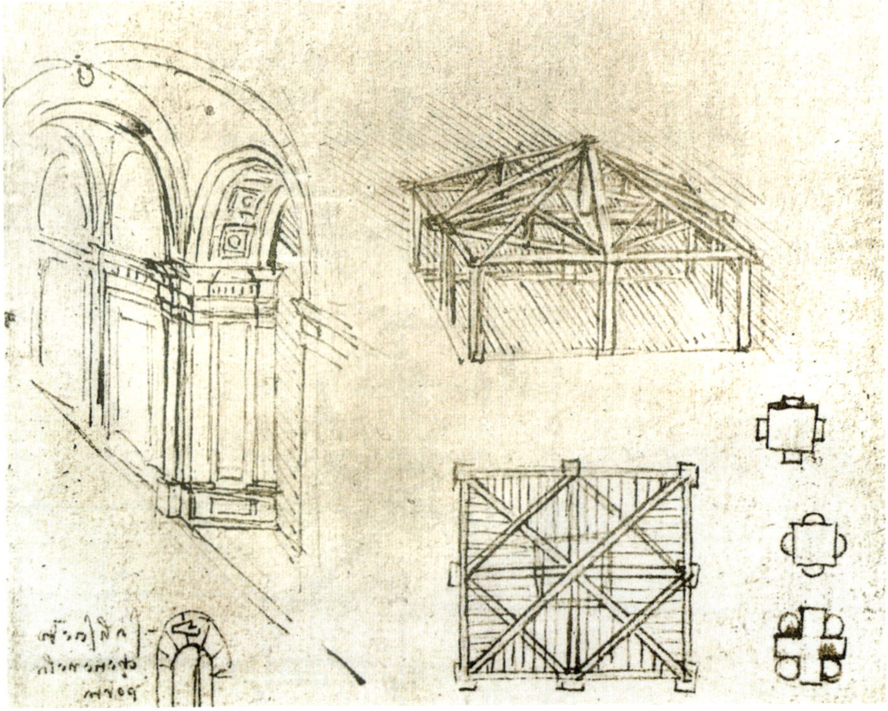

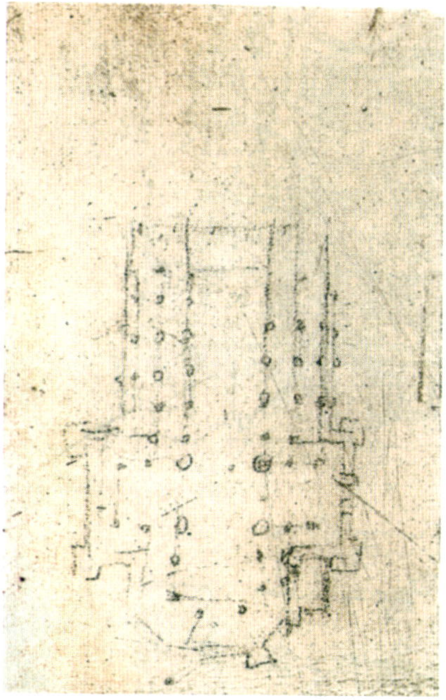

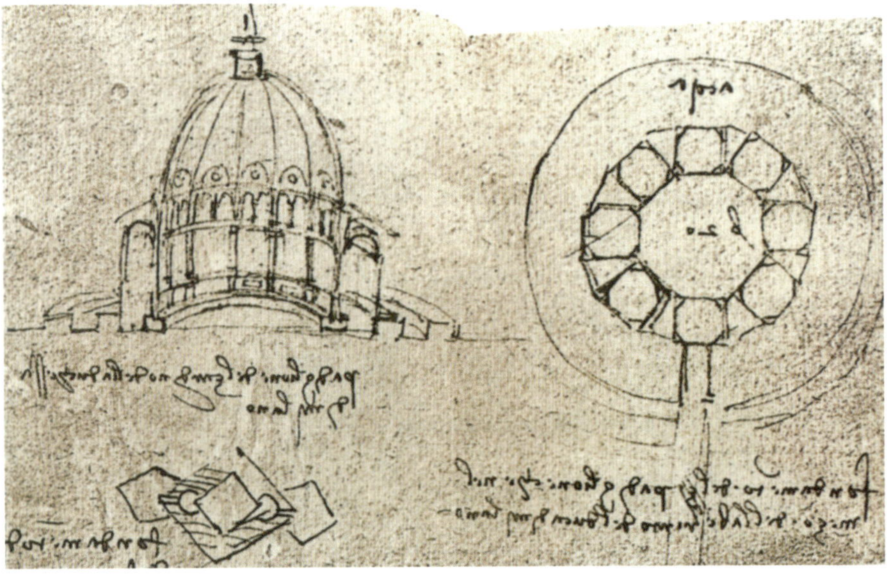

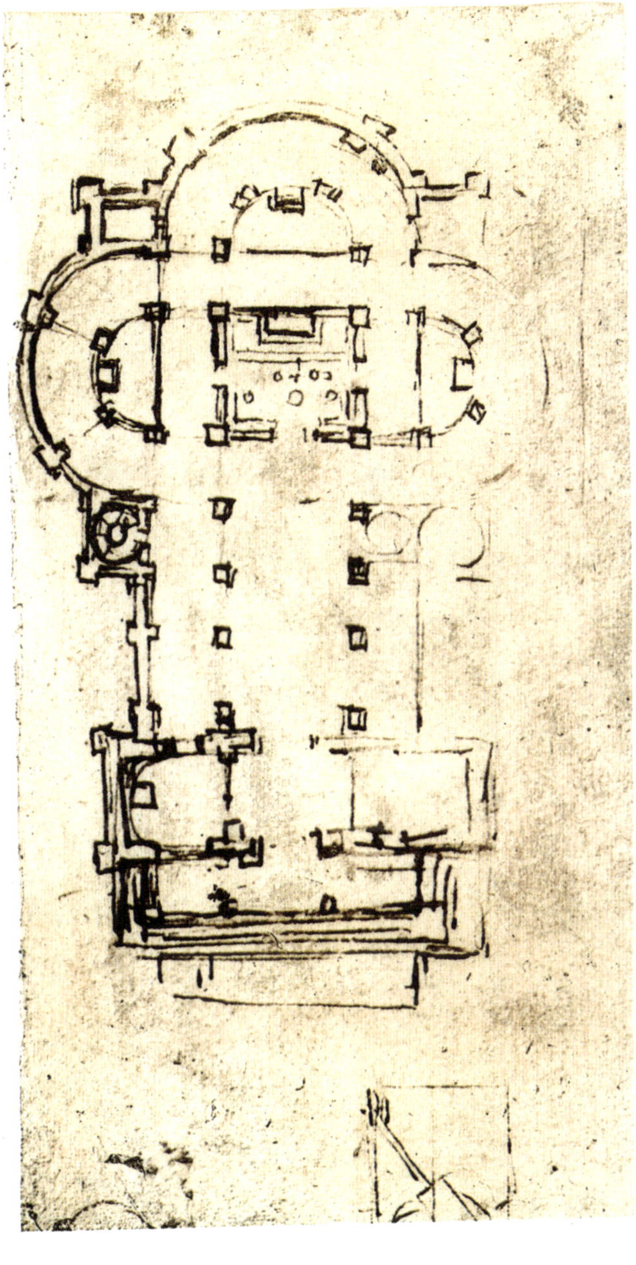

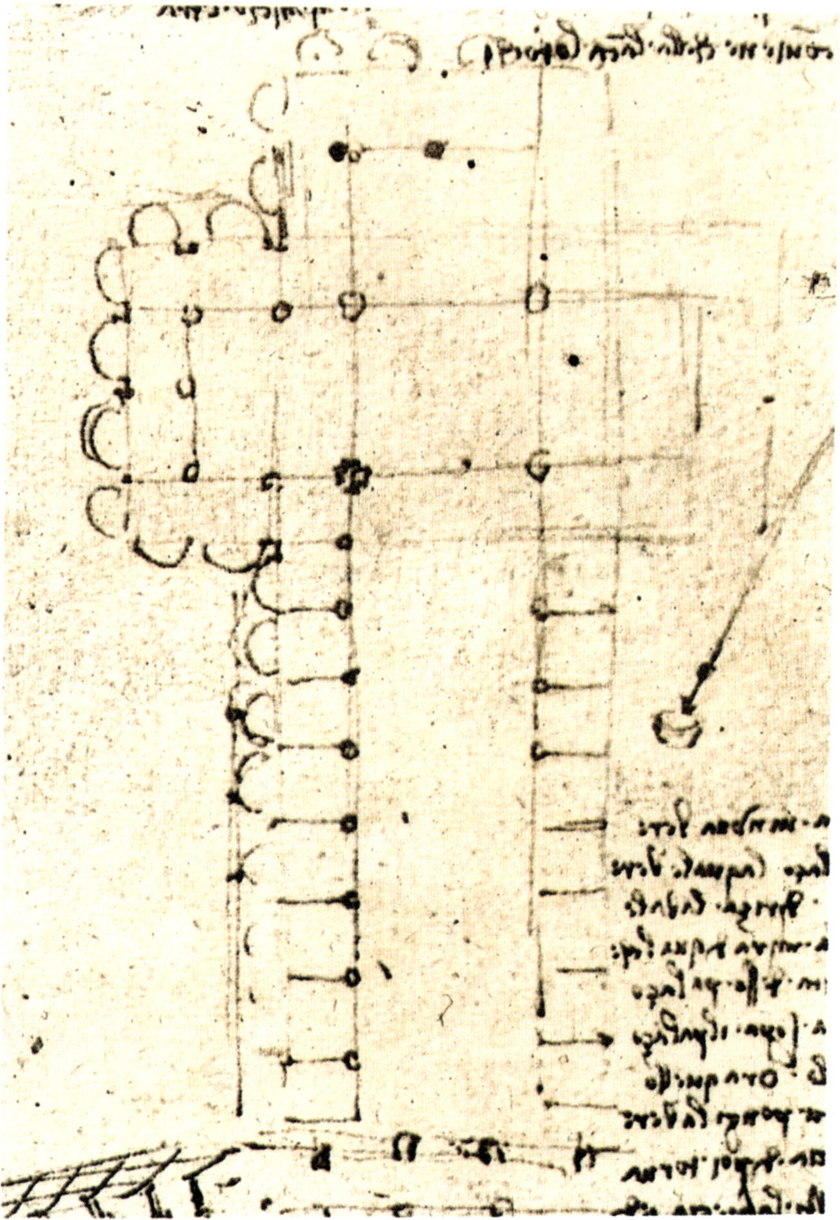

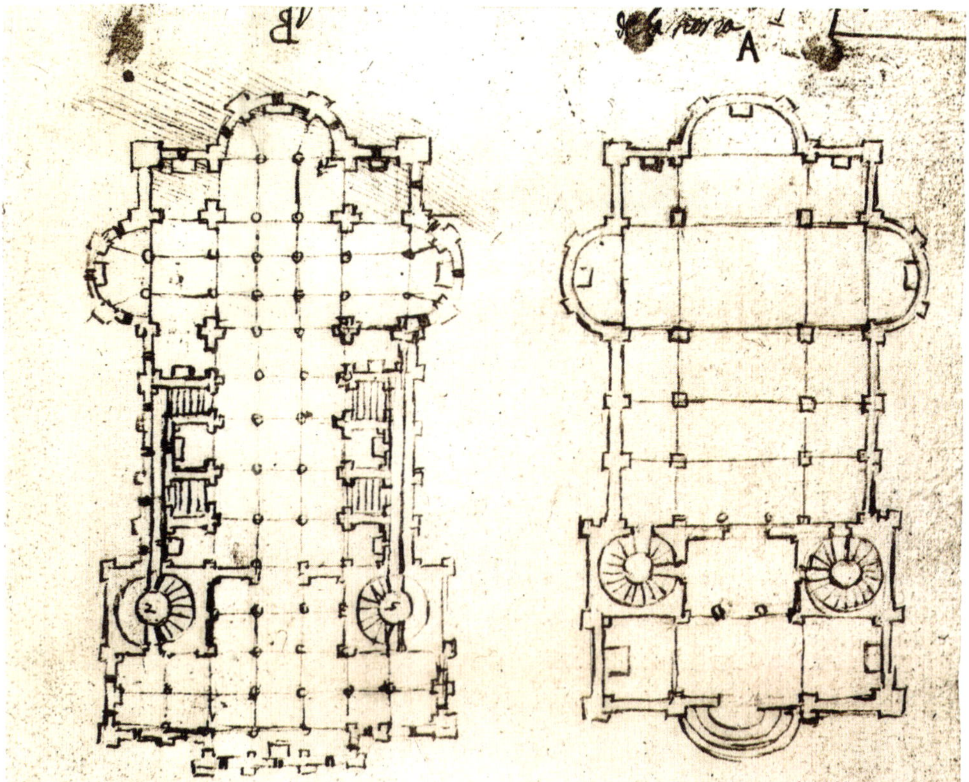

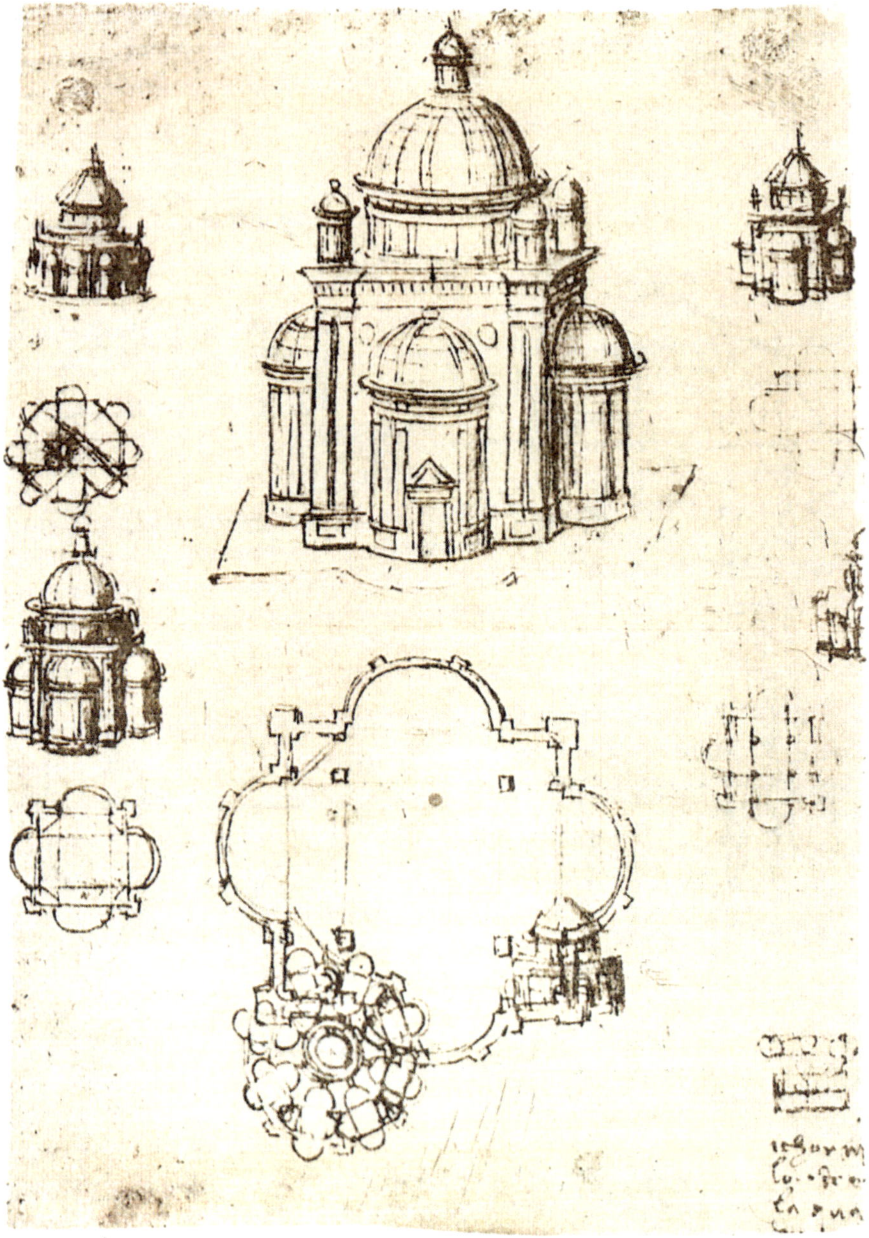

『a』

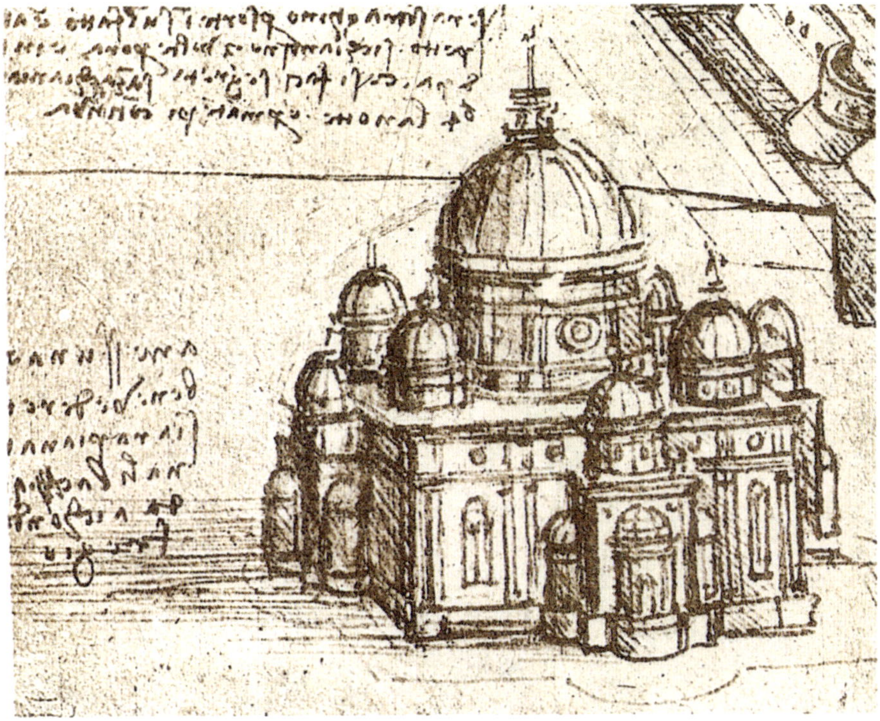

[9]

[9]

『a』教堂的屋顶怎么看都不对劲，它们还是平缓一点比较好，让水能够从壁雕的饰带中流出。

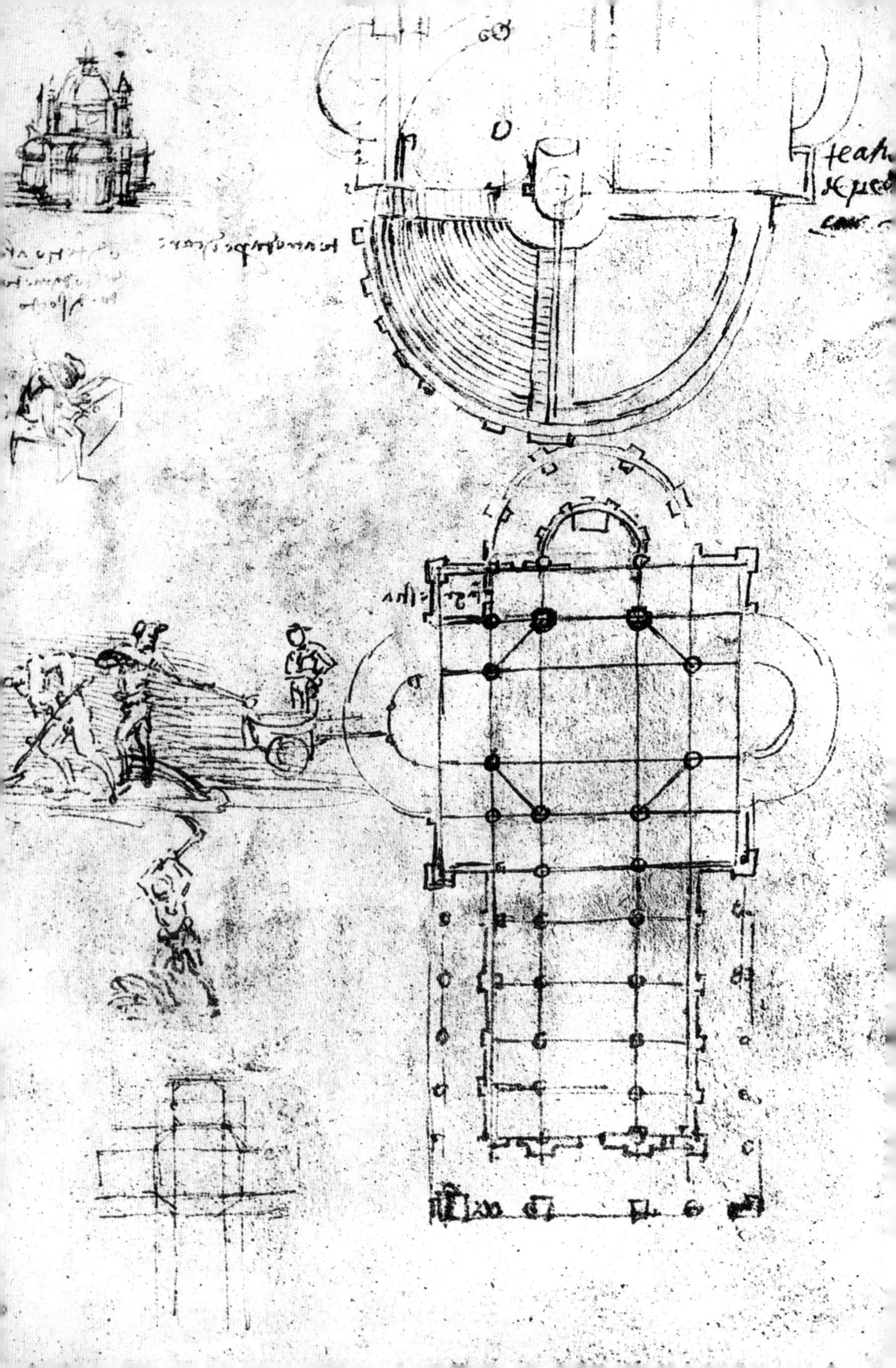

『a』

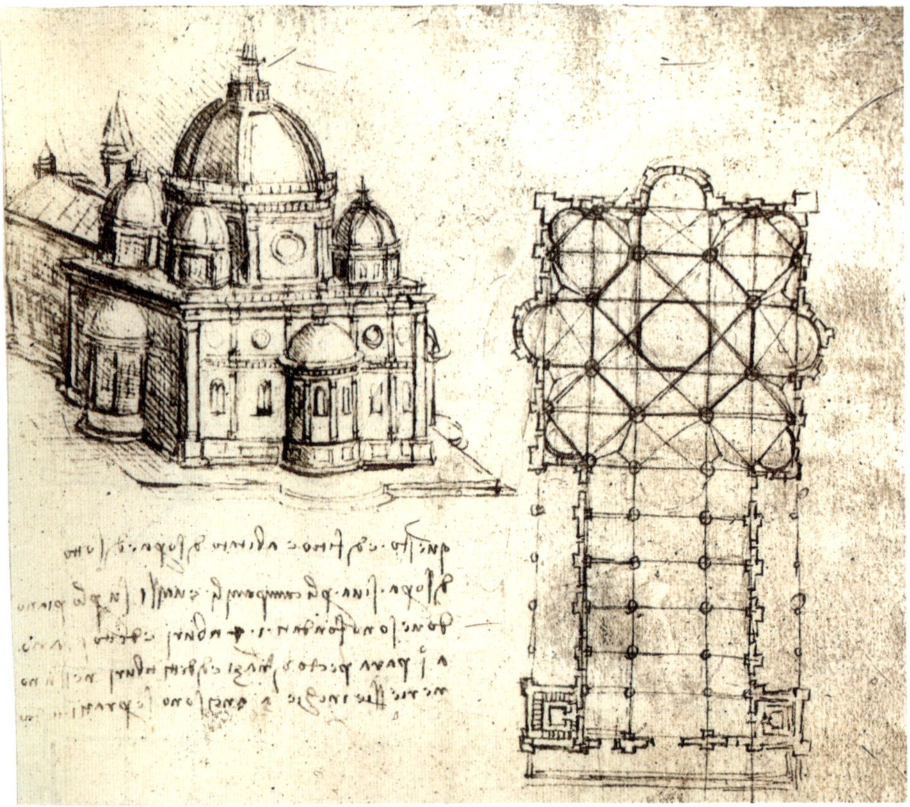

[10]

[10]

『a』这座建筑的上面和下面都是可供居住的；向上的路需要通过钟塔，并且人在上去时需要使用月台，也就是四个圆形拱顶的所在地；月台的前面有护墙，而且这四个拱顶与整个教堂之间没有路，各自独立。

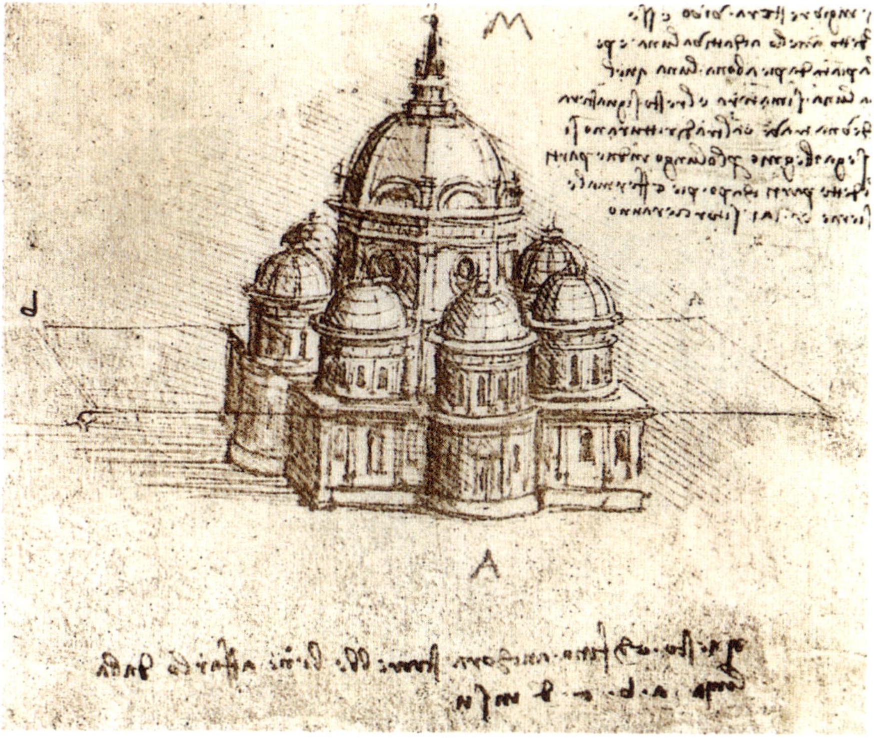

『a』

[11]

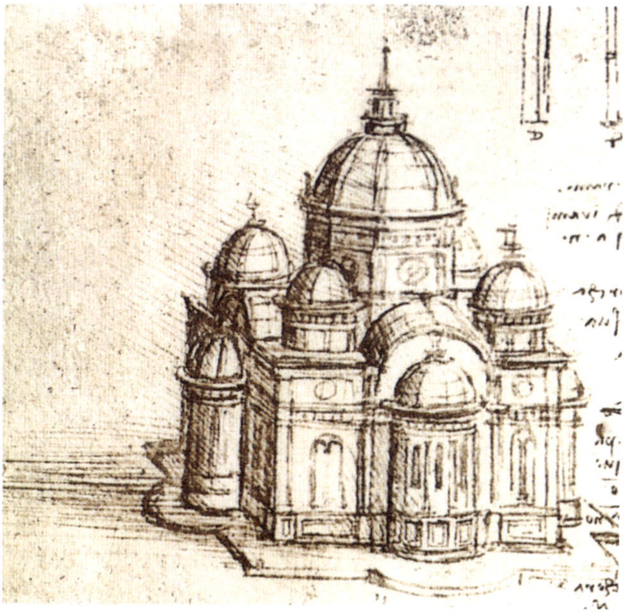

[11]

『a』只要 abcd 以上的部分完成，大型建筑也会收到很好的效果。

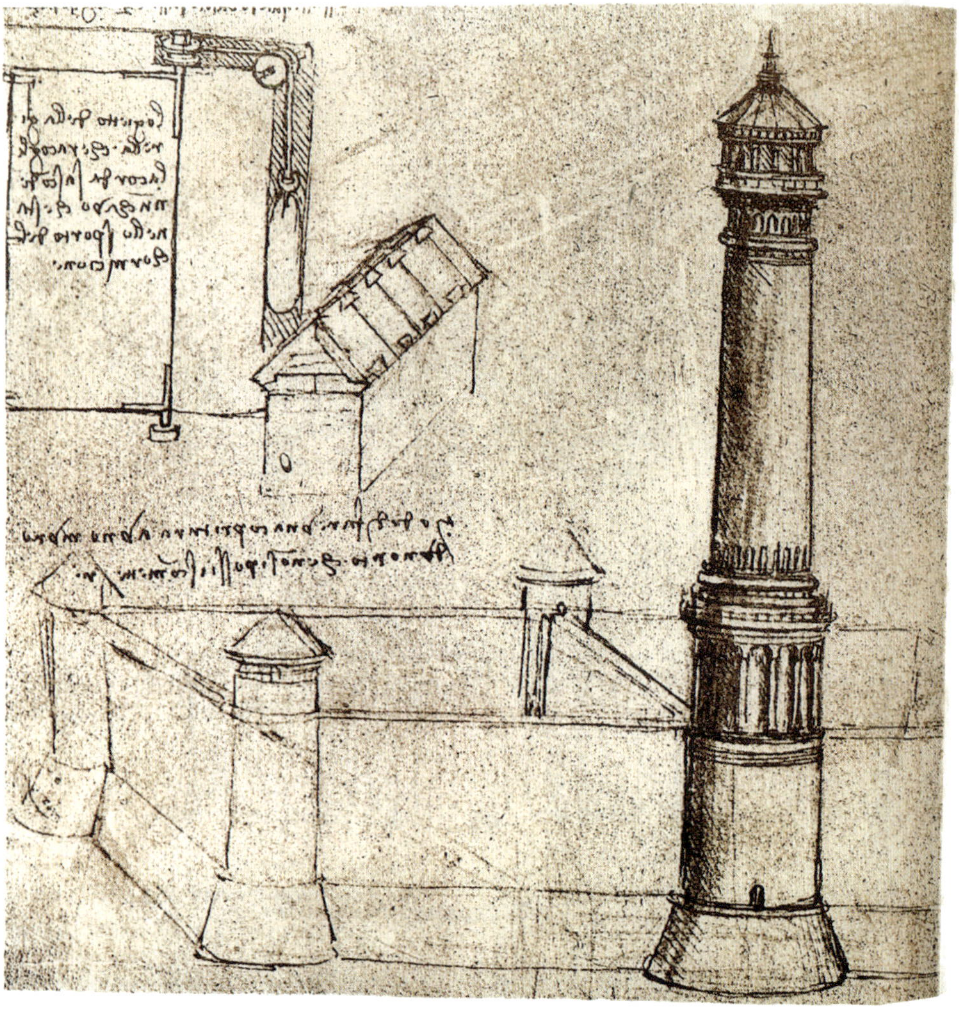

『b』

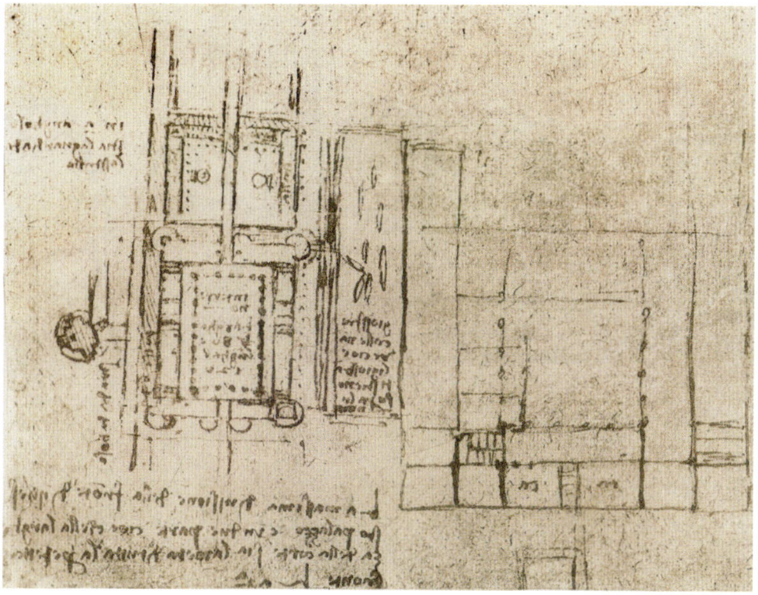

『c』

『a』

[12]

[12]

『a』房屋正面主要分为两部分，也就是说中庭的宽度必须是整个房屋的一半。

『b』从这个角度看，也许是一个保持稳定的装置。

『c』在船上用长矛比武，人们将要上船。

你有意保留的要作为舞厅或者其他适合一群人活动的房间应该在第一层，因为我曾看到过房间倒塌并且导致很多人死亡。但是将此房间设在第一层便拥有地基和安置得很好的柱子，因此，即便是墙体很单薄也没有关系。

让一座住宅的中层由非常单薄的砖墙分割，由于有火，因此不要采用木头。

所有的厕所都通过墙壁中的竖井从房顶排风。

包厢应该是拱形的，拱形要按包厢尺寸的缩小而增强。

为了防火，椽树的连接要隐藏在墙壁中。

厕所必须有很多并且彼此相连，以便臭气不会渗透到房间，并且门必须要关闭。

『a』

[13]

[13]

『a』门面部分 am 会给房间带来光亮。

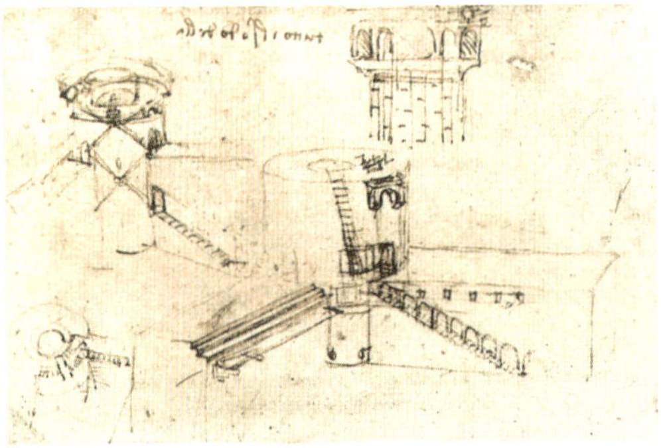

ae为六意尺，ab为八意尺，be为三十意尺，为的是门廊下的房间被照亮，cdf是船停靠卸载的地方。

为了让这种设计能够发挥出实际效用，也为了能够阻止洪水渗入地下室，选择一个适当的位置就尤为重要，比如靠近河流的某个地方，那里河水能够分流转入多个水渠内，从而使水位不会暴涨发生洪水或导致干旱。上图所显示的结构就能够很好地调节河水，雨水就不会形成泥巴，比如提契诺河、阿达河以及其他河流。

这种结构可以成为一个码头，并使水始终保持在同一水位，如上图显示，把它安置在镇子的入口，或者在镇里面也可以，这样可以防止敌人毁坏它。

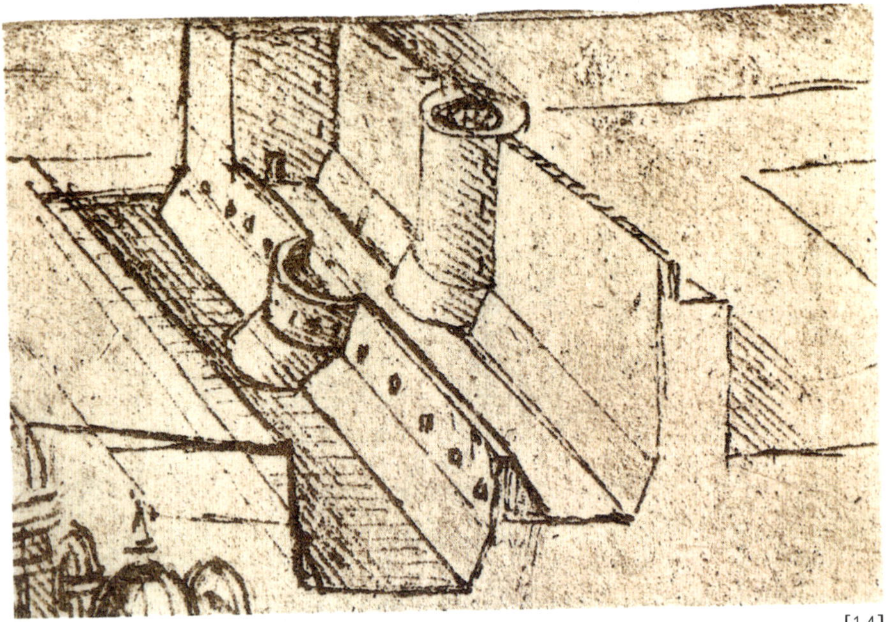

[14]

[14]

地下主渠并不接收污水，水通过距镇子四英里的水渠和四个出口，这可能需要用水坝拦截来自罗莫兰庭之上的水。

每个广场都要有喷泉。

『a』

[15]

[15]

『a』每一侧有三十意尺宽，较低的入口通向一个十意尺宽、三十意尺长、有四根柱子的大厅，每根柱子上都有一个凹槽。

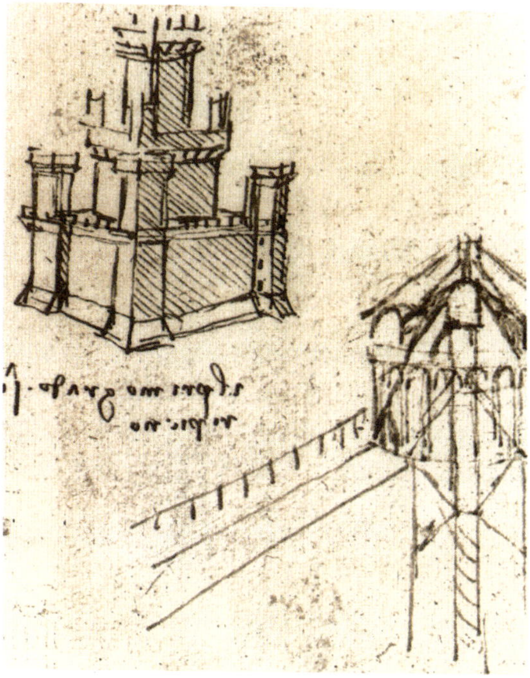

『a』

[16]

『a』

[17]

[16]

『a』第一级台阶必须十分结实。

[17]

『a』乌尔比诺（城堡）的台阶。

[18]

你首先必须把它的宽度分成三部分；让这三部分都相等，尺寸为六意尺宽、十意尺高，在中部要使用稳定装置，两侧为骑马人，每一侧必须六意尺宽、六意尺高，前面要比后面高半意尺。让食槽距离地面两意尺高，行李架距地面三意尺，顶部为四意尺。现在，为了能够实现我所允诺的，我设计制作了这个场所，它与传统意义上的场所不一样，又干净又整洁：关于上部分的稳定，比如，干草的位置，这部分必须在窗外，呈六意尺高、六意尺宽，尽管干草会累积到阁楼上，就像机器e一样；为了平稳，让它在六意尺宽的地方直立码放，就像在kp处。

[18]

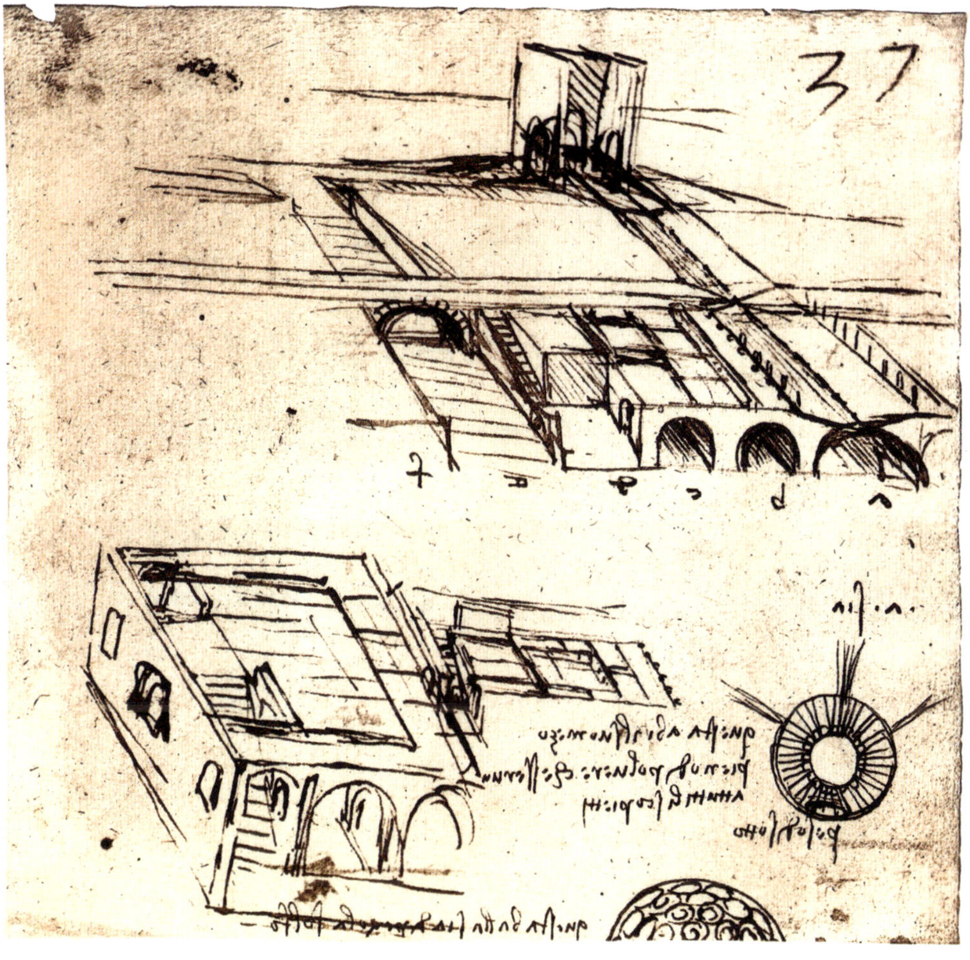
37

『a』

[19]

[19]

『a』一五〇二年八月中旬的一天，圣玛丽日，于切塞纳。

『a』

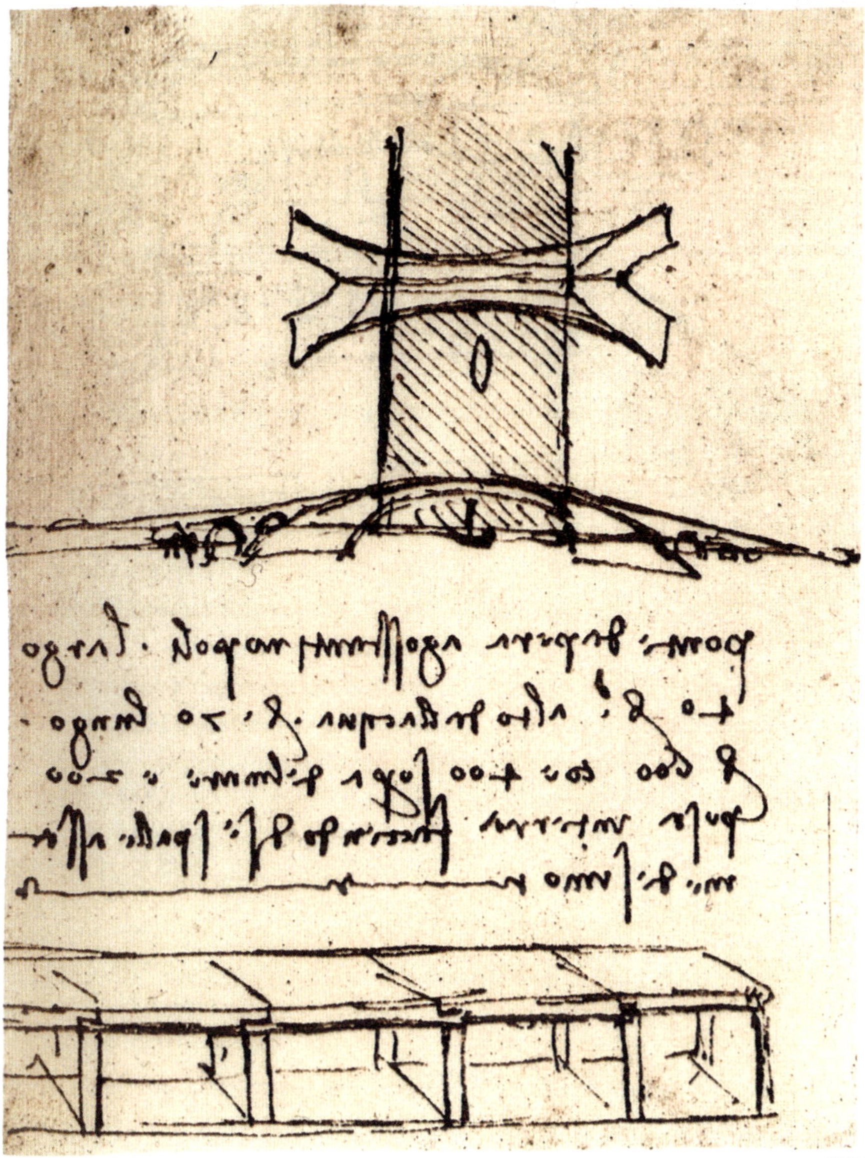

[20]

[20]

『a』君士坦丁堡的佩拉桥有四十意尺宽，距水面七十意尺高，六百意尺长。跨越了四百意尺长的海洋和两百意尺的陆地。

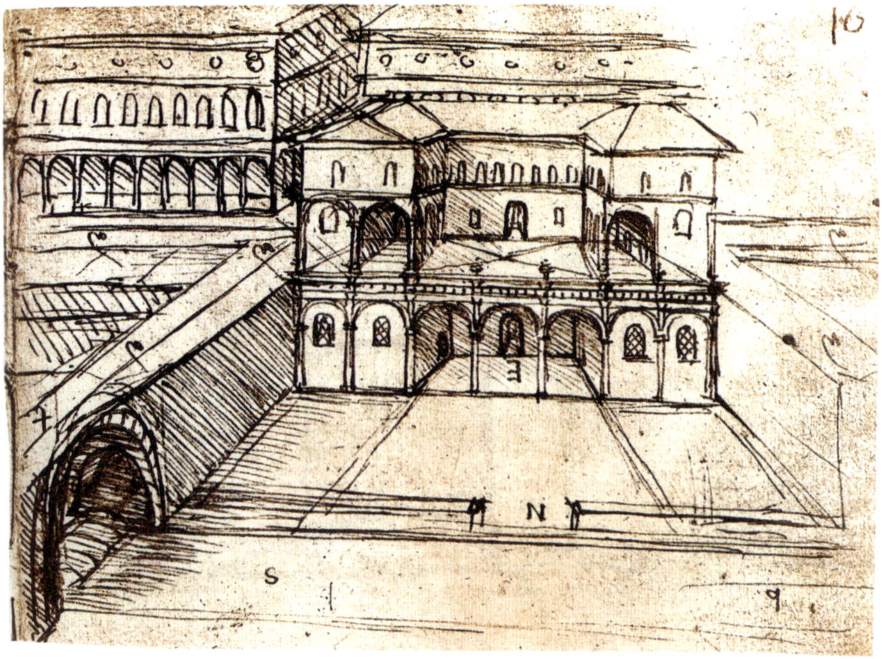

[21]

[21]

路m比路ps高六意尺，每条路都必须有二十意尺宽，并且从周围向中间倾斜二分之一意尺；在中间每一意尺都要有一个开口，一意尺长一人宽，雨水可以从这里流向与ps相连的凹槽里。在路的侧面的最边上有一个拱形走道，六意尺宽，呈纵向；因此，人可以通过较高的街道通过这个地方，也可以通过较低的街道行走。

在高速街道上，没有交通工具或者类似的物体可以行走，但是这里可以供人们走动。人力车以及其他为人提供方便的工具必须在下面的街道行驶。

一个房子必须将背面朝向其他的房子，两者之间形成一条较低的街道。物资，比如木材、酒和其他的物体在运输时就可以走门n；而像马棚、厕所和其他具有臭味的物品都必须从此处清除走。

一个拱顶到另一个拱顶之间必须有三百意尺，每条街通过较高街上的开口获得光源，每一个拱顶必须在圆形平面上有旋转楼梯，因为广场的拐角总是堆放粪便；它们必须宽广，在第一个拱顶上必须有公共的卫生间以及连接上下两层街道的楼梯，较高的街道要从城门外开始建造并且倾斜地通向六意尺高的门。这种城市应该建造在海边或者较大的河流边，城市中的污垢可以通过水排出。

『a』

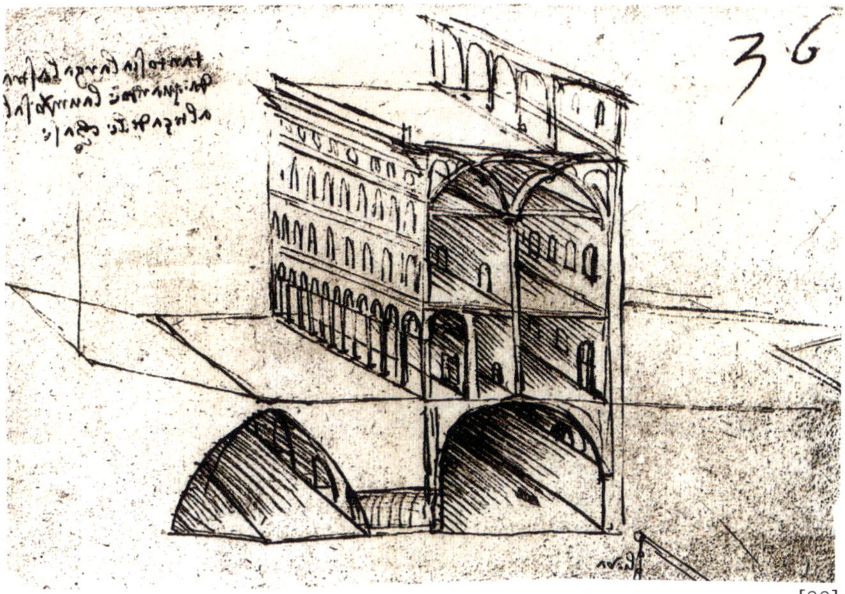

[22]

[22]

『a』让街道的宽度等于普通的屋子的宽度。

『a』
『b』
『c』

[23]

[23]

『a』第一次撰写关于沙墙坍塌，以及针对个别案例的解决方法的专著。

『b』平衡的裂缝通常发生在竖立于山坡上的房屋中，特别是在山是由石头和倾斜的石层所构成的情况下。因为水和湿气会渗透进倾斜的接缝，并携带着脂类和光滑的泥土；由于地层并不是连续地下降到山谷底端，岩石朝着斜坡的方向移动，直到触底下降的动作才会结束，剩余的岩石就会分割房子。

防止这种情况出现的方法就是在渐渐松弛的墙的下面用拱形结构和一个好的陡坡建造一个厚的水平平台，平台需要在底层有一个坚固的基座。

『c』要建造最坚固的基座，需要通过地层在墙角下建造一个轴，这个轴需要建造在山的斜坡上，那是一个光滑而且平坦的平面；在一段时间之后这个平坦的部分会支撑这个轴，并且显示山体的那个部分发生了活动。

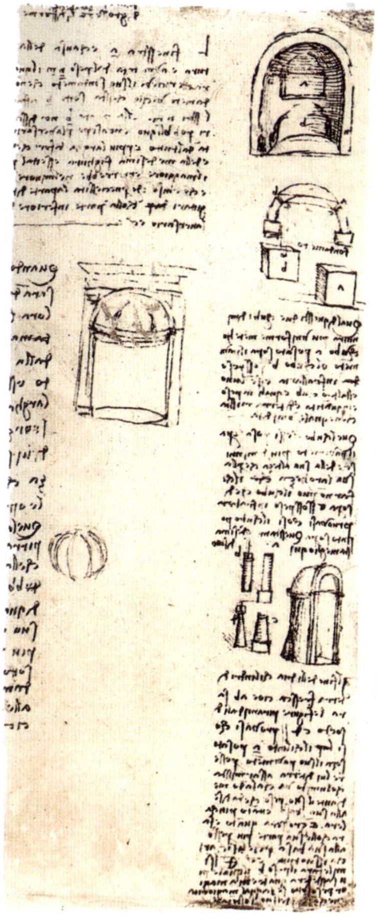

[24]

[24]

『a』窗户 a 在 b 的位置上发生了破裂，这个破裂因为 n 和 m 下沉并穿入地基的压力而加剧，整个结构建立在地基上，并且比 b 位置上的物体较轻。除此之外，b 位置下的旧结构已经得到安置，而 m 和 n 的水平台还没有安置。因此 b 并没有垂直安放，相反，它倾斜地挪向跌落，它不能相反地向里面跌落，因为像这样一个部分，与主墙脱离，外部要比内部更大，因此如果脱离的部分向内跌落，那么较大的部分会变成较小的尺寸，而这是不可能的。因此这就是当半圆形墙体出墙脱离而会向外跌落的证据。

『b』当圆形或半圆形屋顶遭受来自上面超大重量的袭击时，拱顶部分会坍塌，形成一个下部较宽而向顶部方向逐渐变窄的裂缝，在内部，裂缝较窄，外部则较宽，就好像是石榴的外皮，纵向地分成许多部分，因此，裂缝所遭受的压力越大，连接部分就会敞得越开，如果裂缝承受了最大的压力，裂缝的敞口就达到了最大宽度；因此一些教堂后面的半圆形壁龛的拱门绝对不能够承受整个建筑的主力。因为主力的重量最大，它下面的部分也就承担了最大的压力，并且这些部分都是沉入地基中的。但是这不会发生在轻结构中，比如上面提到的半圆形壁龛。

『c』这两个立方体哪个会更加平均地收缩：置于硬路面上的立方体 a 和悬于空中的立方体 b，两个立方体都有同样的重量和体积，且两个立方体都是由同样多的水掺上泥土铸成的。

『d』在硬路面上的立方体减少的高度比宽度多，悬于空中的立方体则不会。这已经被证实。

『e』潮湿泥土铸成的两个圆柱体 a 和 b 的最终结果将会变成如下面 c 和 d 图中的金字塔形。由此证实：置于一块由黏土混合了大量水的石头之上的圆柱体 a 会由于自身的重力而下沉，且其底部基座受到挤压。这个例子与物体 b 相同，物体 b 会随着底部重量的增加而纵向延伸，最大的张力会伴随着悬浮的重力。

『a』

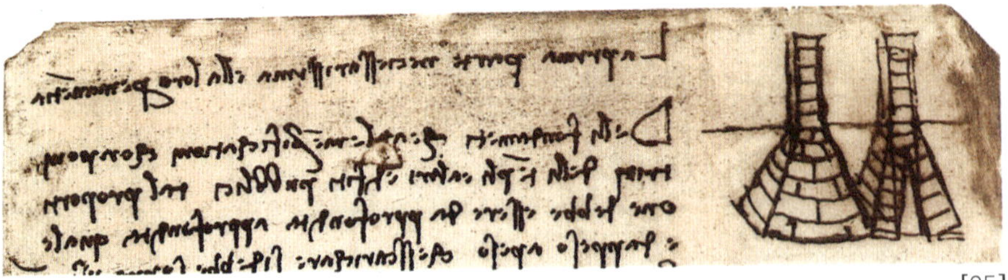

[25]

[25]

『a』头等重要的事情是稳定。

至于地基和其他公共建筑，地基的深度必须在相同的比例内，因为材料的重量会放置于地基之上。

[26]

[26]

石头按一定规则从底到顶地累积，应使用相同质量的泥浆从底到顶进行搭建，这样在潮湿时泥浆能够将水汽蒸发掉。

『a』

[27]

[27]

『a』庭院墙的高度必须是其宽度的一半，这就是说，如果院子有四十意尺宽，那么房子外的院墙必须有二十意尺高。

『a』 『b』 『c』 『d』 『e』 『f』 『g』

[28]

[28]

『a』墙上的裂缝在底部很宽，到了顶部就变得狭窄。

『b』在一定时间内，风干程度不平均的墙面总是出现裂缝。

尽管是整体厚度一致的墙面，如果所有的地方不是在同样的环境中，它们的干燥速度是不一样的。因此，如果墙的一面接触的是潮湿的斜坡，另一面接触空气，那么后者会保持和以前相同的尺寸；在空气中风干的一面会收缩或减少，而在潮湿环境中的一面不会变干。干燥的一面会很容易从潮湿的部分断裂，因为潮湿的部分没有进行相同比例的收缩，也没有进行黏合以及跟随着不断干化的部分的运动。

『c』拱顶上的裂缝在顶部很宽，但到底部就窄了。

在封闭的屋内，拱顶的裂缝在顶部很宽，在底部很窄，其长度会比宽度收缩得更多，并且依照比例，裂缝的高度要大于宽度，在灰浆的接口处裂缝的高度要大于宽度很多。

『d』ro 的裂缝收缩要小于 mn，ro 之间的材料要少于 mn 之间的材料。

『e』凹进墙面的裂缝底部宽而顶部窄，它的起点正如在 bcd 中所示，在侧面。

『f』墙面所吸收的水分和墙体的湿度成正比。

『g』当墙面风干时，物体收缩的尺寸和它所挥发的水蒸气成正比。

『a』

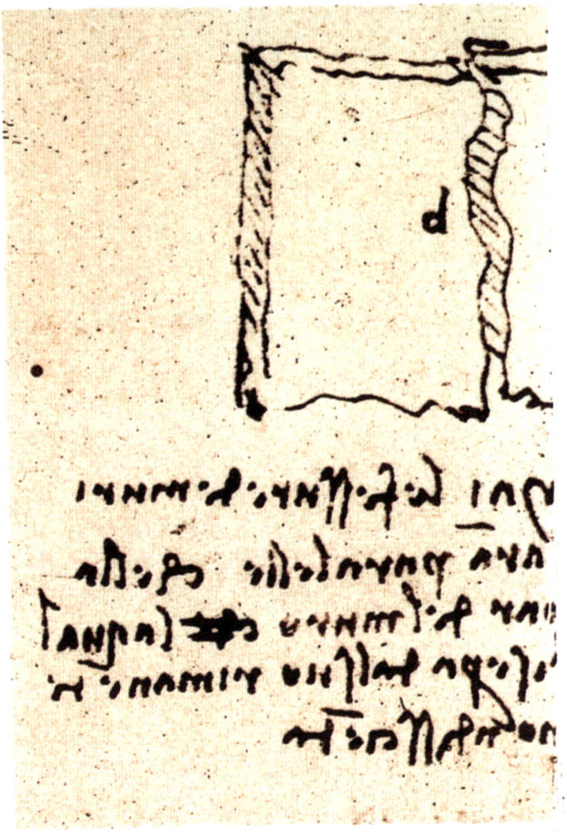

[29]

[29]

『a』这也就是说，墙必须得建造得相同。尽管一堵薄墙要比厚墙风干的速度快，也不能一点点地对墙增加厚度。

当墙顶部的裂缝比底部的裂缝宽，这就清楚地显示出墙上产生的裂缝与岩石上产生的裂缝不相干。

『a』

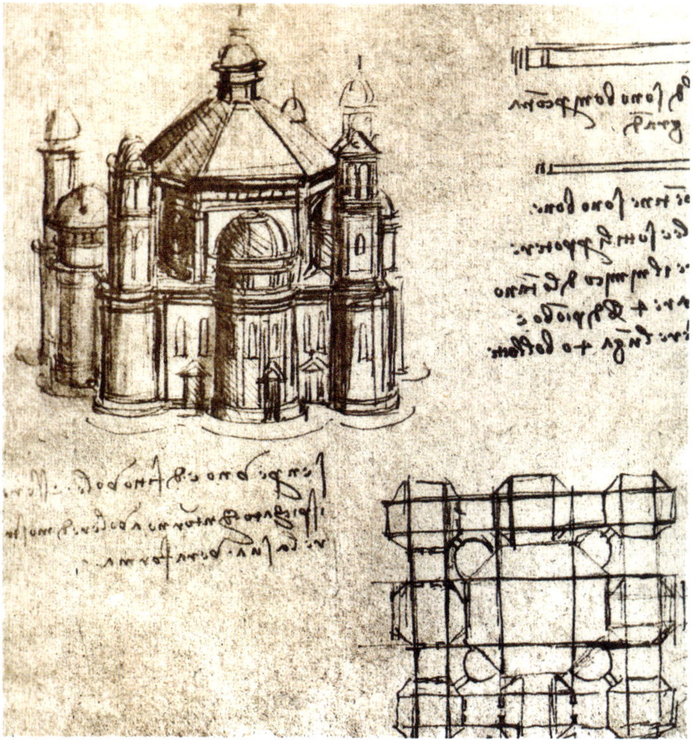

[30]

[30]

『a』一个建筑在各个方向都必须是独立的，这样它的结构才可能清晰可见。

横梁的长度超过它的最大厚度二十倍以上，就会断裂成两半，寿命就不会很长；记住，准备用做盖在墙上的部分，必须浸泡在滚烫的树脂中，同时用长形橡木板剔除木屑，然后继续浸泡。每根横梁都必须确实穿过它所在的那几堵墙，在它突出墙面之后，用足够的锁链将它牢牢拴紧，因为每逢地震时，横梁常会从墙内移位出来，导致墙面跟地板整个塌落；反之如果它们被牢牢地拴紧，就可以把每堵墙都坚固地支撑在一起，而墙本身又支撑着各楼层的地板。

我还要提醒你，千万不要在木材地板上铺灰泥，因为随着木材的膨胀和收缩，这种地板常会开裂，而一旦开裂了，那些裂缝就会慢慢地堆积尘埃，看起来糟糕极了。再有，也不要在以拱门为支座的横梁上铺地板，因为铺在横梁上的地板，迟早会在中间部位稍微下陷，而依靠在拱门的部位则保持原状，这样一来，铺在两种支撑力上的地板，迟早看起来会像是铺在起伏的丘陵上。

雕刻人像显示出了运动的意愿，从他们站立的姿势来看，似乎是要向前跌倒。

第十一章　雕塑和金属制品

雕塑不是一门学科，是一门最机械的手艺。因为它使雕塑家满头大汗，浑身疲劳。这类艺术家只要简单地测量四肢，懂得动态和姿势的原理就足够了。作品完成之后，展示于世人眼前的也只是原物的本来面貌，丝毫不能使观者如观画般神往。

除花费更多的劳力和更多的心思之外，我找不出两者还有什么其他区别。事实证明确实如此，因为雕塑家在创作作品时必须运用手臂雕琢大理石和其他石块，砍掉雕塑之外的一切废料。这种极为机械的操作导致汗流浃背，汗水甚至与灰尘混成污垢。雕塑家往往满脸石浆和石粉，浑身上下蒙着细石屑。其住所也往往污秽不堪，布满石渣和石末。

而画家则不同啊！画家衣着整洁，悠然安坐在画架之前，手中挥动着蘸上了赏心悦目的颜料的画笔。房屋清洁，四周陈列着精美的画幅，没有乱耳的斧凿敲击之声，取而代之的是音乐，或者人们满怀喜悦地吟诵文艺作品的美妙之声。

绘画要求富有想象力和熟练的技巧。绘画艺术比雕塑更了不起。作为自然和艺术之间的解释者，画家的精神须与自然的精神一致。画家应能说明自然规律种种表现形式的道理，阐明眼前种种物体如何经瞳孔在眼内成实像，应能区别同样大小的许多物体，哪些物体看起来比较大；颜色相同的物体哪些较深，哪些较浅；放在同一高度的物体哪些显得高些；远近不同的物体中哪些清晰，哪些模糊。

绘画艺术的领域包含着一切现成的事物，诸如强度改变着的各种物体，颜色深浅的改变及物体的透明度，等等。雕塑则显出局限性，雕塑家显不出更高的技能，只是简单地向你显示自然物体的外形。画家能根据物体与眼睛间大气的情况以及颜色的变化表示不同的距离；他能画出扑朔迷离的云雾，画出笼罩着烟雨的山峦与河谷，画出围绕战斗者旋转的尘土烟团，画出浑清不一的溪水和水中遨游的小鱼，画出青山绿水中洁净沙滩上色彩斑斓的种种卵石。他还能画出苍穹的灿烂星辰，还能做出雕塑家难以企及的无数其他效果。

雕塑家不能刻画透明或明亮的物体。

眼睛看不出轮廓范围内的物体的形状并非光影所致。有许多科学如果没有光和影的知识就不可能存在——如绘画、雕塑、天文及大部分透视学，等等。

可以证明，雕塑家若没有光和影的帮助，他就不能工作，因为没有光和影，材料的雕塑只呈现一种颜色……受均匀光照的水平面处处保留着本色的明暗度，颜色的完全相同表明表面的均匀光滑。由此可以断定，若材料的雕塑不受光和影的覆盖以显示肌肉的突出与凹陷，则雕塑家就不能不断地审视他的工作进展，就像他白天看到的形式须在黑夜中进行雕塑一样。

绘画借助于光和影，使平面呈现各种凹凸感，且彼此间的距离不等。

雕塑家声称浅浮雕是绘画的一种。就素描而论，由于浅浮雕多少带点透视，这说法还有几分道理。但就光和影来说，浅浮雕则远不如圆浮雕和描画。例如，浅浮雕的各部分阴影就不能像绘画或圆浮雕那样按远近比例缩小而有相应的深浅程度。浅浮雕是绘画和雕塑的混合体。

雕塑比绘画缺少理智，也缺少许多固有特质。我研究过绘画艺术和雕塑技艺，对这两门学问都有一定的造诣，深信不会偏袒任何一方，并能明确指出这两门艺术间哪一门技巧较高超，哪一门较困难，较完善。

首先，一座雕像依赖于由上射下的一种特定的光线，一幅画则处处带着自己的光和影。光和影对雕塑是不可缺少的。在这一方面，浮雕的特点帮助了雕塑家，因为浮雕的光和影是自然而然产生的。画家则用自己的艺术在自然通常显示光和影的地方创造了它们。

雕塑家不能区分物体的各种自然色，而画家在这方面有他的独到之处。雕塑家的线透视显得不够真实，画家的透视可使其作品显示于百里之外。雕塑家的作品没有任何空气透视的效果，他们既不能表现透明体、发光体，也不能表现光的反射，不能表现像镜子一类具有晶亮表面的闪光体，不能表现云雾、沉闷的天气以及其他无数事物。在这里就不一一列举，以免乏味。

雕塑的一个优点就是能经久……

绘画更优美，更富有想象，更富有资源，雕塑除了更经久，再没有别的优点。

雕塑不费劲得到的东西，在绘画中变成神奇的东西，模糊的变成了实在的，平滑的东西显出浮雕感，远物变得近了。

事实上，绘画具有雕塑所得不到的无限可能性。

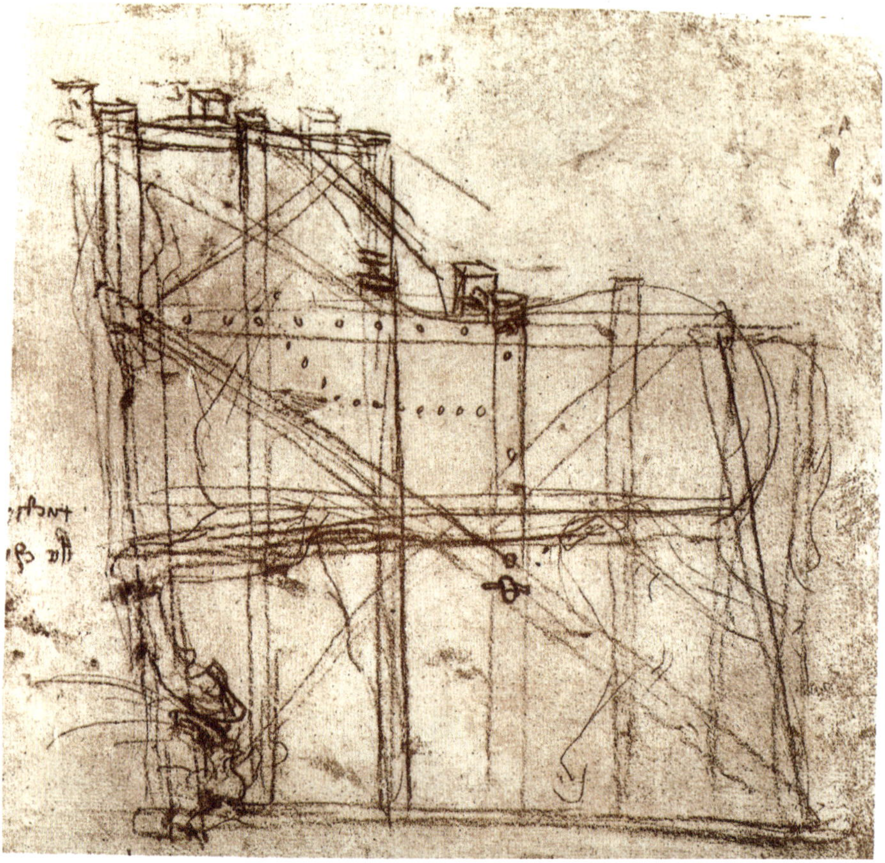

将马的模型固定在坚实的铁架底座上，擦好油，抹上涂料，待涂料干透后再涂一层，连续涂几层，使涂层达到三个手指那么厚。此时，根据需要，用铁紧固。

之后移开模型，加厚，逐渐将模型充实，使其完整，周围浇以铁，将靠近青铜的内部烘干。

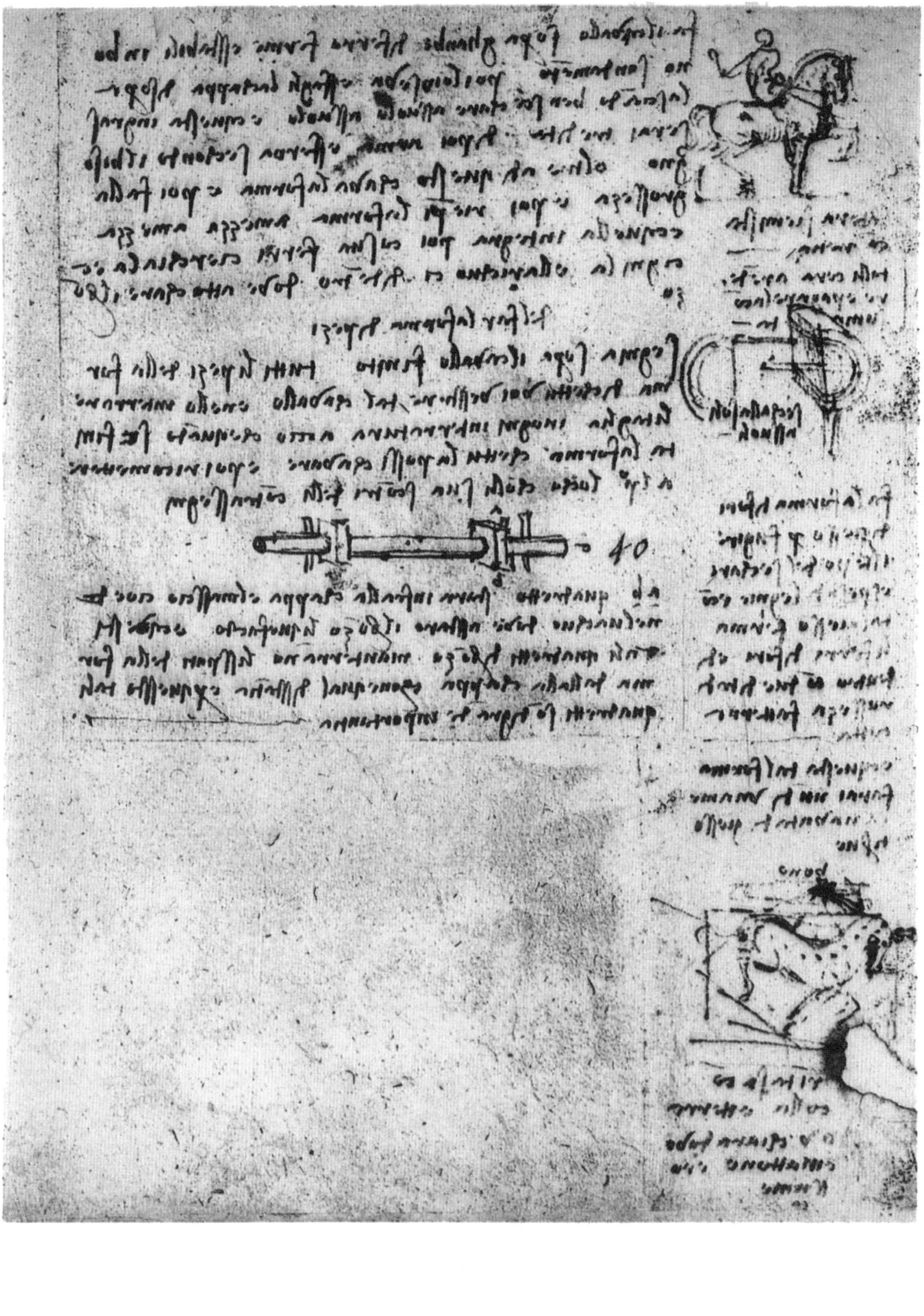

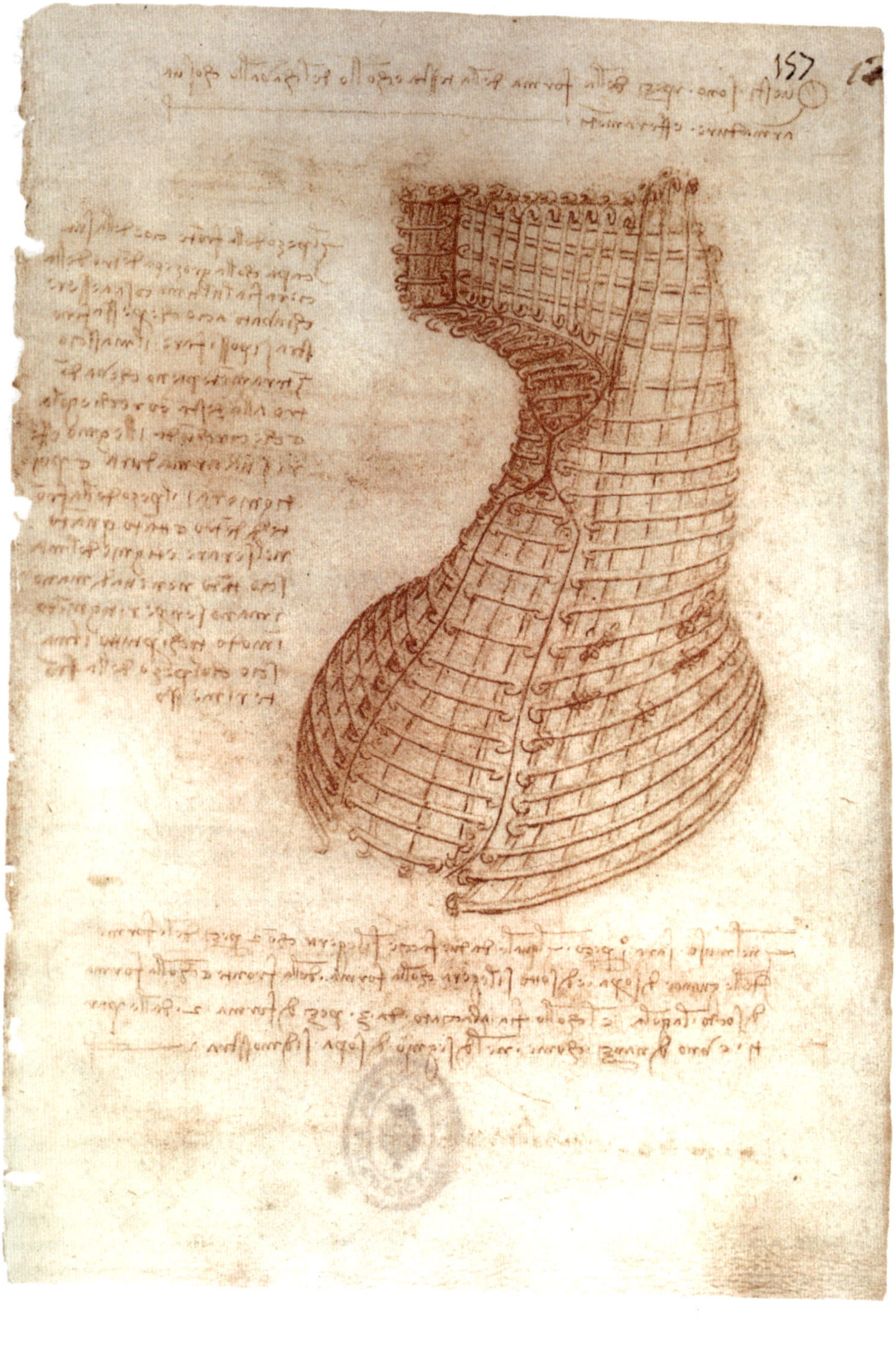
157

『a』
『b』
『c』
『d』
『e』

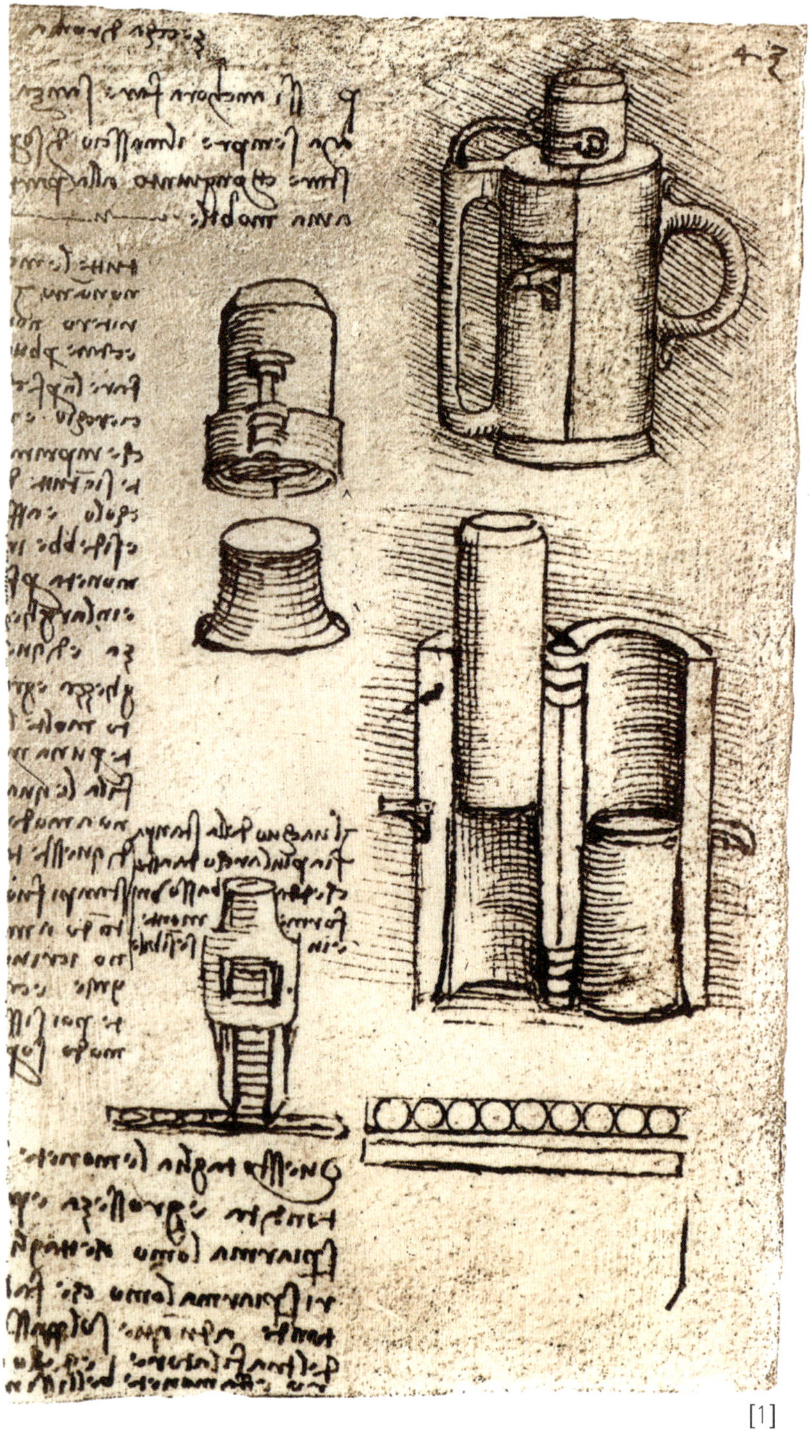

[1]

[1]

『a』罗马的铸币厂。

『b』没有发条也可以。但是上面的螺丝必须始终连接可移动的护套。

『c』所有没有边缘的钱币都不能够被当作物品来流通，并且铸造完美的边缘是十分必要的。首先，所有的钱币都应当呈现完整的圆形。为了达到这一点，所有的钱币在铸造之前都应当在重量、尺寸和厚度等数据上要达到精确。

『d』因此，尺寸和厚度相同的金属板，都通过相同的规格从模具中拉出，制成条状，印模便统一制成。

『e』钱币的样式必须是一个完美的圆形，有准确的厚度和重量，这样为进行切工和称重的人节省工作。因此，钱币只要经过收税官和冲压工人的手，其质量就是优质上乘的了。

你如果想雕塑一个大理石物体，首先要用黏土制作出该物体，完成之后让它阴干，然后放置在大容器当中，容器必须要足够大，好让留置物体被取出来后，还能容纳你准备用来放黏土制作的大理石。把黏土物体放进该容器之后，准备能够恰恰塞进上面的洞的小棍棒，接着将它们朝个别的洞猛推进去，让每根白色棍棒都能触碰到物体的不同部位。把棍棒停留在外面的部分漆上黑色，再把每根棍棒跟它插进去的洞都做上记号，好区分每根棍棒分属于哪一个洞。接下来，把黏土物体从容器中取出，将大理石块放进去，视情况将大理石拿掉一些，好让所有的棍棒都能塞进洞里，一直塞到做记号的地方为止；为了更方便地进行这样的工程，要让容器能举得起来，不过，容器的基座还是要保持在大理石的下面，这样一来，就可以轻易地用工具将它举起了。

科学是对合适物体的观察，无论是现在还是过去。预言是对即将发生事情的知识，尽管预言来得可能很慢。

第十二章　发明

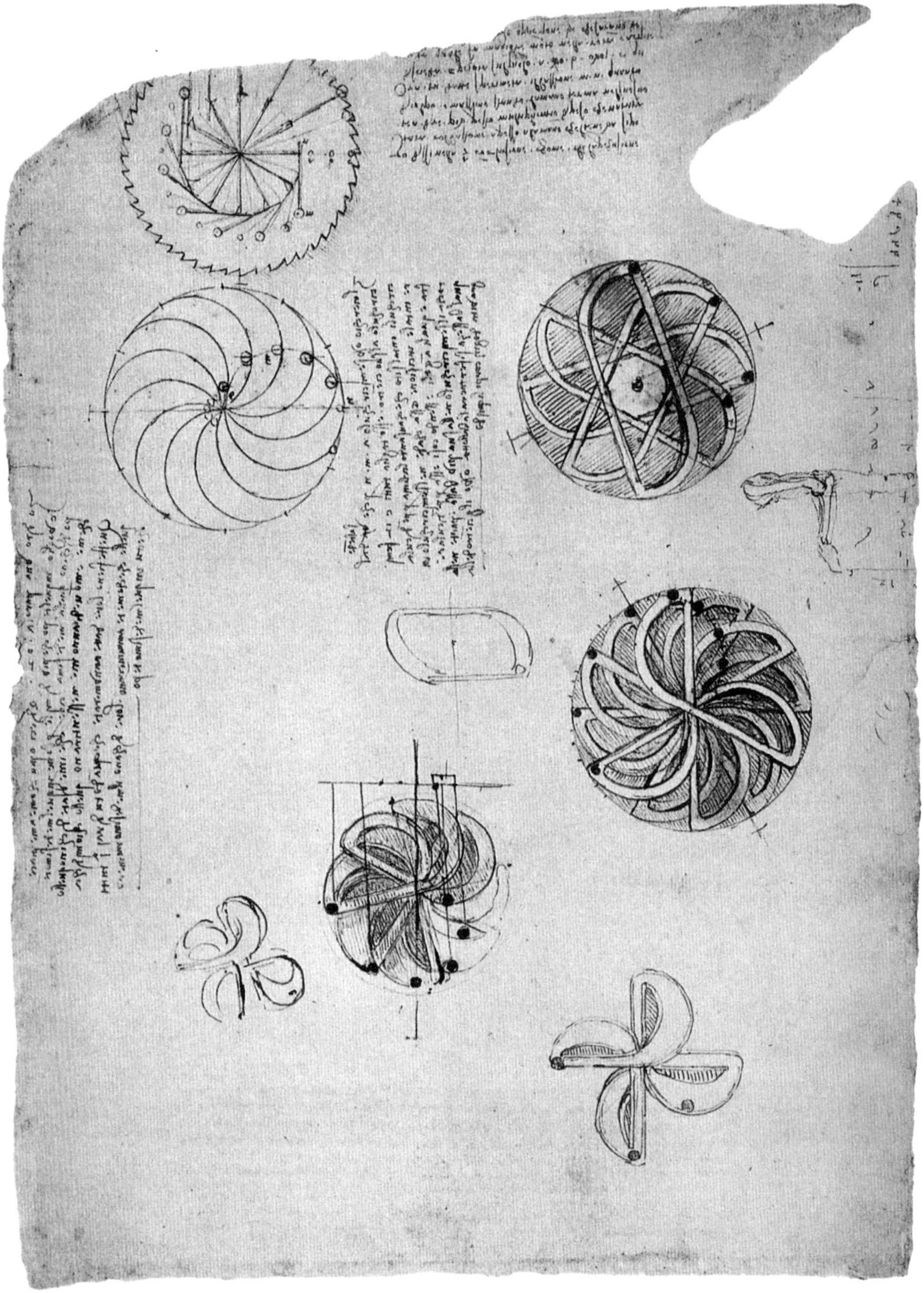

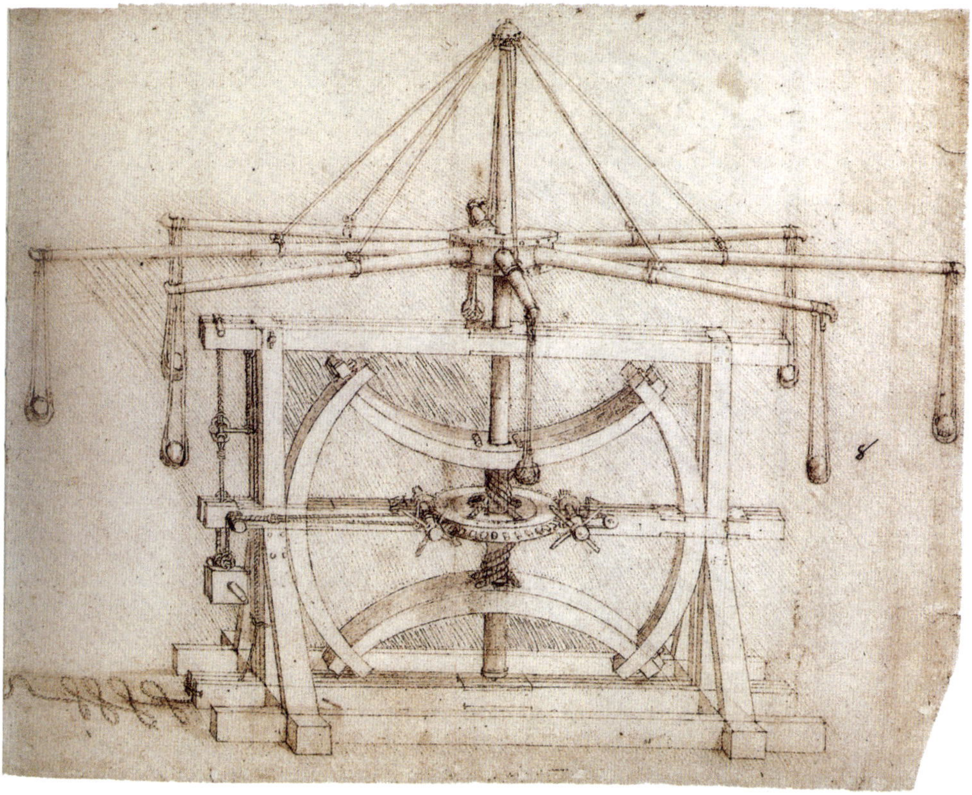

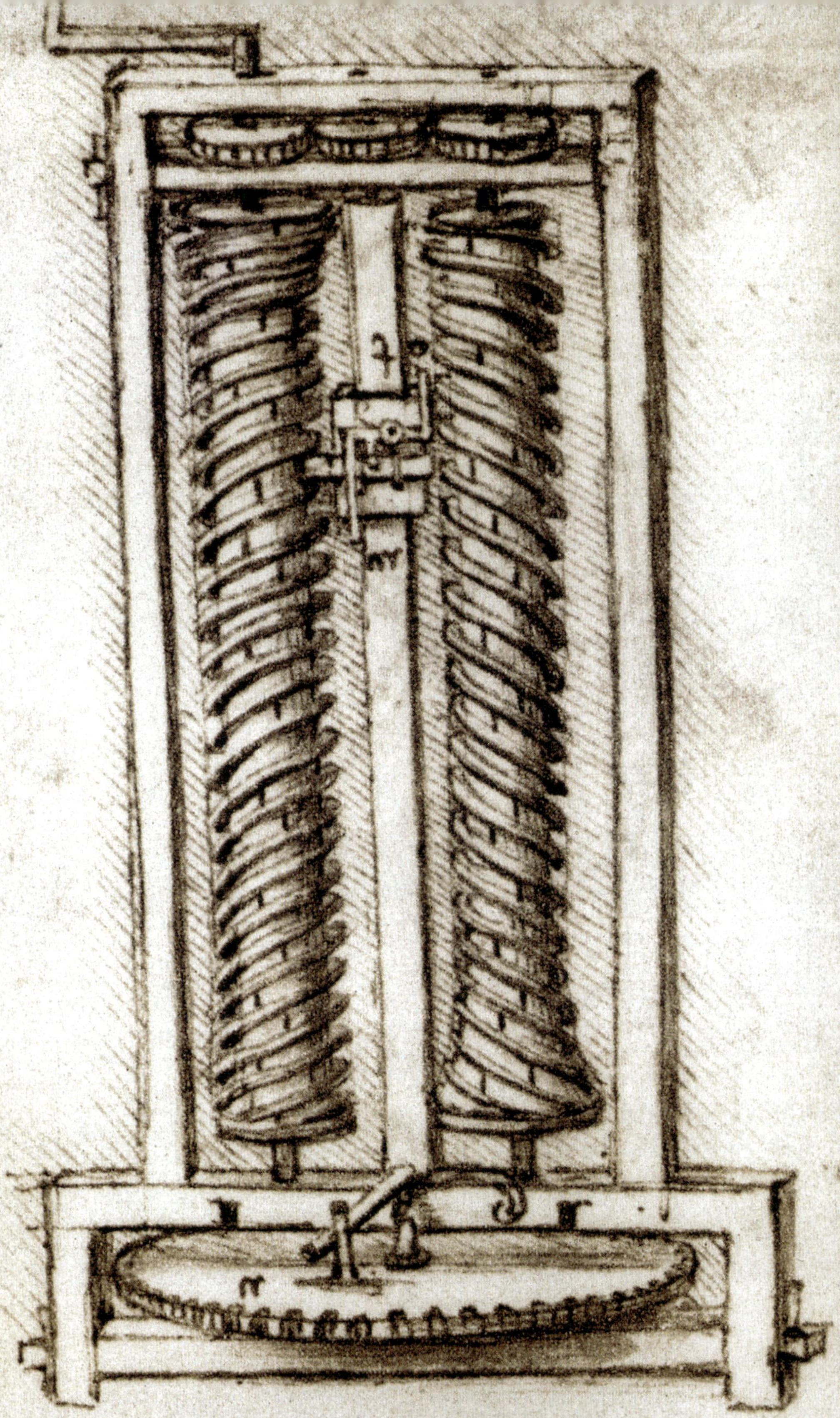

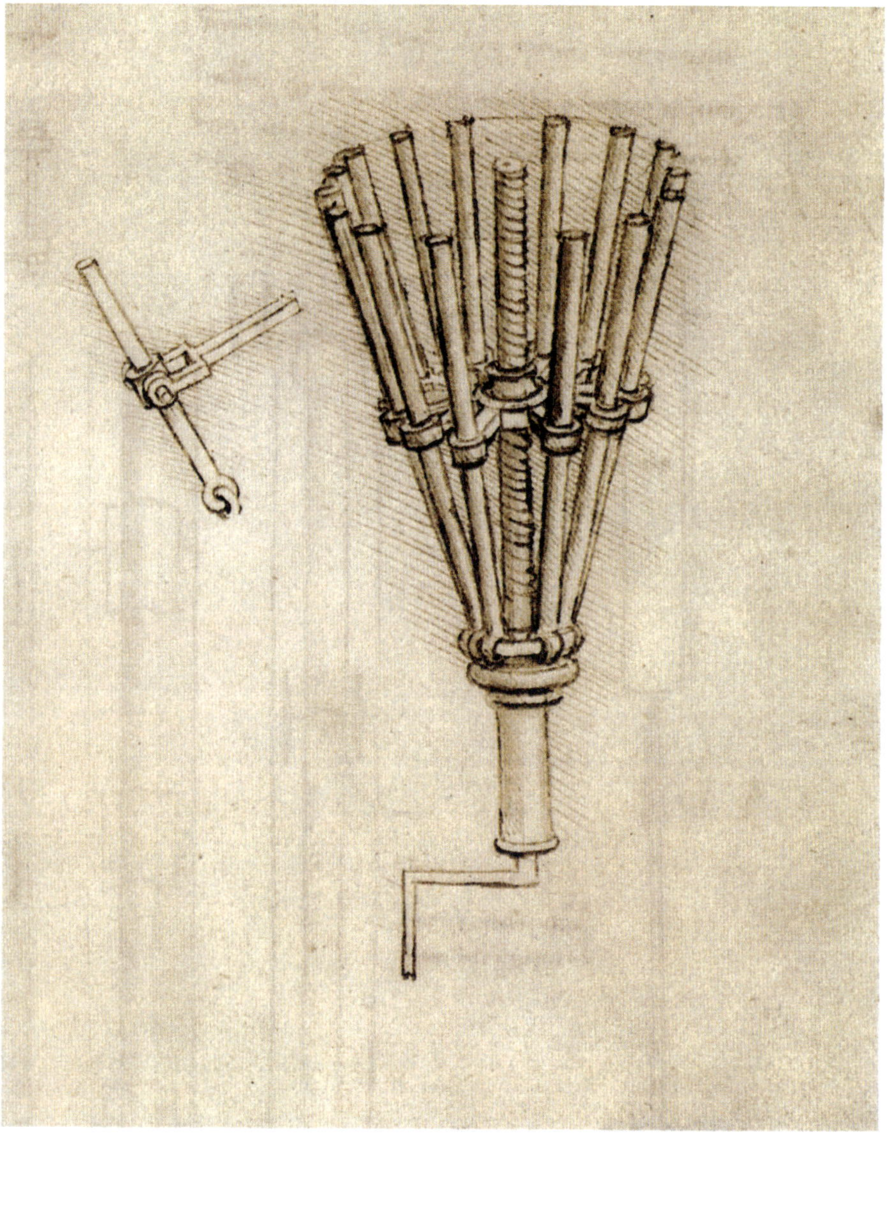

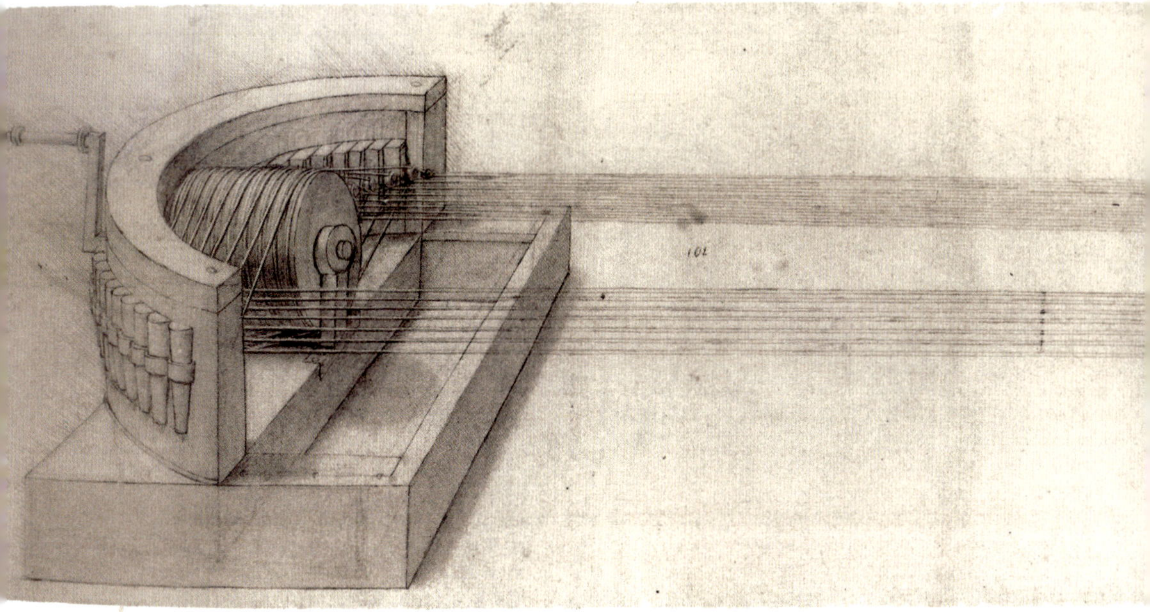

[1]

『a』回火的弹簧。

『b』小齿轮会呈圆柱形或圆锥形。上面的装置显示出齿轮是如何围绕轴心旋转的。轴心不旋转的情况下抬起齿轮。

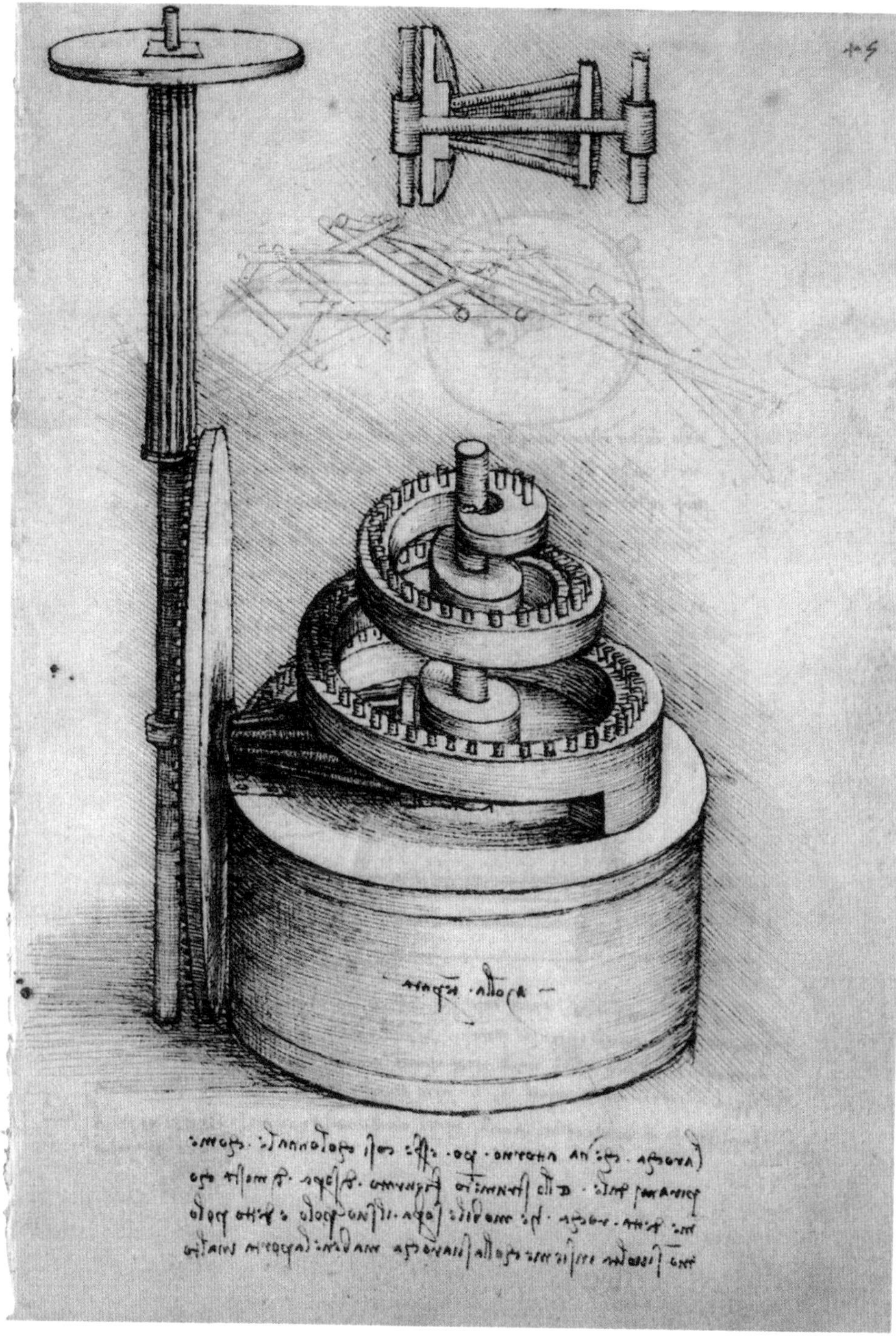

『a』

『b』

[1]

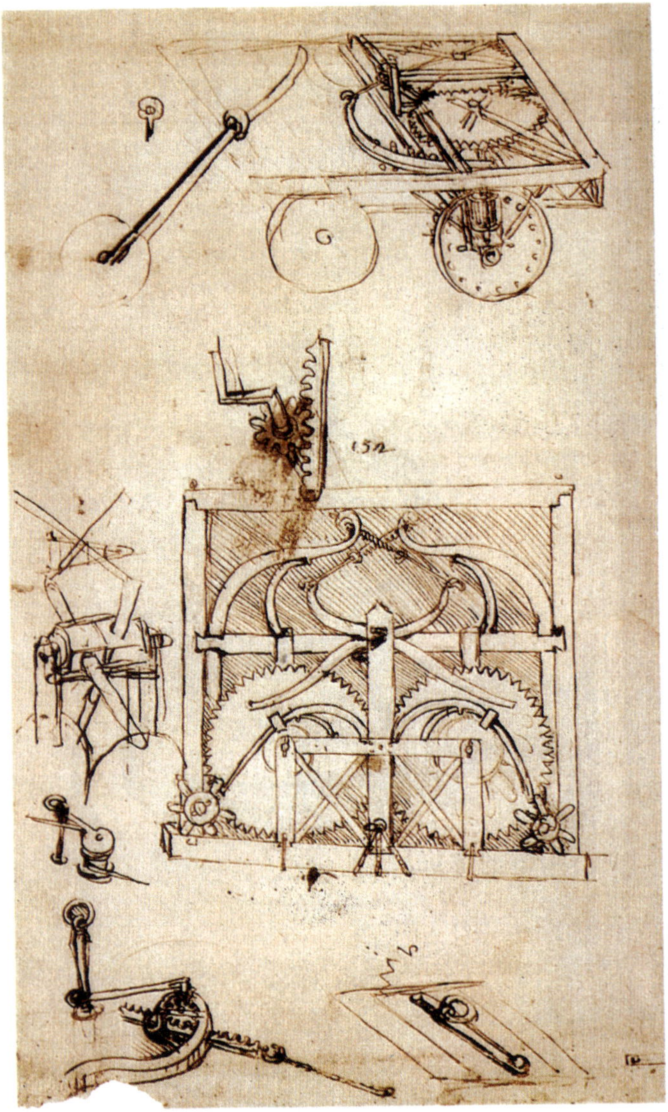

器械的或机械的科学是一切科学中最宏伟、最有用的，因为所有的生物体的一切动作都要通过机械的运动来完成；机械运动的出发点在它们的重心，重心的位置在不均匀重物中央附近。机械装置的能力有大小，既有杠杆也有反向杠杆。

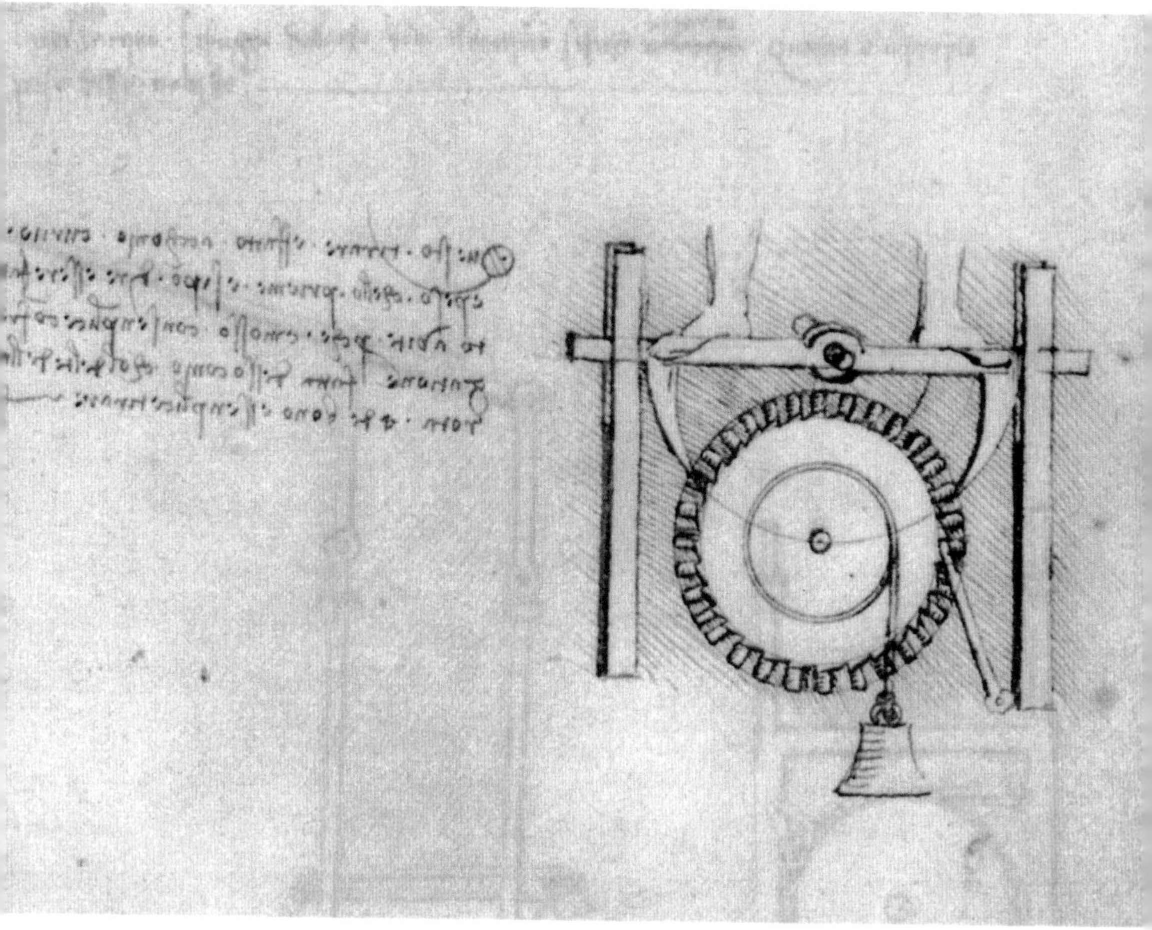

[2]

[2]

齿轮总是朝向一个方向转动的方法会让螺丝先向右转动，然后向左转动。

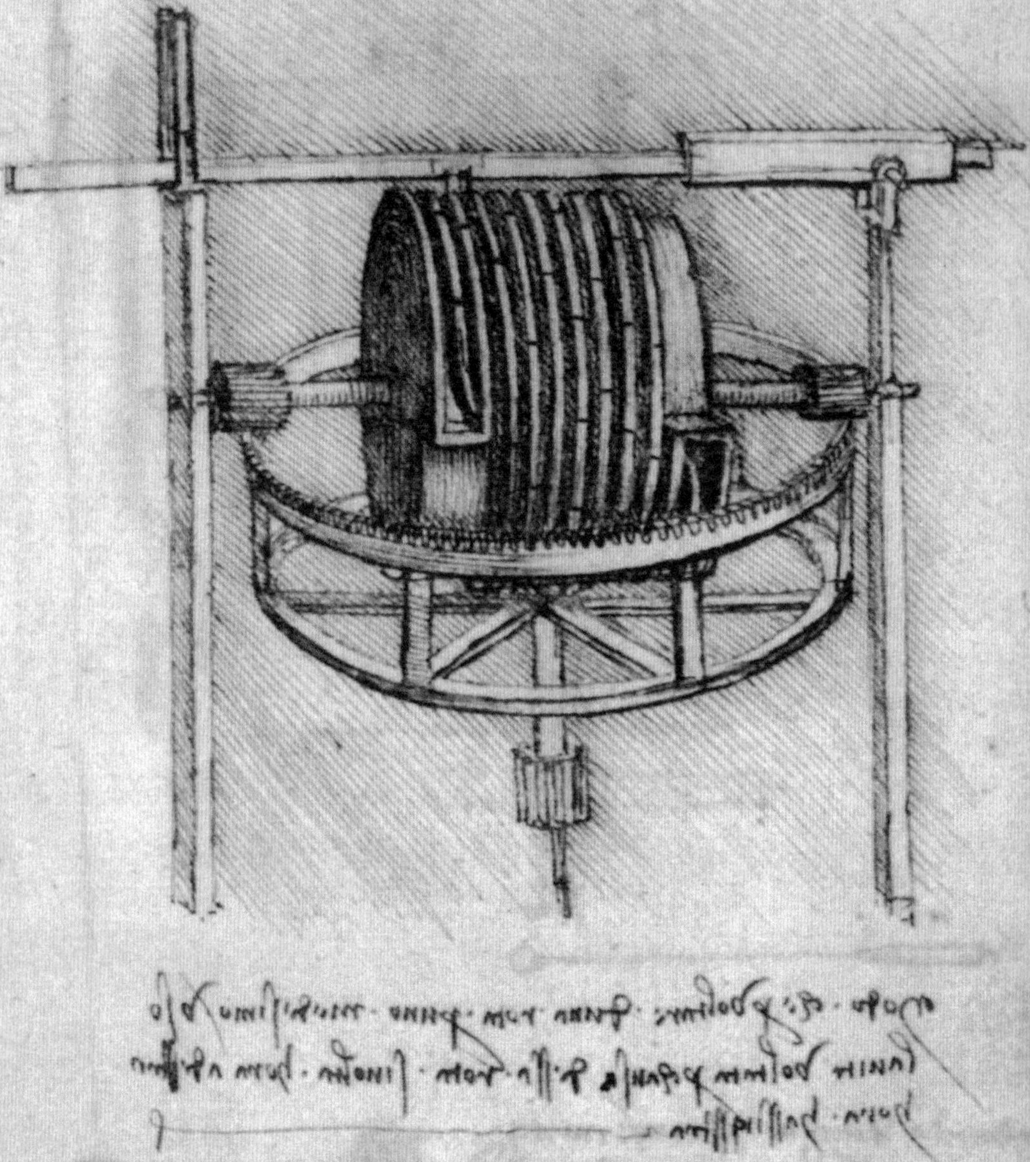

[3]

『a』

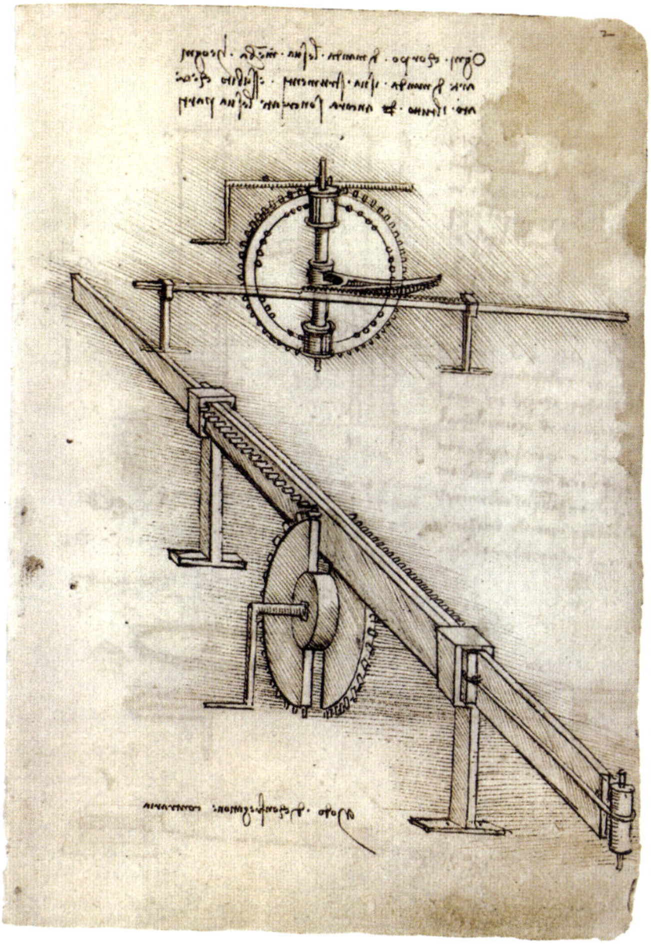

『b』

[4]

[3]

这个上抬装置以一个因重力下沉的弧形楔子为基座。你也许会觉得它的作用像一个螺丝，因为它通过弧形和齿轮之间简单的摩擦进行运动。这是一个简单并且优秀的上抬装置。

[4]

『a』每个物体都要有它的零部件，并且当物体整体的运动形成之后，每一部分的运动也形成了。

『b』反向摩擦的方法。

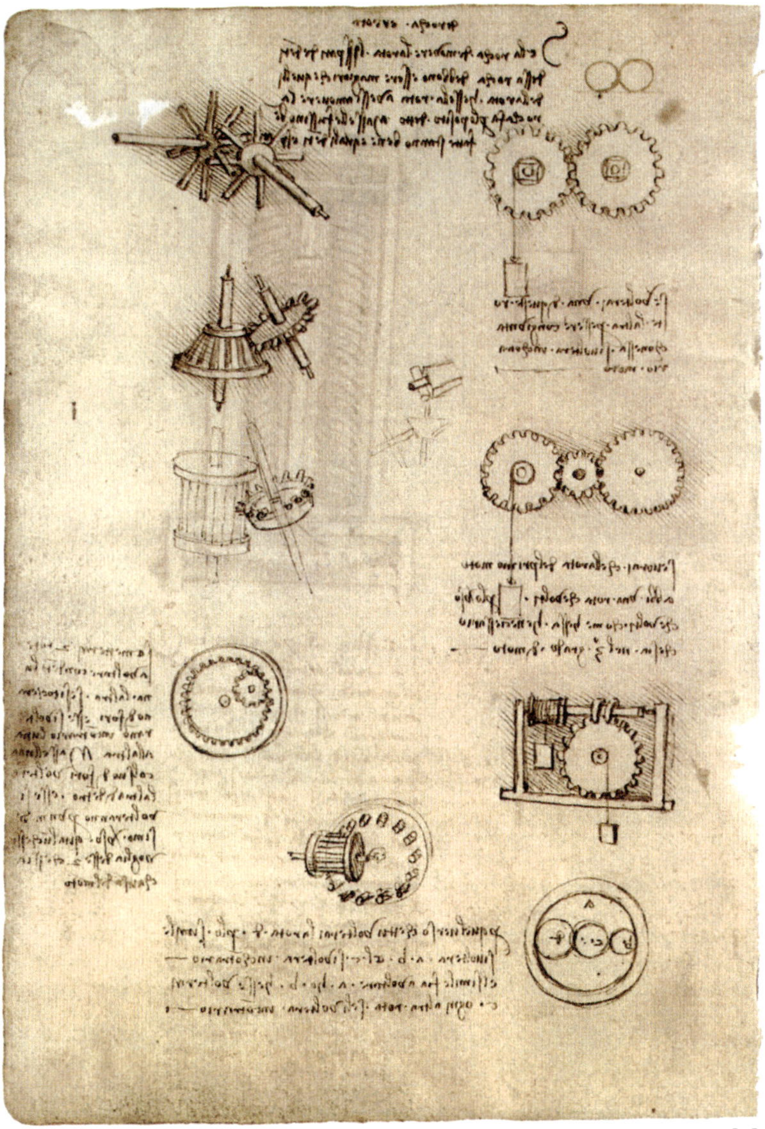

『a』
『b』
『c』
『d』
『e』
『f』
[5]

[5]

『a』小齿轮和齿轮。

『b』如果小齿轮必须移动齿轮，小齿轮轮齿的间隔必须要比齿轮轮齿的间隔大。如果齿轮转动小齿轮，就会形成对立。然而，要想两个齿轮装置得很好，它们的轮齿和间隔就必须一致。

『c』如果你转动其中一个齿轮，由于与其紧紧咬合，所以另一个齿轮就会向着相反的方向转动。

『d』如果你想让一个齿轮与第一个齿轮转动的方向相同，就需要装置第三个齿轮。

『e』如果你有两个齿轮，它们通过各自的轮齿转动，如果它们通过外部相接，那么它们转动的方向就会相反。但是如果一个齿轮与另一个齿轮内部相接，不管哪个齿轮转动，它们都会同向转动。

『f』不论你朝哪个方向转动齿轮 d，a 和 b 都会同向转动，齿轮 c 会呈反向转动。同样的事情会发生在 a 和 b 转动的情况下。但是如果你转动齿轮 c，其他的每个齿轮都会向相反的方向转动。

[6]

[6]

1. 我设计的一种桥既轻便又牢固，用这种桥不但便于追击溃逃的敌人，而且也能够确保其在战火中不遭受毁坏。这种桥容易提升和安装，是摧毁敌人的出色建筑。

2. 某地被包围时，我知道应该如何排除战壕里的积水，如何建造无数的桥梁、暗道和阶梯，以及能够做出快速便捷的一切器械。

3. 若遇到高堤防或地势险要、易守难攻的地点，我有办法攻破每个要塞，或是那些建立在岩石上的堡垒。

4. 我设计了能像暴风雨般喷射小石头的大炮，它操作方便。大炮喷射出的浓烟能将敌人吓得惊恐万状，使他们损失惨重。
如果战斗发生在海上，我也设计了各种有效的武器，它们有的能对外攻击，有的擅长防守，还有能抵御最猛烈炮火攻击的战舰。

5. 我有办法在壕沟和江河底下挖掘弯弯曲曲的秘密地道，这样可以不出任何声响地到达某一固定地点。

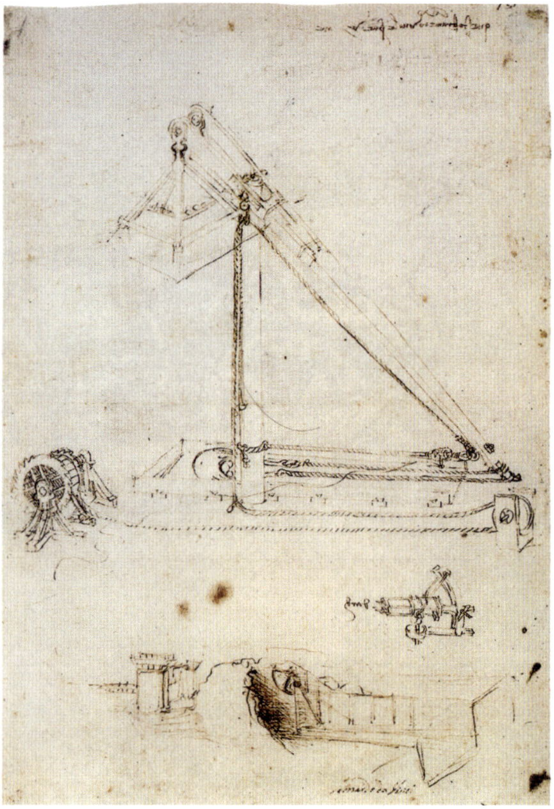

[6]

6. 我将制造装甲战车，这种车既安全又坚固，可以冲锋陷阵，无论多大的武装队伍都无法阻挡它。步兵紧跟在装甲战车之后会非常安全，不会遇到任何障碍。

7. 如果需要，我还能制造出大炮、迫击炮和其他各种既轻便又美观的轻武器，与通常使用的武器不同。

8. 在炮轰无效的地方，我设计出弩炮、射石机、围城用的冲锋机以及其他能够发挥奇特功效和广泛用途的器械。简单说来，为了应付各种变化的情况，我设计了许多不同的攻守手段。

9. 在和平时期，我深信，在建筑方面，我能像其他人一样做一个令人满意的建筑家，构建私人以及公共建筑，挖掘水道，将水从一个地方引到另一个地方。
我也能够用大理石、黄铜和陶土建造雕塑，我也能绘画，别人能做到的，我也可以，并且不比别人差。

[6]

[6]

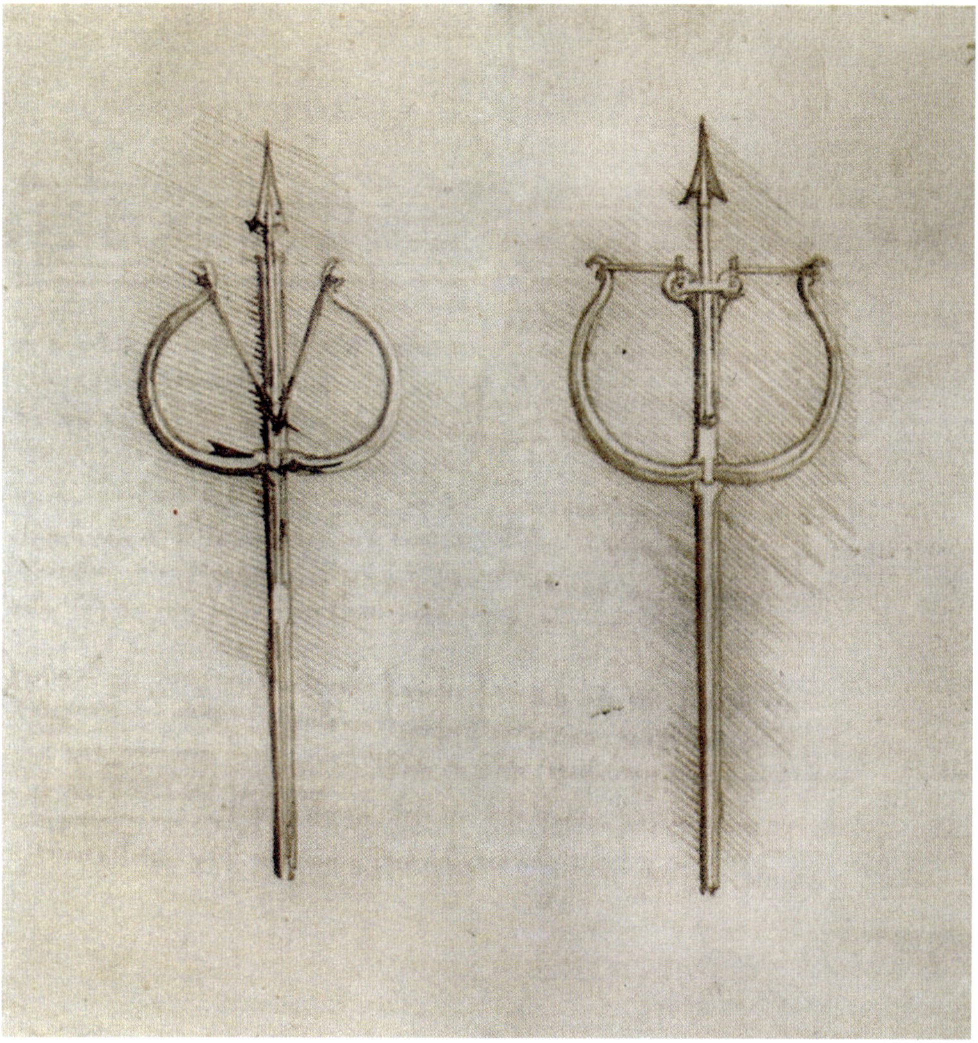

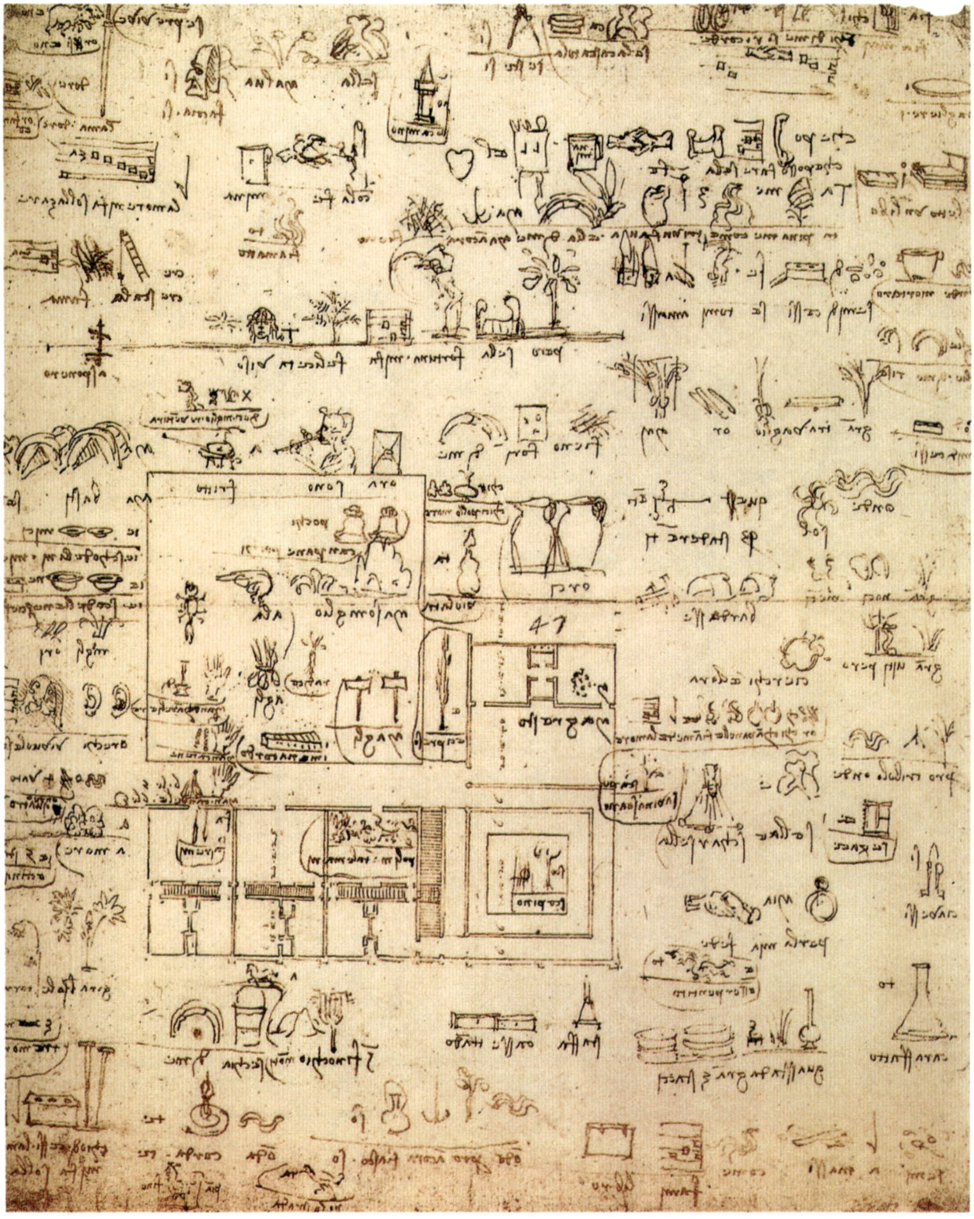

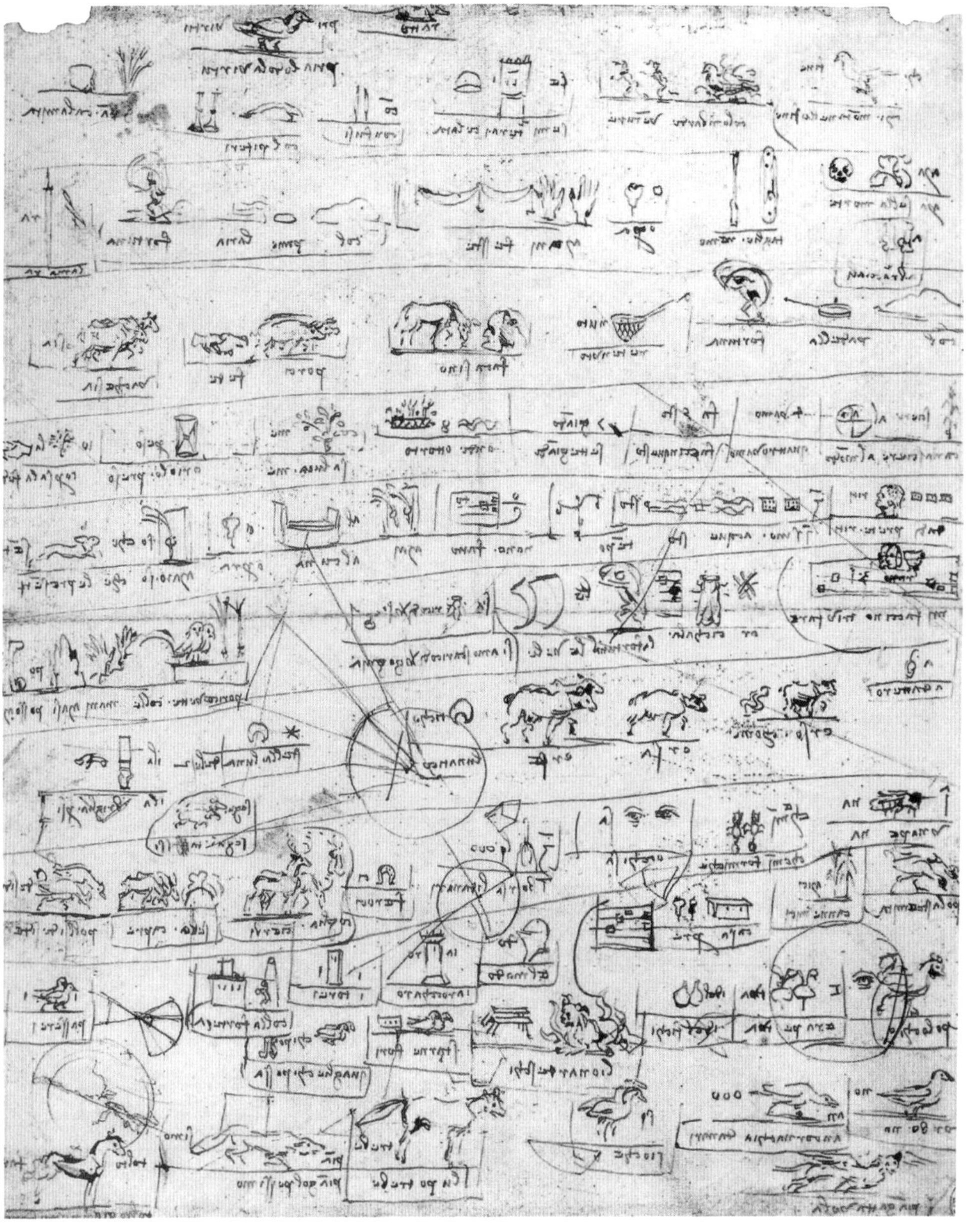

『c』

『d』

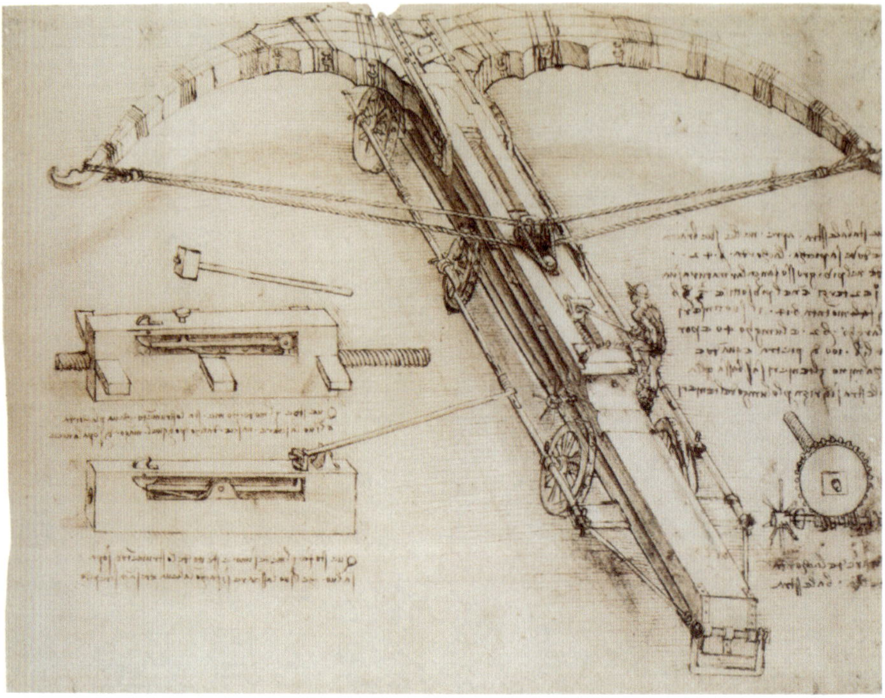

『a』

『b』

[7]

[7]

『a』这个弓弩张开的两臂被绳子固定，宽度为四十二意尺。当弓弩射出后，最宽的地方有一又三分之二意尺的宽度，固定用的绳子坠落并且弓弩变得笔直。

『b』弓弩上的绳子。

『c』这就是一个绳子的装置。绳子通过球形手柄上的木槌从而得到释放。

『d』这个装置也可进行同样的运动。

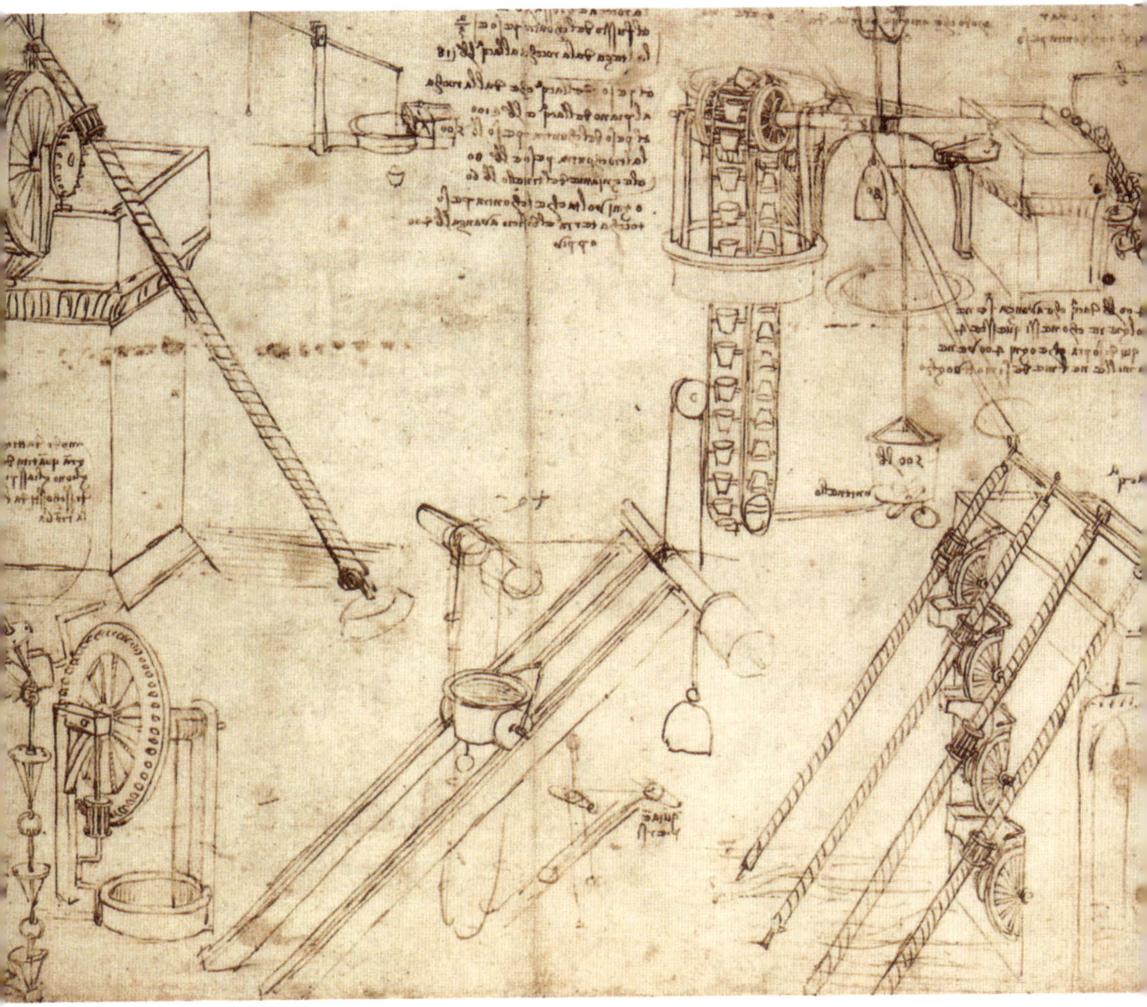

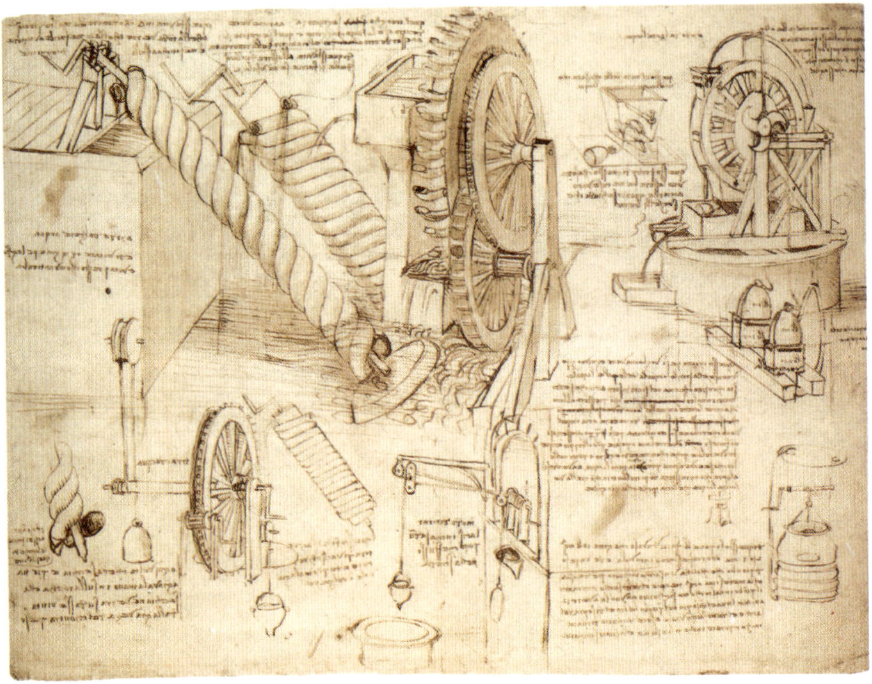

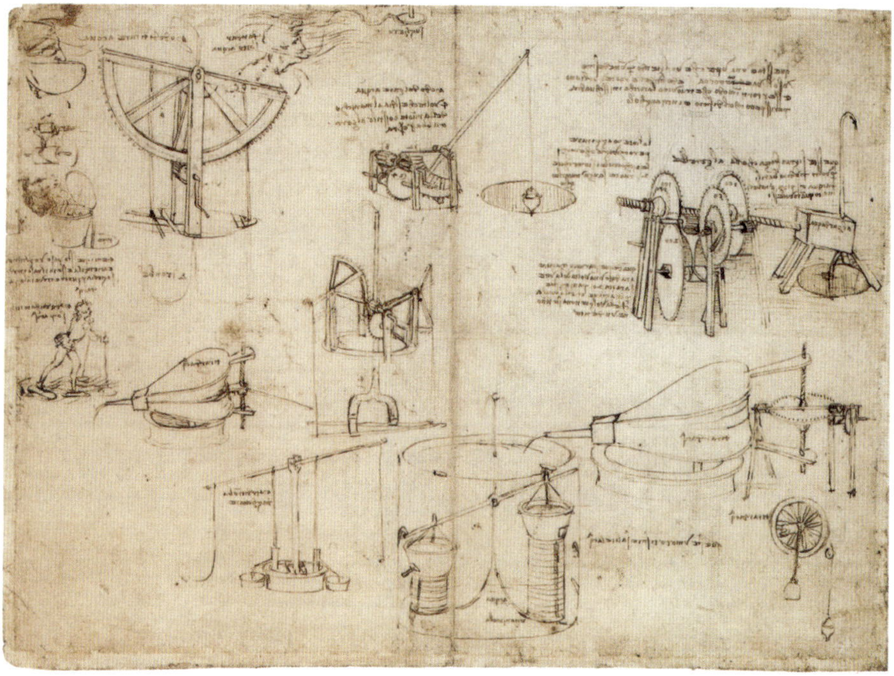

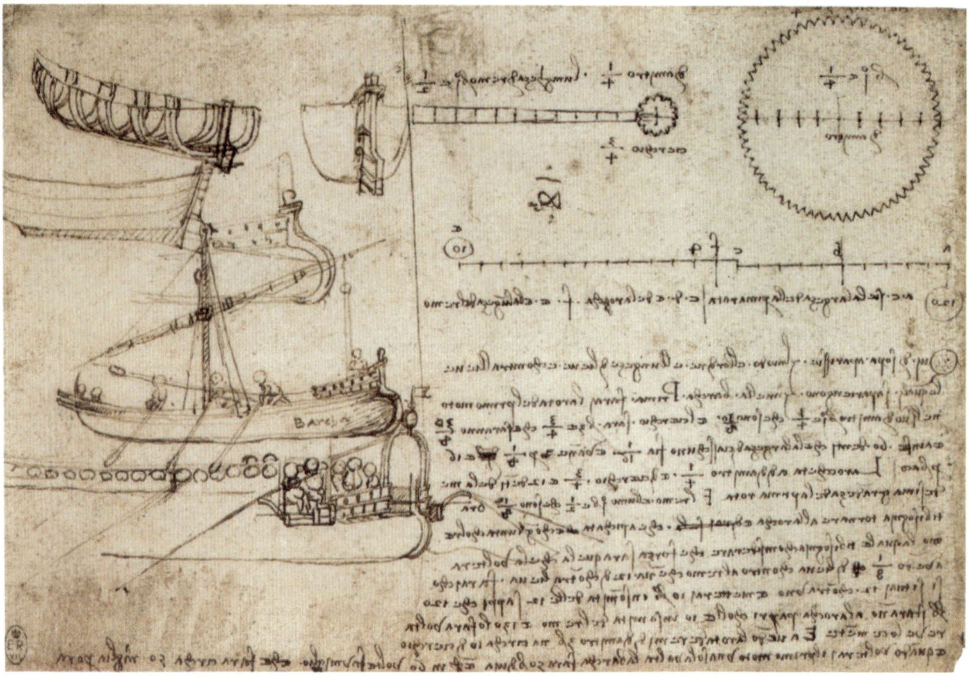

当河水从闸门泻落下来时，河床下面的冲击点被掏空了，从这些地方降落的水在堤坝底基，不造成洞穴，在飞溅反弹时也不带泥土，所以也不会形成新的阻碍，只在底下沿闸门底基侧向横流。此外，在水道斜对面的堤坝最低处做一个像楼梯那样深的宽台阶，水总是从这最低的台阶自然地垂直降落并冲刷着堤坝基础，在降落时再也不会形成太大的冲击力。

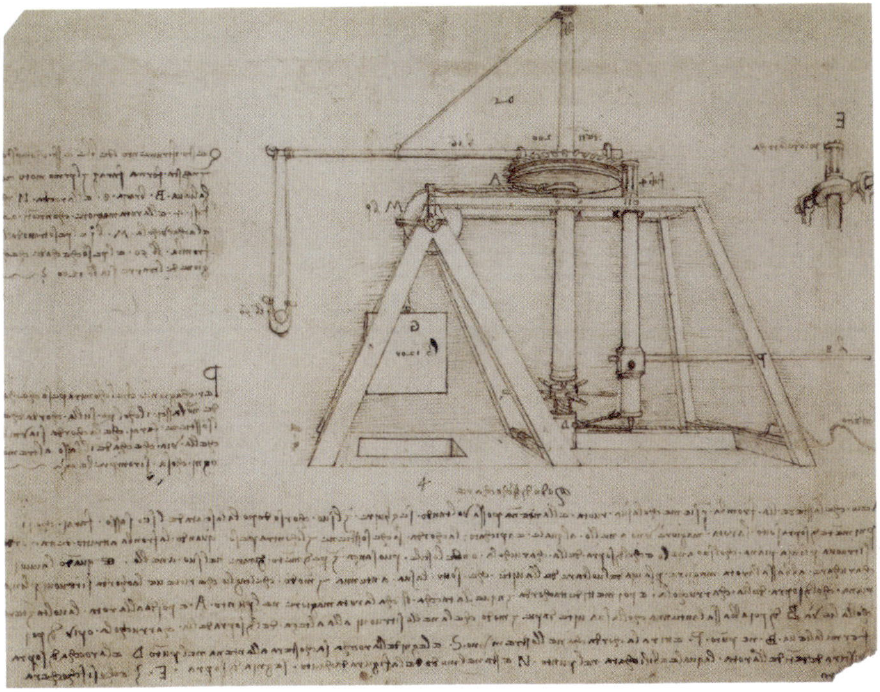

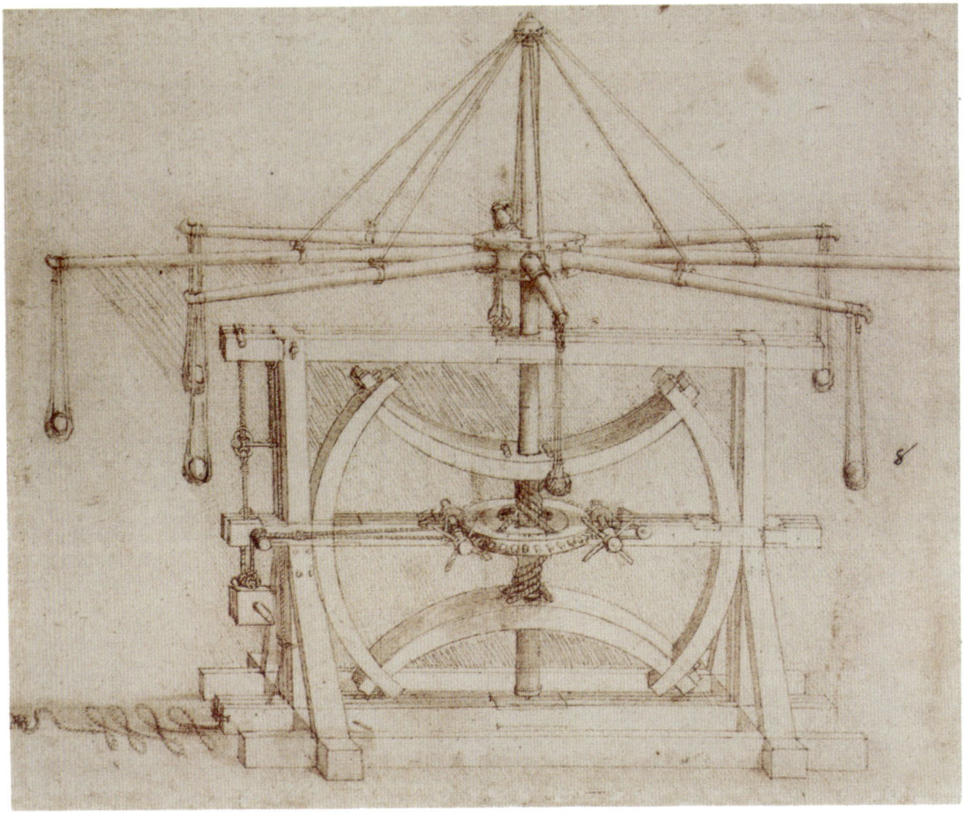

[8]

『a』这辆车靠近火绳钩枪尾部的部分被设定为a，当火绳钩枪的尾部向后移动时，这部分应被抬起。

『a』

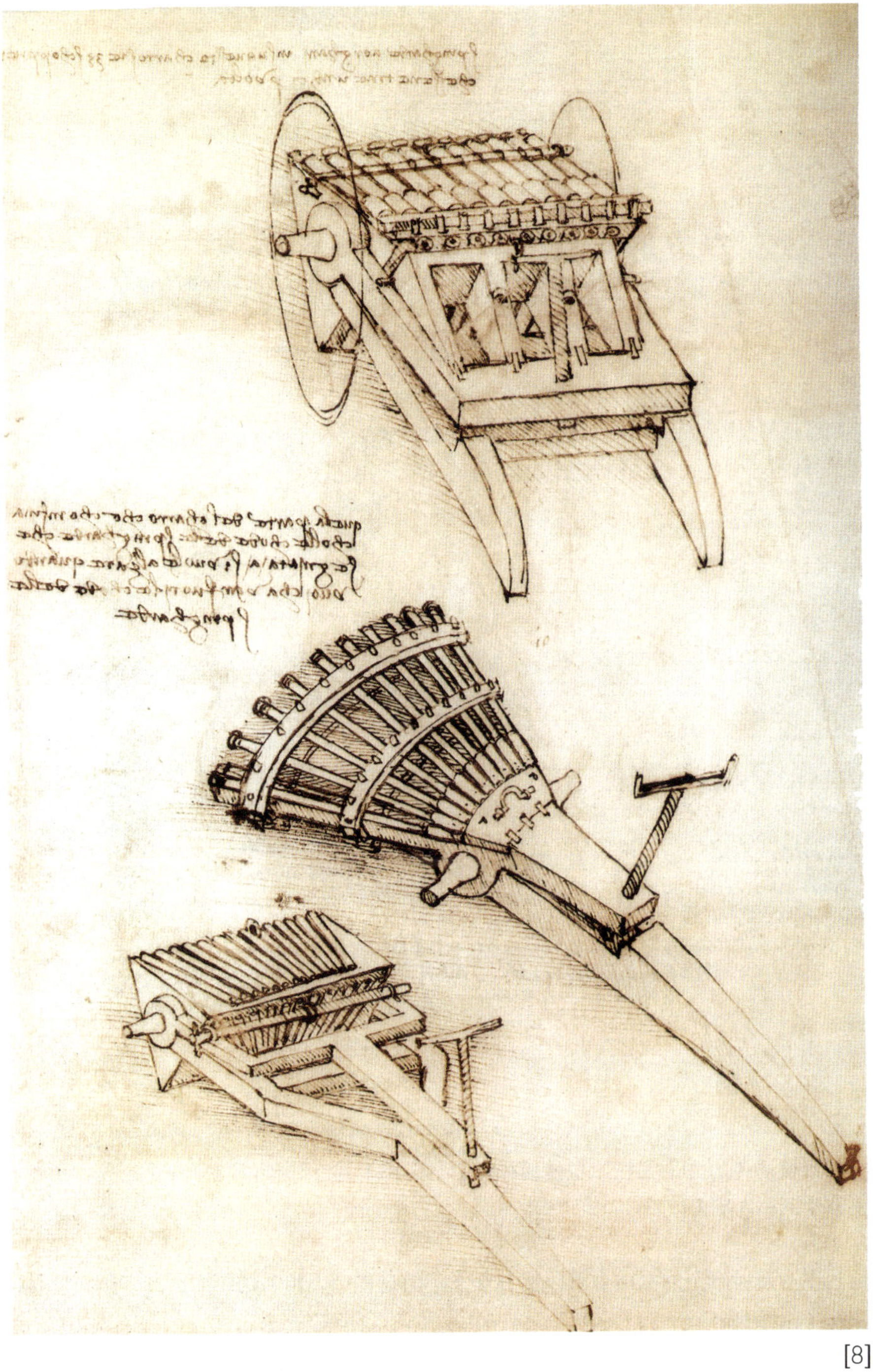

[8]

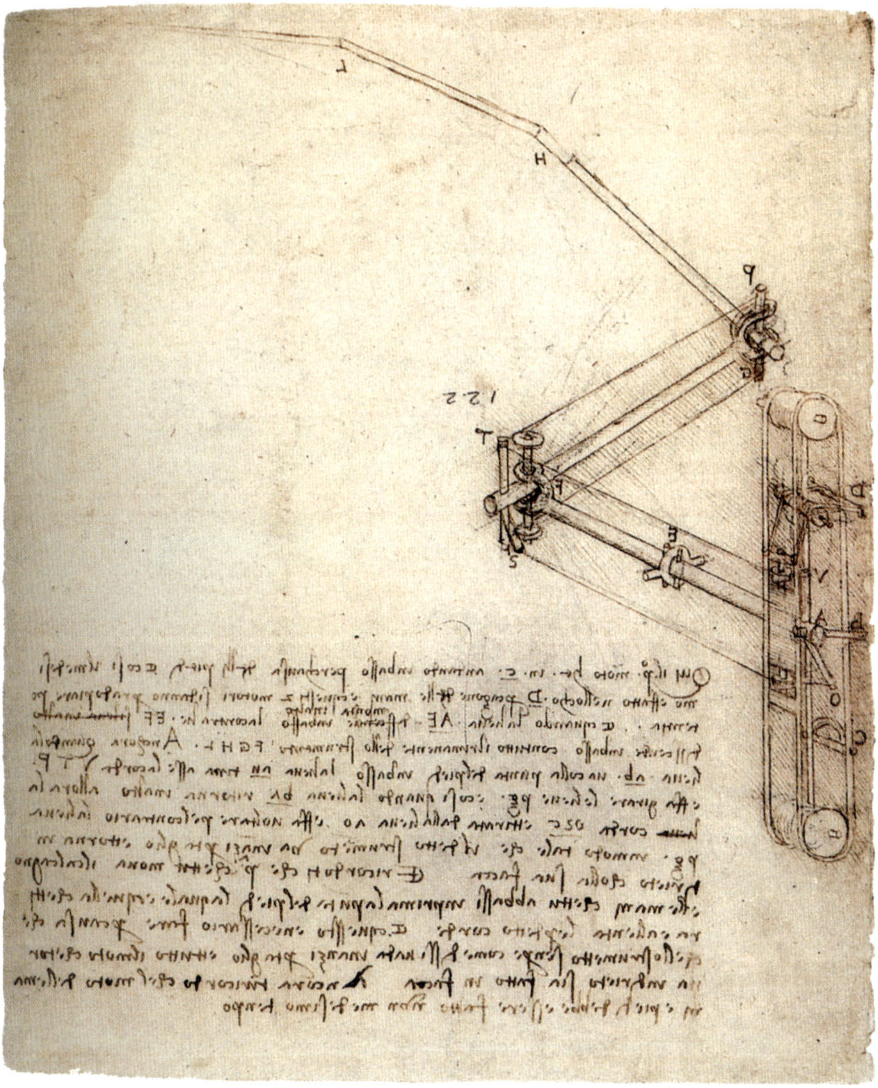

会立刻被消耗的力是无法产生任何推动力的，除非这个力能够找到在进行反作用力时能够受到巨大抗力的物体。

通过振动翅膀产生的推动力可以使其在下降的过程中不扇动翅膀而滑翔好远，就是出于这个原理。

『a』

[9]

[9]

『a』如果一个人有一个缝隙被全部缝合的麻制的帐篷，那帐篷有十二意尺宽、十二意尺长，那么有了这个帐篷，这个人可以从任意高度向下坠，不会受伤。

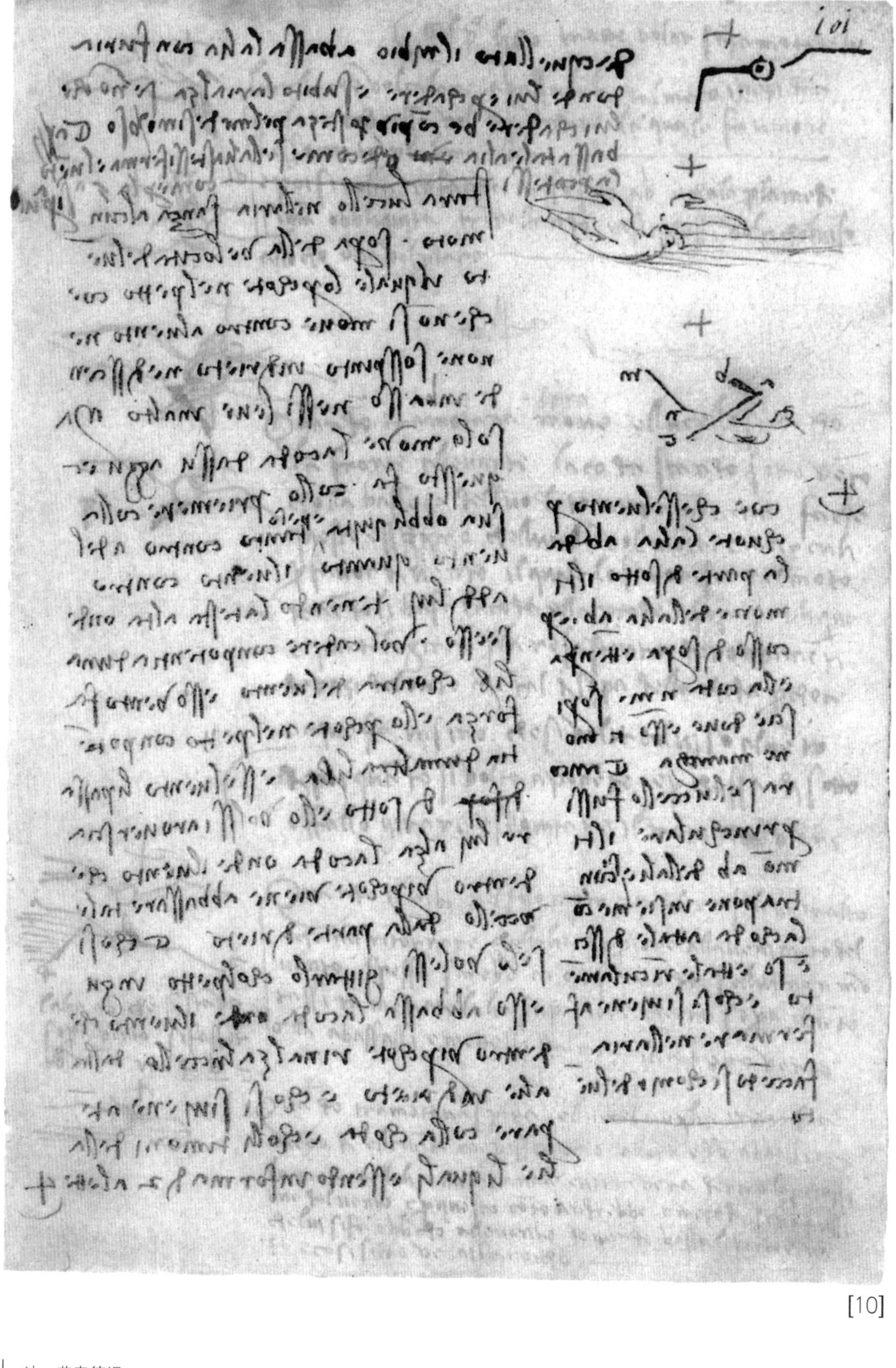

[10]

[10]

第一本书是有关鸟类没有翅膀运动的飞行。一只欲降低飞行的鸟会从侧面下降，下降路线为ab线，然后它会转身，面向ab的位置，以同样的倾斜度下降，然后再转身直到到达它想达到的高度。当北风吹过，小鸟面朝东方使其尾巴在背风的位置，这也就意味着鸟打算通过控制尾巴以及倾斜身体，借着风力呈环形上升；风让小鸟部分旋转，其结果就是风的阻力在尾巴的上部分被打破。这种情况在小鸟转身面向风的时候发生。随后，当风转向西方，小鸟受到风的冲击，开始继续它环形的运动。当一个风筝进行环形运动的时候，升起和回转的运动都显示出翅膀上面的部分正在受到风向的冲击，因此风筝经常会反转以立刻改变其翅膀上部的位置。

当北风吹时，小鸟欲飞向东南方向。如果风是干燥的热风，小鸟会降低向南的翅膀以求得风的冲击。在这种情况下，小鸟会朝向南方，小鸟的头部保持低位，因此它的飞行方向即是东南方。

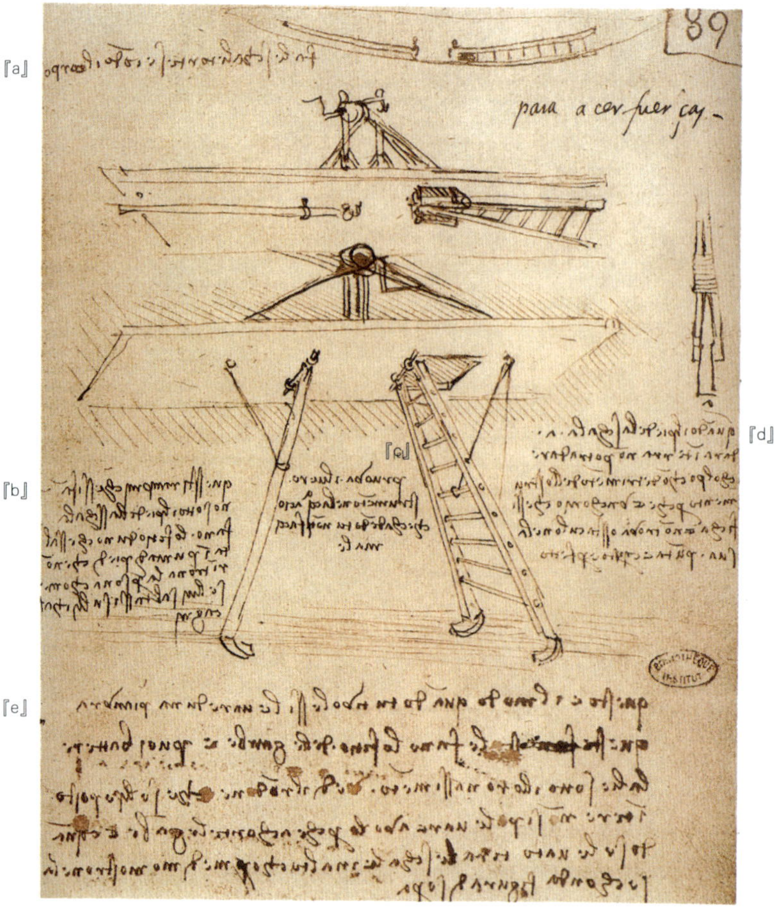

[11]

[11]

『a』用弯曲的梯子与身体连接。

『b』当梯子的底部 a 接触地面，地面不会给 a 造成损坏。因为 a 已经成为稳定的支点，并且在这一点上没有任何障碍。十分完美。

『c』在水上对实际的机器进行实验，因此即使你掉入水中，也不会受到任何伤害。

『d』这些钩子位于梯子底部，人用脚尖去踩就会扎到，会疼昏过去，用脚跟踩就没事。

『e』当你想从一个开阔的平原上上升的时候，程序是这样的：这些梯子像腿一样工作，并且你可以在上升时挥舞翅膀。观察开关，看当它由于腿太短而停在地上不能飞行时的状态是怎样的。但是当你上升时，向上拉起梯子，就像我在上面第二张图上所表示的那样。

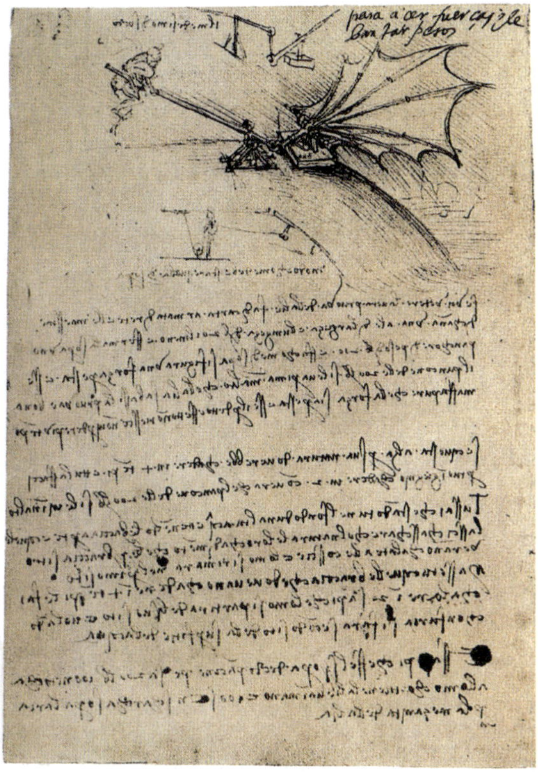

[12]

[12]

『a』如果你想看到真实的翅膀实验，用纸板覆盖上网，再穿上藤条做成翅膀。翅膀的长度和宽度应至少有二十意尺。

『b』如果说翅膀降落的速度在自然条件下是四份时间，由于有了机械的动力，翅膀降落的速度变成了两份时间，那么两百磅重的木板会向上移动。

『c』如果你在深水中站立，双臂高举出水面。如果让双臂自然下落至大腿，你会发现你的位置并没有变化。

『d』但是如果你把手臂下降的速度加快两倍，那么到手臂下落时，你会发现你移动到了一个新的位置上。

『e』由此可分析出，上面提到的两百磅的木板中的一百磅的重量是由拉动杠杆的男人承担；而另外一百磅由翅膀扇动的空气承担。

你可能会说，鸟类的肌肉比人类的肌肉更加强壮有力，因为鸟类胸部有众多肌肉，其全部力量使得翼翅的运动增强，并与胸骨构成一体，从而使其具有更强大的能力，翼翅布满坚实的肌腱和强韧的软骨带，皮肤与各种肌肉厚实地连接。

对于这种说法的回答是，如此巨大的力量是作为应付异常情况下翼翅支持自身的力量而储备的，在逃避跟踪者、进行袭击、捕食猎物时，鸟都需要使其运动能力增大两三倍。此外，鸟在空中飞行时常会用爪子抓住与其自身重量差不多的猎物；人们经常能看到小鹰抓住鸭子，老鹰抓住兔子，这些情况充分表明，鸟类有时需要消耗超额的力量，而鸟只需要微小的力量就能做到在空中停留和依靠翅膀保持平衡，并在风中拍打翅膀等运动，翅膀的轻微运动就足以导航。鸟越大，运动得就越慢。

『a』

『b』

『c』

[13]

[13]

『a』让螺丝钉的外部末端呈现不锈钢的金属线，并且让从圆周到中心的距离为八意尺。

『b』我发现这个由一个螺丝钉制造的装置非常好，也就是说建造所用的线用淀粉封住了其所有的微孔并且旋转自如，据称，这个飞行器会在天空中呈螺旋状飞行，并且飞得很高。

『c』上面提到的这个结构，它的线应该是又长又粗的藤。你可以用一个小的纸板作为模型，用良好的钢条作为其轴心，并用力使其弯曲，当力量消失、钢条得到释放的时候，螺丝就会开始旋转。

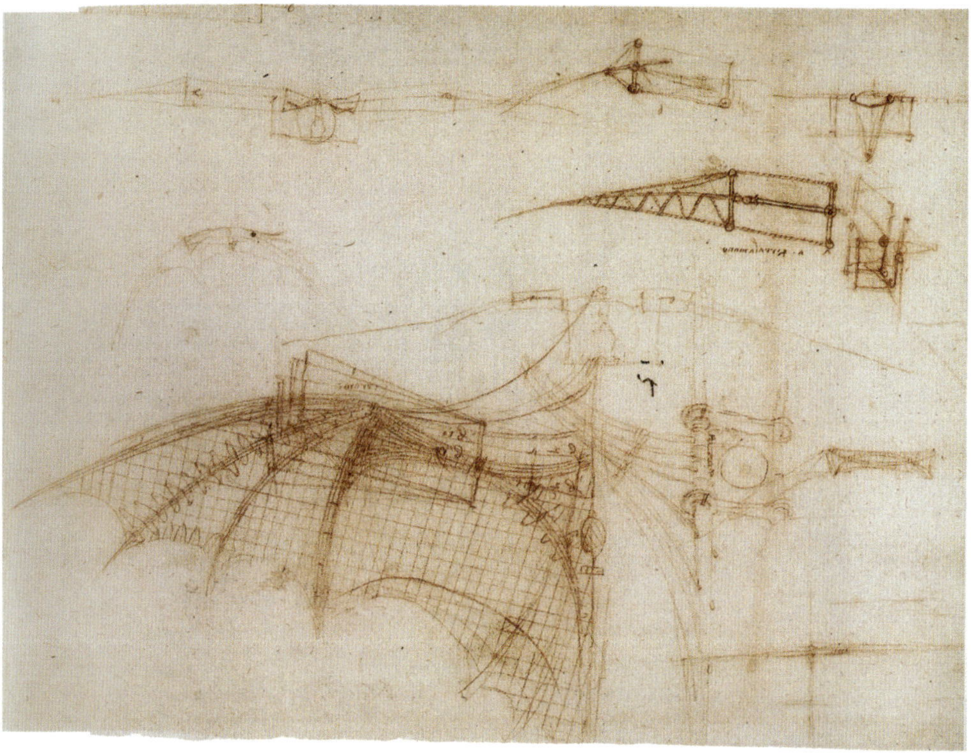

[14]

[14]

请记住，你设计的鸟应模仿蝙蝠，因为蝙蝠的薄膜是其骨架，或者说是作为骨架的联结，也就是翅膀的骨架。

倘若你模仿有羽毛的鸟翼，这结构上更加强而有力，因为这样的飞翼能穿风，也就是羽毛被分开让风穿过，蝙蝠则用薄膜把飞翼连成一体，空气穿不过。

解剖蝙蝠，仔细研究，按照蝙蝠的模型设计飞行器。

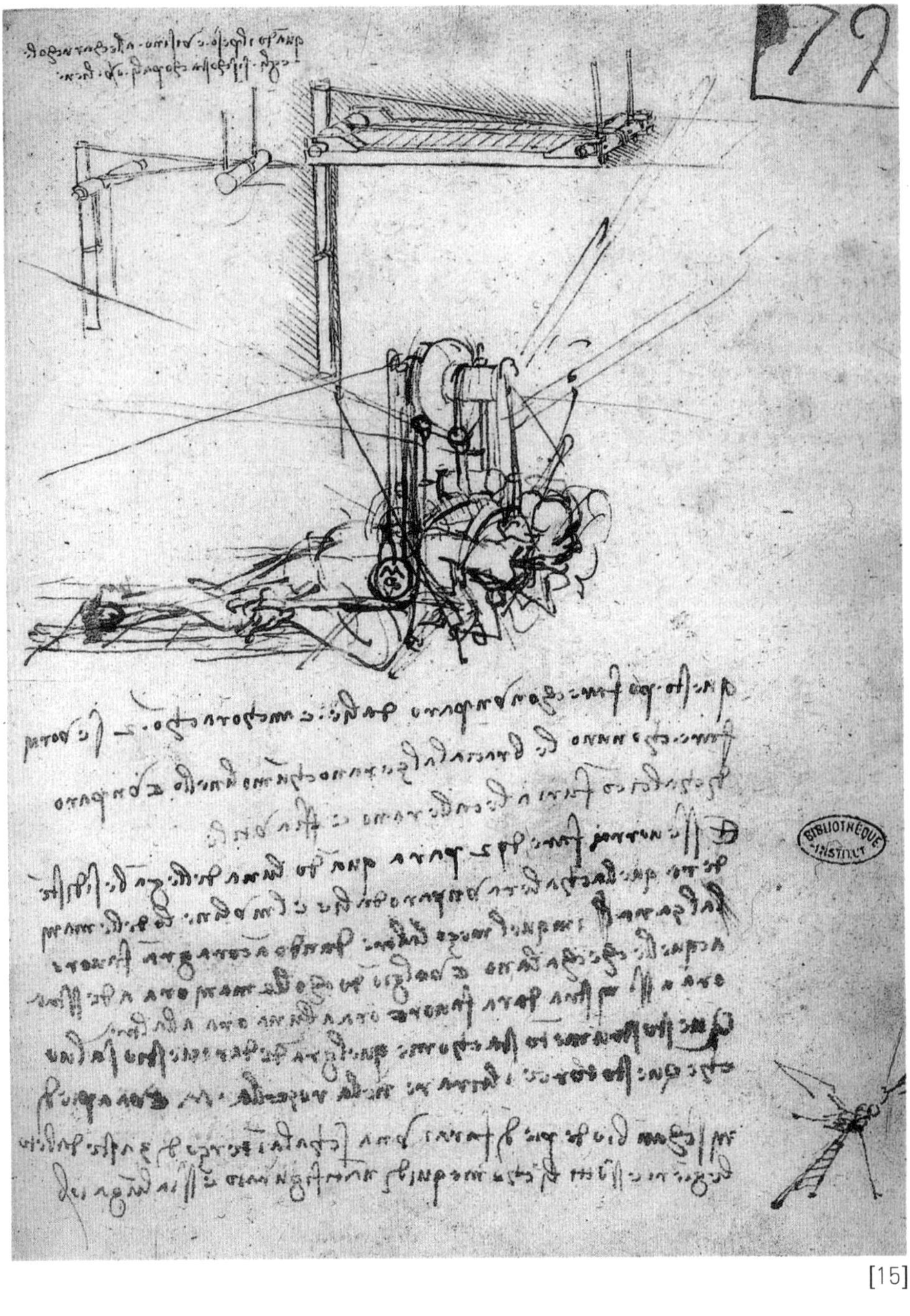

『a』

『b』

『c』

『d』

[15]

[15]

『a』这个装置可以由一双翅膀建造，也可以是两双。

『b』如果你想用一双翅膀来建造，那么起飞需要依靠抛锚机，脚跟用力地蹬踹两下会使飞行器降低，这是有用的。

『c』如果你想用两双翅膀来建造，当一条腿伸展的时候，飞行器会降落一双翅膀同时手动起锚机会升起另外一双翅膀，并且也会在很大程度上抬高垂下的翅膀，你可以通过手的移动先后帮助两双翅膀。这个装置类似于对面那页上的大型装置，只是在这个装置上牵引力被齿轮 M 扭动。

『d』在脚的位置，你应该在三个孔的三个部分做一个梯子，又轻又细，长度为十意尺。

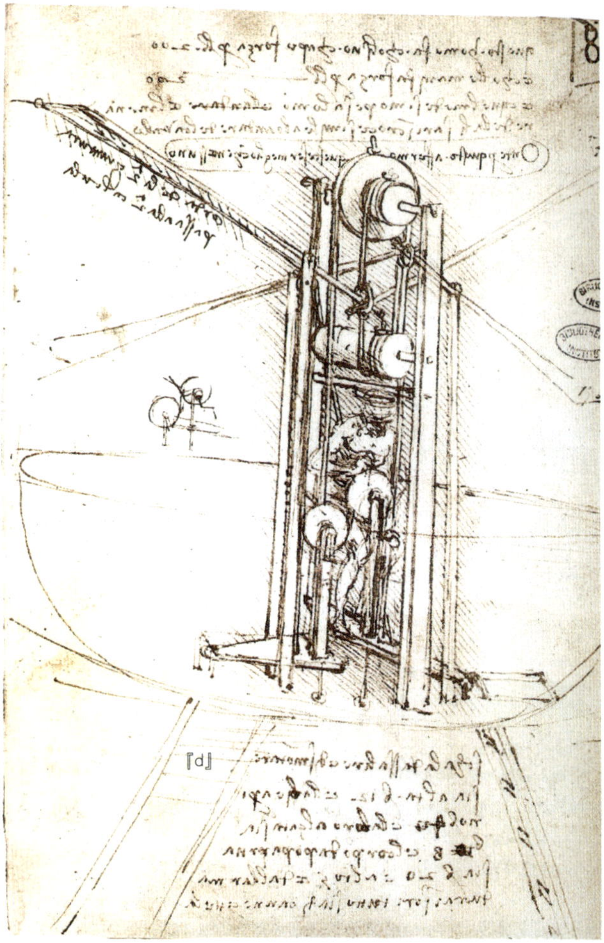

[16]

[16]

『a』这个人的头和双手共同作用，施加了一个等同于两百磅的力。这也是这个人整个体重所施加的力。

『b』在呈马步运动之后，翅膀的运动变为横向。

『c』由于这个原因，我坚持认为这个方法比其他的方法更好。

『d』将负责上升、下降用的梯子设置为十二意尺高，且让翅膀的跨度为四十意尺，高度为八意尺，从头到尾的尺寸为二十意尺，高度为五意尺，外围全部围上竹藤和布。

一个在飞行器里面的人，腰部以上的身体应保持自由，才能像在小船上一样使自己维持平衡。这样就能使人的重心与机器的重心相互补偿，通过阻力中心的改变，以满足移动的需求。

[17]

『a』a 转动翅膀，b 通过杠杆转动翅膀，c 降低翅膀，d 将翅膀升高，操纵这台机器的人将双脚放置在 f 和 d 的位置。脚 f 的位置低于翅膀，脚 d 的位置高于翅膀。枢纽 M 应该在直角之外有自己的重心，因此在翅膀下降的时候也同时朝向飞行者的双脚。这同时也是鸟类向前移动的原因。

『b』这台飞行器可以尝试着飞跃湖泊，飞行员应该随身携带一个葡萄酒囊，如果降落到水上，飞行员不会沉入水中。

『c』用双脚同时发力降低翅膀，这个动作是十分必要的，因此你可以控制这个运动并且通过快速降低必要的翅膀来维持平衡，就像风筝和鸟类一样。而且，在下降的过程中，双脚的作用力是单脚的两倍：实践证明速度会成比例地变慢。

[17]

『a』

『b』

『c』

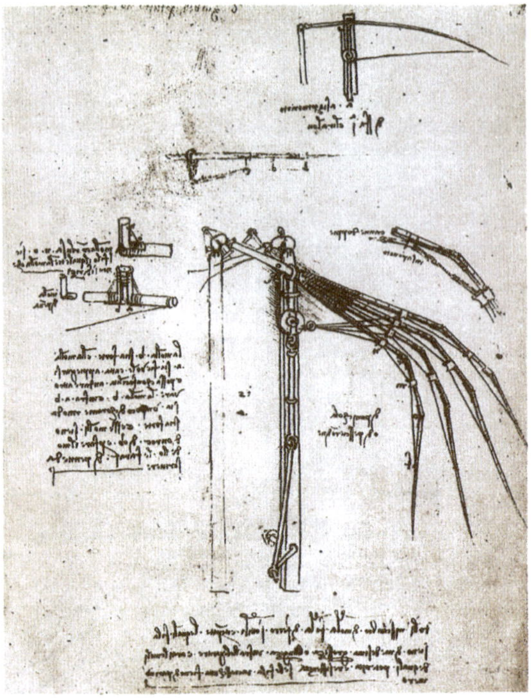

[18]

[18]

『a』带有锁 no 的弹簧是一个带有弹簧的金属丝，它不是直的。翅膀弹簧。

『b』弹簧 b 应该较强，而弹簧 a 则较弱，且可弯曲，因此弹簧 a 很容易就接触到弹簧 b，且在 ab 之间还有一小块皮革，因此这个装置非常强，这些弹簧应该成牛角形。要制作这个模型你应该使用羽毛。

『c』将弹簧锉换成单薄且可调节的钢，那么两个结点之间锉的厚度和长度会相等，并且它们的承受力也是相等的。

『a』

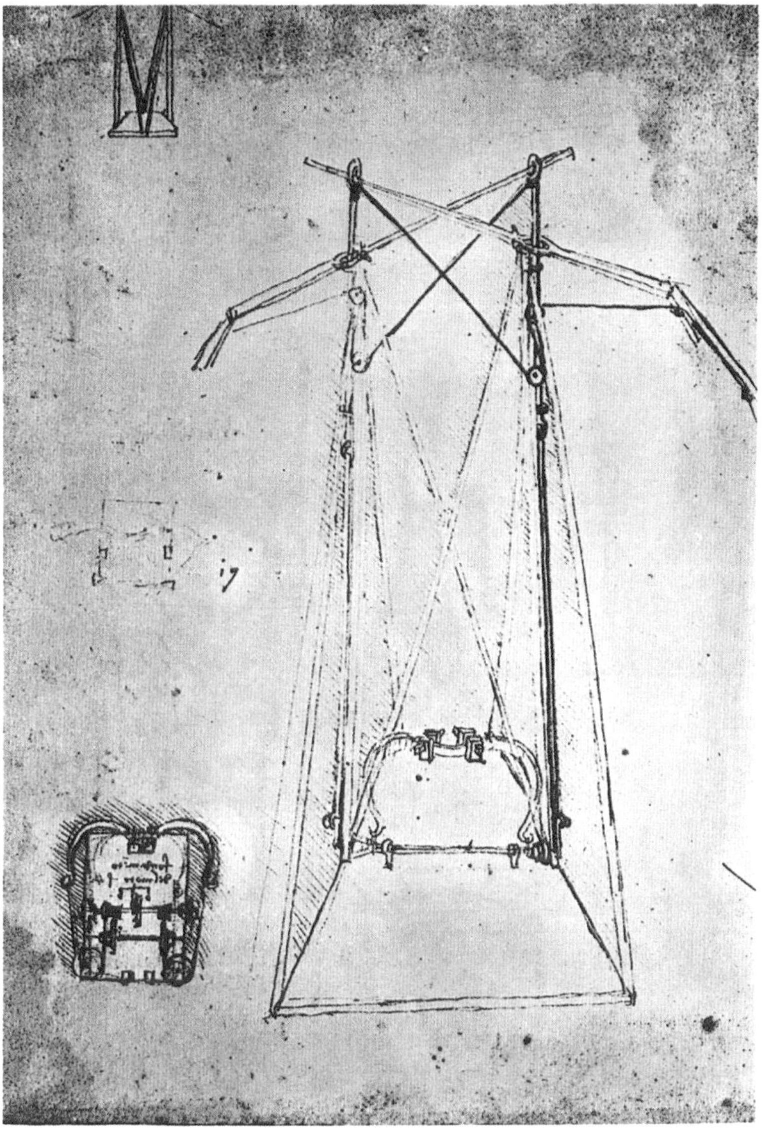

[19]

[19]

『a』运动的基础。

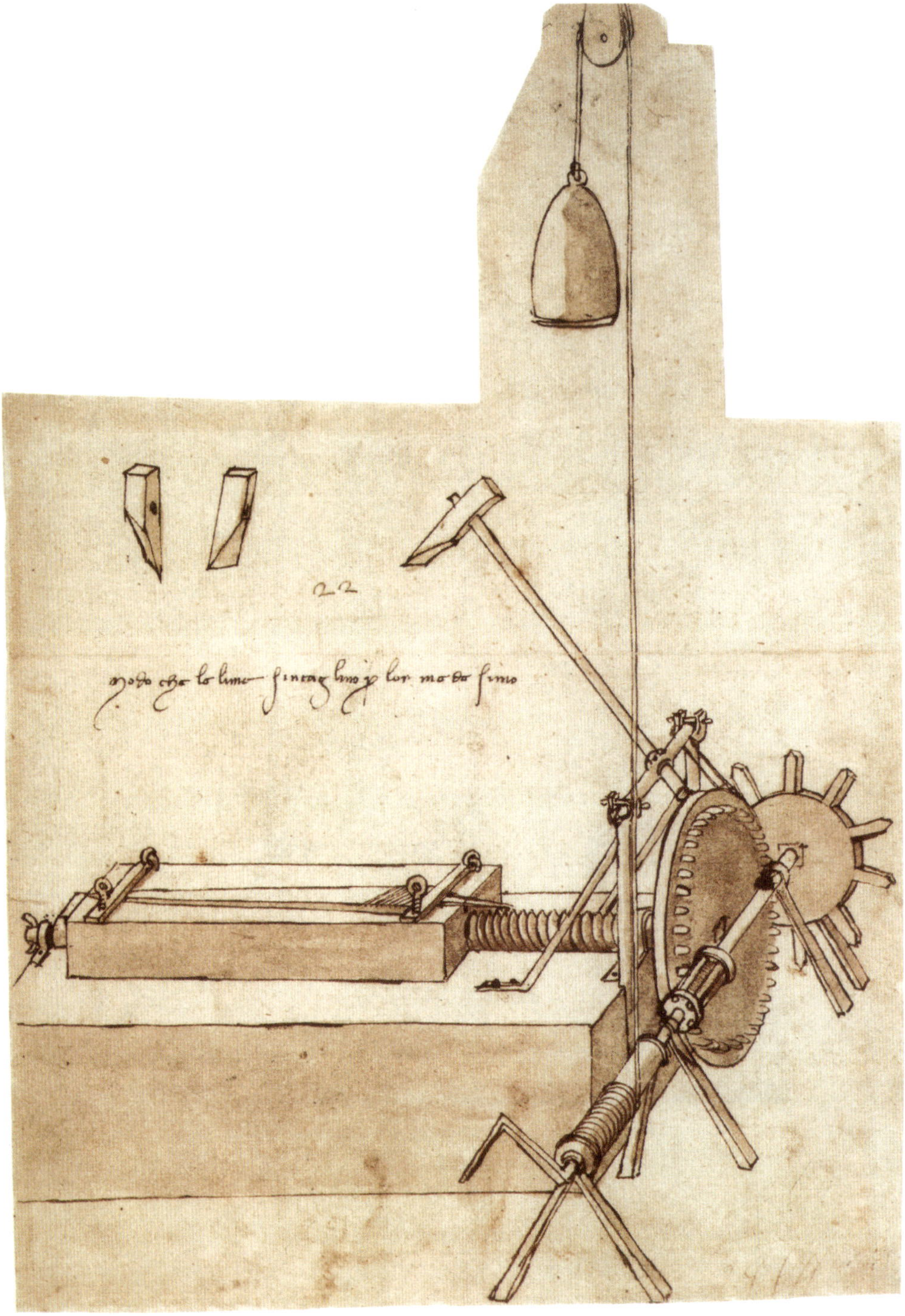
22

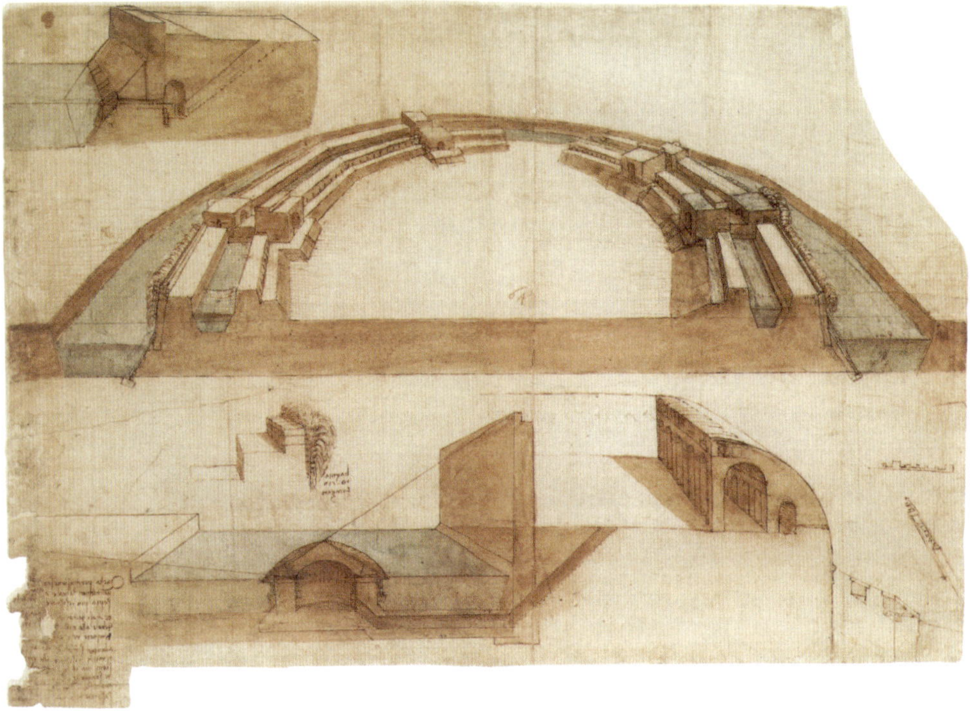

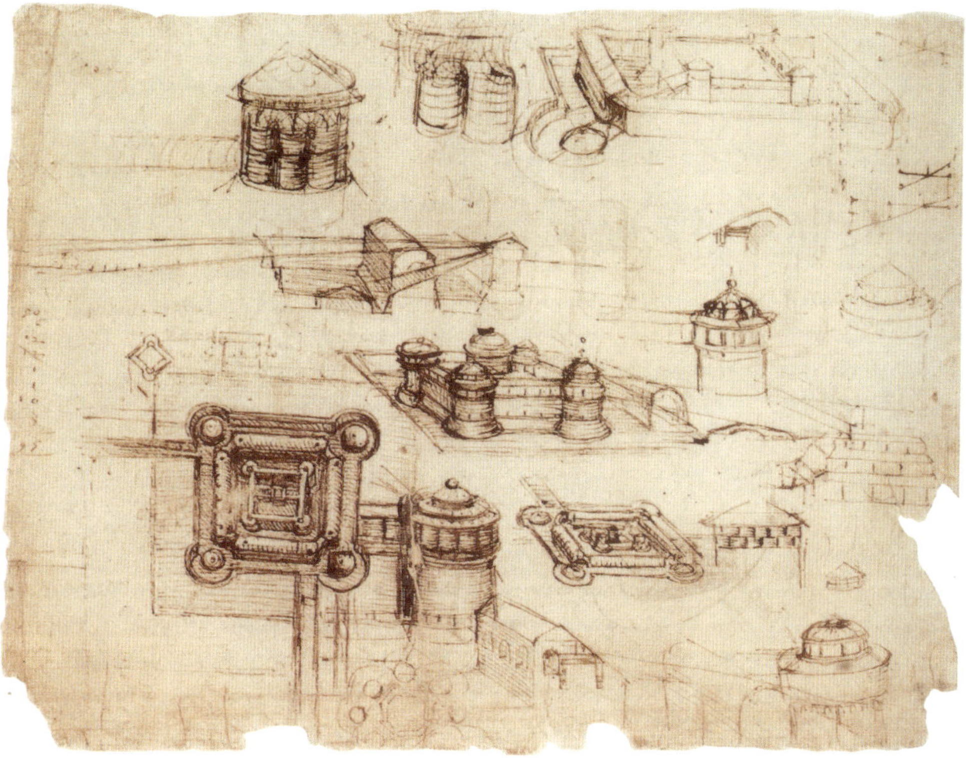

la parte del flusso   altezza   alla infima bassezza

(Quel flusso e reflusso del mare sarà di maggior varietà dalla sua somma ~~a infima altezza~~
la qual fia più vicina alla sua maggior del mare

Varierassi forte il flusso e reflusso vicino a quelli lochi donde le vene delle acque si partano
de' fondi de' mari per dare le correnti acque alli fiumi de' più alti monti. Poi dissero alcuni
queste vene sono di due nature, delle quali l'una è di quelle ~~vene~~ che essono al corrente dolci de'
fiumi, e l'altre sono che riversano in mare e surgono sopra le altre acque;
la qual cosa nasce per esser loro nate da' pelaghi ~~[illegible]~~ scoperti all'aria, i quali si
più ~~remoti~~ alti che l'acque marine; altrimenti tal surgimento non sarebbe. Ecco
bene che si potrebbe dire che sì come le vene delli monti versano alli lor piedi, che tali vene
potrebbono ancora versare sotto il mare. Vedesi una vena surgere in Sicilia, la
quale a certi tempi dell'anno versa foglie di castagno in molta quantità, e in Sicilia non
fa castagne; adunque è necessario che tal vena esca d'alcun pelago dell'Italia
e poi sotto il mare esce poi in Sicilia. E nello stretto di Gibilterra il mare ~~[illegible]~~
sempre versa nel mare Egeo e mai l'Egeo in lui. E questo divien che il mare [illegible]
fiumi che in lui versano sempre versa per le sue sotterrane ~~vie~~ nel mare; però è simile fia il
restando in moto, che sempre esse acque, perché son fatte più alte che quelle dello Egeo,
e però le più alte sempre discendano nelle basse e non mai le basse nelle alte. Dicono alcuni
che l'acqua che surge nelle cime delli alti monti son dell'acque del mare, la quale è più alta che le
cime de' maggior monti, e essi non sanno, la qual cosa abbia provato come la superfizie del mare
bassa che qualunche parte si trovi di terra scoperta dalle acque, o che alcuna parte di superfizie
di vene che in esso mare versi. Altri dissono che l'acque che versan sopra le cime de' monti
sono discese dalli maggior monti dell'universo, li quali essendo coperti di neve si struggono
per caldo al tempo della state; la quale oppenione si riprova falsa, imperò che esse cose f
~~fl~~ che dell'state l'acre solvuto delle nevi entra in pori sotterranei, e per le vene l'acqua
anche ammanda l'acqua nelle cime de' monti più basse delle bocche di queste, e noi avemo
tal vene più acqua di state che di verno, e la sperienza ci mostra in contrario.
Tutte le sassate delle acque del monte nel mare porto con seco ~~la quale~~ li sassi del monte
so mare e per la moltitudine delle acque marine contro alla sua ~~avagine~~ esse pietre eran ri-
rimosse il moto e nel ritornare indrieto delle acque al mare le pietre insieme co'
la toravano e nel ritornare li angoli loro ~~[illegible]~~ insieme si percotevano e come parte men
resistente alle percosse, così si consumavano e facevano le pietre sanza angoli ~~[illegible]~~
ra ritonda; e quelle rimane più grosse ~~[illegible]~~ che manco si erano mo-
dal lor nascimento, e così quella si facea minore che più si rimoveva del p-
to loco in modo che ~~[illegible]~~ nel procedere via si ritrovò giaia minuta e poi
e in ultimo in fangho; e poi che 'l mare si dissoccupò dalli predetti monti la salsedine
da del mare con altro umore della terra a fatto una collegazione a essa giara e rena e
grava ~~[illegible]~~ in sasso e la rena in tufo, sì come vedemo. E di questo si vede l'es-
empio alle sassate dei monti di Como e in Ticino, Adda e Oglio e ~~[illegible]~~ [illegible]
m[illegible] d'Arno del monte Albano intorno a Monte Lupo e Capraia dove li sassi grandissimi
di ghiaia congelata di diversi pietre e colori. Quella cosa che sarà più ~~grande~~
più remota fia portata dalli fiumi dallo loco onde le sue acque la tolsono, e così la più gra-
fia in più minore spatio remossa dal loco onde si partisse. Quella percussione della
piena dell'argine de' fiumi la quale percuote essa argine infra angoli più equali,
e rimanderà le acque a minor riverso, dove l'angolo sarà più difforme.

[*Part 5*] 哲学、警句与箴言

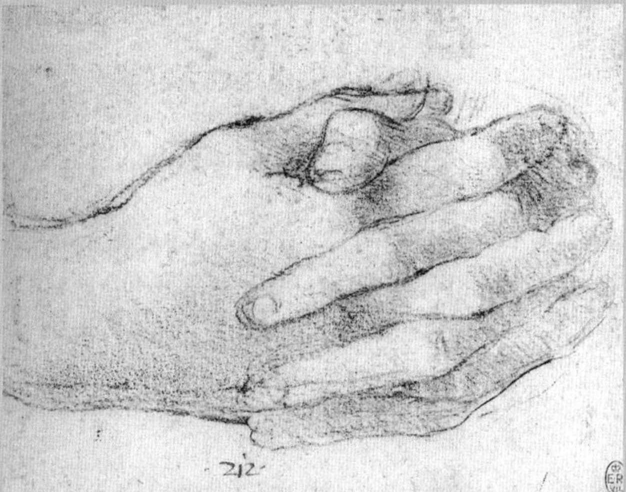

『a』

『b』

『c』

『d』

『e』

『f』

『g』

『h』

『i』

『j』

[1]

[1]

『a』思想的一般概念如下：

『b』与一件物品相同的东西也一定与另一件相等。（第一）

『c』如果相等的物品又加上了相等的物品，那么整个物品是相等的。（第二）

『d』如果相等的物品减去了相等的物品，那么剩下的物品也是相等的。（第三）

『e』如果相等的物品减去了不相等的物品，那么剩下的物品也是不相等的。（第四）

『f』如果相等的物品加上了不相等的物品，那么整个物品也是不相等的。（第五）

『g』如果两个物品同第三个物品相等，那么它们也会相等于第三个物品。（第六）

『h』如果两个物品的一半互相相等，那么它们也等于第三个物品。（第七）

『i』如果一个物品放置在另一个物品附近，相互叠加在一起，中间没有缝隙，那么这两个物品等于第三个物品。（第八）

『j』每个整体的物品都大于其任何部分。（第九）

引发行动的力量，是所有生命的起因。

经验，作为天性和人类种族之间的翻译者，传递着天性是如何在凡夫俗子间行动，又是如何因受限制的需求，非得以理性行动不可，理性身为她的舵手，行使她的命令。

给予他人的人不会保留。

最不幸的事情就是你的思想超前于你的工作。

恐惧只是起于瞬间。

保持健康，这条是真理：只在你想吃的时候进食，享受美食。细细咀嚼会对你有好处。吃烹饪好的食物，味道不辣也不要重。进药，是错误的建议。

[2]

[2]

言论若是不符合听者的口味，就会让他感到厌倦、恼火，而这种征兆是可以从听者的哈欠连连中看出来的；这时，在人前说话希望的是得到善意的回应，但是当你发现这种非预期的疲乏现象，就要改变言谈内容；若是反其道而行，你将得到的回应不是原本的赞许与认同，而是厌恶和敌意。

对无用的人说好话和对高尚的人道恶语，都是巨大的错误。

[3]

[3]

花园里的胡桃树旁长着一棵桃树，它的嫉妒心很重，胡桃树满树的果实，让它很不舒服，它决心也结出那么多果子。一旁的李子树劝解道：“胡桃树有着多么粗壮的枝干和坚韧的枝条。你与其站在旁边发牢骚，不如积蓄力量，结出甜美的鲜桃。”桃树听不进劝告，它努力把自己的根钻进更深的土里，拼命吸收土壤中的精华与水分。在花期时努力绽放更多的花朵；花期一过，还尽量让所有的花朵都变成果实。果然，它的一切努力都奏效了，桃树浑身上下挂满了桃子。但是沉甸甸的果实那么多，压得它被连根拔起，最终倒在地上，成熟的桃子滚落满地，在胡桃树脚下腐烂了。

有人问画家，他既然能画出那么漂亮的静态人像，为什么自己的孩子却那么丑呢。
画家回答说，画是白天画的，孩子是晚上生的。

围墙的背后有一棵胡桃树，它自命不凡，想跨过围墙，直接为路人展示它丰硕的果实和美丽的枝条。它努力地长啊长，终于翻过了围墙。到了收获的季节，人们很容易就看到了挂满果实的胡桃树，纷纷摘下它的果实。摘不到的地方，人们就用石块投掷，用棍子棒打。没过多久，胡桃树就死去了，它不光没有了果实，还被损坏了枝叶，毫无生气。

女贞树眼见傲慢无礼的山鸟用利爪撕扯自己枝条上的新鲜果实，就对山鸟抱怨说："你偷了我的果实，我就长不出叶子为你遮挡灼热的阳光，而且你也不该用利爪剥我的树皮呀。"山鸟气呼呼地斥责道："闭嘴，你这没教养的东西！你难道不明白，你结出这些果实就是给我吃的，你生来就是给我当食物的，你这卑贱的玩意儿，到了冬天就是火的食物！"

没过多久，山鸟被人捉去，关在一个笼子里，做笼子的枝条是从女贞树身上砍去的。看见山鸟被囚禁在自己的枝条里，女贞树说出下面这番话："山鸟呀，我在这儿呢，还没像你说的被火烧掉，在你看见我被火烧之前，我倒要看看你是如何被关起来的。"

一颗胡桃被乌鸦衔到钟楼顶部，从乌鸦嘴里掉出来时，它央求钟楼帮帮它。钟楼在上帝的庇护下，建得高大巍峨，钟声悦耳。胡桃央求如果不能落到枝叶覆盖的肥沃地面上，就让它落进墙壁的缝隙里，因为被叼在乌鸦的嘴里时，它就发誓，只要能逃脱，它宁可终生藏在一个小小的窟窿里。钟楼被胡桃的这番话所打动，答应给它提供庇护。

没过多久，胡桃开始从裂缝中长出根须，根须伸向石头缝里，撬开石头，长出新芽，接着弯曲的根须越长越粗，开始撬动墙壁，古老的石头被迫离开古老的位置。等到钟楼发觉时，一切为时已晚……

两个农民正在抡着锄头砍一棵老梨树。月桂树和香桃木树在一旁幸灾乐祸。老梨树强忍剧痛，对它们说："你们这些无知的家伙哪里知道，农民要把我送到雕刻家工坊去，艺术家会用我坚实的树干雕出精美不朽的艺术品。"老梨树没有说错，艺术家做出的这尊雕像精美绝伦。人们赞赏、崇拜它，还用月桂树花冠和香桃木枝条来装饰它。为了给艺术家的作品作陪衬，月桂树和香桃木树只能这样损枝折叶地生活着——这就是它们的命运。

有一棵葡萄藤有了一个奇怪的念头，它不想像朋友们那样在农民栽插的木桩上缠绕生活，它想盘绕到旁边一棵老朽的大树上去，那里能够更自由自在一些，也能够比别的朋友长得更高，活得更长久。

葡萄藤的嫩芽开始像触手一样伸向老树，并且将其紧紧地缠绕。随着越爬越高，它确实吸收到了更多的阳光，超过了同伴们。但是，这个大树足够老了，枝杈已经干枯。终有一日，老树再也撑不住，轰隆一声倒下了。攀附在树身上没有远见的葡萄藤，也让大树压死了。

栗子树用恶毒的言语嘲笑旁边的无花果树样貌丑陋：“你长得这么差劲，一定是得罪了大地母亲。而且我的果实也不像你的。它们不光美味，还穿着质地轻薄的衬衣和丝绒里子坎肩，外面还有坚韧的铠甲，缀满了尖刺。别人想要得到我的果实，就像看到自己的耳朵一样困难。”无花果树不以为意，它说：“你并不了解人类，他们得不到你的果子，会拿着石头和棍子敲打你。栗子掉在地上，人们还会用脚去踩，用石头去砸。而你的那些果实都会争先恐后地往外逃。人们对我是温和的，他们会用手摘取我多汁的果实，从不敲打我，我用爱回报他们，用美味的果实给他们带来喜悦。”

一块高地上的石头，刚刚被雨水冲刷出来，看见下面有一条石子路，而这块石头所在的位置，生长着茂密的植物和各色花朵。它看着下面马路上密集的石子，很想也滚到那里去，便对自己说：“我跟这些植物待在这里有什么意思呢？我要去跟我的那些兄弟做伴。”

它呼啦一下滚了下去，跟那些石头成了伙伴。过了一段时间，它发现自己老是不停地被踩压，有时是车轮，有时是铁蹄，有时是旅行者的靴子，这个踢它一下，那个踏它一脚，时而翘起来，时而又被淤泥或动物的粪便所覆埋，而它只能遥望原来待过的那个地方，安宁而清静。

对于那些离开清静环境，去大城市与各色人等杂居的人来说，这个道理也适用。

有一天剃刀被从用作刀鞘的护套里取了出来，搁到了阳光下。看着阳光在自己身上熠熠生辉，剃刀很骄傲。它心想：“我是不是该再回到理发店里呢？当然不，像我这么精巧的东西怎么能派那么卑微的用场，整天浸在肥皂泡里，刮那些粗俗农民的破胡子，做那些低下的伺候人的活，真是太不像话啦！难道我命该如此，就干这种活儿？当然不行！我要找个清静的地方躲起来，舒舒服服地过日子。”

就这样，剃刀躲了几个月。一天，它从躲藏处出来，抽出刀鞘，看见自己变成了一把生锈的锯子，表面也不再反射阳光。它对自己的行为万分悔恨，说：“我的刀锋变成这样，理发师怎么还会用我？闪亮的表面到哪儿去了呀？都被见不得人的锈迹盖住了。”

那些用懒惰代替思考的大脑，也会发生同样的情况，就像这里提到的剃刀，失去了锐利，被无知的锈斑所损毁。

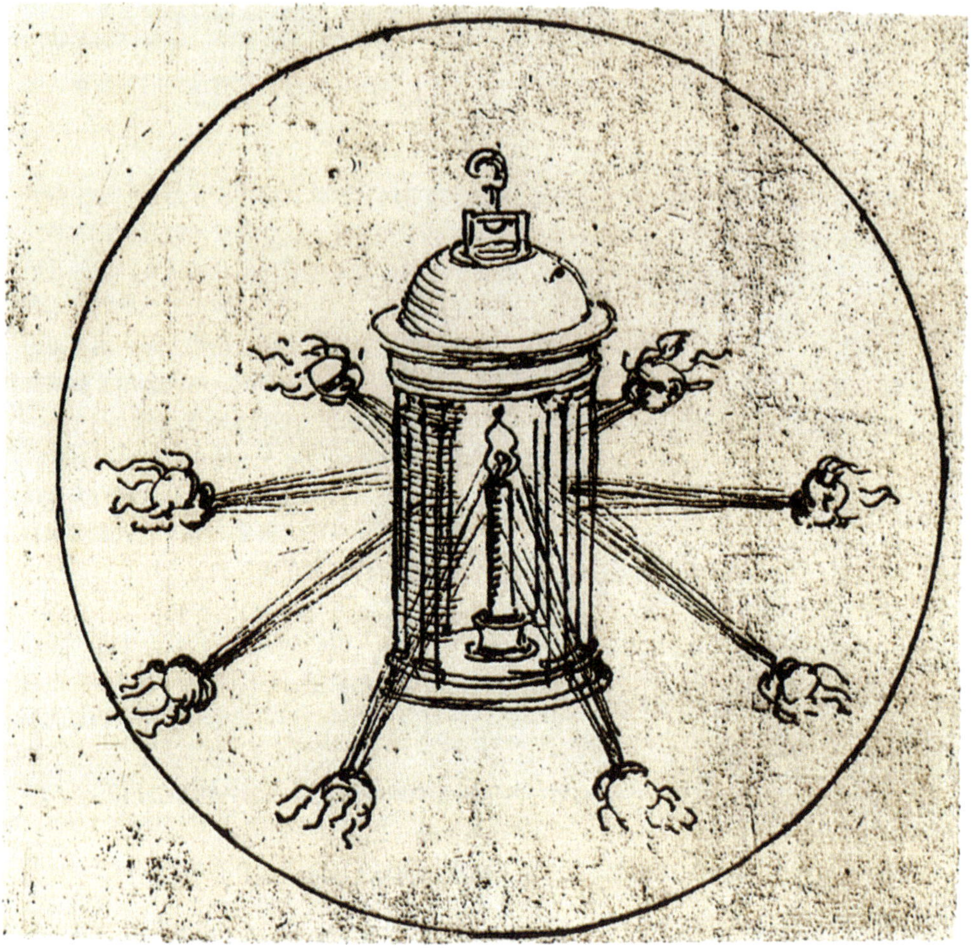

[4]

[4]

一些火焰在一个玻璃炉中住了一个月，当它们看到蜡烛在精美的闪闪发光的烛台上靠近时，都怀有极大的愿望去点燃蜡烛。其中一簇火苗与火焰分离，点燃了临近蜡烛的一个木棒，然后又变身成一个火星，终于点燃了蜡烛。这簇火苗无法再回去了，它只能随着蜡烛滴落的蜡油耗尽自己的生命，最终化作一缕青烟作为对自己的哀悼。
它的兄弟姐妹们还在燃烧发亮，服从命运和美好。

人用墨水在纸上写满了字，还画了很多曲线和符号。纸张质问墨水："你那洗不掉的墨水毁了我的清白，这张纸被毁了，不会再被人需要。"墨水温和地说："墨水没有丑化你，落在你身上的墨迹，都是有用的笔记。你承载了人类的智慧，不再是一张普通的纸，而是一份重要的文献。"过了许久，有个人在整理书桌时发现了这张与众不同的纸，并把它当作智慧结晶保存起来；而那些落满灰尘且发黄的空白纸则被丢进了火炉里。

火石被火镰猛烈地敲打。它怒不可遏地质问对方："你干吗冲我来？让我安静一下吧！"火镰微笑着回答："请不要生气，朋友。如果你能学会忍耐，你就会知道我在你身上创造出怎样的奇迹。"火石安静下来，忍耐着火镰的撞击，最终迸发出火焰！
这则寓言写给那些缺乏信心的人。唯有坚韧与勤奋，才会使知识的种子萌生出美好的嫩芽，最终硕果累累。学习是苦的，但结出来的果实是甜的。

『a』

『b』

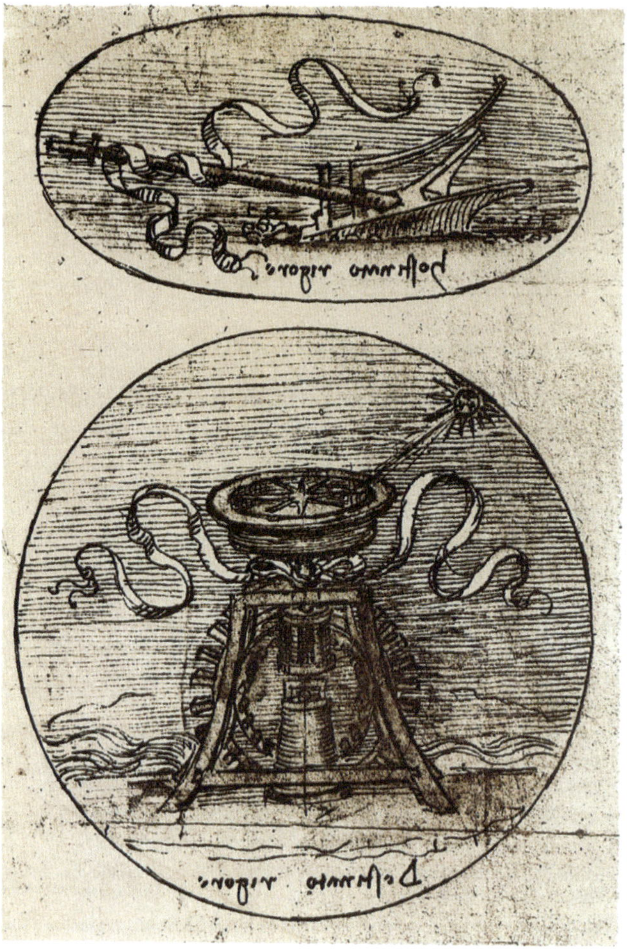

[5]

[5]

『a』固执的严格。

『b』毁灭的严格。

在海边一间渔民的屋子里，牡蛎与许多鱼一道被打捞上来，它央求耗子送它回大海。耗子想吃牡蛎的肉，就要牡蛎张开嘴。耗子刚想咬牡蛎，牡蛎看出了它的意图，夹住了它的脑袋。
这时猫赶了过来，一口把这个骗子咬死了。俗话说得好，滑头的耗子总会露出自己的尾巴。

狗躺在羊毛皮上呼呼大睡，它身上的跳蚤闻到了油腻腻的羊毛味，心想那里肯定是更理想的居住地点，而且又比寄生在狗的身上更安全——免受利齿和狗爪的威胁，于是，跳蚤未加思索就离开了狗，转而投奔到更加浓密的羊毛上去了。在那里它费了九

牛二虎之力，试图在羊毛的根部开出一条道路，然而，由于羊毛实在太紧密，而且都彼此黏在了一起，跳蚤最后还是放弃了这个不可能完成的任务。就这样在费了好大力气之后，跳蚤想回到狗的身上，而此时狗已经离它而去了；跳蚤别无选择，在万分懊悔之后，最终因饥饿而死。

驴子跑到冰冻的湖面上睡觉，麻雀飞过来企图叫醒它，让它离开冰面。但是驴子困极了，麻雀的忠告它听不进去。最终，驴子的体温融化了冰面，等它醒来时，已经掉到了湖里，正绝望地往下沉。千万不要轻视别人对你的忠告。

猴子发现一个鸟巢，欢欢喜喜地摸了上去。鸟妈妈和鸟爸爸出去觅食了，猴子只捉到一个鸟娃娃。它快活地捧着小鸟回到自己窝里，喜欢得不得了，又是亲来又是抱。猴子的妈妈没有责备，反而用欣赏的眼光看着孩子。结果猴子把小鸟挤死了。这个寓言告诉世人，对孩子溺爱，只会给孩子带来灾祸。

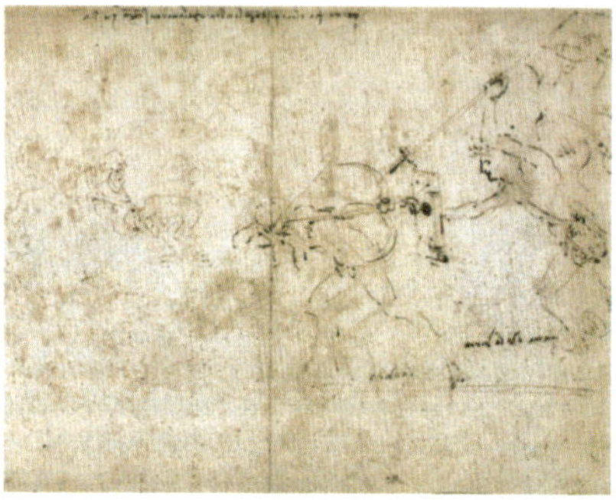

猎鹰眼见自己追踪的野鸭扑通一下跳进了河里，实在不甘心，也跟着扑到水里，结果发现全身羽毛都湿透了，只能在水中挣扎。这时野鸭从水中探出头，瞅着下沉的猎鹰“咯咯”直笑。

自负的飞蛾四处游荡，对自己只能在空中飞翔很不满意。忽然，它被蜡烛的光焰深深吸引，决心飞扑过去。可这样做的结果显而易见，倒霉的飞蛾烧焦了美丽的翅膀，一下就掉到烛台旁边。一阵痛悔之后，飞蛾抹了抹泪眼，抬头叫道：“哦，骗人的光芒！你诱骗了多少像我这样的飞蛾。”蜡烛说：“可怜的飞蛾，你真太天真了。我的使命是给人们带来光亮，你被我吸引，这难道是我的过错吗？谁不会谨慎地用火，谁就会让火灼伤。”

夜莺出去打食归来，看到毒蛇正要吃掉自己的孩子。它苦苦哀求道：“请你放过我的孩子，我愿意用歌声赎取它们的性命。”于是夜莺亮开嗓子唱了起来，它泣血而歌，歌声充满了忧伤，却又优美动听。毒蛇也受到了歌声的影响，不再向前发起攻击，甚至牙齿里的毒液也失去了效力。毒蛇为了不受歌声的迷惑，用尾巴堵住了耳朵，仓皇逃离。

牡蛎在满月时张开嘴，这时螃蟹爬了过来，朝里面扔一块石头或一把海草，牡蛎的嘴就再也合不上了，只好听任螃蟹一顿饱餐。张嘴说出自己秘密的人，很可能被背信弃义的倾听者所捕食。

蜘蛛侦察了整间房屋，最后决定在锁孔里安家。它认为这里是理想的庇护所，这里又安全又可靠，可以在门框上织一张网来捕飞虫，还可以在门与门之间架网捕蚊子……蜘蛛还在自己的新家里畅想着，主人回家了，手里还拿着一串钥匙。他把钥匙插进锁孔，一下子把空想家顶死了。

毛虫趴在树叶上，观察昆虫的活动，它们有的在唱，有的在跳，有的在飞，有的在跑……只有它艰难地在树叶上蠕动爬行。它不羡慕其他昆虫，自己默默学着抽丝纺织。直到该结茧的时候，给自己编造一幢结实的茧房。“万事万物都有自己的规律！”毛虫默念着这句话，沉沉地睡去。等再醒来，它惊讶地发现自己长出了一对翅膀，可以轻盈地飞上树梢，飞向淡蓝色的雾霭。

凤凰身上体现了永恒，它生来就能重生，能忍受熊熊烈火的煎烤，在烈焰中复活。

独角兽像是来去无踪的精灵，长得漂亮，又不伤人。而且，它只喜欢和善良、美丽的少女接近，竭力避开诗人的污浊与愚蠢。但是，由于它过分沉迷与少女独处，忘记隐藏好自己，猎人终究还是找到了它的踪迹。最终，还是被猎人捕获。

铁笼里有一只饥饿的狮子。一只小羊羔被当成狮子的食物丢进笼子里。羊羔那么纯真，它见到狮子并不害怕，好像还把狮子当成了自己的母亲，亲切地冲狮子咩咩咩地叫起来，眼睛里还充满了温顺与挚爱之情。狮子也被小羊羔突如其来的信任卸下了武装，居然不忍心吃掉它，而最终忍着饥饿昏昏睡去。

大醍醐出去找吃的，毒蛇趁机钻进它的窝里，把正依偎在一起睡觉的小醍醐们咬死，然后离开。大醍醐回到窝里，眼前的景象让它悲痛欲绝，号啕大哭。“孩子啊，我失去了你们，我活着还有什么意思呢？”它用自己的长嘴狠狠地啄着自己的胸脯。热血泉水似的涌出，浸红了小醍醐们的羽毛。大醍醐的鲜血即将流尽，它的血渗透着一位父亲深沉的爱。小醍醐们奇迹般地复活了！是父亲的鲜血拯救了它们的生命。

在亚洲有一种奇异的鹰，它的羽毛是如此耀眼，当它掠过晴空，都不会在地上投射出它的影子。即便它死了，羽毛也依旧闪亮，躯体不会腐烂，如它生前一样绚烂。但是，如果它的羽毛被拔下，光亮便会随即消失。

驴素以坚忍闻名于世。当它找到一眼井，如果发现水质浑浊，哪怕极度口渴，也会忍住不喝，等到井水澄清后才俯下头。也许有人觉得它过于固执，但是不得不承认，它能以自己的耐心和坚毅，挨过一切艰难与挫折。

出于无度的欲望，蝙蝠无视通行的配偶法则，时常见公蝙蝠与公蝙蝠、母蝙蝠与母蝙蝠杂居乱交。

狗熊不听母亲劝告去蜜蜂的营地里取蜂蜜吃，蜜蜂群起而攻之。狗熊只得丢下蜂蜜扑打蜜蜂，结果招来更多蜜蜂的蜇咬，而它一只蜜蜂也没扑到，气得快疯了。最后，这只狗熊在地上左翻右滚，四蹄乱蹬，只顾得护住自己，好少被叮些。它这时想起了母亲的劝告，并明白了一个道理：甜是要以苦作为代价的。

鸽子是忘恩负义的典型。鸽子老到一定时候，小鸽子不但不再为父亲找食，而且开始跟父亲对打，直到把父亲撵出鸽巢，把母鸽据为已有，对打才宣告结束。

鹧鸪喜欢偷取彼此的蛋，但由蛋孵出的小鹧鸪，总能找回自己的妈妈。

饥饿的狐狸看见大树上有许多吵吵闹闹的喜鹊。它躲在草丛里仔细观察，发现这些喜鹊胆子很大，会飞到树下来找食吃，甚至连动物的尸体也会啄上几口。狐狸躺倒在地，张开嘴，装作死了一般。一只喜鹊发现了“死”狐狸，来到“尸体”跟前，想啄吃狐狸的舌头，便不假思索地把脑袋伸进狐狸的嘴里。狐狸则一下醒来，将猎物的头紧紧咬住……

老鹰总是把自己猎获的食物分给邻近的鸟儿，哪怕自己忍饥挨饿。老鹰的宽厚与善良赢得了这些鸟儿的尊敬与爱戴，并被推崇为百鸟之王。

鼹鼠的眼睛奇小，总是生活在地下。它可以在黑暗中生活很久，而一旦暴露在阳光下，就会立刻死掉，因为它见不得阳光——只能躲藏。

狮子从不惧怕，总是无比勇猛地与成群的猎人搏斗。谁最先伤它，它就一定要咬住他。

蜘蛛正在树杈之间织网，雨燕过来讥讽它说：“你是阴险的化身，你那黏糊糊的蜘蛛网，对昆虫来说是致命陷阱。”蜘蛛反驳道：“你整天张着嘴在空中游弋飞翔，吞吃小飞虫比谁都凶。我凭自己的力气细心织网，碰触到网上的昆虫是对我劳动的回馈与奖赏。”每个人都有蜘蛛与雨燕一样的毛病，都从自己的角度去评价别人的生活，对他人进行褒贬。

时光啊，你消耗了万物！在嫉妒的年代，你毁坏了一切，你以岁月一点点地吞噬着万物，使之趋于死亡。海伦，当她照镜子时发现自己的面颊上已经爬上了老人常有的皱纹而感到伤感万分，对自己的衰老感到惊讶。时光啊，你消耗了万物！在这个嫉妒的年代，凭什么将万物都消耗一光！

有谁想了解灵魂是如何栖居于体内的，就让他观察这个躯体如何进行日常的生活，若他的住所杂乱无章，这个灵魂也会使得身体杂乱。

在河流中，你接触到的流水是流过的最后部分，流来的最前部分。时间的流逝亦是如此，不浪费时光的生命是长久的！